Наталья Асенкова

СРЕДИ МИРОВ,
в мерцании светил

Сборник рассказов

BOSTON • 2022 • CHICAGO

Наталья Асенкова
Среди миров, в мерцании светил
Сборник рассказов

Natalia Asenkova
Among the Worlds, in the Shimmering of Lights
A Collection of Short Stories

Copyright © 2022 by Natalia Asenkova

All rights reserved. No part of this book may be reproduced
or transmitted in any form or by any means, electronic or mechanical,
including photocopying, recording, or by an information storage
and retrieval system without permission in writing from the copyright holder.

ISBN 978-1-950319-73-2 (Paperback)

Proofreading by Julia Grushko
Book design and layout by Yulia Tymoshenko
Cover design by Larisa Studinskaya

Published by M•Graphics | Boston, MA
 www.mgraphics-books.com
 mgraphics.books@gmail.com

In Cooperation with Bagriy & Company | Chicago, IL
 www.bagriycompany.com
 printbookru@gmail.com

Printed in the United States of America

СОДЕРЖАНИЕ

Красная лилия 7

Среди миров, в мерцании светил 50

Непознаваемый мир 91

Колокольчики мои, цветики. 110

О жаре, любви и фантазиях 140

Богатые мальчики 183

Гибель и спасение. 205

Перелистаем страницы 245

Внук деда своего 258

О времени и о себе 358

КРАСНАЯ ЛИЛИЯ

Ты напрасно думаешь, что человек состоит из умных мыслей, которые, к тому же ещё, он обязан высказывать вслух, в компании поддавших друзей, обсуждающих очередной франко-итальянский фильм или — что ещё труднее — стихи. Нет, человек — он слаб и состоит из очень даже простой вещи — из супа. Да-да! Человека формирует простой суп. Гёте был величайшим из людей, это совершенно неопровержимо, и неопровержимо, что Гёте ел свой регулярный немецкий суп в благодушном и даже приподнятом настроении! Этот факт вспоминает его секретарь Эккерман, который написал книгу «Разговоры с Гёте». А мы, простые люди, тем более состоим из жрачки. Покушаешь даже если молочный суп — и уже легче, потому что затёр голод. Ириску тоже можно пожевать. «Золотой ключик» или «Кис-кис». Можно съесть в кинотеатре не мороженое, а выпить только газводы и закусить тоненькой вафелькой «Снежинка». И жаркое, когда оно появится на столе, покажется счастьем. Кто познал это счастье однажды, тот умеет по крайней мере платить долги. Хотя деньги, ясно, не скопит. Куда там! Хотя бы часть долга отдать!

Ида Бронштейн затянулась сигаретой и продолжала:

— Я, например, Лиля, стала замечать в себе откровенную жестокость. Я боюсь, что всю свою оставшуюся жизнь буду тайно ненавидеть собственную мать! А ведь это вопиюще, безнравственно и кошмарно — она моя мать! Но это так. Я тебе первой на свете об этом говорю, потому что знаю, что ты не болтлива и что ты, как и я, ещё с юности хлебнула горя. Я ненавижу свою маму только за то, что она, несчастная, глубоко и наивно верила своим любовникам. Особенно одному — его Лёвой звали. На киностудии работал. Звукооператором. Мать у него деньги заняла. Уж на что — не знаю! Но думаю, что только на босоножки могла занять. Она их на юге намеревалась купить, видимо, пыталась, да случайно предложил кто-то на улице или наткнулась в магазине на них — а деньги не с собой, дома, — вот она и заняла у друга сердца деньжат! Бывает! Она с этим Лёвой на юге познакомилась, в Новом Афоне, в Абхазии. И вовсю они начали вместе отдыхать! Но денежную расписочку о долге Лёвочка у матери моей попросил. Она и выписала. Когда же мама умерла, он пришёл ко мне и расписочку показал. А в расписочке сумма — три тысячи. Платите, значит, дорогая доченька, по случаю смерти своей единственной мамочки! Я в расписочку вгляделась, Лилечка, своим проницательным взором и уловила, что нолики в числе три тысячи какие-то подозрительно тощенькие. Может, у мамы рука дрогнула? Или она просто-напросто другую сумму у этого Лёвочки заняла? Зачем же три тысячи или даже три сотни маме моей понадобились вдруг в отпуске, на знойном юге? Нет, не без денег совсем она в отпуск ехала! Я хотела было усомниться в расписочке, ведь прописью сумма не была указана, и ничего у нотариуса не заверялось! Но почерк, конечно, мамин, а написано где-то в шашлычной, потому что жирные пятна на бумаге и брызги красного вина — южные дела, знойные! Усомниться мне захотелось, и очень сильно, Лиля, усомниться! Но я взглянула в тёмные глазки Лёвочки, увидела жгучую волосатую руку, вцепившуюся в расписочку, и подумала: стоит ли связываться с этим фраером? Не заплатишь ему — и выльет он на меня и на маму всю изнанку своей игривой души, всё грязное бельё он вывернет, будьте уверены! И не пощадит он маму мою мёртвую! А мало ли до чего у них доходило в постели? Пределов нет в пространстве этом бесконечном! Лёвочка так уверен в неотразимой страсти своих жгучих волос на руках и в своём сочном пенисе, жучок! Найдутся у него благодарные слушательницы, перемоют они косточки умершей моей мамы. Хотя бы из зависти к ней, что сумела она взять да и поиметь такую ценность, как секс с Лёвочкой, несмотря на свой возраст! И ответила я Лёвочке, что всё заплачу. Мне было тогда двадцать лет. Я бросила учёбу в музучилище и нанялась работать музвоспитателем в детский садик, чтобы была возможность хотя бы кушать! Но вышло наоборот — не я кушала, а меня там скушали, и я было приуныла. Но потом принялась ходить по всем инстанциям, желая втиснуться на работу с приличным окладом. Тут и подвернулся мне дурацкий завод железобетонных изделий, грязный, запущенный, не соблюдавший правила техники безопасности. От него у меня до сих пор в горле неизвестно какая бетонная пыль растекается, вызывая порой жуткий кашель! Я тянула на этом заводе две тяжёлые зарплаты — в цехе, работницы, а вечером — руководителя хора заводских алкоголиков. Я платила маминому жучку Лёвочке долг. Нет, мать всегда делала ужасные ошибки в своей жизни, но эта была самой крупной и большой: жучок Лёвочка был моложе на целых семнадцать лет моей серьёзной матери! К чему было связываться с ним в её возрасте? Я никогда не пойму. Но я решила про себя однажды и навсегда, как в классике — никогда не влюбляться в сосунков! Сосунки западают точно только на деньги! Та расписочка научила меня бояться позора, и я осторожничаю даже с теми, у кого седые виски и в кармане шуршит! И вообще вся жизнь просто-напросто зависит от категории честности!..

— Это ужасно, — прошептала Лиля Поташова. — Неужели со всеми так и держаться всю жизнь настороже?

— Со всеми, — сказала Ида.

Ида курила и пила кофе крупными глотками. Они были подругами в тот период их жизни и теперь сидели в квартире Лили Поташовой, хорошо обставленной, уютной квартире, где была исключительно японская, а не какая-то другая техника. Они были ровесницами, им было по тридцать четыре года, они вместе работали в одной из новых школ микрорайона. Ида Михайловна — учительницей музыки, а Лилия Ивановна Поташова — учительницей русского языка и литературы.

Лилия Ивановна Поташова была замужем за Сергеем Алексеевичем Поташовым, мужчиной невысокого роста, угрюмым и неразговорчивым, но офицером подводного флота. Лилия Ивановна имела в этом браке сына Владика, который учился в третьем классе той же школы, где работала мать. Сергей Поташов получил двухкомнатную квартиру в новом микрорайоне города Ленинграда как военнослужащий. Сергей Поташов был старше своей жены всего на четыре года. Многие считали, что у Поташовых идеальный брак. Учительский коллектив школы тоже так считал. Только одна Ида Михайловна знала правду о своей подруге и потому, в свою очередь, откровенничала с ней. Итак, Сергей Поташов был импотентом. Он бил и щипал Лилю в постели и даже однажды, не сумев утолить свою страсть, попытался откусить жене нос. К счастью, Лиля сумела увернуться, но с тех пор поставила постели в спальне раздельно. Оно так — практика жизни учит. Частенько Лиля натирала синяки на теле бодягой, смешанной с подсолнечным маслом, и они исчезали. Но глядя на своё тело, разукрашенное тёмной травяной смесью, Лиля морщилась от унижения и обиды. Нет, Лиля никогда не плакала. Она терпела побои и оскорбления мужа. Она даже частично жалела его, помня, что Сергей не всегда был таким, и пыталась его обрадовать хоть чем-то, приготовив обед повкуснее. Но Сергей ругал её за лишнюю шоколадку, купленную сыну, и она сама тоже постепенно отвыкла от десерта. Сергей Поташов считал, что пирожное и шоколад полагается есть на праздники, и то смотря на какие! Лиля, наконец, перестала спорить с ним и покупала только те конфеты, которые он разрешал, именно же карамель и подушечки.

На большую зарплату Сергея Лиля покупала себе много одежды в валютном магазине и у спекулянтов. Этим он тоже был недоволен, но с годами примирился, охотно выслушивая комплименты своих сослуживцев в адрес жены. Приятно, когда подруга жизни смотрится не хуже киноактрисы. Приятно. Это факт.

Импотенция — дело щекотливое, но Сергей Поташов был не виноват в своём казусе. Просто однажды произошло радиоактивное излучение в отсеке подводной лодки, на которой служил Сергей. Сергей, впрочем, находился в момент катастрофы не в пострадавшем отсеке, а в соседнем, поэтому излучению как таковому, по официальным уверениям медицинских работников, он вовсе не подвергся. Пенсию по инвалидности не всем дают. Нет, Сергей был виноват только в своём характере! Только! Но перевоспитываться ему было слишком поздно после случая на подводной лодке, и жена научилась искусству терпеть мужа. Во-первых, у неё был Владик и, во-вторых, у неё были деньги. Иногда Лиля переставляла эти ценности местами в своём сознании: во-первых, деньги, зарплата Сергея и, во-вторых, конечно, сын, который, как мальчик, нуждался в отце, в мужской и сильной руке.

Однажды Лилия Ивановна пригласила Иду Михайловну к обеду. Не на день рождения, не к застолью, а просто затащила подругу на обед после затянувшегося педсовета. На чахохбили. Ели все вместе — и Поташов, и Владик, и женщины.

— Чахохбили ты приготовила классно, — сказала Ида на следующий день подруге. — И Владик у тебя неплохой ребёнок, косточки от курочки аккуратно положил на край тарелки. А Поташов — он кости выплюнул прямо на стол. И это при мне, при гостье! Какой он всё-таки у тебя хам. Ужасный хам. И как ты его терпишь, бедная?

Лилия Ивановна вздохнула. Иногда она очень жалела о своей судьбе. Даже высказалась однажды в учительской:

— Моя девичья фамилия — Лилина. Я — Лилина, я — Лилия, меня нужно любить и лелеять. А теперь я стала Поташова, что означает — Горшкова. Да-да, по этимологии, слово «пот» в переводе с немецкого — это горшок, «аше» — зола.

Анна Павловна, завуч и учитель биологии, заметила:

— Вообще, лилия — цветок ядовитый. С растениями надо поосторожнее, среди них есть коварные и загадочные. Горшки лучше. Они, по крайней мере, принимают удары судьбы без сопротивления. А золой стирают и удобряют почву. Зола — вещь не бесполезная.

— Но Гаршин написал нам о прекрасной пальме! — воскликнула Полина Афанасьевна, преподавательница литературы. — Растения бывают разные — благородные, сильные и слабые, смотря как выращивать эти растения!

— Вот и выращивайте ваших выпускников, — отрезала Анна Павловна.

Некоторые учителя посмеялись над этими шутками, прислушавшись к разговору. Шутки прозвучали в учительской на большой перемене. Бывает, что среди учителей встречаются люди очень неглупые и не грубияны. Такой считалась, например, и Полина Афанасьевна. Пятидесяти лет с гаком, полная, хотя и не толстая, она была известна среди литераторов своими знаниями и бесспорно интересными, эмоциональными конкурсными сочинениями учеников.

— Инфаркт можно получить, воюя с акселератами нашими и особенно с моим непревзойдённым десятым «А»! — сказала она своим бодрым голосом и, подсев на диван к Иде Михайловне, обняла её за плечи. — Ты знаешь, что они мне выдали сегодня на уроке? Я сейчас расскажу! У меня Блок сейчас идёт по программе. Но как можно уложить такую грандиозную тему, как поэзия Блока, в четыре программных часа? Я отвожу один час за счёт внеклассного чтения на поэзию двадцатых годов, чтобы хоть упомянуть других — Андрея Белого, например! Вот я и сказала, что Андрей Белый буквально выворачивался наизнанку в своих стихах и это, конечно, доказывает его гениальность. Его, говорю, ребята, особенно захватило чувство выворачивания при посещении пирамиды Хеопса. Был такой Кедров, писатель и критик из затёртых сейчас, он назвал эту черту поэта «космическим выворачиванием», заметив, что если бы все сумели вывернуться наизнанку фактически, то мы увидели бы вместо органов — печени, почек или селезёнки — планеты, Юпитер или Венеру, потому что планеты — суть наши органы! И вот мой знаменитый Саша Заикин, представьте, и спрашивает меня: «Полина Афанасьевна, я насчёт Венеры согласен, что в ней можно увидеть женские органы, но вот Юпитер или Марс с Сатурном на какие органы похожи, по-вашему? Я не понял». И Миша Пакс тут же возник: «Конечно, на мужские! Ещё спрашиваешь, Заикин! Надо с намёка такую вещь понимать!». Как вам это нравится? Конечно, у меня на уроке говорят все, я их этому учу — говорить то, что думаешь. Но такое выдать? Девчонки начали хихикать. Одна только Вера Воробьёва покраснела. Уважающая себя девушка.

Ида Михайловна засмеялась.

— Ой, анекдот! И о чём они думают, наши детишки? Чем забита их голова? Вот вам и высокая материя! Пока вы выворачивались перед ними с интеллектуальной стороны, они вас мигом вывернули со стороны сексуальной!

— Точно, вывернули, — сказала Полина Афанасьевна. — Я чего только не наслушалась на своих уроках, но такое слышу всё-таки впервые. Беззастенчиво лепят. А всё из-за Саши Заикина и его роста — парень вымахал метр девяносто пять! Все девчонки к нему липнут. Рост в мужчине — черта притягательная! И Вера Воробьёва заглядывается на него. Хотя она сама — звезда класса. Она и красивая, и неглупая. Чем-то она на нашу Лилию Ивановну похожа. Тоже блондиночка, но Лилия Ивановна мягче и женственней. Лилия Ивановна? О чём грустите?

— Я вас слушаю, — ответила Лилия Ивановна. — Я слушаю вас и думаю, насколько мне проще. У меня на уроках такого не случается. У меня без всякого выворачивания ясно, что приставки и суффиксы находятся в разных концах слова. И куда мне угнаться за вашим выворачиванием, Полина Афанасьевна? Я на филфаке заочно училась. Я таких вещей не знаю. Мне никогда не дорасти до вас!

— Да брось ты не верить в себя! — сказала Полина Афанасьевна, внимательно глядя на неё. — Все, кто учился на филфаке, знают достаточно, чтобы расти и в житейском опыте превзойти любого! Литература учит нас, и классика ведёт нас по жизни! И вообще, я признаюсь вам честно: я тоже в молодые годы не верила в себя. Но выросла с годами работы в старших классах. Ещё я скажу вам, девоньки, что подсела к вам не случайно. Помогите мне с литературным вечером. Я буду делать с десятыми классами вечер поэзии двадцатых годов. От тебя я хочу, Ида Михайловна, музыкальное сопровождение литературного текста получить. Придумаешь что-нибудь, я знаю, ты — творческая душа. А на вас, Лилия Ивановна, я рассчитываю в том смысле, что вы могли бы поработать вместе со мной над выразительным чтением учащихся. Ну, сделаем вечер? Запишу в план методического объединения, ладненько?

— Ладно, — сказала Ида Михайловна. — Выдадим вечер, раз так решили! Вы и дискотеку, конечно, устроите после литературной части? Бедные наши учащиеся! Танцы — и больше никаких стремлений нет. И большинство парней мечтают поступить только в военные училища.

— Не большинство, нет, но некоторая часть. Ну, пусть большая, пусть даже половина, но никакое не большинство! — воскликнула Полина Афанасьевна. — И тех парней, кто туда собирается, я всё-таки стараюсь уколоть. Разве нет более интеллектуальных вузов?

— Звонок звенит, пора на урок, — сказала Анна Павловна. — Вы, Полина Афанасьевна, как всегда в ударе!

— Полина — чудесный человек, но бывает, что она меня раздражает, — сказала Ида Михайловна. — Идут в военные училица поголовно все, потому что зарплата большая. Учиться там нелегко. Но надо же безбедно существовать когда-нибудь? И зачем колоть этим учеников? Разговоры в пользу бедных не изменят систему!

— Я не понимаю, чем ей до сих пор не нравятся люди в мундирах! — воскликнул Михаил Фёдорович Черкасов, математик. — Должна ведь быть реальная власть. Мундир — это реальная сила. Не так ли, Лилия Ивановна? У вас, например, муж офицер и вернейший и преданнейший из мужчин! За такого надо держаться. Хотя есть и другие мужчины на свете, конечно.

— Конечно, — сказала Лилия Ивановна. — Я очень дорожу своим Сергеем.

И Лилия Ивановна пошла на урок, с опаской взглянув на Черкасова. Потом был у неё разговор с Идой.

— Волочится за тобой Черкасов, — констатировала Ида Михайловна. — Держись, Лиля! Он своё не упустит, старый ловелас. И притом он не дурак, а математик. Есть над чем подумать. Пойдём домой вместе, хочешь? Могу пригласить к себе. Я торт песочный испекла вчера. Ничего получилось.

— Ужасно тороплюсь, — сказала Лилия Ивановна. — Надо Владика забирать с продлёнки. И в магазин надо сходить за мясом. Ужасно я тороплюсь сегодня, Ида!

— Вон твой Владик сам уже идёт сюда, — задумчиво продолжала Ида Михайловна. — Но ты как будто скрываешь что-то от меня? Уж не обиделась ли и ты на меня из-за Черкасова? Я пошутила.

Лилия Ивановна, улыбнувшись подруге, ушла вместе с сыном домой. Наскоро покормив Владика, она посоветовала ему делать уроки, хотя разрешила смотреть телевизор. Она уезжала по своим делам на Невский, в Институт усовершенствования учителей, на лекцию, как объясняла она сыну всегда в такие минуты, оставляя его одного в квартире. Она не настаивала особенно на успехах сына, да и успехов этих не было. Лиля считала, что свобода лучше. Человек любого возраста должен свободой пользоваться. Зачем дрожать над детьми? Дети вырастают и становятся взрослыми. Вырастают все. И во всяких условиях живут, но всё-таки вырастают, как и всё живое. Как цветы, как деревья, как трава. Вот и она тоже выросла, Лилия Ивановна. Без матери, с мачехой. Мать умерла, когда Лиле было пять лет. Отец женился и наплодил ещё детей. Якобы сестричек родных для Лили. Но когда она играла с ними, сестрички царапали Лилю, а если все вместе мылись в бане, выливали ей на ноги тазики с водой, порядочно разбавленной кипяточком, и будто случайно выкололи глаза её единственной кукле. Детские игры забавляли мачеху, и она до слёз смеялась над проказницами. Нет, Лиля правильно сделала, что вышла замуж за Сергея Поташова, и правильно, что не сразу решилась родить от него ребёнка. Разум всегда побеждал в ней, и Лиля изо всех сил тянула заочный институт. С дипломом всё-таки можно ходить в учителях, хотя и без особых педагогических способностей и без теплоты в душе к детям, но всё-таки с «корками» в школе работают, а не в овощном магазине, куда идут, как правило, жёны военных числиться ради трудового стажа. Хотя ещё неизвестно, где выгоднее.

Классика учит нас уму-разуму набираться. Филфак выучил Лилю Поташову не открывать всему миру свою грешную душу. Нельзя сказать вслух о том, что деньги в любой ситуации выбора для большинства всё-таки лучшее. Это пошло звучит, это невозвышенно чувствуется! Но можно практически это отлично сознавать и даже можно с этим вполне нормально жить, полноценно, не страдая нервными комплексами. Прикиньте, как это прекрасно — просто жить и покупать себе французские духи и косметику, и легко ступать по неровному асфальту улицы лёгкими ногами в невесомых босоножках из натуральной кожи! Сложно жить только без другого. Без того, чего природа требует, как земля — дождя. Но и этот вопрос легко закрыть, не ставя на голосование, если убрать всех любопытных с глаз долой. Словом, есть сладость тайных встреч. Так-то.

Конечно, у Лилии Ивановны был нужный друг. В те дни, когда Сергей Поташов находился на суточном дежурстве в казарме или в командировках, его жена, бывало, проехав пару остановок на автобусе до ближайшей стоянки такси, подальше от соседских глаз, осторожно скользнув на заднее сиденье машины, уезжала не в Институт усовершенствования учителей, а к Николаю Николаевичу Зуеву, подполковнику КГБ. Он и был любовником Лили Поташовой.

Невысокого роста шатен, немолодой, но довольно худощавый, он был незаметен в толпе — качество необходимое для иного Зорге. Меньше риска при смертельном полёте слепой пули, больше возможностей увернуться от жестокого удара финкой. Пройдя свой тернистый путь и заслужив награды, Зуев, поджидая персональную пенсию, выбрал уединение и тишину. Он теперь и вовсе стал незаметен, хотя снова был важен и незаменим. Он работал по-прежнему с толпой, но не с людьми, к счастью, а только с их бумагами. Каждый день он вычитывал криминальные тонкости в кандидатских и докторских диссертациях, которые сдавались ему ректоратом для цензуры. Столько повырастало разнообразных учёных за последние славные годы советской власти, что Зуев читал написанное до глубокой ночи и от всех прочитанных умных мыслей даже уставал. Уставал он постоянно гордиться учёными, строча отзывы на какие-нибудь незаурядные труды, иногда повторявшие фразу за фразой прежде уже прочитанные цензором выкладки других. Бумага терпела, ей не привыкать, а Зуев Николай Николаевич от усталости звонил Лиле Поташовой, и она приезжала его навестить в его Первый отдел. Зуев работал в Институте народного хозяйства, а Первый отдел — это просто дверь без таблички и номера комнаты, тяжёлая дверь, обитая железом, в тихом коридоре здания, ниже первого этажа. Первый отдел — это один человек, подполковник КГБ Николай Николаевич Зуев. Здесь, в комнате его отдела, был его сейф и его холодильник. В холодильнике всегда стояла бутылка «Столичной», имелись на выбор коньяки и вина, и появлялось к Восьмому марта и даже по будним рабочим дням «Советское», родное, шампанское!

— Любую выбирай, Лилечка моя! — тихо восклицал Николай Николаевич, открывая достойный холодильник перед тайной подругой. — Какую выберешь сегодня, ту и раскатаем! А потом закусим и крутанёмся колесом! Эх, поговорим с тобой за жисть!..

— Ты, Коля, добрый, — отвечала Лиля. — С такими, как ты, шутниками, очень просто жить. А мой Поташов всё злится, пилит меня. Какое там шампанское! Вино сухое покупает со вздохом! День рождения сына отмечали, так он неделю мне потом выговаривал, что я к столу шоколадные вафли достала, переплатила за них, конечно. Да ведь нельзя же одну водку и солёные огурцы на праздничный стол ставить! А переплатить я должна была — в магазинах с продуктами и совсем бедно стало. Пустеют магазины! Ни фруктов, ни колбасы нет. И даже сосиски появляются редко. Куда поворачиваем? Так и завернём!..

— Поосторожнее на поворотах! — шутливо отвечал ей Николай Николаевич. — Моя профессия не любит лишней критики. Запомни — всякую жизнь можно поправить, если поручить это ответственным органам ЧЕКА!..

— Про ЧК я молчу, а у тебя, Коля, профессия изрядно скомпрометированная, — говорила Лиля. — Ты уж извини меня, Коля, за такую откровенность. Но лично к тебе я питаю симпатию. Хотя ошибки вашего ведомства налицо.

— Симпатия у нас взаимная, — улыбался Зуев, — а вот ошибки будем поправлять! Зачем нам вечно обыденная жизнь? Нам к лицу завернуть в красивую!..

Они подсаживались к письменному столу и начинали поправлять обыденную жизнь содержимым холодильника. На закуску употребляли шоколадные конфеты «Мишка на Севере», буженину и копчёную колбасу. Хлеб тоже ели, но обычный, кирпичиком, какой едят и покупают все.

— Профессия скомпрометированная, это ты правильно заметила, — негромко произносил Николай Николаевич, — а всё из-за Берии. Я на прошлой неделе смотрел фильм «Покаяние». Мы с Митей Дударевым ходили вместе, он старый товарищ мой, встретились мы с ним случайно на Литейном и рванули в кино! Надо же быть в курсе новинок! Ну, одним словом, посмотрели, хотя Митя уйти порывался, не хотел досмотреть до конца. Возмущался Митя. Как, говорит, такое можно всему нашему дубовому народу показывать? Спорные, говорит, вещи в этом кино накручены и совершенно неправдивые моменты. Женщина — и вдруг выкапывает покойника. Да ведь это тяжело — взять лопату и землю копать, и тем более — бабе! Да ещё, говорит, психологию накинуть надо — могилку выкопать не всякий мужик сможет! Нет, говорит, это, Коля, не кино, а настоящая вражеская агитация, направленная против государства и лично против органов нашего ЧЕКА! А если, говорит, после такого кино все начнут покойников выкапывать? Тогда у нас ни одного кладбища не останется, будь уверен! Потому что, говорит, все у нас в органах запачкались так, что их ни бог, ни чёрт не отмоет. Все, говорит, клепали друг на друга, все жаловаться ходили в наши органы. Ты, говорит, встречал в своей жизни хоть одного, который бы перед нами в штаны не наложил и задом не вилял, складывая на кого угодно — на жену ли, на соседа ли, или вообще на тёщину мать? А мне фильм понравился, и я прямо Мите сказал: фильм хо-ро-ший! К чему, говорю, было художников уничтожать? Или учёных? Какое о нас мнение будет сформировано — вот что надо было предвидеть. Мы же не одни на планете, есть ещё заграница! Не надо было давать им повода нас внутренне разлагать агитацией. Тем более в смысле художников не давать им повода нас унижать. Искусство надо просто направлять в нужное русло, но ценить. Не каждый может рисовать. Поэты, писатели — эти болтуны, они опасны. Но картины — это красиво. Это цвет, краски. Нет, Берия был не дурак, но на эту тему совершенно зарвался! Вот такое мнение моё личное, Лилечка, не думай, что я отсталый. Я прогрессивный для своей профессии! Это вот Митя Дударев — он совсем отсталый, в искусстве не разбирается. Ну, за искусство давай ещё по одной! Я люблю талант в нашем народе. И я водки выпью лучше. Мне беленькая по национальности ближе, чем коньяк армянский, — я простой русский человек! И люблю песню про почтовую тройку, что катит по Волге-матушке зимой!..

Они пропускали по глоточку ещё. Пили они из широких стаканов, грани которых были слегка вдавлены внутрь в виде лепестков цветка. Держать такой стакан в руке очень удобно, универсален тот — со знаком качества — стакан. Из такой посудины можно пить и коньяк, и шампанское. Ну а насчёт водки — нет вопросов. Её вообще из чего угодно пьют, когда скрываются от милиции в подъезде, из рукава, например. Уникальный, советский по национальности, бывший русский напиток!..

— Александр Сергеевич Пушкин был великим русским поэтом, но считал, как и ты, тоже так, Коля, — тонко замечала Лиля. — Ты помнишь, что он говорил? Любите живопись, поэты! Но пил он чаще не водку, а шампанское «Клико».

— Ты у меня умница, — отвечал, улыбаясь, Зуев. — От «Клико» на перекличке не откликнешься — голова болит. Но про живопись сказал не Пушкин, а кто-то другой, кажется, Заболоцкий. Даже я знаю, как тоже поэт! Да и не всё ли равно, кто это сказал?..

Теперь смеялась Лиля. Закусывали. Николай Николаевич любил пирожное эклер, а Лиля ела корзиночку. Пирожные

Зуев умл выбирать и покупал их всегда очень свежие, рассыпчатые. Иногда он покупал и пышные торты.

— Я на Невский специально для тебя ездил, — объяснял Николай Николаевич. — Очень даже оперативно обернулся, за двадцать три минуты всего! А взял — всё свеженькое. Выпечка и должна быть свеженькой, только тогда она и вкусна. Правильно?

— Возмущаются люди, что в магазинах пусто, — говорила Лиля. — Вот что правильно.

— Подзапустили хозяйство, это точно, — соглашался Зуев. — Но экономисты ищут пути развития нашей, так сказать, материальной базы. Может, найдут, я диссертации почитываю, вижу, учёный мир серьёзно копаться начал в философии и цифрах. Критический момент в экономике. Правильно копаются. Но порядка всё равно нет! И пока не дают нам, чекистам, порядок навести, какой должен быть при советской власти. Ведь именно мы и есть эта самая реальная советская власть! И другой у нас пока что нет и, поверь мне, не будет. И так уже продано за кордон немало секретов, потому что в идею давно никто не верит. Но ордер на арест сейчас нам выписать далеко не просто. Нельзя хватать всех подряд, как при Берии. Надо долго и сложно распутывать узел. К примеру, взять дело Пеньковского! Я принимал участие, и немалое, в этой операции. Мы Пеньковского долго искали. Он был умён и хорошо сидел. Но сука он был, конечно, каких свет не видывал! Многие ракетные базы и объекты, которые он выдал, пришлось перестраивать, сотни миллионов государственных рублей полетели в воздух! И главное — людей в его деле пострадало немало, не очень, конечно, чистых, но и не абсолютно виновных. Просто так сложилось у них, что жизнь в болото затянула. Ну, вздрогнем, что ли, за жизнь ещё?

Лиля закрывала ладонью свой стакан и говорила:

— Мне хватит. Я свою меру знаю.

Николай Николаевич никогда не настаивал, чтобы она выпила ещё. Он наливал себе немного и поднимал последний тост за счастье и мир во всём мире.

— Ты хорошая, скромная и красивая женщина, — говорил он, слегка опьянев. — И ты красивая именно потому, что знаешь свою меру. Сейчас все распустились, и женщины тоже. Пьют до того безудержно, как будто их минуту назад с Лубянки за невиновностью отпустили. Просто не остановить! Я на Невском давеча, как за тортом ездил, двух девушек видел, молоденьких. Взяли они бутылку и дуют прямо из горла. Что тут хорошего, спрашивается? Как мужчины будут к ним после этого относиться? И смеются себе они, девки эти, не стесняясь, громко, как будто так и надо — пить на улице! В былые времена этого не было. Люди Берии днём и ночью ходили по улицам, выбирали глазом из толпы, кто выделяться вздумал. И расхлябанности такой на улицах не было! В методе скомпрометированном, оказывается, был свой резон! Практика показывает, что сейчас не лучше стало, а хуже. Вот вам и Берия!..

— Про Берию не надо, а про Пеньковского расскажи, Коля, — попросила однажды Лиля. — Интересно про него узнать правду.

— Всё трудно рассказать. Дело было огромное! У каждого из нас был свой объект наблюдения, свой человек, то есть, которого мы «катали» — выслеживали, одним словом. Ведь задание было дано — ловить с поличным. Ну и, конечно, узнавать, кто с кем связан. Меня заслали на военный аэродром, работать механиком якобы. Я и моя группа катали Галю Шульман, официантку из ресторана на аэродроме, где все мы кормились. Ушлая она была, смазливая, молодая, но обтёртая со всех сторон! Плотно упакована была — подарков у неё каждый день было море. Всё от мужиков. Она не стеснялась обкрадывать нашего брата. Выворачивала наизнанку того, кто с ней крутил шашни. Деньги тоже брала за постель, как самая последняя уличная проститутка. Но держалась в ресторане гордо, уверенно, работала хорошо. По делу Пеньковского она не проходила у нас как фигура крупная, другие больше были запачканы. Галей, скорее, прикрывались. Но уж если я вцеплюсь — я найду. Нет, уж если я вцеплюсь — я любого раскатаю, душу вытрясу из самого дьявола. И я катал Галю семь месяцев и вывернул наизнанку всю её подноготную. Всех её любовников, подруг, все её встречи я знал. Я знал, что она хочет уехать в Израиль, что она копит валюту, я следил за каждым её не то что шагом — за каждым вздохом! И вдруг, совсем неожиданно, она начала кокетничать со мной. Я не сдавался, как мужик, хоть и на колени она ко мне садилась, и авансы в смысле любви стала в открытую выдавать — до поцелуев дошла во время танца со мной в одной общей дружеской питейной компании!

Она мне нравиться стала, хоть и еврейка она была. Я был на шаг от любви к ней, хоть я не жалую эту нацию. Но я был на задании — я удержался от всякой лирики, я остался чекистом.

— И чем это всё закончилось? — замирая от любопытства, спросила Лиля.

Николай Николаевич тихо вздохнул.

— Взял я её наконец. Арестовал. Она, представь, не испугалась, когда за ней пришли. Спокойненько так заявила мне: вы, говорит, на эффект, наверное, рассчитывали, Николай Николаевич? Напрасно. Я давно знала и понимала, кто вы и откуда, хотя танцуете вы хорошо. Я знала, что именно вы и придёте за мной. Ну, проходите, пожалуйста, на чашечку кофе. И улыбается! Всё-таки это мужество — так владеть собой во время ареста! Потом я вёл её допросы. Пока вёл, шашлыками кормил. Для себя, якобы, заказывал. Приносили мне в кабинет. Галя ела, конечно. Мне было жаль, что всё-таки она попалась по делу Пеньковского. И жаль мне было, что мы её так раскатали. У меня все плёнки её сексуальных похождений были, со всеми своими агентами я заснял её на микроплёнку, не раз и не два! Женщина она была страстная, но её развратили деньги. И мечты о зарубежной жизни. Остальное не спрашивай, Лилечка моя, я не скажу всё равно, чтобы не скомпрометировать профессию. Но добавлю, что замужние женщины ведут себя в постели поскромнее. Распущенная она была, Галя.

Николай Николаевич надувал матрац. Он всегда его надувал при Лиле, чтобы показать силу своих здоровых лёгких. Щёки его при этом раздувались, и один глаз прижмуривался. Несмотря на возраст, Зуев был силён как мужчина, и Лиля пригревалась рядом с его мускулистым телом. «А если бы он мне замуж предложил вдруг?» — думала иногда Лиля. И, словно прочитав эту мысль, Зуев однажды ответил ей:

— Моя чекистская жизнь сложна. Мне развод, например, никак не оформить. Наши не расходятся никто, потому что и жёны посвящены в некоторые секреты. Это при Берии можно было убрать собственную жену, если она тебе надоела. Сейчас не те времена, сейчас счастлив тот, у кого естественное вдовство намечается. Травить тоже опасно. Сейчас ждут, как выйдет. Вот Мите Дудареву сейчас привалило счастье — у него жена, наконец, умерла от рака. Долго отдавала концы, долго мучила Митю! Но у него есть девчушка на двадцать лет моложе, он её для себя уже давно подготовил — замуж её выдал, на работу устроил, теперь разведёт с мужем и женится сам! Или просто избавится от её сопляка-мужа, столкнёт его.

— Как «столкнёт»? — не поняла Лиля.

— Не «как», а «куда», — улыбнулся Коля. — Под «Татру» столкнёт через своих людей, или сам. Мало ли алкашей на улицах под грузовики попадают! Пить надо меньше.

И глядя в растерянное лицо Лили, Николай Николаевич засмеялся:

— Я вижу, у тебя дух захватило от страха. Я сказал просто так, в шутку. Я не знаю планов Мити Дударева. А мою жену всё равно никуда не подеваешь, и она товарищем моим была, другом, помогала мне. Мы с ней Венгрию прошли вместе. Да и твоему Поташову на всю оставшуюся жизнь хватит его подводной лодки. Зачем нам с тобой усложняться?

Николай Николаевич всегда давал Лиле деньги на такси, и она уезжала домой. Владику, сомлевшему у телевизора, она привозила остатки торта. Она приезжала домой не поздно, и, поужинав вместе, сын и мать ложились спать. Иногда Лилия Ивановна подумывала, что Николай Николаевич ей чем-то неудобен и можно попробовать заменить его Михаилом Фёдоровичем Черкасовым, всё-таки учителем, да ещё и предмета математики, чья профессия из века в век была у людей в почёте, даже несмотря на социалистические революции. Лилия Ивановна припоминала своё знакомство с Зуевым, которое произошло в кинотеатре, на утреннем сеансе, куда она водила свой класс на воскресное мероприятие. Зуев подсел к ней, ребята уступили ему место, зал был полупустой, фильм был подобран учителями в соответствии с возрастом зрителей, и потому за дисциплину краснеть не приходилось. Лилия Ивановна казалась спокойной. Зуев заговорил с ней о чём-то, кажется, рассказал анекдот. Сначала Лилия Ивановна думала, что этот мужчина, так шутливо заговоривший с ней в кинозале, среди учеников её — отец кого-нибудь из них. Ведь пятых классов в зале сидело несколько, и другие классные руководители хотя и сидели в кинозале тоже, но в разных концах, далеко от Лилии Ивановны, и выяснить, кто этот человек, возможности не было. Лилия Ивановна отвечала на шутки, как и подобает учителю, когда он хочет поладить с родителями — то есть и посмеялась, и поддакнула, и выдержала серьёзную мину. Чего только не приходится изображать учителям! Словом, Лилия Ивановна применила полный набор мимики, отработанный до совершенства практикой зыбкой педагогической жизни. Но когда Николай Николаевич, наклонившись к её уху, вдруг жарко прошептал о том, что он любитель другого кино, а именно порнографического, Лилия Ивановна поняла, что он хочет с ней познакомиться и вовсе не член школьного родительского комитета, например, а просто нормальный член советского нашего общества. Горячая мужская ладонь сжала повлажневшую руку Лилии Ивановны, и Лилия Ивановна оценила партнёра — с havingсединкой, но не стар, и очень чистый, в хорошей рубашке, ухоженный. Лилия Ивановна согласилась на встречу в кафе, назначенную через часок, когда пятые классы исчезнут из поля зрения учителя, разбредясь по домам. С той поры и начались объятия на надувном матрасе, покрытом чистой простынёй, которая свято хранилась у Николая Николаевича в сейфе. И состоялось шампанское, шоколадные конфеты и эти свеженькие пирожные, и тоненько нарезанная, прозрачная копчёная колбаска. «Не у каждой бабёнки есть такой внимательный любовник, да ещё и чекист», — и так тоже думала иногда Лилия Ивановна. И жизнь её продолжала вращаться всё в том же замкнутом колесе — школа, уроки, проверка тетрадей, педсоветы и умные разговоры на большой перемене в учительской.

— Меня десятый «А» сегодня опять чуть до инфаркта не довёл, ей-богу! — воскликнула Полина Афанасьевна. — Знаете, какую шутку они отмочили сегодня, мои акселераты? Приходит Миша Пакс и объявляет в классе: «Кто написал вчера в моём подъезде "Пакс — говно", пусть сам и вытирает! Я это говно вытирать не буду. Вот если бы вы меня в три этажа выписали — возможно, я бы такое вытер. Это правда была бы обо мне написана. А вытирать всякую муть пионерскую я не собираюсь!» Саша Заикин сразу возник, надо же покрасоваться и ему. Говорит: «Мишель, не выражайся при женщинах!» Тогда Вера Воробьёва совершенно справедливо повернулась к Заикину и ответила: «Поосторожнее, Заикин. При девушках. Да-да». Но Заикин ей тут же лепит, за словом в карман не полез: «Откуда, говорит, я знаю? Не уверен — не обгоняй!» И все акселераты, конечно: ха-ха-ха! Ах, как смешно! Я возмутилась. «Знаете, говорю, ребята, я, как классный руководитель и ваш старший друг, считаю нужным сделать вам резкое замечание. У нас в классе разговоры удивительно неприличны». А Заикин своё, не смущаясь: «Что же тут неприличного? Все девушки рано или поздно становятся женщинами!» И вот тогда Пакс заключил: «Чаще рано, — говорит, — становятся, а когда поздно — это удивительно!» Как вам нравится такой пассаж? Родителей, что ли, в школу опять вызвать? А тут ещё вечер поэзии привязался! Родителей бы, конечно, я вызвала, да начни я сейчас ссориться с Заикиным и Паксом — ведь ни на одну репетицию тогда они не придут. А с одними девчонками вечер не вытянуть — у них вдохновенья без мальчиков не хватит! А тем более без нашей суперзвезды — Заикина! Но обнаглели ребята — просто нет сил терпеть. И почему они так себя ведут? Заикин последнее время приходит в школу нервный, как заведённый, а Пакс совершенно с катушек соскочил — в золотом перстне с бриллиантом в школу явился! Мне ещё только не хватало отвечать за пропажу драгоценностей в классе, если наш Мишель колечко потеряет. Его сейчас в классе Заикин называет только так — наш Мишель. И Пакс, конечно, выдерживает роль.

— Пакс так ведёт себя потому, что родители разбаловали его до предела, — сказала Анна Павловна. — Вы же знаете, что они ради него тянут и тянут лямку как проклятые. Что поделаешь — он у них один! А Заикин заводится, потому что ему женщина нужна. Ведь Заикин уже мужчина. Вы же знаете, что он пришёл к нам из туберкулёзного диспансера в Петродворце. Но вы не знаете, что у него там связь была с одной медсестричкой! Мне сообщил об этом его доктор. У лёгочников и вообще большая потенция, а Заикин, с такими нежными чертами лица и с таким ростом — метр девяносто пять, вполне естественно, что имеет к тому же и бурный успех у девушек. Но реально то, что ему не девушка, а женщина нужна. Он тогда успокоится. Вот погодите — найдёт. И дисциплина сразу наладится в вашем знаменитом десятом «А». Заикин со всеми разберётся. У него дружок закадычный — Шурик Иванцов. Тоже, по-моему, мужчина, очень уж сильный физически для десятиклассника. И Заикин, при поддержке Шурика, никого не боится. Только Шурик с ним дружит из-за Воробьёвой, а не из уважения. Шурик — наглец. Они Заикина с Модестом Черных склоняют как хотят за глаза. А при всех они с Заикиным вроде за панибрата. Всё потому, что Шурик не даёт Веру Воробьёву Заикину в постель. Шурик сам с Воробьёвой не прочь полежать. А Вера — она не прочь и с каждым из них, включая отпетого Модеста Черных!..

— Кто их разберёт, парней, мужчины они или мальчики, — грустно сказала Полина Афанасьевна. — Девчонок бы не трогали. Забеременеет какая-нибудь — пятно на школе, хлопот не оберёшься. А мне никак не нужны пятна перед пенсией. Разве я им мать родная, что стану девок сторожить, чтобы в подоле не принесли? Да господи меня прости! Я бы их всех кастрировала, чтобы мне на пенсию спокойно уйти, и мальчишек этих, и девок! Мне эта работа последнее время просто поперёк горла. Все эти акселераты — оторви и брось, вот и вся мораль! Хотя о Воробьёвой вы зря такого мнения, Анна Павловна. Она, конечно, не слишком возвышенная, но чувствительная. А то, что её Венерой стали дразнить, — это минует. Это всё из-за её красоты. Но на всех красоту её не поделишь. Всё равно одному достанется. Женская судьба — обломается и будет принадлежать навеки одному.

— Вначале, как принято, одному, — сказал Черкасов. — А вот потом...

— Михаил Фёдорович! — вскричала Полина Афанасьевна. — Вы забываетесь!

— Нехорошо подслушивать женские разговоры, — поморщилась Анна Павловна.

— Я не подслушиваю разговоры или педагогические тайны, да ещё и в учительской, — сказал Черкасов. — Я их просто слышу!..

— Всем пора на урок, — сказала Анна Павловна. — Я всё-таки завуч, но не хочу об этом лишний раз напоминать вам, товарищи учителя. На уроки свои не опаздывайте, пожалуйста, чтобы нам без замечаний обойтись. А вам, Михаил Фёдорович, на третий этаж из учительской идти вообще далеко, поторопитесь. Слышите звонок? Пошли работать, хотя вы, Михаил Фёдорович, уже опоздали!..

— Сегодня приходите на репетицию, Лилия Ивановна, — сказала Полина Афанасьевна. — Сегодня вечером начнём в семь часов, в актовом зале.

Лилия Ивановна, не ответив, а только слегка склонив голову набок, взяла журнал и пошла на урок русского языка в пятый класс. Как всегда, она начала урок с орфографической минутки. Лилия Ивановна начала диктовать слова, отобранные ею для запоминания и разбора:

— Колоться, касаться, раскрошиться, раскрошить, колесо, раскатать, Коля...

У Лилии Ивановны это был последний урок по расписанию. Она чувствовала себя вялой. Но ребята отвечали хорошо, Лилия Ивановна поставила несколько пятёрок и всего одну тройку. Потом она дала самостоятельную работу по выполнению упражнения, но по классу не ходила, а сидела у стола, иногда вызывая учащихся для проверки их тетрадей. И почему-то, молча глядя на тихо корпевший над учебниками класс, Лилия Ивановна повторяла про себя, как привязчивый мотив песни, слова из орфографической минутки: «Колесо, раскатать, Коля...»

«Вот ведь жуткая оказия — раскатать человека, то есть вывернуть наизнанку всю его подноготную, узнать все его секреты, опозорить и убрать — уволить!»

Нет, идти на репетицию Лилии Ивановне совсем не хотелось. Пристала же эта Полина! Дотошная женщина, теперь она не отвяжется. Но она ведёт методическое объединение и может запросто отомстить: начнёт выискивать ошибки в тетрадках учеников Лилии Ивановны Поташовой, учителя русского языка, да ещё и начнёт, чего доброго, объявлять о количестве ошибок, допущенных иным учеником. Так уже бывало с Лилией Ивановной в других школах, где ей пришлось работать. Горький опыт — поссориться с завучем или председателем методического объединения. А про местком и вообще не стоит заикаться. Ещё диктанты проверять начнут у Лилии Ивановны, почему-то вдруг! И потянут тетрадки на открытое профсоюзное собрание или местком. А ведь в диктантах ошибки самим же учителем исправляются, в контрольных диктантах учащихся, разумеется. Это делается для того, чтобы учителя не ругали за плохую успеваемость в классах. То, что успеваемость учащихся стала ниже средней при всеобуче, — известно всем, потому что при всеобуче как системе на второй год неуспевающего ученика всё равно не оставляют. Надо, чтобы школа давала высокие показатели успеваемости и чтобы все ученики переходили из класса в класс. Успеваемость — лицо школы. Какой же директор станет показывать перед вышестоящими своё плохо выбритое лицо? Не дай бог служить по учёной части! Легче ошибки в диктантах поправить.

Нельзя, никак нельзя Лилии Ивановне связываться с Полиной. Придётся помочь ей и потренировать учащихся в выразительном чтении. У Лилии Ивановны лично и у самой выразительное чтение получалось преотлично. Сказывалась в её артистических интонациях вольная мечтательная юность — с безразличной мачехой и с занятиями в драмкружке Дома пионеров до самого позднего вечера.

Кружок вёл актёр, бывший и большой, но, увы, спившийся и теперь пристроившийся вести драмкружок ради зарплаты, хотя и мизерной. В жизни, случается, есть место и подвигам, и не без вдохновенья и вольнодумства вёлся тот кружок! Однако его закрыли. Официально — по причине того, что репетиции устраивались слишком поздно. А в сущности потому, что, хотя в жизни место для подвигов и есть, но отыскать его бывает очень нелегко. Итак, репетиции шли всё-таки в сумерках. Раньше собраться с мыслями настоящему таланту трудно. Муза редко посещает творческих людей по утрам. Один Лев Толстой, пожалуй, представляет в этом смысле исключение, да что же взять с него? Он ведь всё равно был граф и мог позволить себе без зарплаты косить траву в яснополянских просторных лугах. Отдадим должное Льву Толстому за его покосы, но не все таланты способны к сельскохозяйственным работам на полях страны. И почему бы не впасть в привычный винный настрой и не поговорить начистоту со слушателями, роняя зёрна истины в юные и ещё трезвые души? Так девочка из простой семьи, Лиля Лилина, пристрастившись ходить в драмкружок, как крестьянские дети в яснополянскую школу, впервые услышала здесь имена Андрея Белого, Игоря Северянина и Николая Гумилёва. И даже запомнила кредо одарённости, близко по смыслу к монологу, однажды произнесённому под настроение, в сумерки, художественным руководителем многострадального кружка:

— Видите ли, господа юноши и девушки, в душе каждого человека есть такая хитрая штука — колодец без дна. Вот через тот индивидуальный колодец мы выходим, порой, в мир духа и космоса. Это не я сказал, это сказал поэт Андрей Белый, замечательный русский человек. Через тот колодец мы черпаем в себя из глубины веков. Мы вбираем. Мы выбираем. Мы осуществляем свою связь с жизнью через тот самый колодец! Важно только тот колодец в себе отыскать. И я верю, вы отыщете его в себе. Отыщете уже хотя бы потому, что я рассказал вам о его существовании, и я завещаю вам его отыскать. Это серьёзный момент! Иногда тот колодец помогает открыть любовь, которая есть неизбежность жизни! Она не всегда бывает ответной, но это чувство надо нести в себе с высоко поднятой головой, хотя бы предметом любви был и козёл. Неважен предмет. Важно чувство! Но может случиться и так, что, открыв тот колодец, человек, испугавшись его глубины, зовущей в бесконечность, захлопнет его навсегда! Таких людей мне жаль. Их ждёт в дальнейшем лишь серое существование, в котором никаких катастроф или волнений, ничего совершенно не происходит. Запомните, пожалуйста: в существовании не происходит ничего! Происходит важное или неважное, но хотя бы ЧТО-ТО — только в жизни! Настоящей, раскованной, свободной от всяких запретов! Правда, излишек вина, бывает, сказывается на иных организмах.

С тех пор прошли годы. Учительница хотя и не актриса, но всё же человек, связанный с искусством слова; Лилия Ивановна не раз улыбалась наедине с собой, вспоминая тот «колодец» драмкружка, где кормился бывший талант. Но выразительное чтение ей вести удавалось, и чтецы Лилии Ивановны не раз побеждали даже на городских конкурсах.

Приняв решение идти на репетицию десятых классов, Лилия Ивановна уложилась во время — пришла без четверти семь, сделав все свои дела заранее. Она знала, что репетиция — процесс долгий и вдохновенный. Поэтому она, пусть и не слишком торопилась, но чувствовала себя вполне свободной и раскованной. Труппа, отобранная Полиной для участия в вечере, почти собралась, и довольно многочисленная.

— Зрителей лишних обязательно удаляйте, Лилия Ивановна, — приказала Полина, — иначе вечер никому не будет интересен. Остаются только те, кто участвует в самодеятельности. Ребята это и сами должны понимать. Я написала сценарий, вот вам, Лилия Ивановна, текст. Мы его сейчас с вами, кстати, разделим. Я буду слушать тех ребят, которые читают Ахматову и Цветаеву, а вы возьмите себе Андрея Белого и кого-нибудь ещё. Кого бы вам дать? Можно Владислава Ходасевича, но лучше возьмите Гумилёва с Бальмонтом. Блока я сама хочу послушать, всё-таки мы о Блоке много говорили. Если хотите, выберите сами, кого вам легче слушать. Ведь я отобрала довольно сложные для понимания тексты!

— Ничего, давайте Гумилёва и Белого, — гордо сказала Лилия Ивановна. — Может, и у меня получится кое-что.

— Мы будем всё делать вместе! — воскликнула Полина. — Вы послушайте, потренируйте ребят, потом вы послушаете и мою группу тоже, а потом все вместе послушаем. Ах, я люблю эти школьные репетиции литературных вечеров! Ребята напоминают мне в такие минуты мою собственную блокадную юность, когда мы жили только вдохновеньем, только верой в победу и поэзией! Моя мама целыми днями, лёжа уже почти неподвижно, слушала выступавшую по радио Ольгу Берггольц. Я читала маме вслух стихи символистов из дореволюционных изданий, которые мы сжигали потом в буржуйке. Я старалась не замечать смерти соседей в нашей коммунальной квартире, учила стихи наизусть. Мы ходили с бригадой пионеров выступать в больницы со стихами. Нас организовала на этот подвиг наша школьная директриса и реально помогла нам выжить. Ведь в больницах нам давали доедать после больных хлеб и суп. Потом уже только хлебец, крошечный, но всё-таки съедобный. А директриса умерла. Её звали Ангелина Серафимовна, она была родом из духовного сословия и божьей милостью педагог. Да что вспоминать о грустном лишний раз! Начнём репетицию...

Лилия Ивановна начала слушать чтецов. Некоторые ребята рассказывали стихи выразительно, но бездумно. Другие монотонно, примитивно, но громко. Лиля внимательно слушала, стараясь отобрать, с кем работать вначале, с кем после, с кем подольше и посерьёзнее. Она прикидывала, как удачнее донести до зрителя смысл стихов, выразив его в интонациях чтения, она мысленно отмечала в собственном восприятии специфические оттенки речи чтецов, стараясь понять для себя характер каждого из выступавших. Ведь это так важно для сценического действия — понять характер актёра! Она увлеклась и раскраснелась. Юбка высоко закаталась на её коленях.

— Лилия Ивановна, поздравляю! Все хотят слушать только вас. Меня совершенно задвинули на задний план, — вдруг раздался над её ухом зычный голос Полины. — Какой успех! Кто бы мог такое подумать! Я представляю, какой мы отгрохаем вечер с таким профессиональным режиссёром, как Лилия Ивановна. Только ребят из своей группы я всё равно заберу, Блока вам не отдам. Ни-ни! Он только мой! Не соблазняйте моих поклонников Блока. Они ни за что не перейдут на сторону Андрея Белого!

Начался смех и беготня. Лиля смеялась тоже от души. Потом репетицию удалось наладить, и очередь дошла до Веры Воробьёвой. Присев на стул напротив Лилии Ивановны, Вера начала читать из Андрея Белого:

> Мы — ослеплённые, пока в душе не вскроем
> Иных миров знакомое зерно:
> В моей груди отражено оно,
> И вот зажгло знакомым грозным зноем.
>
> И вспыхнула, и осветилась мгла,
> Всё вспомнилось, не поднялось вопроса:
> В какие-то кипящие колёса
> Душа моя, расплавясь, потекла.

Когда Вера читала последнюю строфу, то приподняла руки с колен и слегка вытянула вперёд ладони. Окружавшие замерли на миг от её жеста. Стихотворение захватило восторгом всех.

— Ох, как здорово Верка прочитала, — сказала толстушка Настя Клубина. — Я так не смогу ни за что!

— Замечательно, — сказала Лилия Ивановна и, слегка подражая художественному руководителю бывшего «колодца», повторила ещё раз: — Да-да. Замечательно. Просто замечательно! Ты занимаешься в драмкружке или в какой-то театральной студии, Веруся?

— Нет, я сама решила так прочитать, потому что я так чувствую это стихотворение, — ответила Вера. Потом пояснила: — Нас Полина Афанасьевна учила так читать. Как чувствуешь.

— И хорошо же ты чувствуешь, Вера, — сказала Настя Клубина. — Если бы ты ещё и химию так чувствовала!

— Нет, химию можешь сама чувствовать, — сказала Вера смущённо.

— Наша Вера-Венера вас, конечно, уже захватила в плен своего очарования, — снова появившись рядом, заключила Полина Афанасьевна. — Вот уж с кем работать вовсе не надо! Разве только попросить её, чтобы губы не красила так ярко. Молодая, красивая, можно ведь и без косметики обойтись. Но мне интересно узнать, где наши парни? Репетиция идёт полным ходом, а они всё не появляются! Ведь они обещали. Или они хотят поссориться со мной перед самой дискотекой? Сказано было ясно: будет хорошая литературная часть — будут и танцы. Кому вечер больше нужен? Мне или вам?

— Мальчишки в спортзале, Полина Ивановна! — воскликнула Настя. — Они сейчас доиграют в волейбол и придут. Они с ребятами из ПТУ играют.

— Значит, опять Модест Черных со своей командой в школе отирается, — рассердилась Полина Афанасьевна. — Позови сюда, Настя, наших ребят! Хватит им общаться с Модестом. По нему тюрьма уже давно плачет. Хотите, чтобы он и наших мальчишек в свои сети затянул?

— Я позову! — воскликнула Вера.

— Да вон они уже пришли сюда сами, — сказала Настя Клубина.

Лилия Ивановна оглянулась через плечо, не вставая со своего стула. Миша Пакс и Шурик Иванцов подходили к её группе. Позади неторопливо шёл Саша Заикин. Он был без обычной синей школьной формы, которая делала его фигуру смешной при таком высоком росте. Теперь, в полутьме актового зала, где была освещена только сцена, Заикин казался значительно взрослее в синей футболке с белой полосой. Он был пронзительно, вопиюще красив в сумерках зала, в этой футболке с глубоким вырезом, обнажившим его тонкую шею! Лилия Ивановна отвернулась и быстро опустила глаза, стараясь даже не чувствовать присутствия Саши Заикина, легендарного ученика непревзойдённого десятого класса «А».

Нет, другие учащиеся должны были привлекать её внимание, другие!

Они сидели перед ней — Шурик Иванцов, Миша Пакс и Вера-Венера Воробьёва. Только Саша Заикин остался стоять за спиной Лилии Ивановны, и затылок её овеяло теплом его взволнованного и частого дыхания мужчины. Лилия Ивановна нервным движением откинула назад свои растрепавшиеся длинные волосы.

— Саша Заикин, ты, кажется, Гумилёва читаешь «Капитаны»? Подойди сюда, пожалуйста, — твёрдым голосом учителя попросила Лилия Ивановна.

— «Капитанов» читаю я! — сказал Шурик Иванцов.

— Нет, нам их не переспорить, — сказала Полина Афанасьевна. — Они так решили между собой. Скажите им, Лилия Ивановна, что это решение не из лучших! Я хотела, чтобы всем было видно высокого капитана, который бесстрашно рвёт пистолет из-за пояса, обнаружив на борту бунт. Я планировала, что при этих словах — «так, что золото сыплется с кружев, с розоватых брабантских манжет» — Саша вытянет вперёд руку с пистолетом, разумеется, игрушечным. Мы могли бы прицепить к рукавам его пиджака кружево в виде манжет. При росте Саши — какой это был бы настоящий романтический герой моря! Саше бы осталось только выучить стихи! А капитан — готов!..

— Вы считаете, что если я среднего роста, так я стихи не выучу? — с вызовом спросил Иванцов, и Лилия Ивановна увидела, как он крепко сжал руку Пакса.

— Ой, больно, отпусти! — нарочито громко застонал Пакс. — Ты забыл, что в пятиборье выступаешь каждый год за школу? Ты же тренированный! А я хрупкий и интеллигентный еврей.

— Полина Афанасьевна, а Шурик Иванцов в пятиборье второе место нам достал среди школьников города, — тонко сказала толстая Настя Клубина. — Достал!..

— Ты действительно хочешь отдать своих «Капитанов» Шурику? Что ты думаешь, Саша, то и скажи! — немного помолчав, спросила Полина.

— Я думаю, что меня и так видно, — сказал Заикин. — Стану я ещё пиджак с манжетами на себя цеплять! И что вы все от меня хотите? Может, мне юбку надеть?

— Мы с Модестом на презерватив тебе сбросимся, можешь его надеть, — сказал Иванцов.

— Вот уж не к месту сказано! — воскликнула Полина Афанасьевна.

— Извините его, Полина Афанасьевна, — сказал Пакс. — Шурик просто расслабился в момент творческой борьбы в подворотне. Всё из-за темноты тамошней!..

— Я помню, когда мы в пятом классе учились, нам Шурик Иванцов о путешествии Магеллана доклад делал, — затянула Настя Клубина, — и ему Платон Павлович, как директор, поставил пять с плюсом. Платон Павлович у нас тогда географию вёл. И с тех пор он всегда Шурика с любого урока, даже с химии, согласен взять — новые парты в школу заносить, если привозят. Шурика Платон Павлович ценит за географию и за пятиборье. И за парты ценит. Шурик Иванцов нужен всем!

— Вам не всё равно, Полина Афанасьевна, пусть Шурик читает, раз он хочет! — заявил Пакс. — Это вот мне, к примеру, опасно читать стихи о путешествии по морю. Ещё подумают, что я мечтаю уехать кое-куда. Тогда и Платону Павловичу, и вам за меня нагорит! А в Шурике нашем какой криминал? Он не японец, как я!..

— Они доведут меня до инфаркта, — засмеялась Полина. — Делайте, что хотите. Лишь бы получилось хорошо!

— А какие стихи будет читать Саша Заикин? — спросила Воробьёва.

— Какие — мне по фонарю, — сказал Заикин. — Я вообще не рвусь читать стихи. Мне зачёт по химии получить надо. Охота мне ещё и на репетицию время тратить? Я домой пошёл, всем привет!..

— Нет, не уходи, почитай вот это! — закричала Вера. — Это же из Андрея Белого. Оно тебе больше подойдёт, чем мне! Вот, на листке стихотворение написано. На, возьми.

Заикин протянул за листком руку. Тонкое запястье длинной руки Саши Заикина было покрыто густой порослью тёмных волос.

— Заикин, садись сюда, Саша! — вскочила вдруг со своего места Настя Клубина. — Мы тебе объясним, как читать. Не бойся, у тебя получится. Это же не сложная химия. Это просто стихи...

Саша сел, держа листок перед собой. Золотистые волосы Веры Воробьёвой коснулись щеки Саши Заикина.

— Читай! — нервно воскликнула Настя Клубина. — И вдумайся в русский текст. Ты же не наш Пакс-японец!

Заикин послушно начал читать:

> Я — сын эфира. Человек,
> Свиваю со стези надмирной
> Своей порфирою эфирной
> За миром мир, за веком век...

И Саша вздохнул.

— Что ты опять подсунула мне, Клубина! Опять как на химии — сероводород в пробирке? При чём тут вообще эфирно-порфирный? Ещё дикторы говорят в эфир, громко. Слышал. Тоже знаю. А что здесь написано — я не понимаю! И я ещё должен это читать? Идиот я, что ли? Я лучше зачёт пойду получу, чем зря время тратить. Пойду домой заниматься.

Лилия Ивановна пристально и удивлённо смотрела на Сашу Заикина. Она видела его карие глаза, затаившие серьёзную решимость, и тёмный пушок усов над яркой верхней губой. Саша действительно нервничал, верхняя губа дрожала от предчувствия обиды. И Лилия Ивановна проговорила медленно и неожиданно для себя:

— Понимаешь, Саша, в душе каждого есть такой тайный колодец, через который человек выходит во внешний мир. Природы, например, космоса. Это и есть эфир, воздушное пространство. Об этом и сказал Андрей Белый! Кто это чувствует, тот влюблён в жизнь, тот любит. Любовь — это смысл жизни. А порфира — это царская нарядная одежда. Она надевалась людьми в особо торжественных случаях. Вот прочитай и почувствуй, что ты — сын эфира. Ты — вечный сын любви! И так из века в век повторяется, понимаешь? Ты — вечен. Почувствуй это! Вечен, как любовь.

— То есть ты сын пространства, или бесконечности, — сказала Настя Клубина. — Дикторы говорят в пространство, то есть в эфир. Это ты сказал правильно. Когда диктор говорит, получается звуковая волна. Мы это уже прошли по физике. Один ты не знаешь.

— Утром в деревне, когда выходишь купаться на реку, тихо-тихо вокруг, — сказала Вера Воробьёва. — Это тоже — эфир, горизонт виден в пространстве за рекой!..

И она добавила жеманно:

— Можно выкупаться тогда в бикини, а можно просто так. Никого нет. Тишина.

— Ой, как интересно! — сказал Пакс. — Венера без одежды купается. Кино! Я хочу пойти! Сколько стоит билет?

Шурик Иванцов угрожающе кашлянул.

— Извините, опоздал, — сказал Пакс. — Без меня сеанс начали.

— Наш Мишель сегодня раскудахтался! — сказал Иванцов. — А глядь, сейчас эта курица у меня полетит!

— Успокойся, Шурик, наш Мишель вылетел в эфир! — сказала Настя. — Он хотел попасть из дикторов в конферансье, а получилось наоборот. Теперь настроимся на звуковую волну и послушаем Заикина. Саша, где звуковая волна? Покажи палец, как на физике у доски!

— Да хватит тебе, Клубина, доставать меня своим эфиром, — сказал Заикин. — И про звуковые волны я тоже слышал, как и ты. Мне лично про них на уроке в первом классе объяснили, а тебе только в десятом такое слышать довелось!

— Ой, как славно! — сказал Пакс. — Клубина в клубе весёлых и находчивых услышала про звуковые волны и заклубилась. Какие клубы вокруг заклубились! Зажимай нос, ребята! Сероводород!..

Заикин почему-то наклонил голову, и Лилия Ивановна инстинктивно надвинула юбку на колени.

— А вам сколько лет, Лилия Ивановна? — спросил Иванцов. — Вы только что институт закончили? Только что с насеста?..

— У женщин не спрашивают, сколько лет! — вскричала Настя. — Вы вообще все озверели. Стихи про эфир тебе лучше выучить, Заикин. Скажешь на химии, что выучил специально эти несчастные стихи ради эфира, то есть из уважения к химии. А я подтвержу! Зачёт тебе надо получать? Цени меня — я тебе помогаю!

— Не собираюсь я лгать и унижаться, да ещё и перед химозой, — проговорил Заикин. — Это тебе больше к лицу, Клубина!

Он замялся на секунду, а потом сказал, взглянув на Лилию Ивановну:

— Ладно, это стихотворение я расскажу. Оно короткое, легче учить. Но слушать вас всех я устал. Я пойду пока Полину послушаю. Она тоже по делу иногда говорит... Вы тоже литературу ведёте, Лилия Ивановна? В пятых классах, кажется. Я иногда здоровался с вами в коридоре, помните?..

Лилия Ивановна молча кивнула головой. Саша, не отвечая больше на реплики Насти Клубиной, удалился в группу Полины Афанасьевны. Он не подходил к группе Лилии Ивановны, но в течение всей репетиции Лиля чувствовала напряжённый взгляд Саши Заикина, устремлённый на неё.

«И смотри, — ответила она мысленно Саше, — и смотри... на меня, смотри ещё, и разгляди меня, наконец, прекрасный мой мальчик!..»

Сделав замечания всем чтецам согласно смыслу текстов, Лилия Ивановна закончила репетицию со своей группой и ушла. Вечерний чуть влажный воздух тёплой осени слегка кружил ей голову, и жёлтые груды опавших листьев одиноко припадали к её тихо ступавшим ногам. «Вот так и моя жизнь, все мои лучшие годы прошуршали, прошли, протрепались по разным дорогам, — думала Лиля. — Какие-то случайные, ненужные встречи, переезды по военным городкам, кочевье, унылые будни! Уживаться с мужем, со зверствующим завучем, с флиртующими учителями из скучных мужиков — вот и вся моя судьба! Да выпадет ли мне радость хоть когда-нибудь в жизни? Когда же в жизни моей это, наконец, произойдёт?»

Муж был сегодня на суточном дежурстве в казарме. Лиле не спалось. Надев голубой атласный халат, она села перед зеркалом в спальне. На туалетном столике перед ней распростёрся набор её французской косметики. Лиля с ужасом взглянула на изящную коробку, а потом на своё лицо. Паутинка морщинок матово тускнела под глазами. Чересчур широкие брови, которые она давно уже не выщипывала, словно две неровных борозды отделяли лоб от ещё гладких, трепетавших белизной век.

«Ужас, как скверно я выгляжу! — думала Лиля. — И всё это от постоянных выпивок с Колей, от этих безобразных сладких тортов. И ещё у меня есть Сергей с его несчастьем, и Владик учится на одни тройки. И времена нынче так несправедливы к женщинам. Когда Анна Петровна Керн влюблялась в молоденьких гусарских корнетов и с целым светом изменяла своему старому козлу Керну, у неё по крайней мере хоть день не был загружен. Она не проверяла диктанты, как я, до морщин у глаз!»

Лиля начала яростно щипать брови. Потом нанесла на лицо ночной крем, стараясь координировать свои движения как можно более плавно. Она легла в свою чистую постель на тонкую простыню, рисунок которой с мелким цветочком согревал её тело бесхитростной российской простотой. Её покойная мама тоже любила простыни с таким мелким цветочным рисунком и просила Лилю не забывать поливать почаще многочисленные комнатные цветы. Кабинеты учителя Лилии Ивановны Поташовой тоже славятся озеленением, и в классах, где ей случалось работать, ребята умеют теперь ухаживать за цветами. А в квартире у Лили цветов нет. «Какой смысл их разводить и тратить деньги? Всё равно переезжаем с места на место, не будем возить цветы за собой! — сказал ей однажды Сергей. — Ты согласна со мной?» Лиля горько промолчала в ответ. Комнатные цветы — почти как дети. К ним привыкают, их растят. За ними тщательно ухаживают, и когда они приносят свежий росток, ждущие его наполняются радостью. С выращенным всегда тяжело и до боли трудно расставаться. Цветы нужно отдавать только в хорошие руки. Нет, не стоит разводить цветы, муж прав...

Лиля закрыла глаза, пробуя заснуть. Но сон не шёл. Яркие губы Саши Заикина и мягкая поросль тёмных волос на его запястье всё стояли и стояли перед её глазами. «Боже, какая я дура!» — вскричала Лиля мысленно, не осмеливаясь сказать это себе вслух, потому что боялась разбудить сына. Но она готова была воскликнуть это вслух: «Нет! Нет и нет! Я не могу влюбиться в ученика. Я учительница, а не актриса! Я работаю в школе, а не в театре. Я выступаю перед учениками, но не перед зрителями. В искусстве есть свобода — да! Но в системе просвещения есть только мораль. И захлопнем навсегда не по теме открывшийся колодец!..»

К утру её сморил сон. Ей приснилась река, и течение несло Лилю куда-то в пространственную гладь берегов. Лиля умилялась прохладной нежности воды. А потом, внезапно, она увидела перед собой огромные мельничные колёса, которые бешено крутились в этой прозрачной коварной глубине, смертельно угрожая Лиле. Вскрикнув, Лиля проснулась. Было семь часов. Пора в школу, к первому уроку по расписанию.

Лиля собрала Владика и, когда сын ушёл, распахнула дверцу шкафа. Что же надеть сегодня? Костюм так важен для актёра и для зрителя! Одежда — важнейшая оправа для каждого! Платье человека сказывается на его поведении и может выдать его облик с головой и глупо расшифровать окружающим все тайные мысли и чувства. Невозможно быть нарядным в толпе оборванных богемных друзей, хотя бы из страха потерять их привычное полупьяное расположение, как нельзя явиться в белом на похороны даже злейшего врага, хотя бы при мысли, что кто-то явится так и на твоё собственное погребенье. Как ни верти — повсюду колесо! Но одежда помогает порой поддержать жизненный тонус и даёт возможность избранным из нас наслаждаться роскошью капризной судьбы. Костюм для любого случая формировался целыми веками, но мадам Шанель не раз поворачивала фортуну людей, одевавшихся у неё, не хуже любой ворожейки — внимание, поверим, что это так! И хотя одеваться, постоянно равняясь на Париж, это далеко не то же самое, что упорно раскупать продукцию Челябинской швейной фабрики, выбор всё-таки диктуют неумолимые обстоятельства жизни, увы! Известный писатель Скотт Фитцджеральд пробовал покорно заточить свои покатые плечи в глубокое декольте вечерних женских туалетов, а интеллигентный политик Александр Фёдорович Керенский ускользнул из самого стойла красной гильотины, опустившись до женского платья простой русской бабы. Ватник удивительно подошёл к безропотному облику строителей социализма, а широкая казарменная полоса рабочей робы обессмертила мощную фигуру метростроевки. Как ни крутись — повсюду колесо!..

Что же надеть? Что спасёт от гильотины старости? Конечно, сегодня только это — маленькое платье, красное вельветовое, с крохотным чёрным воротничком и мелкими рукавчиками. Хорошо, что она купила его недавно в валютном магазине! И без косметики! Только губы чуть-чуть подвести помадой и обозначить карандашом уголки глаз. И волосы просто затянуть на затылке хвостиком. Вот так. А духи, конечно, подороже, понежнее. Слава, вечная слава тонкому выбору. Тонкий выбор — это толстый кошелёк!..

Лиля взглянула в зеркало. Отлично. Молодо, наивно, трогательно. Схватив портфель с тетрадями, Лиля помчалась в школу. Идти было всего через два двора. В третьем, окружённая однотипными зданиями жилого микрорайона, находилась школа. Тоненький ледок покрывал подмёрзший за ночь асфальт, но воробьи упорно прыгали по голым клумбам. В вестибюле школы стоял директор Платон Павлович, сверкая быстрыми глазами в очках и объёмистой лысиной.

— Здравствуйте, Лилия Ивановна, — сказал он. — Вы сегодня удивительно красивы. Вы всегда были похожи на цветок, но сегодня как-то особенно вы напоминаете мне лилию, красную и распрекрасную, как наша жизнь! Вы сбросили сегодня лет двадцать! Не посадить ли мне вас учиться в десятый «А»? Вы будете смотреться за школьной партой ничуть не хуже любого из наших выпускников!

Лилия Ивановна засмеялась. За спиной директора маячили широкие плечи Шурика Иванцова, притиснувшие в угол вестибюля длинную беспомощную фигуру Саши Заикина. Лилия Ивановна осторожно обошла директора и, только поднимаясь по лестнице, взглянула в угол. Конечно, Саша смотрел на неё, снова, как вчера, вопросительно и напряжённо. Она знала, что теперь он любил её, нежно любил, как когда-то уже любил в другой жизни, и сейчас они тихо выбирались вместе из тайных колодцев своих душ снова навстречу друг другу. «Только бы никто в этом зверинце не заметил нас!» — подумала Лилия Ивановна.

Она не выходила весь день из своего кабинета и не спускалась в учительскую. Она даже закрыла дверь кабинета, чтобы не оказаться застигнутой врасплох со своими мыслями и чувствами, обозначенными на её лице и вовсе не скрытыми под ярким, с головой выдавшим её, трепетавшим платьицем. Но Шурик Иванцов и Саша Заикин на каждой перемене нарочно громко разговаривали у её кабинета, чтобы она вышла, поболтала и пошутила с ними. Лиля вышла, разговаривая с пятиклассниками, смеясь. Она хорошо владела собой, и Саша тоже овладел собой и перестал смотреть на неё, понимая, что выдаёт себя этим страстным для наивного юноши, слишком настойчивым взглядом. Но когда Саша перестал смотреть на неё, Лиля, не выдержав напряжения, подошла к нему первой, как будто намереваясь сделать замечание или о чём-то спросить. Саша стоял один у окна, положив учебник на подоконник.

— Когда? — прошептал он, заглянув в её лицо с высоты своего всевидящего роста.

— Утром завтра, — сказала она. — У меня четвёртый урок по расписанию. Утром я буду дома.

И добавила, глядя в его нежное лицо:

— Только бы никто не заметил нас, Саша!..

— Больше я не буду стоять здесь, — сказал он. — Ты не волнуйся. Всё хорошо. Я приду. Остальное я понял. Никто не заметит. Никто!..

Да, этого не заметил никто, и на следующее утро Саша Заикин тихо позвонил в дверь её квартиры, и Лиля обняла его хрупкую шею. Они мгновенно бросились в постель, и тело Лили изогнулось от его страсти, яростной и совсем не юношеской.

— Какое бесстыдство с моей стороны покоряться твоим желаниям! — шептала Лиля. — Ведь я замужняя женщина! Кто научил тебя такому? Почему ты хочешь от меня решительно всего?

— Я так хочу, потому что тебе хорошо, — отвечал он ей, с властью мужчины лаская её покорное тело. — Я хочу, чтобы женщине со мной было лучше, чем со всеми предыдущими и следующими любовниками. Я только один такой. И я хочу, чтобы ты осталась со мной! Навсегда!

— Да! — сказала Лиля. — Я буду с тобой, дорогой мой мальчик! У меня никогда, никогда на свете не было такого гордого мужчины, как ты. С такими страстными руками, с такой нежной кожей! Это за все мои страданья вознаградила меня судьба!

И они снова забылись, снова жадно искали друг друга!..

Саша начал приходить к Лиле. И всё-таки она решила напомнить ему ещё раз:

— Не смотри в мою сторону, Саша, в школе! Головы не поворачивай. Даже можешь мне специально нахамить. Я не обижусь.

— Я не дурак, чтобы такое разыгрывать, — прямо ответил он. — А сплетничать всё равно уже начали. И всё потому, что положила на меня глаз Воробьёва. Она и Настю Клубину на свою сторону перетянула. Химозу против меня настраивают. Чем я виноват? Я не могу с Венерой быть, потому что её Шурик любит. Зачем я буду мешать ему? Я с Шуриком дружу. И к тому же у меня есть теперь ты! Я давно заметил тебя. Ты очень хорошо одеваешься, мне нравится, когда ты идёшь в белой куртке с мехом, и ещё в этом коротком красном платье. Ты выглядишь в нём моложе своих лет. Во всяком случае, почти как Вера-Венера!..

«Значит, она нравилась ему всё-таки! — думала Лиля отчаянно. — И как он мог сопоставить нас настолько откровенно? Значит, нравилась!» И не проглотив утром ни куска, а только выпив чаю, Лиля подумала решительно: «Пусть она нравилась ему. Что она может? Жалкая кофточка, туфлишки на ней! В таком виде мужчин не берут! Мужчины — это крепость. Нет, ей далеко до меня, мать тянет её на одну свою жалкую зарплату!» Окинув взглядом свой туалетный столик с хрустальными флакончиками духов и японскую технику в квартире, Лиля решила: «Ни за что не отдам его! Никому, никогда! При моих возможностях это просто глупо!»

Проходя по школьным коридорам, Лилия Ивановна старалась не смотреть теперь на Веру Воробьёву, только легко кивала ей головой, обозначая обычное учительское — «да, это вы, я вижу, я занята, после, после!». Но Лиля ждала, пока её затронут, заденут, зацепят за живое! Она предчувствовала, что ревность настигнет её в любом случае. Но она, Лиля, будет бороться за эту любовь, она не расстанется с Сашей. Сплетни не успеют распуститься, нет, они даже не успеют созреть. Саше осталось быть в школе несколько месяцев. После экзаменов он — свободный парень, он больше не ученик! Но из осторожности Лиля перевела Воробьёву из своей труппы чтецов к ребятам, репетировавшим с Полиной Афанасьевной. Она мотивировала это тем, что Вера прекрасно подготовлена к чтению стихов, с Верой не надо работать! Репетиции шли каждый день, работы хватало, и спектакль был намечен на субботу. Вечер пройдёт — наступит облегчение. Ведь Лилия Ивановна не преподаёт в десятом «А». Наступит снова безопасное необщение с десятиклассниками, воцарится спокойствие ясной и чистой любви. Вера Воробьёва постепенно замолчит. Забудет она Сашу Заикина. Поклонников у Веры — хоть отбавляй. Модест Черных с компанией, Шурик Иванцов, да мало ли кто! А Лиля Лилина — одна. У неё никого нет. Только тряпки в шкафу, мебель, японская техника и Саша Заикин. И нет на Лилю Лилину суда, и управы на неё нет!..

Потом, в один из обычных школьных дней, на одной из коротких перемен ушей Лили достиг возглас Веры Воробьёвой:

— Цветком лилии клеймили преступников и воров. У Дюма написано, в «Трёх мушкетёрах». У Миледи была лилия на плече!

И мрачный голосок Насти Клубиной подтвердил уничтожающе:

— Бедняжка Миледи не смогла его стереть ни кислотами, ни щелочами!..

Лиля вздрогнула, как от удара. В тот же день ей позвонил Коля Зуев.

— В школе литературный вечер, товарищ Зуев, — сказала Лиля шутливо. — Болтать будем много-премного! Потому мы стали подальше держаться от серьёзных людей.

— Сейчас с болтовнёй примирились, — отвечал недовольно Николай Николаевич. — Но мы давно с тобой не виделись. Я приду, мне взглянуть на твою работу любопытно. Я понимаю так, что ты увлеклась. Афишировать я себя, конечно, не буду, затеряюсь в толпе родителей. Я приду.

— Замечательно, — сказала Лиля.

Ну что же, пусть придёт. От его прихода ничего не изменится. Он, Зуев, никогда не предлагал ей, Лиле, выйти замуж за него, даже в шутку. А теперь предложил бы — так Лиля бы только рассмеялась! Лиля в состоянии изменить свою жизнь, изменить и без него. У неё есть диплом, занятия, способности. И ей совсем ещё немного лет! И жизнь для неё только началась — хорошая, раскованная, свободная от комплексов жизнь!..

Зуев пришёл в субботу. Он сел между родителей, как обещал, но на стул с краю. Лиля легко скользнула по нему взглядом, и снова залюбовалась Сашей Заикиным. Сейчас, когда Саша находился среди выступавших на сцене, Лиля разрешила себе смотреть на него безбоязненно, в открытую, и обожать его заметно окрепнувшее тело и прекрасное молодое лицо!..

В понедельник утром в учительской только и разговоров было, что о вечере поэзии. Михаил Фёдорович Черкасов заметил громко, что Воробьёва настолько понравилась зрителям, что даже какой-то мужчина из родителей, присутствовавших на вечере, пригласил её танцевать. Мужчина был немолодой, но вполне подтянутый, он специально задержался на короткое время на танцах. Ради Веры задержался! Вот какой имеет эта девочка успех. Серьёзный успех у взрослых людей! Не говоря уже про Заикина, который весь вечер танцевал с Верой в связи с тем, что Вера сама его приглашала во время многочисленных белых танцев, столь популярных в школах. Иванцов Шурик танцевать особенно не любит, Вера и Саша — это танцевальная пара, и Черкасову Михаилу Фёдоровичу такая пара по сердцу. Он восхищён этой парой как партorg! Рассыпая свои остроумные реплики, Черкасов впился аналитическим взором в лицо Лилии Ивановны.

— И вам понравилось выступление Воробьёвой? — спросил Черкасов. — Да? Я просто поражён. Нет, это, конечно, неправда. Вы просто ненавидите нашу Веру, это знают все ребята! Но ведь вы не учили её, не знали её первых шагов в школе. Девочка окрепла, выросла. Вы не здороваетесь с ней в коридоре — почему? Из зависти к её успеху? Мне сказала Настя Клубина, что вы видите в школе вообще только одного Заикина. Напрасно! Он далеко не первый ученик, и по химии, например, не успевает. К тому же вы хотели показать свою исключительную роль в подготовке этого вечера, разделив сценарий с Полиной Афанасьевной. Мне Полина Афанасьевна вчера всё, всё рассказала. И ещё вы хотели репетировать с ребятами стихи Блока и делали попытки переманить этих чтецов к себе. Как вы эгоистичны, Лилия Ивановна! Но я целиком на стороне Полины Афанасьевны. И Воробьёва тоже, кстати говоря. Эта девочка продолжала слушать советы своего старого, заслуженного педагога, любимого учителя литературы, пока остальные недоумки, организованные Заикиным, бегали за советами к вам. Ну что же, пусть! У Полины Афанасьевны действительно большой опыт работы, и хотя ей пора скоро на пенсию, она вряд ли отдаст легко свои часы нагрузки в старшей школе. Нет, этот вечер — заслуга Полины Афанасьевны, хотя Ида Михайловна сделала неплохую музыкальную часть. И больше — ничья!..

— Какая муха укусила Черкасова? — удивилась Ида, когда Черкасов удалился из учительской. — Он раньше всегда говорил тебе комплименты, Лиля. Должна тебя предупредить, что ребята начали настраивать против тебя учителей. Особенно Воробьёва колёса крутит! И какие ужасные интриги способны плести наши дети от унылого существования в беспросветной бедности. Говорят то одному человеку, то другому какие-то полуправды, полунамёки. Говорят мне, например, что Саша Заикин с тобой хочет переспать. И ты, якобы, даже хочешь дать ему денег на расходы, если он станет твоим любовником. Я не верю в это, конечно, но помнишь ту расписочку жучка? В нашем обществе нет честных, и каждый тянет одеяло на себя. Деньги ему не давай — мой совет. Ну а остальное — как знаешь!..

— Да ты с ума сошла! — сказала Лилия Ивановна, удивляясь холодной злобе, сделавшей её голос звучащим почти шёпотом. — Я не хочу, чтобы меня лишили диплома за связь с учеником. Нет, я слишком люблю свой диплом!.. Ида, мне кажется, наша дружба должна на время прерваться. Ты слишком веришь в быстрые связи, Ида!

Николай Николаевич Зуев поджидал Лилю вечером в своей машине, поставленной у промтоварного магазина. Здесь, в машине, между ними состоялся откровенный разговор.

— Мне вполне понравился этот вечер в кавычках, — сказал Николай Николаевич. — В прежние времена за такой вечер к стенке бы поставили. А сейчас всё сошло, как будто так и надо. Но одна девчушка была ничего, тоненькая, искренняя! Стихи пролепетала о расплавленной душе. Я её танцевать пригласил. Приятно стало. Такая чувствительная, но к мужикам умеет липнуть вполне профессионально.

— Это ты Веру-Венеру Воробьёву пригласил? — холодно спросила Лиля. — Её все приглашают, не волнуйся! Там, кроме тебя, много кто есть! Только ты для неё стар. И для меня тоже. Не завязать ли нам?

— Мужчине старость не помеха, — сказал Николай Николаевич. — А завязать не получится. Ты наивно думаешь, что я случайно возник перед тобой в тёмном зале кинотеатра? Нет, дорогая. Мы обязаны слегка укреплять семьи наших пострадавших военнослужащих, чтобы не было недовольства в рядах славной армии. И я укреплял твою семью хорошо! Можешь посмотреть даже микроплёнку, как ты славно укреплялась со мной на моём надувном матрасе. Хочешь, твоему Сергею покажут это славное порнографическое кино?

— Нет, — замерев, сказала Лиля. — Этого, конечно, я не хочу!

Зуев спокойно продолжал:

— Я удивлялся тебе всё это время. Неужели ты не понимала, встречаясь со мной, что я тебя катаю? Я привык к твоим искренним порывам и сам увлёкся, это правда. И вдруг после меня ты спуталась с мальчишкой. Я решил вначале, что ты хочешь мне отомстить за то, что я никогда не порывался на тебе жениться, хотя я объяснил, почему не могу. К тому же у тебя семья и оклад мужа. А пацана надо бросить, он выдаёт всех с головой. Он уверен в себе и глазеет на всех. И девку свою, эту Веру-Венеру, он в руках держать не умеет. Она же к нему просто льнёт! Вот дура!

— Уж не влюбился ли ты в неё, Коля? — спросила Лиля. — Ты только о ней и говоришь. К тебе она, как я понимаю, тоже льнула во время танца, и тебе понравилось. Так возьми же её! Возьми и раскатай. У неё полно любовников среди парней и, возможно, мужчин. Катай, я ничего не имею против. Или выдай её замуж, как это сделал с какой-то зазнобой твой друг Митя Дударев.

— Зачем «как Митя»? — отвечал Зуев. — У каждого из нас свой метод. Уж если я вцеплюсь — так я вцеплюсь! Я эту Веру-Венеру, если захочу, выверну наизнанку со всеми её внутренностями. Она рада будет лечь под любого старика, лишь бы удовлетворить свою похоть. Стоит мне лишь захотеть!

— Так захоти, — сказала Лилия Ивановна. — Мне её совсем не жаль. А с мальчиком этим, учеником, обыкновенным Сашкой Заикиным, ни лично у меня, ни у неё ничего не было. И, надеюсь, не будет.

— Не переживай за своего сосунка, — процедил Зуев. — С ним возиться никто не будет. Разве поднапоить найдутся желающие. Да потравить сосунков друг на друга некоторые не прочь ради забавы. А больше сосунки ни на что не годны. Особенно этот, туберкулёзный. Такие всегда переходили дорогу порядочным и честным мужикам. Кстати, я вижу, ты меня начала бояться...

— Давай забудем, Коля, — сказала Лилия Ивановна. — Расскажи мне лучше что-нибудь интересное. Расскажи мне, например, про Галю Шульман. Ведь за время, пока я общалась с тобой, я достаточно привыкла к тебе, чтобы понять — ты любил Галю Шульман, хотя ситуация для любовных отношений была тяжёлая. Но облик Гали навеки остался в твоей душе. За что и почему? Я хочу понять, чтобы попробовать вновь полюбить тебя. Ведь ты лишаешь меня свободы, предлагаешь остаться с тобой. Только с тобой! А что если я отомщу тебе, Коля? Ты не боишься?

Зуев усмехнулся.

— Галя Шульман пробовала отомстить мне. Она была жестокая и волевая женщина. Очень волевая! Я перессорил её со всеми подругами и любовниками, аккуратно, через своих людей. Она осталась одна. И она дошла до поцелуев со мной, потому что физически она больше не выдерживала — природа требовала мужика! Но я держался. Я ждал, когда она, изголодавшись, выдаст главного, кто её содержит и снабжает деньгами. Она должна была позвонить ему в последнюю критическую, трудную минуту! Мы, разумеется, прослушивали её телефон. Но она в самый критический момент этой ситуации дала прямо в парке на скамейке последнему водопроводчику на нашем аэродроме, старому алкашу дяде Пете! Я обалдел, когда узнал. После всех тех тузов, какие побывали в её постели, без всякого стыда дать дяде Пете! И при этом она не взяла с дяди Пети ни гроша, а наоборот, ещё и накормила его обедом из нашего ресторана. За обед Галя не платила, конечно, она официантка была, если помнишь! Она просто оставила, как для меня, например, или для любого из нас фирменный обед для дяди Пети, сравняв этим обедом вонючего алкаша дядю Петю с нами, чекистами. «И зачем же ты, сука, дала дяде Пете? — думал я. — Ведь я готов был с тобой лечь!» И я без колебаний выписал ордер на её арест. Не стерпел я дядю Петю! Позже, когда я вёл допросы, я спросил у неё про дядю Петю. И она нагло ответила мне примерно так: «Я знала, Николай Николаевич, что уж кто-кто, а вы-то поймёте всё про дядю Петю. Я трахнулась с ним просто для забавы, чтобы показать вам, что дядя Петя такой же мужик, например, как вы. И напрасно вы ищете здесь разврат, не надо приписывать мне его лишний раз. Конечно, разврат бывает красивым, среди чистых простыней, в просторных кроватях. Но дядя Петя настолько честный человек, что даже не стал выбирать специального укромного места и трахнул меня прямо на скамейке в парке. Ох и страстный же он оказался, мой дядя Петя! Нет, не хуже любого Юпитера из ваших заслуженных офицеров КГБ!» Вот как она отомстила мне, Галя Шульман, — изощрённо, продуманно. Но этим она закатала в грязь и себя, и любовь моя к ней просто исчезла. Нет, я был прав, когда арестовал Галю. И в суде её раскатали за меня — её достаточно осрамили. Я передал в суд все микроплёнки с её сексуальными подвигами!..

Лилия Ивановна улыбнулась привычной, мягкой, замирающей на губах робкой и неуверенной улыбкой.

— Я не такая, Коля! — сказала она. — Я никому и ни за что не намерена мстить. И зачем мне эти девочки и мальчики? А кого раскатывают люди твоей профессии, меня вообще не касается. Лишь бы всё это не касалось меня. У меня семья всё-таки...

— Ты располнела в последнее время, — сказал Зуев. — Это тебя старит. Но я рад, что ты снова спокойна, и я верю, что ты снова немстительна. Спокойствие — хорошая черта для любой женщины, и тем более для супруги морского офицера. Тебе пора, пожалуй, вступать в коммунистическую партию. Надо переговорить с вашим парторгом. Я этим займусь.

Поцеловав Николая Николаевича на прощание, Лилия Ивановна вышла из машины. У дверей магазина промтоваров она заметила Шурика Иванцова. Зоркое капитанское око обозревало ландшафт.

Через некоторое время Лилия Ивановна Поташова написала заявление о вступлении в партию. Учительница Поташова весьма холодно здоровалась в коридоре школы со старшеклассниками, особенно с Сашей Заикиным. Только с Верой Воробьёвой она здоровалась весело и даже задорно. Вера Воробьёва стала красить губы ярче прежнего, а Поташова Лилия Ивановна вернулась снова к надувному матрасу и разговорам о жизни за выпивкой с отличной, свежей закуской. Поташова перестала закрывать свой стакан ладонью и говорить, что знает свою меру. Она необычайно сблизилась с Николаем Николаевичем за обсуждением интересной темы сексуальных подвигов Веры Воробьёвой, которую кто-то вовлёк в групповой секс. Вера же вовлекла за собой Модеста Черных и Шурика Иванцова, и Сашу Заикина тоже. Венера резвилась согласно своему характеру и вкусам мужчин.

К весне Сергей Поташов получил перевод по службе в город Владивосток. Лилия Ивановна собралась за какую-нибудь неделю, хотя возни с контейнером и погрузкой при переездах бывает достаточно. Лилия Ивановна совсем не жалела, что уезжает из города белых ночей и поэтов. В материальном смысле перевод мужа по службе выдерживал любую критику — рядовому морскому офицеру был предложен значительный оклад. С Николаем Николаевичем Лилия Ивановна простилась по-дружески. «Найду себе во Владивостоке кого-нибудь поспокойнее, — думала Лилия Ивановна. — Зачем мне эти воспоминания про Галю Шульман?»

Учительский коллектив проводил Поташову вполне сердечно, и парторг Михаил Фёдорович Черкасов вручил ей вазочку из чешского стекла на память от коллектива педагогов. Всё было лучезарно, только, пожалуй, с Идой Михайловной Бронштейн дружба Лилии Ивановны окончательно замерла. Поташова не допустила помощи Бронштейн при своём переезде и не позвала её к себе в дом на заключительный дружеский обед для коллег. На этом Лилия Ивановна уехала, не дождавшись выпускных экзаменов непревзойдённого десятого класса «А».

Впрочем, примерно через год Поташова получила письмо от Иды Михайловны. Оно было очень коротким. Ида Михайловна писала, что считает своим долгом сообщить о событиях, случившихся в школе. Умерла от инфаркта Полина Афанасьевна. Она умерла в зале суда, куда её вызывали по делу Шурика Иванцова. Он вместе с Модестом Черных убил молотком Сашу Заикина, раздробив ему затылок на кусочки. Преступление было совершено в состоянии сильного алкогольного опьянения, и юным уголовникам дали всего по десять лет. Вера Воробьёва не присутствовала ни на чьих похоронах, потому что ушла жить к какому-то пожилому, но хорошо обеспеченному мужчине, разорвав всякие отношения со своей матерью, укорявшей её за такую неравную по возрасту связь. Кто этот человек, Ида Михайловна не знала точно, но, по свидетельству Насти Клубиной, Воробьёва познакомилась с ним на школьном вечере поэзии, когда этот мужчина пригласил Веру танцевать. В школе ходили слухи, что этот человек овдовел и у Веры-Венеры намечается роскошная свадьба. В конце письма Ида Михайловна сообщала также, что навсегда уезжает из страны, вывернувшей наизнанку много и без того неустроенных жизней. Ида Михайловна будет пытаться найти счастье в других местах нашей круглой Земли. Если хватит, конечно, на такой подвиг внутренних её жизненных сил!..

Нью-Йорк, 1995

СРЕДИ МИРОВ, В МЕРЦАНИИ СВЕТИЛ

Валентин Махонин, высокий такой, видный парень, по профессии радиожурналист, из столицы, конечно, крепко загулял под Первое мая в посёлке Семиозёрном, в доме Нонны Таракановой. Посёлок этот идёт с примечательным своим названием в местные географические карты по причине близости к семи небольшим прудам, которые, возможно, и были в глубокой древности озёрами, и даже совсем ещё недавно — чистыми-пречистыми водоёмами, прозрачными, полными ценной рыбной породы, а теперь, в силу существования химкомбината, превратились в живые мощи.

Валентин Махонин приехал в посёлок потому, что ему о комбинате радиорепортаж надо было сделать, но только он взял да и вздумал про озёра эти пластинку заводить, а вовсе не про передовое химическое предприятие. Не понравился ему комбинат, Валентину этому, культурному. Запах химикалей, он, конечно, едкий, к нему привычка нужна простого рабочего паренька, не избалованного жизнью, например. А этот Валентин приехал в посёлок с шиком — в джинсах, в куртке замшевой. При солнечных очках. При радио и новой очень даже технике. И ему ещё, ко всему его по последней моде облику устрашающему, понравились озёра эти местные, по душе пришлись, видите ли! Ну, так и что из этого вытекает? Да ничего! Озёра — не река, не текут. На то они и должны быть озёра. И там, у озёр, всем людям всегда нравилось бывать, не только ему, корреспонденту этому! По субботам и воскресеньям, и особенно по весне и к лету, там, при озёрах, всегда гулянки были. Ресторана там, конечно, тогда ещё не построили, «Поплавка» с лёгкими столиками для летнего павильона — и того не было. Но деревья и остаточные кусты, в том числе и ягодные, тогда там ещё были. И в тот год, под Первое мая, грачи и другие нехитрые птицы в Семиозёрный успели прилететь и осели себе стайками и на берёзках, и на всевозможных растительных ветвях. И всё это завиднелось и замельтешило перед Валентином на фоне куполов местной церквухи и ясно что разбередило его душу, приближённую к высоким материям и картинам художников-передвижников Серова и Саврасова о грустном пейзаже России.

И покатилась местная молва: не угодил комбинат химический радиопарню! Хоть закрывай предприятие — и всё тут. И это самое всё пошло у журналиста вкривь и вкось, то есть исключительно нервно. Начал он высказываться рабочим людям вслух. И это, говорит, у вас не так, и то, говорит, у вас не эдак. К примеру, говорит, в цеху — и не в одном — у вас грязь. Техника безопасности, говорит, нарушена совершенно. А народ, говорит, у вас сплошь весь приходит на работу с перегаром, да ещё, говорит, мало этого, так, говорит, ещё кое с чем люди закусывают свой обеденный рабочий перерыв.

И что, спрашивается, из этого?

Ну и закусывают, потому что закуска должна быть! Но люди начали сердиться, нервничать от всей этой неровной обстановки. Конечно, радиодеятелю никто и ничего обидного в лицо не сказал, но между собой начали некоторые обстоятельства обсуждать. Если ты, положим, журналист из какой-нибудь местной многотиражной газеты или из вечерней, хоть и столичной, — это ещё куда ни шло. Подумаешь — вечерняя или невечерняя! Да что она, «Правда», центральная, что ли? Да наплевать бы на неё, на вечернюю эту, и на невечернюю тоже на всю, и ещё что бы побольше, чем просто наплевать! К примеру, как и принято, засесть бы с ней, с бумагой этой разной, ну и пусть вечерней хоть, вечером всем вместе повечерять в нужном месте многотиражно. И чёрт бы с тобой и с бумагой растворой, журналист ли ты, технолог ли, или ещё кто, не знаем, КТОТАКОВ.

Можно и по-другому этот вариант обмозговать. Ну, допустим, появляется про химкомбинат фельетон или какая-то ещё критика. И что из этого вытекает? Прогрессивка не утечёт, она прогрессивка должна быть потому что! Директора в райкоме партии, конечно, наругают (а ему не мешает лишний раз послушать о себе всю правду), да и сойдёт дело. Посёлок — это просто посёлок. Никого сюда жить и к тому же на химкомбинате работать и калачами не заманишь! Потому никого зарплаты не лишат и с должности не снимут — ни начальников цехов, ни администрацию тем более. Забудется. Посклоняют, позубоскалят, а потом забудут. Мало ли про кого что пишут! Люди стараются, работают, внедряют. Кукурузу, например, внедряют по всей стране. Но не у всех ведь гладко получается, к примеру, хотя бы в смысле природно-климатических условий. Вот вам и весь этот газетный вариант.

Теперь прикинем вариант с радио. Радио, конечно, хуже. Это сложный и даже опасный вариант. Радио слушают многие трудящиеся, например музыкальные передачи или производственную гимнастику в рабочий полдень, особенно когда в тот полдень успели тихо закусить. А кому понравится, если громко, во всеуслышание, возьмут и ославят тебя по радио? Назовут фамилии, имена, отчества. Стыдно всё-таки ещё раз прозвучать перед бывшими жёнами, подругами и разнополыми, вырастающими на алименты, детьми, разбросанными в дальних концах страны. Вот он — вариант с радио, как с неизбежным средством очень массовой информации.

Словом, народ весь, химкомбинатовский, волноваться начал из-за радио и духом бродить, и мутно бродить, и дошло до того, что у одного из забродивших на проходной предприятия отобрали финский нож. Нет, людей можно понять в разные часы ночной рабочей смены, и по-разному понять. На проходной к пониманию такому были приспособлены и выносимому из цехов стиральному порошку или другим полезным стеклянным сосудам не удивлялись ничуть. Но финскому ножу изумились. Зачем? Тем более что нож был никак не пластмассовый, например, и в недра предприятия тот, неизбалованный жизнью, мутный рабочий парнишка стремился шальной предмет внести, а не вынести, к примеру. И проходная ухнула, конечно, по начальству — всё, мол, видно как на ладони: зачем предмет вносился туда, а не оттуда выносился, и соображать, мол, даже не надо, что из этого вытекает и вытечет как пить дать.

И тогда сообразительное начальство химкомбината порешило правильно — нет, не получится у Валентина этого ничего, хоть он и парень с виду неглупый, и недостатки комбината отметил, в общем, правильно, и про химотходы в озёрах загнул при директоре и парторге не хуже артиста Аркадия Райкина, который уже шутил тогда по радио про водоём. Но директор, Николай Спиридонович Родин, и сам был не хуже любого артиста хитрый и очень компанейский, и призвал он по телефонам свою администрацию, тоже очень и очень непростую. И стали они думать и гадать все вместе, закрывшись на ключ в директорском кабинете, как же этого столичного Валентина тоже закрыть.

Чего он хочет, сомнительный такой и громкоразговорчивый?! Если он обличать приехал, потому что на порошок стиральный бесплатно рассчитывает, — так это не жалко, бери. Только критику свою закрой! Высказался — и будет. А порошка сообразить можно — вывози хоть тонну, на всю свою родню, и всю оставшуюся жизнь обеспечь себе стиркой — отказа на комбинате нету. Но Валентин этот, Махонин, больше про родную природу пластинку заводил, а не про порошок, и махал руками в разных местах рабочих цехов и коридоров, описывая озёрные просторы, и повторял, что на воздухе ему легче дышится. А потом сказал — пьётся. Пьётся ему? Ах, ему пьётся? Пьётся, значит! Да к чему же это он, Валентин, словом таким ненароком вроде как обмолвился?

Тут и осенила мысль ясная и безошибочная химкомбинатовских — если ему, Валентину этому, видному такому, на воздухе легче пьётся, то на этот предмет в Семиозёрном не надо даже и намекать! У озёр испокон веку легче не только пилось, но и елось, и спалось, не говоря уже про дела любовные у озёрной воды, хотя и мутной, но ещё целебной и прохладной в примечательных заводях. И решили в администрации постановить, что с Валентином этим, деятельным таким, надо загулять, и загулять ох как крепко! Так загулять его, Валентина этого, чтобы недостатки комбината Валентин этот, парень всё-таки высокий и собой видный, начисто бы позабыл, а помнил бы только про природу, вообще-то ведь очень разнообразную, например: свою, интеллигентную и чистоплотную, но натурально, что мужскую, ну и про обычную, лесистую, простую, как прилегающую к комбинату, обыкновенную, но дающую ему, предприятию, влагу, пока ещё живую, из своих глубоких и загадочно очищающихся недр.

План этот в отношении Валентина был согласован между администрацией как вполне дружеский и понятный семиозёрцам, тем более что Первое мая было на носу и во многих домах уже вовсю гнали свежий самогон в чувствительных количествах, напиток вполне пригодный вдохновить Валентина этого на вполне сносный репортаж о химкомбинате, каконикаком, но большом предприятии, обеспечивающим мылом столицу и ближайшие окрестности. Что касается самогона, то его очищать в Семиозёрном умели очень хорошо, а уж посуды разнообразной — и четвертей, и бутылей — было на комбинате всему народу вдоволь, чтобы по такому делу аккуратно химичить. И, обмозговав свой план, хитрая администрация комбината позвала для отдельной беседы секретаря комсомольской организации, сообразительную Нонну Тараканову — в закрытый снова на ключ кабинет парторга Петра Осиповича Дымко.

Выйдя из кабинета после беседы с начальством, раскрасневшаяся Нонна пошла по цехам собирать людей. К первой она к тёте Паше Степановой подошла, потом к Павлу Громову и к матери его, Антонине Громовой, как к людям в рабочей династии серьёзным. Потом Нонна к Алле Казаковой подошла как к самой красивой на комбинате девушке, и к матери её, Казаковой Зине, тоже как к женщине заметной по виду, модной. А потом к Борису Гольдбергу, технологу, Нонна пошла как к образованному человеку. И под конец к подруге своей, Зойке Метёлкиной, блондинке, бойкой, заводной и танцевальной. Когда все вместе они компанией направились беседовать в комнату «Комсомольского прожектора», которая считалась также кабинетом Нонны Таракановой, то не успели они ещё и запереть дверь на ключ, как появился тут как тут незваный Серёга Коромыслов, приятель Павла Громова и всему комбинату друг, но парень нельзя сказать, чтобы серьёзный. Ну и, конечно, Марина Гольдберг в этот момент тоже пришла, как жена Бориса, потому что в то время у них между собой секретов не было.

— Яблони у меня в саду расцвели, — сказала Нонна. — Дом вы мой знаете, стоит он у озёр недалеко. И сад у меня большой.

— Сад большой! — подтвердила тётя Паша Степанова, но не вздохнула и не выдохнула, а затаилась в ожидании всей своей мощной, полной грудью, едва колыхнувшейся под рабочим синим халатом.

— Это — да, — просто сказала тётя Антонина Громова и настороженно взглянула на сына своего Павла. — Сад хороший.

Павел Громов молчал. Но на секретаря комсомольского, Нонну, взглянул. Нонна улыбнулась, как положено комсомольскому секретарю, и продолжала:

— Отмечать праздник международной солидарности трудящихся всех вас я приглашаю к себе как моих друзей и товарищей. И коллектив наш химкомбинатовский тоже зову. Приглашаю всех!

— Прямо-таки всех? — удивился Серёга Коромыслов. — Тогда тебе придётся сносить калитку и забор. На комбинате сколько человек? Посчитай! Все не поместятся в саду.

— Так сказано, — отвечала Нонна Тараканова. — И журналиста нашего приезжего, Валентина, тоже на праздник приглашать велено в наш простой рабочий коллектив.

— При чём же здесь твой сад, Нонна? — удивился Борис Гольдберг. — Праздник в клубе отмечали всегда, и самодеятельность мы приготовим. Журналист послушает!..

— Боря вчера «Маленький цветок», блюз, на саксофоне целый вечер разучивал. У него очень хорошо получается, — сказала Марина Гольдберг.

Нонна Тараканова выдержала паузу как комсомольский секретарь. А Зойка Метёлкина сказала:

— Сейчас очень модный блюз этот, «Маленький цветок». Я его обожаю! В городе на танцплощадке в парке его всё время крутят. Но пластинки нигде не купить. Нету! Везде просто нарасхват. Журналист, наверное, танцует. Он интересный парень, да?

Тут Нонна произнесла:

— Да, блюзы в моде, и вообще это культурно. Это радиожурналисту должно понравиться. Будем весь концерт исполнять в моём саду. Сказано — там и накрывать, в саду!

Тут тётя Паша Степанова выдохнула, наконец:

— Ну, можно хоть и в саду. Я двух кроликов забью.

— Что же двух кроликов всего? — сказала тётя Антонина Громова и внимательно посмотрела на сына своего Павла. — Двумя кроликами не обойдёмся, раз народу столько соберётся — целый сад! Надо цыплят попросить на птицефабрике, да и отварим их, а потом обжарим. Будет к столу неплохо, я думаю. И не жирно — не то что кролики! Как думаешь, Павлик, куры — культурная еда?

Павел Громов взглянул на комсомольского секретаря и промолчал. Тогда Нонна и говорит:

— Помидоры мы с отцом нынче не солили, а яблоки мочёные ещё полкадушки у меня есть.

— Да уж солонины можно принести сколь хочешь, — сказала тётя Паша Степанова. — Капуста у меня удалась нынче на славу, и огурчики есть, и помидоры.

— Капуста ведь не у тебя одной хорошая, — сказала тётя Антонина Громова. — Что капустой хвалиться! Капусту квашеную и мы принести можем, ещё сохранилась в подполе, и грибы маринованные мы можем принести.

И она сказала в голову Павла, наклонённую низко к столу:

— Но пить что будем, Павлик?

Тогда Зина Казакова и говорит:

— Да известно что! — ЕГО! Но наливку вишнёвую я принесу. Не все первосортный наш пьют.

— Николай Спиридонович и Павло Осипович две бутылки коньяка дают мне, — сказала Нонна. — Радиожурналист этот, Валентин Махонин, он очень культурный и столичный парень всё-таки.

Вот Павел Громов и сказал тогда глухо:

— Они пусть этот товар для обкома сберегают. А Валентин этот не мужик разве? Что он, разве ни разу самогон не пробовал? А самогон у нас, в Семиозёрном, нормально очищенный. Что же ему ещё, столичному этому?

— Ещё что? — спросил звонко Серёга Коромыслов. — Я понимаю, что ещё! Если сказано — надо накрывать в саду, — значит накрывать в саду надо. Я очень понятливый! А как вы понимаете это, тётя Паша?

И тётя Паша Степанова выдохнула всей грудью, шумно, не стесняясь больше:

— Будь по-ихнему! Я первача четверть ставлю. А там — что будет! Гулять так гулять!

— Вот это другое дело, это по-нашему! — воскликнул Серёга Коромыслов. — А первач ваш, тётя Паша, лучший во всём Семиозёрном! И Колю Стрижа с Родей Ветровым надо звать. Они с гитарами! Как без них?

— Ты, Сергей, никак не можешь обойтись без своих опричников? — сказала Зина Казакова. — Да ведь он сидевший, Родька Ветров! Кому он нужен, тюремный такой? Журналисту столичному?

— Сидевший — это ещё не показатель, — сказал Борис Гольдберг. — Родя Ветров на гитаре играет прекрасно, и Коля Стриж тоже. Им только пить давать не надо, пусть выпьют в меру, для настроения, и за музыку! Их зовут, чтобы они компанию поддерживали вполне серьёзно!

— Согласен, — сказал Павел Громов. — Я за столом за ними и послежу, чтобы в выпивке не упражнялись дольше всех. Когда Родя и Коля не залили шары, они парни просто золотые. И не матерятся!

— Тогда и дядю Аверьяна зовите, — сказала тётя Паша Степанова. — Под первач я ещё одного кролика забью! И напоёмся мы с дядей Аверьяном, как душа потребует, а дядя Аверьян поёт хорошо. У него голос! И душа у него поёт тоже.

— Ну и у тебя голос высокий, — сказала тётя Антонина Громова.

— Только дяде Аверьяну велите брать с собой аккордеон, а не гармонь! — воскликнула Алла Казакова. — Гармошка — инструмент деревенский, совершенно неприличный!

— И дяде Аверьяну не давайте много пить тоже, тётя Паша, — предупредил Павел Громов. — А то он плакать начнёт и весь вечер будет тянуть про Митрофановское кладбище. И вас уговорит ещё подтянуть! Да вы помните, уж пожалуйста, что у нас не поминки нынче, а празднование! Маёвка!

— Можно в концерте из песен военных лет что-нибудь исполнить, — вставила Нонна Тараканова. — Маёвка — важный политический праздник, и праздник революционный! Я предлагаю от имени комсомола исполнить песню «На позицию девушка провожала бойца». Можно всем вместе спеть, хором!

— Не понял я, прошу уточнений, — заявил Серёга Коромыслов. — Колю Стрижа и Родю Ветрова я приглашу исполнять военные песни или вальс «Осенний сон»? Может, марш сыграют ребята мои?

— Но уж, конечно, не блатные песни ваши! — воскликнула Зина Казакова.

— Ты, Серёжа, цыганочку со мной спляшешь! — засмеялась Марина Гольдберг. — Как без таких плясунов, как мы, на празднике обойдётся? Только культурно при журналисте пляши, Серёжа, без некоторых телодвижений, сам понимаешь, каких! А салат оливье я принесу, миску целую нарежу, чтобы было совершенно культурно и не хуже, чем в столице, на нашем сельском празднике. Нет, мы не серость!

— Мы не сельские, но слова правильно произносить надо, тётя Паша, — сказал Серёга Коромыслов. — Когда начнёте запевать «Ехали цыгане», то пойте правильно, пожалуйста: не «с ярмаНки домой», а «с ярмаРки домой»! Это большая разница. Мы не деревня, а посёлок. Это разные вещи! Надо, чтобы журналист это понял.

— Разница, — подтвердил Павел Громов. — Мы не крестьяне, а рабочий класс!

— Я могу из журнала «Америка» вырезать портрет Фицджеральда Джона Кеннеди, — сказала Зойка. — Пусть этот Валентин убедится, что мы все новинки читаем, он же не знает и не узнает никогда, что мне этот журнал один курсант из мореходки подарил на танцах в прошлое воскресенье. Пусть думает, что мы этот журнал, например, постоянно читаем. Портрет президента мы прилепим куда-нибудь и покажем, что мы вообще в курсе международного положения.

— Именно, в курсе! — твёрдо сказала Марина Гольдберг. — Боря вообще может исполнить на саксофоне не только «Маленький цветок», но и «Хелло, Долли!».

И тётя Антонина Громова утвердительно кивнула головой, а Нонна Тараканова произнесла в заключение:

— Все одевайтесь красиво, как на Новый год! А сад у меня очень даже большой, на всех места хватит в саду моём. И за калиткой до самых озёр земля уже подсохла. Сейчас теплынь настала, а на маёвки народ всегда всем миром собирался и гулял открыто. Мы не будем никого стесняться, потому что мы отмечаем нашу международную солидарность!

За два дня решилось дело, и с субботы на воскресенье в саду секретаря комсомольской организации налепили на яблоню большой плакат, как и положено, написанный шрифтом:

*ХИМИЗАЦИЯ —
ЭТО СОВЕТСКАЯ ВЛАСТЬ
ПЛЮС АТОМИЗАЦИЯ ВСЕЙ СТРАНЫ!*
Никита Хрущёв

Конечно, цитата была выдержана не совсем точно, но общий смысл был отражён верно, и, согласно со временем технической революции, на небольшом рисунке внизу плаката плавал в абстрактных орбитах цветок атома, да и бумаги больше не нашлось, чтобы написать точно. А написано было очень ровно, большими красными буквами, как положено, и намертво приклеенный к плакату портрет Джона Кеннеди сверкал живыми глазами президента, приветствуя всех собравшихся в саду от дружественных Соединённых Штатов. Итак, плакат оставили висеть в саду, и люди начали собираться на праздник.

Зойка Метёлкина пришла в своём лучшем шёлковом голубом платье с пышной юбкой, а Казакова Алла — в белом костюме в чёрный горох. Мать её, Казакова Зина, юбку фиолетовую, с геометрическим рисунком модным, надела. У Зойки такой был начёс на голове пышный взбит, похожий на птичье гнездо, что казалось — вылетят оттуда и понесутся в небо поющие от радости птицы. И всё это для одного человека было организовано — для Валентина Махонина из столичной редакции радио.

И опять этот парень, столичный и странный, своим видом внешним всех удивил — заявился на торжество в сад в красной рубашке, новенькой, накрахмаленной, с закатанными до локтей рукавами. Это, значит, чтобы выдвинуться на самый-самый вид! Химкомбинатовская мужская половина оделась, ясно, кто во что: кто в голубые рубахи, кто в клетчатые, да и серые тоже были. Какие ещё наряды нужны мужикам? Павел Громов надел, конечно, белую сорочку с галстуком, потому что ему так полагалось быть по рабочей его заметной династии, никто его виду не удивился. Родя Ветров и Коля Стриж пришли с виду опрятные тоже, и ещё Серёга Коромыслов в жёлтой рубахе пришёл с чёрными полосками, тоже по-городскому современной. Но не в красной же! И Боря Гольдберг пришёл в новой ярко-синей рубашке — но всё-таки ведь не в красной.

За столом рядом с Валентином Нонне Таракановой полагалось сидеть как комсомольскому секретарю с правой стороны. А начальство — директор Родин и парторг Дымко — напротив них. Нонна и села, как было велено, с правой то есть стороны, а Павел Громов — после Нонны, как передовик предприятия. Слева от журналиста положили сидеть Алле Казаковой, ну и, конечно, — Зойке Метёлкиной, как девочке озорной и танцевальной. Но увидев растаковского журналиста этого, в красной рубахе, Серёга Коромыслов отодвинул назад, за Зойку, зазнобу свою Аллу Казакову, а сам уселся совершенно нахально рядом с корреспондентом, хотя и был-то он всего лишь приятель Павла Громова и сидеть ему на видном месте не полагалось. Зойка Метёлкина попробовала было втереться рядом с Серёгой, да Коромыслов мигнул своим опричникам, как всегда это он мигать им умел, и Коля Стриж с Родей Ветровым чинно уселись рядом с ним, и тогда получилось, что вся семиозёрская малина, как неразлучная троица, вылезла прямо на глаза начальству. Да ещё мало этого — не стесняясь, как начала наша тройка погонять коней, тоже на виду у всех! И поскольку Павел Громов тоже за это дело взялся, засучив рукава, то все так и поняли правильно, что делалось это по согласию с администрацией. Конечно, по согласию! И только так — даже можно подчеркнуть, с одобрения сверху. Вот так оно было, потому что должно это было обязательно быть по их административному плану.

Пока директор Родин и парторг Дымко произносили речи, то есть официальные тосты — за международный труд и солидарность, журналист Валентин отдельно с Павлом Громовым по первачу ударил за мужиков нормальных, которые труда не боятся, потому что своё в Советской трудной армии отслужили. И с Серёгой Коромысловым за девушек и женщин международных и солидарных опять дёрнули того же напитка после речи Нонны Таракановой о комсомольских сердцах. Потом Коля Стриж с Родей Ветровым про оттепель и про песенного поэта какого-то, отсидевшего свой срок, вполне культурно для них выражались и с журналистом дружно чокались. И дальше и дальше оказалось, что Валентин этот, хоть и столичный, но простой, компанейский парень, хорошо рассказывает анекдоты и, хотя образованный, но понимает простые выражения и мысли трудового человека.

Увидев, что кони несутся рысцой, Зина Казакова, тоже подогретая вишнёвой наливкой, подплыла к журналисту со своей улыбкой ярких напомаженных губ и начала ему из миски грибы маринованные на тарелку выкладывать, а тётя Антонина Громова, мать Павла, лапами куриными, обжаренными в сухарях, стол обносила. Потом ещё и тётя Паша Степанова возьми да и поставь на стол прямо посредине между администрацией и журналистом поднос с горячими кусками кролика, обсыпанными зелёным укропом. Под такую закуску как не погнать коней? Тут и стали передвигаться по столу оживлённо и бодро многочисленные стеклянные лоханки с кислой капустой, солёными огурцами и разноцветным салатом оливье. И клонилась ветвями над столом яблоня, источая свежий запах цветов, будто и расцветших в тот сезон исключительно в знак международной солидарности, а также дружного рабочего почина.

Химкомбинатовский коллектив на той маёвке сплотился необыкновенно. Одна только Нонна Тараканова сидела притихшая и молчаливая рядом с журналистом. Она смотрела на его белые пальцы с чистыми, блестевшими ногтями и невольно сравнивала его руку с рукой рабочего парня Павла Громова, иногда ударявшего по столу кулаком в значительные и решительные минуты произносимых тирад. «Какие руки у Валентина чистые! — думала Нонна. — Неужели у парней бывают такие руки? Покрасивее, чем у девчонки любой! А про мои руки и думать страшно». И Нонна невольно спрятала свои сильные крупные ладони под стол.

Она наклоняла голову, смотрела на свои руки и думала, и думала про них. Про то, например, что она копается в огороде руками своими трудовыми, стирает бельё и полощет его в озере, и по дому убирается, и ещё работает этими руками в цехе с химическими реактивами, где не соблюдается, как всем известно, никакая техника безопасности. Нонна не могла есть в эти минуты ни кролика, ни курицу, а только закусила салатом оливье свою рюмку вишнёвки. И больше не пила тоже. Но в Семиозёрном знали факт, что Нонна не пьёт, по сравнению с другими девушками на производстве, и вообще она против спиртного в принципе, потому и была Нонна Тараканова избрана народом как комсомольский секретарь.

Время в часы закуски течёт быстро, и пока Нонна искоса смотрела на Валентина, который сидел вполоборота к ней, Зойка Метёлкина успела встретиться, и не раз, своим проникновенным взглядом с выразительными карими глазами столичного парня. А Родя Ветров, уследив такое, возьми и скажи ему по-свойски: вот, говорит, Валентин, у нас в посёлке одна знойная чувиха есть, за которой вся наша местная малина скучает, и мы думаем, что и такому городскому чуваку, как ты, она тоже сгодиться может, потому что она очень чувиха страстная! Тут и прозвучало от Валентина к случаю очень значительное:

— Должен вам заметить, Зоя, что к вашей прекрасной внешности вам ещё очень идёт ваше имя. И оно знаменитое, ваше имя, вот что удивительно тоже. Как это звучно и целостно — Зоя, Зоечка, Зойка! Зоя моя!

Нонна Тараканова плотно прижала руки к своими коленям, обтянутым чёрной юбкой комсомольского секретаря. Значит, всё-таки ему приглянулась Зойка! Конечно, она, а не Алла Казакова, как ожидала администрация. Но она, Нонна, чувствовала, что ему приглянется именно Зойка — весёлая, танцевальная, заводная, которую она знала с детства как свою верную подружку, Зоечку, Зою, Зойку, безусловную красавицу. И неудивительно, что сквозь все эти достоинства умный и образованный Валентин почувствовал и оценил правильно имя — героически стойкой Зои Космодемьянской! Что ещё, спрашивается, больше, о чём говорить?..

— Спасибо за комплимент, Валя. Ты поймёшь меня, я знала! — бойко сказала Зойка Метёлкина и томно вздохнула.

Боря Гольдберг, сообразив, что наступила нужная минута, стал было вынимать из футляра саксофон, но Алла Казакова даже в такой день, как этот, всё равно не смогла удержаться и спросила с норовом:

— Что звучит здесь знаменитое такое, никак не пойму? Зоя? Да это разве из стихов знаменитых ТЕХ? Но ведь трудно и сказать — знаменитые ли те стихи?!

— Какие стихи? — спросил Валентин. — Да, это прекрасные стихи, только напомните мне, какие вы имеете в виду строки?

— Могу и напомнить, раз просите, — сказала Алла Казакова.

— Засохни ты про те стихи! — воскликнул Серёга Коромыслов, пытаясь обуздать свою, с характером, зазнобину.

Но Аллу Казакову трудно было удержать, если уж заносило её на крутой поворот.

— Могу и напомнить, только без обид на меня, раз сами просите! — продолжала она громко, как в микрофон. — Стихи верные, хотя и народные: «Ну-ка, Зоя, кому давала стоя / В чулочках, что тебе я подарил?».

Ах, какая тишина наступила в тот миг за столом!

Такого поворота никто и никак не ожидал, и даже Родя Ветров, с угарной школой жизни за плечами, замер над своей тарелкой с солёным грибом на вилке. Зойка Метёлкина только было пальцы свои наманикюренные распустила, чтобы ими вцепиться Алле Казаковой в волосы, как это уже случалось неоднократно в клубе на танцах, но тётя Паша Степанова вдруг вздёрнула на весь сад высокую ноту и ретиво повела:

И-и-еха-а-ли цыгани!
С ярманки да-а-мой, да да-амой!
Ане астана-а-вили-ся, ой!
Пад ябла-ань-кай гус-той!

И дядя Аверьян, выжав в тон певице бывалый пронзительный аккордеон, заголосил ушло и вполне заслуженно:

Эх, загулял, загулял, загулял,
Да парынь мала-а-дой, мала-дой!
В красно руба-а-шоночки-и!
Ха-а-рошань-кай такой!

Коля Стриж ударил по семиструнной, и Родя Ветров подхватил свою гитару с алым бантом на грифе. И под общий удалой хор пошла прямо на журналиста и Серёгу Коромыслова, потряхивая плечами под широкой шалью с кистями, неподражаемая Марина Гольдберг.

— И-их! Да в красной рубашоночки-и! Ха-а-арошань-кай такой! — стонали с цыганским душераздирающим надрывом верные опричники Серёги Коромыслова, рвавшего с себя в отрепетированном экстазе свои единственные, ещё довольно приличные брюки.

Когда столичный Валентин отплясал с Зиной Казаковой и тётей Пашей Степановой всё, что бог на душу положил, то его, журналиста по последней моде, уже никто за чужого не держал, а засчитали его за своего в доску парня. Боря Гольдберг исполнял интимно «Маленький цветок», и Валентин танцевал в обнимку с Зойкой, но и с Аллой Казаковой тоже. Алле Казаковой её костюм, белый с чёрными горохами, был очень к лицу и подчёркивал на лице её энергичное выражение. Нонна Тараканова танцевала с Павлом Громовым. А Зойка, конечно, тогда совершенно и про Громова забыла, и про Серёгу Коромыслова тоже, поглощённая процессом заманивания в тонкие сети хорошенького, в красной рубашоночке.

Зойка так начала укреплять эти свои самые сети, что даже подсела к Роде Ветрову и нашептала ему на ухо о чём-то, понятном им одним, после чего опричники резко отпустили Серёгу Коромыслова с выпивки на танец с Аллой Казаковой, запрятав от Серёги бутылку с очищенным семиозёрским напитком. А в тот момент, когда дядя Аверьян с тётей Пашей Степановой заплакали на другом конце стола про Митрофановское кладбище, где несчастный отец всё-таки убил родную свою дочку, Коля Стриж и Родя Ветров вообще ушли за калитку, чтобы теперь уже не в саду, а при всём честном народе согревать сердца слушателей приглушённым исполнением избранного блатного репертуара.

И Серёга Коромыслов не отошёл больше весь вечер от своей зазнобы Аллы Казаковой. Журналисту Валентину осталось только танцевать с Зойкой, и она, ясно, взяла всё-таки верх над Аллой и вовсю крутила с Валентином модный чарльстон. А у Зойки современные танцы и в клубе получались до этой маёвки очень здорово, потому что у танцевальной девочки так оно и должно быть! И оно было.

И гуляли в саду Нонны Таракановой и за калиткой её тоже до самого позднего рассвета. Утром уже разошлись. Валентин к себе в гостиницу не пошёл, потому что устал и далеко ему было идти туда. И к Громову Павлу ему было далеко. Ну а Серёга Коромыслов, хотя и выпивал и отплясывал с Валентином, в гости его ночевать не пригласил. И Валентин остался в доме комсомольского секретаря Нонны Таракановой, по коллективному согласию и всеобщему доверию к ней.

Она постелила Валентину спать в отдельной комнате своего старого, но ещё не ветхого дома. Отец Нонны ушёл после гулянки провожать куму за озёра и запровожался у кумы чёрт знает до каких пор! Матери у Нонны Таракановой тогда уже не было, она умерла за год до той маёвки. Несчастный случай произошёл в цеху: в ночную смену лопнул неожиданно резервуар с соляной кислотой, незастрахованный от случайного перегрева техникой безопасности. Она, Ангелина Тараканова, мать Нонны, много в ночные смены работала на химкомбинате, деньги добывала, чтобы посылать их сыну своему от первого вдовьего брака в Ленинград, а по-народному — в Питер. Сын её в Питере, в холодном и тяжёлом по климату городе, на инженера очень трудно учился. Ангелине Таракановой авария, к несчастью, даром не прошла: при её общей бытовой усталости она не успела вовремя отскочить от вскипевших смертельных кислотных брызг. И хотя на похоронах многие из администрации сказали, что Ангелина работала на химкомбинате так безотказно, будто совершила подвиг, Нонне, конечно, как дочери, от таких похвал легче не стало и как комсомольскому секретарю тоже, потому что она лишилась матери и осталась одна с хорошо выпивающим отцом, и только и было ей радости от химкомбината, что уважение людей по комсомольской её работе.

Итак, тётя Паша Степанова с Зиной Казаковой убрали посуду, и мужчины отнесли в дом к Нонне столы из сада. Валентин им не помогал как гость, да его и сон сморил после самогона и танцев. Ему, как приезжему, отдохнуть полагалось. В понедельник Валентин уезжал, а воскресное утро уже настало. Нонна Тараканова ставни прикрыла в доме, чтобы журналист отоспался в тишине. Насчёт успешного радиодоклада про комбинат никто в Семиозёрном больше не сомневался, потому что о друзьях и даже о собутыльниках сильно плохо говорить не полагается, а писать — тем более будет не к лицу такому свойскому теперь Валентину!

Плюс Нонна Тараканова и все остальные условия предоставила ему в своём доме под конец гулянки. Конечно, сами вы догадываетесь, какие остальные, а вернее, оставшиеся ещё!

Нет, нестойкая и она тоже оказалась в своём девичьем смысле, Тараканова Нонна, и хотя случается это со всеми, она на наших глазах из комсомольского секретаря, уважаемого коллективом, превратилась в простую, неразумную девку. Разве о таком деле можно было подруге своей, Зойке Метёлкиной, рассказывать?

— Подлая она сука! — кричала про неё Зойка. — Думает, если подложилась под него целкой, так он жениться приедет за ней? Думает, целка у неё золотая была? Да у многих девок она была даже рассеребряная, а потом — тьфу! — и нету! Кто вообще про целку помнит из мужиков? Я таких не встречала.

— А я встречала, — говорила Зина Казакова. — Один раз такого мужика в кино показывали. Да только забыла я, как то кино называлось. Никак не вспомнить!

— Вот что, бабы! — объявила Зойка. — У меня от него беременность два месяца. И теперь я его не упущу ни за какие коврижки-пряники. А девочка я красивая, и чем я не городская для него? У нас не деревня, а посёлок! И я не страхолюдина, как Тараканиха наша! Я одеваться умею, и когда иду в клуб на танцы, не выряжаюсь только в кофту с юбкой.

— Ты прозвищ таких не давай мне, Зоя, — отвечала ей Нонна. — Я не грязнуля, и в доме моём чисто, чтобы ещё Тараканихой меня называть. И сад у меня ухоженный, и все вы были в моём саду! А в блузке и юбке я ходила, потому что хотела выглядеть скромно, я у вас примером была, секретарём комсомольским, а теперь больше не буду. И не просите!

— Кто тебе сказал, что мы тебя ещё раз секретарём выберем? — удивилась Алла Казакова. — И никто просить тебя не собирался. И можем мы о тебе в райкоме порассказать, какую ты пьянку в своём саду устроила, чтобы сбить с пути приезжего журналиста. Ты всех приглашала к себе, не директор и не парторг. Ах ты, царица наша, раскрасавица! Вот посмотрим, кто теперь осчастливит тебя своей фамилией. Так и будешь вечно Тараканихой ходить! Все знают теперь, что ты с журналистом путалась!

— Не стесняюсь я фамилии моей! — сказала Нонна. — Была такая княжна Тараканова, царская дочь, хотя и незаконная. Её в тюрьме водой затопили, чтобы она царицей не стала. Испугались её, сильная она была, вот потому и водой сгубили её.

Конечно, это попусту было сказано, про царскую дочь. Так, лишнее — из гордости. Но тут же пошла бабья склока, будто угрожала Нонна Зойке Метёлкиной. Погубить её решила. Утопить!

Будто бы и раньше она заманивала Зойку плыть подальше от берега! Они ведь часто в озере купались вместе, они подругами считались до Валентина этого, который попал в этот край, как камень в болота Семиозёрные. И разбери теперь, кем они были — то ли подругами всегда, то ли врагами всегда? Известно только, что шли по жизни до сих пор неразлучно рядышком, а как шли ещё — бог его знает!

— Угрозы в таком деле не годятся, — вздохнув, сказала в рабочий полдень тётя Паша Степанова. — Все мы по жизни идём одинаково: бабы каются, а девки замуж собираются! Только если видишь, что он к другой уже прикипел, так отбивать его, охальника, совсем и не надо. Кому он сгодится — пусть та его и заберёт. И на душу себе положит, как от бога убыток. А бояться друг друга не надо!

— Нет, я её не боюсь! — кричала Зойка. — Хотя она и наше начальство тоже. Да теперь путёвками и прогрессивками распоряжается не она. И какой она теперь секретарь? Шлюха она! И посмотрим теперь, кто её поддерживать станет — Родин, может быть? Да я с ним по-своему поговорю насчёт неё, в тёмном кустике на озере! Наш Родин насчёт любви всегда был очень располагающий! И ласку любит. А Тараканиха его не приголубила, хотя он и склонялся на её взоры принципиальные. Вот я наверстаю упущенное за неё и за себя тоже!..

— Закончим мы на том нашу склоку, Зоя, — сказала Нонна. — Мы с тобой подругами были, ели и пили из одной чашки. Что тебе надо — ославить меня ещё? По всему миру звони — я сильнее тебя! Я всё равно сама собой останусь и без вас всех тоже проживу, хотя вы меня за всё хорошее, что я сделала для вас как комсомольский секретарь, отблагодарили! Спасибо мне сказали за все дополнительные дни к отпускам, которые я вам хлопотала через администрацию, за все отгулы, которые я вам предоставляла, прикрываясь народной дружиной! Сколько вам всем я сделала добра! Хорошо вы его запомнили. Меня никто из вас в трудную минуту не пожалел!

И плакала Зойка перед всем миром крупными злыми слезами:

— Чего её жалеть, Нонну Тараканову? Она всегда была сильная морально! А я не пойду больше скоблиться, я морально слабая. Ни за что не пойду! Нет, я замуж теперь пойду за Валентина. Хватит, Зоя, надавалась стоя! И зарплата у Валентина хорошая. И репортажи, и передачи по радио у него все успешные. И тронете меня — он за меня вам отомстит, правду о комбинате этом вонючем расскажет кое-кому в верхах. Уезжаю я к нему в Москву! И он согласный! А ты живи мирно тут, Тараканиха наша, и к нам не суйся! У каждого своя судьба!

— Судьба у каждого своя, я с этим согласная, — сказала тётя Паша Степанова. — Но судьбу всякую можно заменить. Некоторые гадалки привораживать умеют. Я у одной женщины в войну, помню, грыжу заговаривала. Она мне на картах разрисованных гадала. Таро эти карты называются. И сказала она мне, что есть всего для души как будто семь жизней, семь миров на Земле нашей есть. И душа каждого человека путешествует среди тех семи миров. То из огня в воду ныряет, но в небо летит. И нельзя те семь миров преодолеть, а можно только заворожить их, чтобы они не во вражде с душой нашей жили. Тогда и будет нам жить вроде как полегче. И дети тогда будут рождаться спокойные, а не истеричные, больные, как сейчас у всех. И никто и никогда плакать не будет, если эти семь миров будут высказывать к нам своё согласие, но и мы должны быть с ними красивыми, и в ладу, спокойные и добрые люди, должны мы потому что быть!..

— Мне не тяжело жить, моя жизнь ни в чём не изменилась, и я не жду ребёнка, — сказала спокойно Нонна Тараканова. — Со мной обошлось на этот раз. Природа меня пощадила, это точно. И считайте, что мне больше повезло, чем подруге моей, Зое. Бывшей подруге! И домогаться я их не стану. Пусть себе тихо и мирно живут!..

На этом и закончилась окончательно их всякое общение друг с другом. Зоя Метёлкина уехала из посёлка, а Нонна Тараканова тоже решила ехать учиться в Питер, в институт поступать, и в Питере её брат сводный тоже учился. И в эту пору нашей советской жизни Нонне Таракановой, как производственнице, полагались указами Никиты Хрущёва большие льготы для учёбы в высших заведениях. Но перед тем как покинуть родные места, Нонна Тараканова пришла на берег одного из тех семи озёр, где она проводила лучшее время солнечного детства своего вместе с подругой, Зойкой Метёлкиной.

Нонна присела на берегу среди редких кустиков отчаянно подсыхавшей травы, так и не доросшей до спасительной влаги. Островок озёрного пляжа гладко скатывался вниз. Нонна расстегнула и сняла сарафан и, пройдя по глиняному надтреснутому склону, попробовала воду ногой. Кожа не ощущала разницы температур, противный, тошнотворный перегрев утомлял. Нужно плыть вглубь, чтобы найти прохладное забвение, в сердцевину озера забираться, отгородившись далью озёрной глади от полыхавшего жарой берега.

Нонна ступила смело в озеро и поплыла в манившее зеленоватое пространство водного горизонта. Она плыла крупными сажёнками, уверенно взмахивая своими сильными руками. Вода, становясь прохладнее, наполняла постепенно свежестью её сильное молодое тело. Потом, переведя дыхание, Нонна поплыла чуть медленнее, силясь заглянуть в озёрную бездну, наклоняя голову низко к воде. Оттуда, с невидимого, но осязаемого мысленно дна, шло таинственное и какое-то торжественное свечение, словно врачующая природа бескорыстно предлагала перейти сейчас легко и беспрепятственно в иной, водяной, возможно, и не хуже земного сотворённый единым богом мир. Плотно захваченная вдохновенным ощущением невесомости собственного тела, Нонна заплывала всё дальше и дальше навстречу губительной ласковости, излучаемой всей массой таинственных и тихих вод.

И вдруг пугающая кошмарная судорога резко свела её левую ногу.

Отчаянно хлебнув воды, Нонна резко перевернулась на спину. Судорога в левой ноге была ей не в новость, и Нонна всегда была готова к энергичной борьбе с ней, этой каверзой, не раз мешавшей наслаждению плаваньем. Нонна быстро и ловко отстегнула от лифчика крупную булавку, пристёгнутую к крепкому ситцу. Дотянувшись рукой до согнутого колена, Нонна изо всех сил вонзила стальное остриё в кожу, азартно прокалывая собственное мясо и настигая тайное убежище судорожной змеи. Мгновенная боль пронзила ногу, и судорога, отпустив колено, нырнула в бездонную темноту водяной массы.

Нонна вытянулась на воде, стараясь отдохнуть, ощущая теперь спиной упругую пропасть озёрного дна. Прямо над её лицом зависло, как чёрное облако, вечернее мрачное солнце. Нонна заморгала, стараясь сосредоточить взгляд на собственном носу, чтобы только отвлечься от страшного, пугающего пейзажа. Конечно, это вовсе не радиация или затмение! Просто слишком быстро стемнело, она и не заметила, что вышла так поздно из дома, да ещё так далеко заплыла. Нет, мир космоса далёк, он не рядом, как водные пространства. Но сколько их, неведомых миров, сжавших в коварное кольцо по-прежнему беспомощного человека? И каждый мир опасен и жесток. Кажется, нырни сейчас на дно — и поплывёт, словно спутанный пучок водорослей, сознание, измеряя сказочную бесконечность иного мира, может быть, и прекрасного, но неосмысленного до подробностей и потому, конечно, таинственного и загадочного, и шокирующего наше бытовое осязание.

Мягко и ласково природа протягивает к нам белую тонкую нить желаний из глубины небытия и, укрепив эту нить в нашу память и мозг, медленно тянет нас назад, в своё бездонное лоно, делая нить всё короче и короче. Мечта о лучшем мире, как живая голубая вода вселенной, плещется в нас, разносится с током крови по нашим органам чувств, делая нас то суетливее, то злее, то, наоборот, добрее. Ведь надо что-то искать, находить и радоваться достигнутому! Но белая нить, нетронутая в своей чистоте несбыточных мечтаний, однажды врезавшись в головной мозг и разделив его надвое, тянет к себе наш беспомощный разум, и жизненный комплекс наших вполне земных желаний то истощается, то снова мерцает искрами надежды — есть лучшее где-то!

Где оно?

Легко мысленно опуститься навеки в синюю мглу воды и уже не пытаться повернуть обратно к берегу, такому знакомому, но туманному и далёкому, если смотреть на него из воды. Но трудно, нырнув, вдруг израсходовав весь запас воздуха в лёгких, ощутить воду, хлынувшую беспрепятственно в горло. Да, может земной космонавт облететь Землю на космическом корабле, но никому из нас не дано вдруг взмыть к солнцу вместе со своим привычным телом, согласно сиюминутному желанию. Хочешь искать лучшие миры — значит, надо жертвовать чем-то, хотя бы вот этим привычным телом, изрезанным нитью возвышенных, но так и неосуществлённых желаний. Нет, невозможно безболезненно шагнуть из были в сказку, из реальности в абстрактное небытие, которое нельзя потрогать рукой, услышать ухом, разглядеть глазами, ощутить кожей!

А что есть у нас в каждодневной, унылой чёрной были, затопленной кислотой зависти и злобы, кроме слабенькой безопасности, но ясно осознанной жадным инстинктом земного бытия?

И всё-таки лучших миров не стоит искать, этот поиск слишком страшен!

Хотя давно существует мысль о тепловой смерти человечества, коллективной, ежесекундной и потому — необыкновенно лёгкой смерти, смерти неизбежной на вершине развратной земной цивилизации, явившей миру эротику и войны, но любой из нас всегда предпочитает жить! И значит просто есть, спать и пить — ПРОСТО! И даже любить друг друга, производя детей как плоды забвения от неясной тоски по лучшим мирам и, конечно, временам, которые наступят в грядущем светлом будущем. Так учит нас Коммунистическая партия нашей страны, наперекор всем старым догмам и канонам:

ЗАВТРА БУДЕТ ЛУЧШЕ, ЧЕМ ВЧЕРА!

И потому пора вам плыть к берегу, преодолевая барьер времени всей своей жизнью, бывший комсомольский секретарь, товарищ Тараканова Нонна.

* * *

— Можно к вам, Нонна Андреевна? Пока вы не ушли домой, надо обсудить ещё один тонкий вопрос. И только между нами, как между завучем и директором!

Людмила Витальевна засмеялась. Нонна Андреевна улыбнулась тоже. Они работали седьмой год вместе в одной из старых школ Смольнинского района Ленинграда. От бывшей женской гимназии остался лишь актовый зал, обширный, с высокими узкими окнами и притиснутыми к стенам мраморными колоннами по углам. Школьные кабинеты перестраивались много раз, и только осталось в них гимназического, что высокие потолки, придававшие помещениям просторный вид.

Паркетный пол сохранился в зале, в коридорах и классах был настелен линолеум. Блокадные дни заставили многим пожертвовать, в том числе и паркетными полами в ленинградских школах.

Нонна Андреевна Громова за семь лет школьной работы здесь создала с учащимися Музей героической славы, где проводились экскурсии, разумеется, учениками школы. Музей хвалили. Музей знали. О музее сделали телевизионную передачу по телевидению и репортаж по радио. Многие педагоги и методисты, побывав в музее, удивлялись:

— Как может учитель химии по образованию поднять такой материал, который в принципе под силу только историкам или, например, литераторам? Конечно, благодаря этой работе Громова выдвинулась в завучи и, может быть, двинется теперь в директора, но вообще Нонна — сильная женщина. У неё ещё и семья, и двое детей! Да и по химии надо вести уроки! При такой загруженности отгрохать такой музеище!..

Нонна Андреевна знала эти разговоры и не обижалась на мнения, высказываемые порой в подобных тирадах. Во всяком случае, она никогда не старалась найти человека, чтобы выяснить, что же именно имелось в виду под этим туманным «выдвинулась» или «двинется». Но бывало, что её ушей достигали возгласы иного рода, сомнительного, а лучше скажем — загадочные вопросы:

— Говорят, вы работали у Родина Николая Спиридоновича, до того как он стал членом ЦК? Такой видный, представительный мужчина. И неудивительно, что он выдвинулся так далеко. Говорят, компанейский! Он вас близко знает?

Нонна Андреевна холодно отвечала примерно следующее:

— Я работала не у него, а вместе с ним, то есть в числе тех людей, которые тоже работали вместе с ним. Вот вы разве никогда ни с кем не работали вместе? Это большая разница — работать у кого-то, на кого-то или просто вместе с кем-то. И я не знаю, честное слово, помнит ли он меня, с тех пор прошло порядочно времени. Он был просто мой директор — и всё!

— Хороший директор? — уточнял, бывало, кто-то очень настырный. — Говорят, любитель природы и пикников?

— Извините, я спешу, — говорила Нонна Андреевна. — Он был директор химкомбината в посёлке Семиозёрном, где когда-то были живописные места. О работе химкомбината писали в газетах и особенно часто говорили по радио. Все средства массовой информации славили и восхваляли работу Родина на комбинате.

— Вот, значит, на чём он выдвинулся! — восклицал любопытствующий слушатель. — Средства массовой информации в нашей стране — большая сила!

Нонна Андреевна не продолжала разговор ни в коем случае. Она старалась не говорить о химкомбинате тоже, но всё-таки замечала, что имя Родина, ставшего заметной фигурой в стране, сопровождает её, как лёгкий шелест листьев на дороге при шаловливом и тёплом осеннем ветерке. И даже директриса, Людмила Витальевна Пономарёва, довольно выдержанная женщина, однажды высказалась в критическую минуту нервозной школьной проверки:

— Конечно, когда рыбу бьют — то именно по голове бьют! Но если нам с вами придётся очень туго, мы, в конце концов, можем обратиться за советом к вышестоящим товарищам, правда, Нонна Андреевна? Ведь у нас есть ещё, по выражению Маяковского, мозг класса, сила класса, слава класса! Вот и покажем обидчикам, что такое партия, и надеюсь, что нам поможет наша слава!

Директриса выразительно указала присутствовавшим на совещании членам месткома и профкома стенд с портретами членов ЦК, висевший на стене, где в числе прочих улыбался компанейский Николай Родин.

Нонна Андреевна работала и, как говорили, работала не щадя себя и других, потому что при одной только мысли, что её заставят обратиться за помощью к Родину, её охватывало отвращение к чересчур оживлённым собеседникам. Она даже и не представляла себе, какой была бы эта поддержка, например, со стороны Родина и не представляла себе, как именно она к нему обратится? Письмо напишет, что ли? Или по телефону позвонит? Ну, допустим, напишет письмо на его имя. Ведь пишут люди письма в Кремль. Например, жалобы. Но получают ли они реальные ответы на них?

Во всяком случае Нонна Андреевна ни на кого жаловаться не собиралась и не держала в мыслях ничего подобного! Она привыкла спрашивать сначала с себя выполнение любой работы, которой она никогда не боялась. Она была уверена, что пока у неё идут дела благополучно, у других они тоже идут так, потому что она снова работала от имени людей и для них, для учеников школы. Она по-прежнему не повышала голоса ни на кого, тем более на учащихся, хотя в школе хватало моментов, где была возможность вволю разрядиться. Нонна Андреевна была достаточно молчалива для школьного учителя и завуча, и казалось, что ей некогда говорить с бойкими и задорными, такими пытливыми нынче собеседниками. Нонна Андреевна чаще вспоминала ныне мёртвого дядю Аверьяна, когда-то рассказавшему её мужу, Павлу Громову, тонкую народную правду.

— Ты послухай хорошо, Павлуха, одну тонкую народную, но нигде не записанную правду, — говорил дядя Аверьян. — Лежу я, ента, Павлуха, в лодке после гулянки в саду — заснул около берега. И не так только, чтобы заснул окончательно, после самогонки, а просто сморило меня дремотой после наших песен и закуски кроличьей, жирной. И притих я в лодке, тоже как кролик, только слышу — идут и разговаривают, вертухай наш главный, Никола Родин, с евонным партейным подлипалой Петром Дымко. А имена у них царские Никола да Пётр! И уговариваются оне между собой про рясину енту заезжую, про журналиста то есть. Сколько, значит, ему конвертов отсчитать, уговариваются. И никак не могут между собой договориться, грызутся, значит, между собой не по-царски совсем, сколько ента конвертов рясине дать — один или два. Грызутся они потому, что непонятно, кто из них главней — то ли Пётр, то ли Никола! И думаю я себе, притихши в лодке: да рази трудно ента сосчитать, один конверт или два? Что тут считать? Даже и я могу ента сосчитать — один или два! Только слышу, наш вертухай и говорит подлипале, что хватит с его одного конверта, с ентого олуха царя небесного, потому что его дело маленькое — по радио голосить, а все остальные енти дела сами мы с тобой, подлипала мой любимый, Петро, решать, мол, будем. И енто ишо говорит наш башковитый Никола Родин, что на журналиста потратились много, одних только закусок за столом прохайдачили столько, ведь пришлось вроде как весь комбинат на маёвку собирать и всех кормить, а на все разинутые рты у государства нашего социалистического харчей не хватит!

— ...Вот тут я и сообразил, Павлуха, что ента они деньги дают рясине в конверте, а не почту какую! Один конверт — ента сумма условленная, ими обсчитанная и им известная, а два конверта — ента двойная сумма. Они, значит, грехи свои по работе замазать решили! И лежу я, ента, в лодке и думаю, на солнышке утром греясь, не глупо ли ему отсчитывать конверты, рясине такой? Ему уже все девки семиозёрские своё отсчитали, и кроликов тоже для него не пожалели, забили. А теперь ему ещё и конверт давай? И соображаю я ента, Павлуха, в своей лодке, тихо и просто, но как о божественном — что, значит, конечно, каждый человек может быть себе тихий, как кролик, но его всё равно забьют, если кому понадобится такое для иного и сделать! И вертухаи наши договариваются не только про грехи свои, чтобы замазать, а чтобы выдвинуться на первый верх по работе, потому что если ты повыше всех будешь, то тебя сразу не задавят, как того кролика, а побоятся. Ты ведь теперь и сам с усам! И дело рясине — голосить по радио, а будут про тебя везде голосить — правда ли, неправда ли — всё едино, тебя узнают и выдвинут на глаза. Вот ведь какая тонкая вещь происходит на свете нашем семиозёрном — все тонко выдвинуться хотят! Да только скажу я тебе, Павлуха, что где тонко, там и рвётся. И порвётся, Павлуха, вот увидишь, потому что донесёт тебя до ентого дня по рабочей твоей династии! Рано или поздно разорвёт Господь Бог эту цепь, которая тебя к труду на опасном нашем комбинате приковала. Взлетит он на воздух, комбинат наш, ко всем чертям собачьим! И ревизует тогда Господь у прохиндеев их высокие посты за енто, что они наш природный ресурс воды в болота превратили. И снова у нас в озёрах караси и лещики заведутся, потому что всякая жисть возникает из воды-окияна...

Нонна Андреевна, вспоминая эти речи о тонкой правде, старалась всё-таки не нагонять волны в заметно неспокойном океане общественных мнений. Океан — стихия опасная, и если хочешь выжить — лучше держаться на плаву. И к тому же океаном управляют небесные высокие светила! Как не быть на плаву? Лучше плыть в чистом океане, чем пасти коз и овец. У каждого, конечно, своя стихия, но пловцам, однако, бывает, что и нелегко приходится. Стихия часто непредсказуема водная, изменчива под разнообразными ветрами.

— ...Итак, Нонночка Андреевна, давайте решать и вместе думать. Одна голова хорошо, а две — лучше! И обе мы в руководстве, не так ли? Я знаю, ваша голова лучше, чем моя, не спорьте! — сказала Людмила Витальевна со своей обычной улыбкой на лице — тонкой гримасой обкатанного руководителя. — Что происходит в реальности? Что висит в воздухе? Что в действительности? Второй день обрывают телефон в моём кабинете, звонят из разных инстанций насчёт этих двух девочек — Нелли Ветровой и Наташи Коромысловой! Папы пустили в ход все свои связи! Сейчас, конечно, не приходится удивляться, что мясник, бармен или просто товаровед — люди в стране самые нужные и уважаемые, но мне позвонили насчёт этих девочек даже из редакции радио! Они тоже просят зачислить их к нам в девятый класс, хотя, судя по их успеваемости, им надо идти только в профессионально-техническое училище. Как они будут учиться в такой сильной школе, как наша, если они учатся на сплошные тройки? Но нам их просто вешают на шею, как на поруки отдают! А ведь они ещё и с ужасными характеристиками. Нелли Ветрова дважды попадала в милицию! И вот пять минут назад мне сказали, что вы хорошо знаете родителей этих девочек, Нонна Андреевна. И знаете, кто сказал? Валентин Сергеевич Махонин, кажется, он главный редактор радио! Правда, если знаете, так и давайте решать вместе, как быть. Все местные светила хотят, чтобы девочки закончили десятилетку! Из театра мне тоже звонили в отношении них...

— Раз девочки хотят учиться, мы будем их учить, мы просто обязаны, — сказала Нонна Андреевна. — Чего нам бояться, Людмила Витальевна? Девочки — не парни! Авось до поножовщины не дойдёт. С ними не будет хуже, чем с Геной Ежовым. Мы и того всё-таки честно дотянули до восьмого класса, так что в колонии Гена школу ещё не раз добром будет вспоминать. Долго мы с ним возились, правда? Всю кровь выпил из нас — а ведь всё равно терпели его, старались привить хорошее. Но семья влияет больше, чем школа, увы! А родителей этих девочек я и вправду знаю. Мы все работали вместе на химкомбинате в посёлке Семиозёрном. Честно работали, как все тогда...

— Вы сильная, — сказала понимающе Людмила Витальевна. — Итак, если вы как руководство говорите «да», я тоже выражу своё согласие!

Они поговорили ещё часок о делах школы, и Нонна Андреевна отправилась домой. Дома ждала её семья — сын Саша и дочь Лена. И, конечно, муж — Павел Громов. За время своего замужества Нонна не раз слышала от Павла, что Сергей Коромыслов, который работал барменом в валютном баре, даёт Павлу возможность заработать на ремонте автомашин своих клиентов. Не особенно вникая в автодела, Нонна знала, что и Родя Ветров тоже слал Павлу клиентов, и среди них было несколько известных актёров, два писателя, фотохудожник и капитаны второго ранга.

Павел работал на заводе слесарем-сборщиком, а в свободное время ремонтировал или собирал машины из старых частей и узлов. Нонна удивлялась тому, как быстро разрастаются связи Серёги Коромыслова, который был теперь друг, кажется, всему городу, и наблюдала за тем, как плотно укрепился за короткое время Родя Ветров, который работал мясником на Невском в гастрономе и сменил три машины за два года. Теперь у Роди была голубая «Волга», а у Серёги Коромыслова достраивалась обширная дача за городской чертой, по дороге в сторону Финского залива. Нонна встречала и дочерей их, Нелли Ветрову и Нату Коромыслову, потому что всё это время, с тех пор как они с Павлом жили в Ленинграде, Нонна дружила с Мариной и Борей Гольдбергами, которые, как и Ветровы и Коромысловы, тоже прочно обосновались здесь и приглашали аккуратно на дни рождения к своей дочери Юле всех детей, с которыми Юля дружила, в том числе и детей Нонны, старшего Сашу и младшую Лену. Юля Гольдберг пришла учиться в девятый класс в школу, где работала Нонна, потому что коллектив учителей подобрался в этой школе довольно сильный и потому что Юля Гольдберг училась хорошо. Понимая, чьё наивное желание стоит за всем остальным, Нонна позвонила Марине Гольдберг:

— Понимаешь, Марина, я не могу воспитывать этих девочек, если их собственные родители не в силах привести в человеческий вид! — сказала Нонна. — Ведь Ната Коромыслова выражается исключительно матерно, это даже в характеристике её указано! И сама ты рассказывала, что Алла не имеет на неё никакого влияния. Ната из дур в дуры величает собственную мать. И Алла молчит, как крольчиха! Это наша Алла Казакова, с норовом, известным всему Семиозёрному. Неужели Алла настолько пьёт, что боится, как бы дочь на весь мир об этом не растрезвонила, и боится её как-то наказать или образумить? А про Нелли Ветрову мне и думать не хочется. В гостинице «Европейская» молодые девушки без цели не сидят. И куда Родя смотрит?

— Но у вас в школе Музей героической славы! — воскликнула Марина Гольдберг. — Надо, чтобы на девчонок хоть кто-то сильный повлиял, с идеями, с энтузиазмом, кто ещё верит хотя бы в человечность и собственный почин, если уже не верится ни во что на свете. Алла сказала мне, что она всегда верила в тебя, что ты сильная, и недаром мы тебя в своё время избирали нашим комсомольским секретарём! Ты наш коллектив всегда любила, и морально была выше всех! Это всё Алла мне сказала по телефону, ей-богу правда. Ты веришь мне?

— Я понимаю так, что, наконец, я пригодилась Алле Казаковой! — отвечала Нонна.

Так они начали учиться в одном классе — Нелли Ветрова, Ната Коромыслова и Юля Гольдберг. Нелли и Ната были обе блондинки, только Ната была повыше ростом, чем Нелли, и носила волосы длинные, до самых плеч. Девочки были похожи чем-то друг на друга, и даже создавалось впечатление, что они двойняшки. Первого сентября Алла Коромыслова, заметно расплывшаяся, и мать её, Зина Казакова, изрядно постаревшая, пришли в школу.

— С праздником тебя, Нонна Андреевна, — сказала Алла, и Зина Казакова протянула Нонне большой букет красных роз. — Я рада, что ты снова в начальстве, снова на плаву. Говорят, ты наших детей перед директрисой своей отстояла — та бы их ни за что не взяла в эту школу. И ты музей о блокадном Ленинграде создала, я тоже слышала. Я всегда и везде говорила, что ты сильная женщина. Учи теперь мою Натку, помоги мне! А за старое не дуйся. Знаешь: кто старое помянет, тому глаз вон!

И Зина Казакова сказала:

— Мало ли что можно вообразить о человеке! Это называется «обээс» — «одна баба сказала». Разве можно всем верить, будто мы про тебя в Семиозёрном болтали? Никогда! И Валентин Сергеевич Махонин всегда говорит о тебе очень возвышенно! Он с Серёгой нашим дружит, заходит к нему в бар. Валентин Сергеевич теперь большой человек, хотя он и всегда был умный. Да и ты теперь не маленькая, и никогда ты тоже маленькой фигурой не была.

И Зина шепнула в ухо Нонне Андреевне:

— Ты стала такая интересная женщина, Нонна. А глаза какие! А лицо до чего выразительное. И платье у тебя очень красивое, по моде...

Рядом с Коромысловыми-Казаковыми стояла, улыбаясь, Галя Ветрова, которая работала дамским мастером в салоне красоты.

— Вы свои будете, я так понимаю, — сказала она Нонне Андреевне. — Я не из ваших мест родом, но только тоже в компании вашей уже давно своя. Причёска нужна будет — заходите, обслужу без очереди и без денег. Я всё устрою, хоть целой школе! И вообще мы с Родей ни за какие услуги никогда в долгу не остаёмся. Тем более вы будете учить Нелли, за ней никакого присмотра у нас нет, мы заняты, мы жить хотим не хуже других. И чего ей тоже не хватает? Но характеристику ей надо хорошую для поступления в институт, и мы не останемся в долгу!

— Только без этого, без долгов, — сказала Нонна. — Учителя пока ещё свободны от всяких долгов, кроме своего, учительского.

— Но причёски всем женщинам нужны! — сказала Галя Ветрова шутливо, однако заметно покраснев под очень светлой своей кожей яркой блондинки.

С самого первого сентября Нонна Андреевна, как завуч школы, стала разговаривать с учителями об успеваемости Ветровой и Коромысловой и об их поведении. Она постаралась, чтобы девочкам уделялось как можно больше внимания. И хотя обе они чуть заметно улучшили свои ответы по предметам, дисциплиной они не отличались и, если пропускали учебный день, то обязательно вдвоём.

— В кино ходят, — объясняла Зина Казакова. — Очень увлекаются телевидением и радио тоже! Да ведь все этим увлекались в своё время. Не так ли?

Нонна Андреевна старалась удачно обойти молчанием тёплые восклицания и вопросы Зины Казаковой, сердобольной бабушки. Нонна Громова не встречала никогда даже на улице Валентина Сергеевича Махонина, ставшего величиной в мире радиожурналистики. И хотя по радио была передача о школьном Музее героической славы, такое светило, как Махонин, до школьной славы не скатилось. Кто-то делал передачу. Кто-то приезжал. Кто-то видел музей. Но не главный редактор радио.

И вот только теперь, накануне Нового года, Павел, вернувшись домой, сказал Нонне спокойно:

— Серёга Коромыслов на Новый год к себе зовёт, на дачу. Я сказал, что мы будем. Старое пора забыть, и дочки Роди и Серёги у тебя в школе учатся. Попали мы снова в уважаемые люди! И даже в очень нужные люди! Как Махонин Валентин!

Павел выпил стопку водки и выговорил:

— Конечно, Родя и Серёга наприглашают на дачу чёрт знает сколько народа! Им бы только выдвинуться сейчас куда-нибудь дальше в люди. Деньги есть, почему нет? Ну, я сказал, что мы тоже придём. Бутерброды с чёрной икрой Серёга обещал на закуску. Да и Родя постарается с шашлыками и дичью!..

Павел смотрел по телевизору «Тени исчезают в полдень» — многосерийный фильм о торжестве и справедливости советских идей на селе, пока Нонна мыла посуду. Потом Павел незаметно заснул, и Нонна, выключив телевизор, прилегла на тахту рядом с мужем, ожидая сына и дочку, которые где-то загулялись. Было воскресенье, и дети располагали свободным временем по желанию, независимо от уроков. Нонна думала о Зойке Метёлкиной, которая давно разошлась с Валентином и теперь воспитывала их дочь на алименты, которые, по словам Марины Гольдберг, не вполне аккуратно высылались куда-то на Дальний Восток. Прислонившись щекой к спине мужа, Нонна думала в тишине квартиры, что её собственную жизнь нельзя назвать неудавшейся — муж, семья и профессия составляли её неуязвимое целое. Но с каким-то жадным любопытством вглядываясь в прошлое, Нонна старалась воссоздать облик Валентина и вдруг ощутила на своих губах его жадный и горячий поцелуй. Нет, они с Павлом всегда так мало целовались в юности! А теперь не целовались вообще!..

Нонна знала от Марины Гольдберг, что Валентин почти не постарел за это время, что очень бодро держится и выглядит свежо, несмотря на то что живёт один и платит довольно большие алименты, что он носит по-прежнему всегда только модные солнечные очки, что у него есть машина «Жигули» цвета морской волны. Лёгкий сон сморил Нонну, но она думала о Валентине сквозь этот сон и хотела увидеть его, очень хотела! Но сквозь дремоту ей привиделся берег озера в Семиозёрном, где она жарит шашлыки вместе с Родей Ветровым и Серёгой Коромысловым. Мясо зарумянивается на тонких стрелках, и Родя поворачивает аппетитные палочки шашлыка над тлеющим огнём. Серёга Коромыслов настойчиво машет фанеркой, чтобы отогнать лишний смрад, и когда дым расходится, то Нонна вдруг замечает, что из кусков мяса начинает сочиться густая, алая кровь.

— Ребята! — с ужасом восклицает Нонна. — Что это такое? Да ведь мы человечину жарим!

— Да, — говорит Коромыслов. — Так все делают! И мы тоже.

— Да! — смеётся Родя. — И ты тоже жарь её, жарь!..

Резко вскрикнув, Нонна очнулась ото сна. Дремотный ужас не прошёл и в ванной, и Нонна намочила холодной водой не только лицо и шею, но, сняв лифчик, омыла свои большие, тугие груди. Тогда ей стало легче, и она вернулась в комнату, чтобы разбудить Павла, который, так и не проснувшись от её выкрика, храпел на тахте.

Павлу надо было идти на халтуру, ремонтировать автомобиль, и Нонна бережно разбудила его. Павел уставал, и Нонна понимала это. С тех пор как умерла его мать, Павел всё чаще брал левую работу, чтобы выпутаться из долгов, связанных с похоронами, и к тому же надо было ежемесячно платить за кооперативную квартиру и хотелось закончить строительство дачи к лету. Нонна Андреевна не позволяла себе покупать много одежды, и хотя у неё было два дорогих импортных костюма и одно вечернее финское чёрное платье, она по-прежнему, как и в юности, старалась обойтись приличной белой блузкой и чёрной строгой юбкой.

Сейчас, думая о том, что именно надеть на Новый год, Нонна выбрала своё чёрное платье, но туфли всё-таки решила достать и купить. Облик женщины складывается из её туфель, а потом и ног — как уверяли, шутя, учителя физкультуры. Спортивная жизнь приучила учителей физкультуры к тщательному выбору обуви, и в дни аванса и получки в спортивном зале можно было выбрать колготки и даже туфли, хотя и по щемящим душу ценам. Что и говорить — спортсмены, как и бармены, иногда стараются наладить или сохранить нужные связи с людьми, бывавшими за рубежом.

Марина и Боря Гольдберги ехали на дачу впереди, указывая дорогу, и Павел старался не отставать от их голубого «москвичонка», крепко держа руль своих простоватых рыжих «Жигулей». Гольдберги прибыли на дачу Коромысловых вместе со своей дочерью Юлькой, и Нонна с Павлом тоже взяли детей с собой.

— Нет, они совсем взрослые, наши бывшие дети! — вскричал Боря Гольдберг, увидев Сашу Громова. — Вы, кажется, бреетесь, юноша? Вот дают, наши акселераты!

— Приходится бриться, — басом ответил серьёзный Саша. — И вообще мне сказали в военкомате, что по своему физическому развитию я вполне подойду к службе в Афганистане.

— Не вздумай согласиться! — сказал Гольдберг. — Жизнь дороже, чем служба-дружба в Афганистане.

И он сказал Павлу, нахмурившись:

— Ты бы, Павлуха, связи поискал в военкомате или машину бы починил кому за так. Смекаешь? Не хочешь, чтобы парня в Афганистан или оттуда повезли?

— Был бы случай, поищу, — сказал Павел. — В армии давно всё изменилось с тех времён, как я отслужил на Севере. Теперь неизвестно, что лучше — Север или Юг, с Афганистаном этим! Хрен редьки не слаще.

Солидный фасад каменной дачи Коромысловых украшали разноцветные гирлянды, и под стеклянной крышей крыльца стояла в красном атласном колпаке большая фигура плюшевого олимпийского Мишки. Добротная дверь с витиеватой резьбой приглашала войти внутрь после заснеженной и длинной дороги, и терпко пахло набросанными на мраморный пол еловыми ветками, на которых следовало, потопав ногами, стряхнуть с обуви снег. И хотя это просторное крыльцо было довольно значительным местом в доме, хозяевами оно обозначалось лихо и просто:

— Идите вы к Мишке на Олимпийское крыльцо, и помните, что у нас оно пока не золотое!

Когда Боря Гольдберг распахнул дверь, взору Нонны предстал дачный холл с камином и чёрный ковёр, изукрашенный белыми полосками, словно шкура зебры, и длинный стол, накрытый для гостей, пространство которого заманивало яркими этикетками длинных бутылок с вином, шампанским и коньяками. Сверкали хрустальные рюмки, и серебряные изогнутые ручки конфетниц вместе с золотыми ободками вместительных салатниц в мерцающем свете ёлочной иллюминации образовывали на поверхности синей скатерти настоящую радугу.

— Как красиво расставлены закуски! — воскликнула Марина Гольдберг. — И как тонко нарезана сёмга! Сколько труда для хозяев дома.

Боря Гольдберг скользнул взглядом по серебряному подносу с чёрной и красной икрой и проговорил:

— Правда, заметно натащили наши ребятки! Они у нас по-прежнему удальцы, Родя с Серёгой! На жизнь не жалуются.

Серёга Коромыслов довольно улыбнулся над двойным, заметным подбородком и добавил негромко:

— Моё дело — накрывать! Я всегда отлично понимал эту систему: если сказано — надо в садике накрывать, значит накрывать надо в садике. Верно, Нонна? Система работает, как и всегда!

Нонна молчала, но Боря Гольдберг ответил философски:

— И увидел Господь, что это — хорошо! Но он не спросил — не опасно ли это?

— Бережёного бог бережёт, — сказал Коромыслов. — И пока сбережения сберегают!

Потом сели за стол и начали употреблять предложенные хозяевами яства. Народу было много, но в компании никто и никого близко не знал, все только ели, жадно причмокивая, и никто не рассказывал анекдотов и не стремился произносить тосты. Веселились только дети, они уселись вместе и смеялись громко, как положено детям, которые ещё не стали совсем взрослыми, хотя должны были ими неизбежно стать.

Валентин Сергеевич Махонин прибыл вместе с Родей Ветровым, который тоже немного запоздал. Родя предупредил звонком по телефону, что будет позже, а Валентин хозяйку дома известил заранее, что прибудет ко второму акту, как он любил выражаться по обыкновению интеллигентного человека. Прибыв к столу, наконец, Родя скинул с себя на пол норковый полушубок и сказал, небрежно одёрнув выпущенное поверх сорочки золотое массивное распятие:

— Чарку, Серёга! Больше ничего не требует промёрзшая моя душа!

— Согреться по рабоче-крестьянски. Последнее желание выставленного на лёд коммуниста! — объявил Коромыслов, наливая в хрустальный стакан столичной водки.

Нонну слегка задела эта острота, и она от волнения перекрутила дважды на пальце своё изящное кольцо с голубым аквамарином. Нет, фигуру обледеневшего генерала Карбышева, материалы о котором были представлены в её школьном музее, по её мнению, можно было трогать осторожно, но никто из гостей в этот момент не назвал имени Карбышева. Кто-то засмеялся, а капитан второго ранга, который, по-видимому, не успел переодеться и приехал в гости в форме, раскатился искренним хохотом. Нонна, вслушиваясь в этот смех, думала о том, что анекдоты о Чапаеве рассказывают давно, и почему бы не превратить в пародию и другие легенды? Никто давно не соотносит имя Зоя с комсомолкой-партизанкой Зоей Космодемьянской. И она думала ещё и о том, что легенды выдвигают в центр внимания никогда не существовавших в действительности людей, хотя мифы существовали всегда в истории неровного по интеллекту человечества. Но незабытый за эти годы голос Валентина Махонина прозвучал, глуховатый голос, надорванный многочисленными разговорами с героями радиорепортажей, и Нонна перестала думать о чём-нибудь ещё на свете, кроме этого глуховатого голоса:

— Ребята, задвиньте меня куда-нибудь на край! Вот туда, хотя бы в детство весёлое, что ли! Сознаюсь, что на виду мне всегда было неудобно, как в морозилке!

Глаза Валентина встретились с глазами Нонны. Он взял свободный стул за спинку и, переставив его, сел напротив четы Громовых.

— Ты правильно выбрал место, Валя! — развязно воскликнула Алла Казакова-Коромыслова, придвигая гостю тарелку с красной рыбой. — Ты у нас — реликвия юности, и мы всегда храним тебя в памяти только как центр всеобщего внимания.

А с краю сидеть хуже — там дует! Тебя не сдуло до сих пор, потому что ты окружён вниманием людей, как реликвия. Давай за это дёрнем коньячка! Коньячок у меня французский, не бойся, простой, армянский, я не наливаю в своём доме-музее возвышенным людям! — и она чмокнула Валентина в щёку.

— За нашу жизнь во льдах, — сказал Валентин. — Шагнём по первой, друзья!

Он чокнулся с Нонной, глядя ей в глаза. Нонна приподняла свою рюмку, осторожно держа её за пузатую ножку.

— Какой у тебя красивый аквамарин в кольце, пронзительный, как ваши знаменитые озёра в посёлке! — сказал Валентин просто, как будто они расстались только вчера и теперь снова встретились. — Я рад тебя видеть. И тебя тоже, Павел. Ты очень похорошела за это время, Нонна. Знаешь, как сказала Марина Цветаева о некоторых женщинах: «О, молодость моя, ты мне была обузой». Тебе время пошло только на пользу!

И он сказал:

— Давайте веселиться, наливать, раз уж собрались снова за одним столом по взмаху волшебной палочки нашего всевышнего дирижёра — случая!

— Вот прекрасно сказано! — закричал Родя Ветров. — Наливай, ребята, пей! Не так, чтобы привыкнуть, а так, чтобы не забыть привычку!

И гости начали пить, упорно наливать полные рюмки и фужеры, и быстро захмелели. Пили за старый год и за новый тоже, за прошлое и за будущее, только за настоящее никто тоста не поднимал. Родя Ветров сказал:

— Я свою единокровную в Институт культуры устраивать хочу. Поможешь, Валентин? Я не останусь в долгу, я свою дочь на воспитание сейчас Нонне отдал. Вот увидишь, из неё будет теперь толк! Нонна — человек сильный. Она всегда была на плаву. С ней никогда не случалось, чтобы её волна накрыла с головой, когда утонуть можно в океане. И никогда не случится. Она доплывёт до берега всегда!

Потом включили магнитофон, но танцевали только дети. Взрослые говорили о чём-то, разбредясь по разным сторонам и тихо выясняли что-то между собой, в небольших своих группках, вероятно, важные долги. Павел не отпускал от себя ни на шаг капитана в морской форме.

— Получится, насчёт военкомата и Сашки, — сказал он Нонне шёпотом. — Да, недёшево! Ну и пусть. Лишь бы получилось!

Павел равнодушно отнёсся к присутствию Валентина, поглощённый капитаном. Валентин держался свободно, рассказывал анекдоты и много пил. Он танцевал с Нелли Ветровой и Натой Коромысловой и приглашал танцевать дочь Нонны, четырнадцатилетнюю Лену. Он рассмешил её, и она громко смеялась, бросившись на шею брата, прося у него защиты. Нонна не разговаривала с Валентином, но она знала в эти убегающие предновогодние часы, что их встреча продолжится потом, за кадром затянувшегося фильма о чужих гостях на чужой даче. Она знала, что Валентин чувствует её присутствие, и всем своим существом Нонна следила за ним, словно приковала себя к нему невидимой, но прочной цепью. Она видела опытным глазом семейной женщины, как много седины у него в волосах, и пристально смотрела на его руки с холёными, по-прежнему длинными и хрупкими пальцами, на которых не было ни перстня, ни обручального кольца. Как одиноко жилось ему в его изменчивом радиомире! И Нонна жалела его сейчас, как вообще умеют жалеть все женщины средних лет, и ей хотелось обнять Валентина поскорее, погладить по волосам, перепутывая эту беспощадную грустную седину.

Марина Гольдберг сидела рядом с Нонной и ела салат с крабами, жалуясь на то, что все постарели ужасно, друзья минувших дней, и что Боря не отдаёт ей все деньги, как когда-то, и ему часто звонят по телефону вечерами какие-то подозрительно молодые, бесцеремонные женские голоса. Галя Ветрова подсела к ним тоже и жаловалась Нонне как педагогу:

— На мою Нелли плохо влияет Ната Коромыслова. Конечно, мы друзья семьями, но девчонок нужно растащить! Родя сказал, что если моя принесёт в подоле — «убью сразу того, кто это произвёл, и того, кто принёс!» А на Нату Коромыслову смотрят спокойно — принесёт так принесёт! Бабушке отдадут на воспитание...

Словом, говорили о том и о сём в своей очень даже по-женски уязвимой группе. Услышав прозвучавшее по телевизору поздравление правительства, Боря Гольдберг сказал:

— Родина и Родин помянули нас! Давайте и мы вспомним и помянем Семиозёрный! Вся наша лихая компания оттуда и началась.

— Давайте мы вспомним что-то из наших старых ритмов! Маленький атомный цветок, который расцвёл в нашем тёплом саду! — воскликнула пьяная Алла Казакова.

— Я без дудочки сегодня, — сказал Боря Гольдберг. — Но я могу исполнить из старых романсов в память старых романов. Передайте мне гитару Роди!

Ему передали гитару над столом, и Боря, несколько рисуясь, уселся поудобнее на стул и, закинув ногу на ногу, начал петь своим бархатным баритоном:

> Среди миров, в мерцании светил,
> Одной звезды я повторяю имя,
> Не потому, чтоб я её любил,
> А потому, что мне темно с другими.
>
> И если мне на сердце тяжело,
> Я у неё одной ищу ответа,
> Не потому, что у неё светло,
> А потому, что с ней не надо света.

К утру, когда гости стали разъезжаться, Павел увязался провожать захмелевшего капитана, а Нонна осталась на даче убирать посуду. Алла Казакова спала в кресле мертвецки пьяным сном. Валентин обнял Нонну за плечи и сказал ей:

— Мы увидимся, честное комсомольское? Как я мог не разглядеть тебя раньше! Но мы всё разберём с тобой и всё поставим на места, моя дорогая! И как ты можешь жить с твоим бульдозером, не понимаю. Небесные светила слишком жестоки в расправе над нашими беспомощными, несчастными судьбами!

Валентин осёкся, увидев внезапно вошедшую в кухню Марину Гольдберг. Он смущённо улыбнулся Марине и сразу же быстро уехал с кем-то из гостей.

Нонна и Марина убирали посуду.

— Валентин прав — мир устроен по-своему жестоко, — говорила Марина Гольдберг. — Почему тебе не суждено было выйти за него замуж, почему Зойке было суждено такое счастье? Нет, мне непонятно! Я прочитала недавно книгу о Платоне, он говорил, будто человек сотворён игрушкой богов и потому надо играть в благородные игры, а не жить только умом. Жизнь нужно прожить, распевая и танцуя, и тогда человек умилостивит богов и защитит себя в борьбе с врагами, и победит в любой борьбе. Но это пока никому не удавалось — прожить, танцуя и распевая! Может, только детям удастся!

— Дай бог тебе счастья в новом году, Марина, — сказала Нонна. — Может, снизойдут до нас светила небесные!..

Нонна начала встречаться с Валентином, и до самой весны их встречи носили характер чего-то постоянного, неизбежного и решённого. Но как-то весной, подходя к дому, где жил Валентин, Нонна заметила Нату Коромыслову и Нелли Ветрову. Девочки, казалось, наблюдали за ней. Нонна ответила на их небрежное приветствие и прошла мимо дома, пропустив свидание. Она только позвонила Валентину по телефону, объяснив, почему не пришла. Девочки, между тем, снова начали пропускать занятия — весна на улице брала своё. Нелли Ветрова стала чаще курить в туалете. И однажды в кабинет Нонны Андреевны вбежала бледная учительница химии:

— Они подрались! — воскликнула она. — Ната Коромыслова выплеснула Нелли Ветровой кислоту в глаза! Кричала, что Нелли вспомнила старое! Я не отвечаю ни за что — девочки ваши знакомые. Людмила Витальевна никогда не взяла бы в нашу школу таких негодяек, если бы не вы. Разбирайтесь с ними сами, вы завуч, а не я!

Нонна Андреевна начала расследование. Глаза Нелли не пострадали, она успела отскочить от подруги, переполненной злобой. Пытаясь выяснить причину инцидента и проникнувшись уверенностью, что дело замешано на любви к одному и тому же парню, Нонна тайно позвала на помощь Юлю Гольдберг. Притихшая от смущения Юля сказала ей, не как завучу, а как знакомой родителей, конечно, что Ната и Нелли давно зарабатывали деньги сексом, работая в паре и увеселяя своим спариванием тонких любителей игр с природой. И что в последнее время Нелли не соглашалась работать в гостинице, потому что плохо чувствовала себя и нервничала. Нелли боялась, что забеременела от Валентина Сергеевича Махонина, который обещал ей и её родителям устроить их с Натой в Институт культуры. Валентин Махонин был давний и верный клиент Нелли и Наты.

Осмыслив эту информацию, Нонна Андреевна поступила по-своему. Она ни слова не сказала девочкам, предоставив их судьбе, но позвонила Валентину.

— Я всё знаю про твоих девочек, Нату и Нелли, — сказала Нонна. — Оставь в покое этих несчастных.

— Ты звонишь заступиться за каких-то рядовых проституток? — удивился Валентин. — Образумься, Нонна, наши отношения выше и дороже этих потаскух! Я не оправдываю себя, конечно, но природа иногда берёт своё. В жизненной борьбе устаёшь, слишком изматываешься. Да, ты сильная и цельная женщина, но я слишком слаб и раздвоен. Хотя ещё способен к жизненной борьбе! Поверь мне, поверь! Это так...

— Ни твоё тонкое раздвоение, ни твоя борьба не отстояли нашу погибшую природу в Семиозёрном, — сказала Нонна Андреевна. — У тебя были возможности спасти наш край, но средства массовой информации привыкли слишком часто лгать. И ты всегда лгал мне, и другим тоже! А люди природы сложили песню про Митрофановское кладбище, где отец убил родную дочку. Ты хочешь, чтобы песни и легенды стали былью? Ты помнишь, что Родя Ветров в юности сидел за поножовщину в интересных местах, довольно отдалённых? Неужели тебе мало Зойки и меня, и нашей сломанной дружбы с ней?

— Ты, кажется, ещё и угрожать мне надумала? — рассвирепел Махонин. — Какая ты серая, простая и обычная!

— Да, — сказала Нонна. — Я обычная, но больше не простая и не серая. И если ты не прекратишь этих необычных встреч с моими ученицами, я напишу про тебя. Знаешь кому? Родину! Ведь если ты помнишь, я работала у него, и на него, и с ним. Я задвину тебя в такой конец света, где наш Семиозёрный покажется тебе городом! Вот там ты уже никогда не сможешь выдвинуться вперёд на привычных легендах!

И Нонна повесила трубку. Конечно, она тоже рассказала Валентину легенду. Она никогда бы не написала Родину. Но теперь, стараясь забыть Валентина, их нежные свидания и страстный шелест слов, Нонна стала повторять Павлу, что строительство дачи надо бы закончить к лету. Уставшая после суеты в школе, она работала на даче по субботам и воскресеньям, снова не щадя себя.

Она завалила себя работой с головой, чтобы некогда было о Валентине даже и помнить. К лету, хотя было ещё холодно, Нонна начала плавать в реке по утрам, пока Павел и дети ещё спали. Только в воде её тело, задохнувшееся от бесконечной работы, с наслаждением освобождалось от усталости.

Однажды утром Нонна поплыла по реке, забираясь всё глубже в прохладу воды. И вдруг судорога резко сжала её левую ногу.

Нонна перевернулась на спину и стала отстёгивать булавку от модного итальянского купальника, подаренного ей Валентином. Булавка не отстёгивалась, запутавшись в скользившей синтетике, и, рванув ткань, Нонна ощутила укол булавочного крепкого острия. Невольно Нонна разжала ладонь.

Булавка мигом исчезла в воде.

Пытаясь разогнуть ногу, Нонна царапала ногтями кожу, но ногти, истончённые стиральными порошками, ломались, так и не достигнув мышц.

Нонна, изо всех сил напрягая руки, перевернулась вновь на живот. Водная бездна властно сжимала её в своих цепких объятиях. Нонна барахталась в воде, задыхаясь, вглядываясь в берег. Он был близко, спасительный, надёжный берег — совсем рядышком! И Нонна думала сквозь мутившееся сознание:

«Ничего, я всегда была сильная… Берег рядом… И я доплыву до него, всё равно доплыву!..»

Нью-Йорк, 1995

НЕПОЗНАВАЕМЫЙ МИР

> *В психоз люди уходят сознательно, как в монастырь.*
>
> Виктор Шкловский

Художник Орехов, Евгений Александрович, высокий брюнет с окладистой бородой, отправился странствовать по России третьего июля.

День этот хорошо запомнился поэту и художнику Владимиру Блинчикову. Блинчиков получил в этот памятный день деньги за халтуру, и его совершенно беспардонно и нагло обманули. Надо сказать, что Блинчиков сделал огромную по размерам заднюю декорацию с колосьями для сцены Дворца культуры — труд адский и неблагодарный. За работу сулили заплатить сотню, а то бы Блинчиков и не взялся. Короче, в поте лица трудился Блинчиков от зари до зари, сделал проклятый задник в срок, а когда пришёл за деньгами, то оказалось, что выписали ему ровно семьдесят рублей.

— Почему так мало? — справедливо возмутился Блинчиков.

— Задник испорчен, не тот размер! — объяснил толстяк из руководства Дворца культуры.

— Мне именно этот размер и давали! — вскричал Блинчиков. — Я после звонил, уточнял сто раз.

— Знаем мы все эти уточнения! — отвечал толстяк. — Опять подшофе был? Признайся честно, Володя. Денег тебе мало, подумаешь, нашёлся талант! Другие зарплату за месяц такую получают, а ты неделю кистью помахал — и такие деньги! Другого найдём, раз отказываешься с нами работать. Много ещё вас, алкоголиков!..

— Сейчас я объясню тебе, синепупый, какая разница между поэтом и алкоголиком, — начал было развивать свою мысль Блинчиков, но не договорил и сделал рассеянный вид, даже волосы стал приглаживать, увидев в полутьме коридора знакомый алый блеск петлиц милицейского мундира.

— Будь здоров, Володя, иди себе. Ещё вместе разработаем какой-нибудь дизайн. И мне деньги, и тебе! Оформитель ты хороший, а бухгалтерия считает так, как ей считать положено.

Толстяк исчез. Милиционер остался. Блинчиков немного постоял, чутко вслушиваясь в темноту коридоров Дворца культуры, вздохнул и вышел на улицу, где его ожидали жаждущие кредиторы. Он быстро отдал часть долгов, утолил жажду кредиторов пивом и чем бог послал, а к вечеру купил пару бутылок какого-то вина, «маленькую» да полкило молочной колбасы и как деликатес захватил, отстояв честно очередь, копчёную жирную селёдочку и поехал на троллейбусе в мастерскую к своему приятелю Орехову.

Орехов сидел в мастерской один, ещё трезвый и потому сумрачный. Увидев Блинчикова с полной сеткой, он молча спихнул с деревянного топчана, заменявшего стол, тюбики с краской и, бросив на грязную поверхность широким жестом миллионера белый лист голландской бумаги, указал на него глазами. Вот тогда-то и выложил Блинчиков на атласный, красивый лист содержимое сетки, и потекла между приятелями неторопливая беседа.

— Ответь мне, Женя, почему в мире продолжается бесконечная купля и продажа наших душ? — жаловался Блинчиков, и реденький венчик его бледных волос полоскался мятежно в спёртом воздухе мастерской. — Ответь мне, Женя, ответь, почему мы зависим от властей вечно? Ответь мне, Женя, ответь, ведь ты философ, ты мыслитель! Скажи всему миру правду, как протопоп Аввакум. Найди неопознанную ещё правду, изобрази её, Женя, и покажи и ответь за неё всему миру! — так скандировал Блинчиков в припадке вдохновения.

Орехов выслушал тираду друга, но на вопрос сразу не ответил, помолчал, собрался с мыслями, погладил широкую бороду своей крупной рукой и сказал тихо и коротко:

— Непознаваемый он мир, Володя. Его познать нельзя.

Потом он снова помолчал, снова собрался с мыслями и досказал:

— Не для суеты создан Богом мир. И мы не для суеты тоже. Мы пришли от Бога в мир растить живую душу! И у каждого он свой — нелёгкий совсем путь познания. Но надо стараться растить живинку в мире чёрствого. Потому что он холоден — наш мир.

Блинчиков понимающе сморгнул, стакан допил, закусывая деликатесной копчёностью, осмыслил ответ друга и сказал, наконец:

— Ущербная ты личность, Женя. У тебя в душе такой же глубокий и острый излом, как и у меня. И в картинах твоих, и в образе твоей жизни этот излом ясно виден. Да, ясно и всем виден! Ты должен, по мнению Творческой оценочной комиссии Союза художников, гармонический мир создавать. Не надломы души. Вот почему тебя до сих пор не приняли в Союз художников! Ты не сможешь стать его членом не потому только, что многие завидуют твоему таланту, а потому, что ты, как ущербная личность, там просто-напросто неуместен. Уедешь ты вдруг или умрёшь — никто из них, из синепупых, не будет ни искать, ни вспоминать. Вот если кого-нибудь из них сместят — это событие! Это обсуждается. Пойми, Женя, ты летаешь слишком высоко. Нет, мы зависим не от Бога, а от власти. От синепупых — вот от кого! И это они платят нам зарплату. У них распоряжения, бухгалтерия, милиция. А у тебя что есть, например? Картины? Но ещё ты должен пить и есть, вносить регулярно квартплату. Вот твоя бухгалтерия! Где взять? Ведь невозможно человеку жить в бочке, как Диоген, — в наше время. Милиция загребёт! В Америке, говорят, бездомных на улицах собирают и кормят. А у нас? Отправят в отделение милиции или в вытрезвитель. И штраф пришьют! Опять плати. Вот и имеешь дело с синепупыми. Приспосабливаешься к ситуации! — возмущался поэт.

Потом Орехов, задумчиво устремив в пространство за окном философский взор, рассказал:

— Представь ситуацию, Володя. Я принёс свои работы на одно из заседаний Совета творческой комиссии, а они меня и спрашивают: «Скажите, Орехов, вы вообще давно рисуете?» Представляешь себе наглость вопроса? Ну и глупые они люди, и правда, по выражению твоему — синепупые. Полное непонимание. Разве можно спрашивать об этом художника? Рисовальщика? Но у них — решение! Это беда.

— Негодяи, негодяи, — шептал Блинчиков, пьянея от предвкушения глубины рассказа, и вопрошал: — Что ты им, подлецам, наконец, ответил, Женя? Обличил в их сути, чтобы они почувствовали, наконец, что они опозорились?!

Орехов, мрачнея, продолжал:

— Ответил я им, Володя, не роняя себя. «Вы, говорю, товарищи, наверное, просто издеваетесь надо мной. Я рисую с того момента, когда впервые взял в руку карандаш. Вы должны были спросить меня — давно ли я серьёзно рисую. Серьёзно я рисую с тех пор, как я себя помню! Я рисую всю жизнь, и вы об этом знаете. Вы бы меня ещё спросили, например, давно ли я пью». Тогда один из них и спрашивает, я не помню, кто именно: «Давно?» Я удивился. О чём он? А он дальше накручивает, да так серьёзно: «Евгений Александрович, вы не обижайтесь, но вы ведь сами о себе заявляете. Это не я вас спрашиваю. Объясните всем нам, пожалуйста, — давно ли вы пьёте?» Вот, оказывается, что им было интересно знать — давно ли я употребляю спиртные напитки и в какой степени часто употребляю. Вот в чём весь вопрос!..

После этого рассказа впечатлительный Блинчиков зашептал, признаваясь:

— Женя, происходит страшная вещь. Биополя подлецов влияют на нас! Я сам чуть не стал подлецом, общаясь с подлецами. Я женщину обидел. Хорошую, светлую, достойную и возвышенную женщину! Оскорбил её, как последняя дрянь. Потом звонил, оправдывался. Потом напился, писал стихи на обрывках салфеток в грязной пивной, наблевал на пол, матерно ругался, драться к кому-то лез. Меня выставили из помещения, конечно. Это был оскорбительный, низкий момент моей жизни! Ты послушай стихи, я читал их весь вечер. За эти-то стихи какой-то парнишка из гегемонов довёз меня до дома на такси, а то бы я просто умер бы на улице в мороз! И он меня не только довёз, но ещё и оставил мне записку с адресом — дескать, что надо будет — заходи. Поможем тебе не упасть, так сказать, через заводскую родную проходную. Не бедствуем, мол, завод богатый, и мы хозяева там все, а не гости. И за что всё? За стихи. Нет, ты послушай, я почитаю:

Безжалостно дарят мужчины
Обиженных женщин векам,
И слёзы, что горче рябины,
Текут по обеим щекам.

Мы старую песню заводим,
И, словно стесняясь улик,
Ужасно неловко уходим,
Подняв до ушей воротник.

Бывает, потом вспоминаем,
Как утром, в холодный туман,
От редких прохожих скрываясь,
С собой уносили обман.

Безжалостно дарят мужчины
Обиженных женщин векам,
И слёзы крупнее рябины
Текут по обеим щекам.

Честно говоря, Блинчиков не помнил точно, его ли это стихи. Может, это были и чужие стихи, может, даже Рождественского Роберта или Всеволода, или ещё чьи-то, запрещённые! Правда, не шедевр, не Мандельштама, а просто — стихи. Важно — стихи. Так уж повелось, видимо, между творческим народом XX века применять стихи к ситуации. Бывает в такие минуты, что стихает пьяный гул. Бывает, что и люди изменяются. Прозвучали всё-таки стихи! Стихи!..

— Хорошие стихи, по-моему, — оценил Орехов.

Он неторопливо встал, пошарил в углу мастерской и поставил на спинку дивана небольшое полотно. Блинчиков глянул и обомлел: в голубизне прозрачной вазочки, словно рыбка в аквариуме, плавала белая розочка с тоненьким, длинным стебельком.

— Как здорово ты нашёл этот образ, Женя! — произнёс Блинчиков. — А ведь что нашёл? Ничего. Роза и ваза. Но как? Ты славный живописец, Женя. Ты мастер, и это правда! Давно ты это написал?

— С неделю как закончил. Тоже, представь, хотел подарить женщине, чужой жене. Потом гулял по набережной, был поздний вечер. На улицах стояла тишина. Никого! Хорошо мне так стало. Я увидел на углу телефон-автомат и решил позвонить ей. Мы не уславливались о встрече, просто решил — позвоню! Молчал в трубку. А она мне говорит: «Не молчите, Женя! Я знаю — это вы сделали!» Я удивился. «Что случилось?» — говорю. А она мне дальше накручивает, да так серьёзно: «Я от вас не ожидала, Женя! Вчера, после вашего ухода, у мужа со стола исчезла щёточка для усов. Он не может без неё обойтись, и я не прощу вам этого никогда! Он должен выглядеть достаточно культурно, он имеет дело с обеспеченными людьми. Отдайте щёточку! Что за насмешка. Вы завидуете нашему материальному успеху? Но всем хочется жить и зарабатывать. Жить, а не существовать! И я скажу вам начистоту: вы импотент, Женя! Между нами всё кончено!»

— Как это низко! — закричал Блинчиков. — Как может изранить нас чужое биополе! Мы все погибнем в пошлой стихии быта. Наступит воистину чёрный момент в нашей трудной жизни...

Постепенно друзья допили вино, доели колбасу и селёдочку, и Блинчиков засобирался домой. На прощанье он сказал Орехову:

— Если бы ты был цельной натурой, Женя, ты рисовал бы шалаш у реки[1], корабли и моря, рощи, передовых строителей. А ты изображаешь изломы — розочку в вазе. Осколки прошлого! Шелест былого! Но надо искать. Познавать надо дальше. Пока ещё жив!

С этими словами он ушёл, пообещав утром заглянуть. Орехов проводил его до троллейбуса и подержал дверь транспорта сильной рукой.

Поэт до дома доехал благополучно. С водителем не ссорился, к пассажиру, единственному в столь поздний час в троллейбусе, с разговорами в душу не лез, соседей в квартире не будил и женщину тоже никакую с собой не привёл. Тихо лёг спать и спал без сновидений. Проснулся к полудню.

«Где я был вчера? — припомнил он. — У Жени, это точно. И говорили так интересно. Но о чём?»

---

[1] Имеется в виду картина «В. И. Ленин в Разливе» художника М. Соколова.

В памяти поэта застряла странная философская фраза, врезалась, впилась в мозг! И фраза эта была произнесена глухим голосом Орехова.

«Если Орех накрутит мысль — это будет только серьёзно! И надо думать и разбираться в этом, философ он всё-таки», — размышлял Блинчиков и вдруг вспомнил розу и вазу. И вспомнилось остальное: про синепупых, про творческую комиссию при Союзе художников, про женщин и про щёточку для усов. Но странной фразы о мире и бытии Блинчиков вспомнить не мог. Что-то такое — неопознанный мир? Или как? Нет, не утопленник же он, мир наш, чтобы его ещё опознавать. Было сказано близкое к тому, но другое, совсем другое! Короче, поэт никак не мог сосредоточиться и вспомнить, да и голова болела. Надо было ехать к Орехову, пусть повторит, пока не забыл образ, а уж на этот раз поэт запомнил бы. Да и к тому же обещал Блинчиков заглянуть к другу.

Быстро одевшись, поэт выпил стакан чаю и что-то съел. Но когда стал он надевать туфли, приключилась первая беда — оторвался каблук, а ведь, как все поэты, Блинчиков был суеверен. «Это знак к переменам в жизни!» — думал Блинчиков, кое-как приспосабливая каблук на место. Выйдя на улицу, поэт почему-то подумал о смерти Пушкина, о его последнем прости: «Кончена жизнь!» И поэт сказал мысленно, стараясь не шептать вслух, потому что люди на улице могли услышать и снова, не поняв сказанное, оскорбить за странное поведение, — поэт повторил про себя пушкинское, великое: «Пора, мой друг, пора!»...

Окна мастерской Орехова были плотно задёрнуты коричневыми шторами. Надо было ожидать, что художник ещё не проснулся. Блинчиков зашёл под арку, проник в подъезд и стукнул в дверь. Звонка не было, никто не откликнулся из мастерской на стук. Блинчиков потянул дверь на себя. И он ударился об неё, потому что дверь была не заперта.

— Дверь на ночь почему не закрываешь, Орех! — вскрикнул Блинчиков, заходя в мастерскую, и мгновенно забыл об ушибе и не ощущал больше боли в голове. То, что он увидел в мастерской, было странно и загадочно. Орехов стоял посередине помещения в наброшенном на плечи полосатом одеяле, в котором он прорезал дырку для головы, и в руке держал палку, толстую и суковатую, с навинченным на её конец никелированным шаром. Увидев Блинчикова, Орехов пояснил:

— Иду странствовать по России! Решил уйти в мир.

— Ты с утра принял что ли, Женя? — начал Блинчиков торопливо говорить, всё больше и больше пугаясь. — Тебя заберут в вытрезвитель в таком наряде, это одеяло, не свитер и не пиджак. Сними, говорю! Хочешь опять в отделение милиции попасть?..

— Не поминай меня! — сказал Орехов и отвесил Блинчикову земной поклон.

И когда спина Орехова согнулась, увидел Блинчиков за этой громадной спиной непросохший холст, и на его лиловом фоне алела сочная роза в прозрачной белой вазе.

— Славно как, — сказал Блинчиков. — Поработал ты, Женя! Мне это нравится. Фон, правда, тёмный, трагический. Но, конечно, это уже поиск, это не излом. Здесь ты изобразил, пожалуй, цельный мир!

— Тише, — сказал укоризненно Орехов. — Мир непознаваем.

Блинчиков узнал сразу странную фразу, с которой он промучился целое утро, но на всякий случай уточнил:

— Ты говорил это вчера, Женя? Серьёзный образ.

— Да, я говорил это вчера, — подтвердил Орехов. — Мир от Бога. Но я иду изучить его, найти в нём суть, открыть его тайны! Я ухожу надолго.

— А деньги у тебя есть на проезд в поезде, на питание?

— Мне не надо. Впрочем, какие-то есть. Просто пора идти.

— Ночевать где будешь? В гостиницах? Разоришься! На скамейке в сквере — невозможно каждый день. Намучаешься и заболеешь.

— В склепах старинных постараюсь устраивать ночлеги, — сказал Орехов. — Там только и почувствуешь вечность!

«Кончено, — подумал Блинчиков. — Неужели мозгами поехал?» И он рухнул бессильно на продавленный диван. Орехов же спокойно взял кисть и тюбик красной краски и написал на куске картона:

*ЖИВОПИСЕЦ ОРЕХОВ ЕВГ. АЛЕКС.
УШЁЛ В МІР ТРЕТЬЕГО ИЮЛЯ*

И он поставил точку над і. Блинчиков ухватил приятеля за полосатое одеяло и зашептал:

— Не делай глупостей, Женя. Тебя остановят на первом же углу. Ты ляг лучше и поспи. Я схожу в магазин, куплю портвейна, картошки нажарю! Чаю попьём с пряниками. Тебе надо отдохнуть!

— От спиртного отрёкся, — отчеканил Орехов.

Блинчиков изо всех сил держался за край одеяла и говорил:

— Опомнись, Женя, это вообще не дело! Сейчас не пообедаешь в усадьбе дедушки Толстого. Никто не поймёт тебя, лишний раз заработаешь снова дурную славу. Хватит, прошу тебя! Не надо больше шума! Устал, изболелся — ляг и проспись.

— Нет, — сказал Орехов. — Есть троица, число святое. Я это число написал. Вчера, откроюсь тебе, я решил идти странствовать. Ты утвердил меня в моём решении. Я понял — надо идти. Цельность должна проявляться без компромиссов. Ушёл троллейбус. Ушла жизнь. Пора.

— Если в отделение будут всё-таки забирать, хватай такси и дуй от милиции подальше. Не объясняйся с ними, я тебя прошу! А то они тебе *того* прилепят!

И Блинчиков покрутил пальцем у виска.

— Это ещё страшнее, Женя, если прилепят того! Не видать тебе тогда ни зарплаты, ни членства в Союзе. Но лучше ты измени решение, Женя. Поедем в Лемболово, за город. Давай закатимся? Там речка и роскошная ива! Тебе, я помню, нравилось всегда это местечко. Давай катанём? Возьмём этюдники только.

— Нет, — сказал Орехов твёрдо. — Я ухожу в мир, и ты благословил меня.

— А как же картины?! — закричал Блинчиков. — Ограбят мастерскую, Женя. Тю-тю будут твои картины! Найдётся кому и что присвоить. Постараются!

— Пусть, — сказал Орехов. — Всё суета. Я ушёл. Прощай.

— Но сегодня всё-таки четвёртое июля, а не третье. Третье было вчера! — попробовал ещё раз доказать Блинчиков. — Надо переделать, переписать. Остынь, знаешь. Напишем красиво, шрифтом. Потом что-то решим!..

— Не крути меня так серьёзно, — отвечал Орехов. — Я объяснил тебе о троице. Пусть всё оно будет как суждено! Чему быть...

В тот день поэт Блинчиков пришёл в буфет Союза художников, пропил остатки денег, но стихи почему-то не читал, был мрачен. На вопросы не отвечал ни на какие, особенно об Орехове. Ушёл домой совсем рано. Подумали так, что он приболел, простудился, потому что шмыгал довольно часто носом. Бывает!

Прошёл примерно месяц. Оставшись один в обыденной жизни, Блинчиков приходил к мастерской Орехова частенько. Стучался в дверь, смотрел, есть ли свет за коричневыми шторами, и очень даже боялся за картины. На вопросы об Орехове стал отвечать охотно, говорил, что много работает сейчас Женя, никого к себе не пускает, потому что надо ему сменить образ жизни, стать членом Союза художников, получать, наконец, где-то деньги на законном основании и, может быть, даже пора жениться. Высокого роста Орехов, видный мужчина!

Собеседники соглашались, но светилась в глазах лжецов привычная им, довольная и понимающая насмешка. Дескать, знаем об Орехове, что он во всех отношениях того! Бывало, в беседах проскальзывал даже смешок. Но осторожный смешок. Знали — отомстит поэт за друга, потому что очень его уважал. Да и никто не хотел быть обличённым публично в каком-нибудь общественном месте беспощадным и неглупым человеком, поэтом Блинчиковым Володей! Но июль пролетел, и Орехов так и не появился в буфете. И окна мастерской были темны. Наступал август. Песок на пляже у Петропавловской крепости пылал, однако, в то лето, как в июле, припекая бледное тело Блинчикова.

«Как жарко в городе! — возмутился однажды в душе поэт. — Как он изматывает всё-таки, город!»

И он решил ехать на природу, в лес, сделать выход на пейзаж! Захватив этюдник, поэт успел на Финляндский вокзал, хотя дело клонилось к вечеру, и взял в кассе билет до Пери. Но Пери он проехал, заснул в электричке, а так как никто его не разбудил, то он и проснулся в Лемболово. Эти места он знал хорошо.

Когда Блинчиков дошёл до речки, солнце уже садилось. Гладь фантастически фиолетовых вод ручейка, который в окрестности считался речкой, изогнувшись петлёй, покачивала на своей поверхности зыбкий пятачок земли с поникшей серебристой ивой. «Вот оно! — с наслаждением подумал Блинчиков. — Вот вечный образ земли!» Он сбросил с плеча в траву тяжёлый этюдник и, набрав побольше воздуха в лёгкие глубоким вздохом, увлажнил свой организм испарениями речки. Нужно было начинать этюд, солнце упрямо катилось за горизонт. Блинчиков пристроился работать ближе к реке, когда из листьев ивы вдруг раздался глухой голос:

— Приветствую тебя за благословенным трудом твоим, Владимир!..

Блинчиков глянул на иву и рассмотрел среди листьев знакомую фигуру.

— Женя! — воскликнул Блинчиков. — Вот это встреча, Женя! Ты жив ещё пока, значит, жив! Как я рад, поверь мне, поверь! Я тебе никогда не врал...

— Да, я ещё, как видишь, жив, — говорил Орехов хрипло, переходя речку вброд, причём Блинчиков заметил, что Орехов нёс одеяло под мышкой, брюки на нём висели клочьями, а палкой он шарил в воде, отыскивая брод впереди.

— Как ты живёшь? Рисовать не тянет, Женя? — шептал поэт, внимательно глядя на друга.

Орехов сел на траву, палку аккуратно положил рядом, и Блинчиков обнаружил, что никелированный шар на ней порядочно истёрся. Свёрнутое одеяло Орехов тоже положил рядом, пояснив:

— Надо беречь необходимую одежду!.. Много странного в этом мире, Володя, — начал говорить он. — Видишь ли, я совершил даже некоторое открытие. Да, открытие! Можно укрепить свой организм без санатория и курорта. Открытие моё состоит в том, что я нашёл здесь, в этой речке, лечебную грязь. Я лежал в речке регулярно каждое утро, примерно с полчаса. Ранним утром — это такое приятное ощущение. Река, свежесть, волшебное тепло мягкого ила. Представь, я почувствовал, что больше не страдаю ревматизмом. Природа лечит! Действительно лечит! — засмеялся Орехов.

— Это здорово, Женя, — сказал Блинчиков. — Ты стал крепким, ты нашёл! И я решил — поеду на природу! И встретил здесь тебя, конечно, живого. Нет, я чувствовал, что судьба сведёт нас в этом месте. И картины твои пока все целые, за мастерской я наблюдаю. Поедем сейчас ко мне, помоешься, переночуешь. И утром — за работу! Я знаю, ты найдёшь, что сказать холодному миру нашему своими новыми работами!.. И ведь что произошло? Ничего. Отдохнул, пожил в лесу. Всё равно, что жил на даче!

Тут Блинчиков заметил, что Орехов принялся тщательно отгонять травинкой комаров от лица, заросшего бородой, и восторг Орехова померк.

— Я не уверен, что хочу вернуться к общению с людьми, Володя. Я почему-то раздражаю их, по выражению твоему, синепупых. Замечать меня стали, и агрессивно замечать в этом местечке. Представь ситуацию: я лежу сегодня в своей импровизированной ванне и вижу — идут! Трое идут. Один в штатском, другой мальчик. Третий — милиционер. Вижу — мальчик пальцем указывает. Постояли они, а я лежу. И вижу — дальше накручивают, да так серьёзно. Милиционер идёт на меня и за кобуру хватается. Я испугался, даже одеваться не стал. Всё равно ведь одни мужики, женщин вроде не видно. Я встал, как лежал, обмываться даже не стал. Быстро подхожу к ним, а они — врассыпную. Да так серьёзно! Тогда я обмылся и запрятался в иву. Боюсь, не ищут ли меня? А в другое место идти настроения нет, и покупаться ещё здесь хочется!..

— Это всё очень глупо, Женя, — сказал Блинчиков. — Надо возвращаться к живописи, к работе. Вернись в мастерскую! И ничего никому не объясняй. Им всем, синепупым, нужно только одно: как бы набить карман, нахапать побольше. Какая ещё живая душа? Брось, никто душу не растит. Может, только ты или я! Возвращаемся вместе, Женя, ты спокоен, жив и здоров. И устал я вообще разговаривать со всеми, кто интересуется тобой. Сам появись, наконец!

— Я вернусь, но не сегодня, — сказал Орехов. — Я жду от Бога — оно должно произойти, потрясение души моей, и я познаю ещё раз сладость, так сказать, бытия. И тогда снова я возьмусь за работу!

«Какой излом! — думал Блинчиков, глядя на лежавшую в траве фигуру Орехова. — Трагический, страшный, глубокий излом. А ведь что произошло? Ничего. Ну выпили, ну троллейбус ушёл. Какой смертельный излом!»

Так и не уговорив приятеля вернуться вместе, Блинчиков успел к последней электричке. Деньги он Орехову отдал, какие имел, и Орехов их взял и пообещал клятвенно, что будет хотя бы звонить, и через две недели приедет в гости или вернётся в мастерскую. Блинчиков понимал, что надо прекращать эти нелепые поиски вечного, и выманивал друга из психоза, как мог. Он знал — Орехов клятвы сдерживает. А насчёт потрясения поэт рассчитывал накрутить потом, когда начнутся снова беседы за накрытым бумагой топчаном. Да и халтуру Орехову можно будет достать снова, для денег, чтобы не нищенствовал больше. Всё складывалось хорошо, казалось бы. Но, сидя в электричке, поэт с затаённым любопытством осмысливал ещё один рассказ Орехова о поисках вечного. Вот он, этот рассказ.

— Недавно, Володя, решил я переночевать в склепе. Около Лавры Александра Невского место одно есть неподалёку от официальной усыпальницы. Склеп замечательный, и прах хорошего русского человека здесь погребён. Я лежал в траве, отдыхал. Хорошо мне стало. Чувствовал я в себе в ту редчайшую минуту моей жизни озарение какое-то и лёгкость. Только, представь, вдруг слышу: собачка лает. Ко мне идёт кто-то и с собачкой. Я тогда нырнул в часовенку за лопаткой, чтобы сделать вид, будто пришёл сюда цветы посадить. Там она, лопатка, была, в часовенке. Вылез я наружу с лопаткой и начал подкапывать землю. Работой, дескать, занимаюсь — вот и оправдание моё, почему я здесь нахожусь. Смотрю, и собачка подошла ко мне, но не лает, успокоилась. Только кто-то позвал её, кажется: «Трезор! Трезор!» Это не важно, как. Суть в том, что они идут ко мне, а собачка вроде как на разведку послана. Я заподозрил это, потому что боязливо шли, медленно. Я тогда снова — прыг в часовенку. А тот подошёл, заглянул в моё убежище и накручивает дальше, да так серьёзно! «И ты, говорит, сюда примазываешься, Орехов? Теперь всё ясно, какой ты философ или псих. Давай рой, может, и повезёт. Забогатеешь! Хотя здесь другие уже рыли — и ничего не нашли.

Умно ты обманывать умеешь, талант ты, в мире нашем ядрёном». Узнали меня и тут, видишь ли, Володя. Я знал и до этого, что как художник я известен, и это приятно, это льстит, с одной стороны. Но ведь опять оскорбили и в какой-то глупости заподозрили, да так серьёзно!..

Прошла неделя, и наступила следующая. Вдруг пошли дожди, и художник Орехов вновь попался на глаза в полосатом промокшем одеяле. В те дожди в буфете Союза художников допоздна собирались завсегдатаи, и уже к четвергу вспыхнул скандал: утверждали, что живописец Орехов вовсе не спятил, а просто удачно изображает спятившего, а сам потихоньку грабит склепы, сплавляет золотые монеты и перстни иностранцам, и что за ним охотится милиция. Утверждали даже, что и КГБ втянуто в это дело, поскольку Орехов связан с иконами и валютой давно! Просто никогда и никто не знал, какие дела он накручивал в соборах, когда делал вид, что подновлял иконы.

Приговаривали даже и повторяли, что Орехов уезжает скоро в Америку и, конечно, откроет там магазин, потому что богат и всегда был богат, но просто жмот, скряга! И доказывали этот факт тем, что все валютные покупные девочки теперь ловят его по ночам на Московском вокзале, куда он приходит, якобы, обсохнуть от дождей. Люди шумели, пили и бранились. Молчала только рыжая собачка Трезор, смотревшая в эту минуту своей собачьей жизни на людей преданно и серьёзно. Блинчиков, ущемлённый и заводной, как все поэты-неудачники, не останавливаясь уже перед властью и законом, двинул кому-то в челюсть за распространение подлого вздора, и кто-то из сильных в ответ, не стесняясь, вывихнул ему руку в кисти. Руку перевязали в «скорой помощи», а Блинчикова навели на мысль, что лучше не скрывать от всех правду: Орехов *того*! Но махинаций и спекуляций не было. И напрасно милиция так беспокоится и хочет опечатать мастерскую. И Блинчиков говорил вслух неправду, что Орехов всегда был того, но про себя упорно ждал клятвенной субботы и не спускал глаз с мастерской.

А между тем жизнь Евгения Александровича Орехова, в самом деле известного живописца, подошла к потрясению, которое суждено было ему пережить. Потрясение это произошло в ночь на субботу на Московском вокзале, около полуночи. Орехов, греясь в зале ожидания, неожиданно увидел красивые длинные ноги в пепельно-серых чулках. Он увидел эти ноги, и взгляд его, дрогнув, взметнулся выше и остановился на чёрной шляпке с каким-то пронзительно жёлтым цветком и на детском лице незнакомки и её накрашенных помадой алых губах, сиявших спелой сочностью. Незнакомка глядела на него и не отводила настойчивого взора. Орехов смело подошёл к девушке.

— Я напишу ваш портрет, — сказал он. — Я живописец и, смею уверить, — вполне профессиональный живописец. Если вы согласитесь позировать мне для портрета, я вознагражу вас со щедростью короля! Вы останетесь навеки на этом холсте во всей вашей необыкновенной красоте и юности!..

Он сделал поклон лёгким кивком головы и увидел под глазами девушки чёрную тень ресниц. По дороге в мастерскую Орехов не произнёс ни слова, стыдясь своего глуховатого, некрасивого голоса. Он только думал, что портрет надо написать на розовом, мерцающем фоне.

У двери в мастерскую он вспомнил, что в помещении не убрано. Он обернулся к своей спутнице и виновато сказал:

— Я не жил здесь в последнее время, и потому у меня не убрано. Но я вымою пол. Вы не пугайтесь, обстановка, конечно, бедная. Но согласитесь, что и короли, бывало, чувствовали себя нищими в некоторые суровые моменты их жизни. Нет, я не жадный, вы не подумайте. Просто сейчас...

Он замялся.

— Мы после поговорим о твоей щедрости, дурачок, когда увидишь меня и оценишь! — засмеялась незнакомка и запустила маленькую руку в бороду Орехова. — Какая у тебя борода дикая! Ты побрейся или подстриги её. Будешь красивее!

— Значит, ты полюбила меня? — разволновался Орехов. — Ты совсем юная, а я прошёл в жизни через такое!.. Правда, я нашёл, как говорит мой друг Блинчиков...

— Я блинов не ем, лучше мясное что-нибудь, — прервала его девушка.

Орехов рассмеялся.

— Ты не поняла! Это фамилия друга моего такая — Блинчиков. А поесть у меня ничего нет — шаром покати. Не жил я последние дни дома. Вот глупость! Знал бы, что встречу тебя, я бы торт купил. Нет, никого я больше в целом мире не встретил, только тебя нашёл. Целый клад! Это от Бога. Тебе кажется, наверное, странным то, что я говорю?

— Нет, не кажется, — отвечала девушка. — Нашёл так нашёл. Зачем всем рассказывать? Про иконы? Про старинные монеты? Надо учиться молчать о таком. Ты много болтаешь!

— Я больше не буду говорить, давай помолчим, — согласился Орехов.

Он включил свет.

— Фи, — сказала незнакомка, — какая пылища у тебя. Хотя бы простыня чистая найдётся? Время позднее. Пора в постель.

Девушка пристроила шляпу на топчан и мигом сняла платье через голову. Орехов увидел чёрное кружево белья, нашёл полотенце, закрыл им лицо и побежал к умывальнику.

— В шкафу! — крикнул он. — Простыня в шкафу! Отдыхай, я сейчас! Я быстро...

И он с яростью, с азартом резанул бритвой свои безобразно длинные и сальные волосы и сунул голову под горячую воду. Он взбил пену в волосах бороды и шлёпнул в умывальник ногу, царапая белый кафель огрубевшей кожей пятки.

Он вытерся насухо полотенцем, сминая махровую ткань, наполняя её водой, омывшей его мощное, загоревшее тело, и посмотрел на себя в маленькое зеркальце над умывальником. Лоб был в царапинах, щёки — в порезах. Он был непохож сам на себя — вот чего стоило ему познание мира!

— Ты скоро? — спросил ангельский голосок.

Орехов повернул выключатель дрожащей рукой и с расширенными глазами, во тьме, шагнул к зовущей белизне дивана. От женщины шёл дивный запах персиков.

— Родная моя, — прошептал Орехов в нежное ухо, источавшее этот дивный запах, — родная моя, прости, я так давно не имел никого, я одичал!..

Её тело было лёгким, невесомым, плавно покорялось его желаниям. И это тоже было познанием мира.

— ...Не думай плохо обо мне, — сказала девушка. — Конечно, мне нужны деньги. И я их зарабатываю, как могу. А кто не так?..

— Забудь обо всём низком, — сказал Орехов. — Деньги будут. А ты спи. Мне хочется сейчас поработать немного.

Он включил настольную лампочку с разорванным абажуром и рассмотрел тщательно и самокритично этюды с розой.

«Блинчиков прав, — думал он. — Мир простой, цельный и устойчивый. И он красив, этот мир! Я же допустил в этих картинах ошибки, навеял на зрителей тоску. Разве можно так давить своих зрителей? Им и без того бывает нелегко жить. А живопись должна им помогать, должна нести им свет в души!»

Между тем девушка проснулась.

— Пять часов? Мне пора, я принимаю смену, хотя и суббота. Я решила сейчас официально, для вида, работать, чтобы милиция не трогала меня. Но это копейки, а не зарплата! Хотя я не брезгливая, я подбираю всё, что бог послал. Что ты мне дашь, Женя?

Орехов встрепенулся.

— Разве я ничего не даю тебе? Я всем существом своим принадлежу тебе. Тебе было со мной хорошо, ты ответь? Разве я не подарил тебе счастье как мужчина?

— Как мужчина ты, конечно, бог, — сказала девушка, улыбнувшись. — Просто бог, не сравним ни с кем! Но мне нужно что-то конкретное получить. Ведь ты обещал. Болтал про королей. И все девочки знают, что ты упаковался — и ещё как! — на склепах и иконах. Сколько дашь сейчас? Говорят, что ты собираешься уехать в Америку. Может, прихватишь меня? Доедем туда, откроем магазин ювелирный. Я помогать тебе буду!..

— Ты хочешь выйти за меня замуж? — спросил тихо Орехов. — Я согласен. Я запишусь с тобой в любом загсе, какой назовёшь, или обвенчаюсь в любой церкви. Ты будешь моей женой? Ответь мне, пожалуйста, ответь, не накручивай только! Просто ответь. Да или нет? Моё отношение к тебе вполне серьёзно.

И тогда незнакомка вытянула вперёд руку и, очертив стол указательным пальцем с длинным, кроваво-красным ногтем, взвизгнула:

— После этого? За целую ночь? Жадина! Да ты псих, оказывается, а не аферист. Мне деньги нужны, понимаешь? Нормальные, зелёные, доллары называются! Выходит, я потратила на тебя время зря? И это я — самая дорогая девочка из валютных! Ты знаешь, сколько бы я заработала сегодня за ночь с финнами? Но я, как дура, пошла с тобой! И зачем я пошла? Анекдот какой-то! За этим я пошла?

И она снова указала ногтем. Орехов с ужасом проследил — что её так возмущало? На топчане, заменявшем стол, лежала её чёрная шляпка с жёлтым искусственным цветком. Но ноготь властно указывал на топчан, и Орехов, наконец, заметил деньги. Там был рубль и медная мелочь. Он сразу вспомнил, что положил их сам сюда в памятный день третьего июля. Он специально положил их тогда на вид, на стол, чтобы, вернувшись домой из странствий по России в любое время дня и ночи, мог сразу отыскать их и купить себе необходимое — хлеб и папиросы.

— У меня действительно больше ничего нет, — сказал Орехов. — Только это, и ещё моя жизнь и мои картины.

Женщина сгребла деньги в кошелёк и пошла к двери. У порога она обернулась и досказала в сердцах:

— Какая ты всё же ядрёная жадина, Орехов. Но погоди, с тобой расправятся! Ты думаешь, один на свете такой хитрый? Все тебя поняли, все знают — ты грабил склепы! И с другими не делишься? Нет, ты поделишься! Тебя заставят поделиться.

Она ушла.

Орехов встал и медленно смешал краски. И потрогал рукой загрунтованный холст. Холст был ещё не тронут и заманивал в работу своей чистотой. Орехов начал работать... Из открытой двери повеяло утренним холодком, и вместе с ним появился в двери Блинчиков с подвешенной на повязке вывихнутой рукой.

— Женя, — сказал он, — когда ты, наконец, научишься закрывать дверь, Женя! Если у тебя что-то есть, это надо приберечь. Мало ли кто сюда может войти. И почему ты скрывал от меня так долго свои ценности? Ты боялся, что я обвиню тебя в падении и низости? Нет, я, конечно, не такой пошляк, чтобы любить одни только деньги. Но они дают нам свободу жизни. Хотя бы на природе, согласись! Покажи мне, сколько ты сделал? Не бойся, я тебя не заложу, ты знаешь меня. Я тебя слишком уважал всегда и теперь продолжаю уважать ещё больше. И потом я всегда одалживал тебе деньги, когда ты спрашивал или даже не спрашивал. Теперь твоя очередь поделиться со мной! Покажи, ну, прошу тебя, не тяни!

— Посмотри, — сказал Орехов.

Блинчиков посмотрел с любопытством на спинку дивана. Над измятой простынёй неубранного ложа стояли три картины. Две из них Блинчиков узнал мгновенно, то были этюды с белой и красной розами. А на третьем холсте, свежем, в вазе с чёрной трещиной вдоль узкого горла, висела сломанная, жёлтая на этот раз, роза. Засохший цветок осыпал лепестки.

— И это всё? — спросил Блинчиков. — Это неплохо сделано, я хвалю тебя, Женя. И я всегда хвалил тебя. Но где же тот золотой кубок, который ты стянул у синепупого из склепа? Неужели не покажешь мне? Или ты успел его загнать? Признайся честно — за сколько, Женя?

— Ты всё-таки попался, на тебя повлияло чьё-то ядрёное биополе! Канай отсюда!..

И Орехов ударил друга по лицу. Бывший друг всхлипнул и выскочил на улицу к телефонной будке. Потом приехали к мастерской в машине с красным крестом два человека. Они сделали Орехову укол, они справились с художником, хотя он был силён и не давался им так просто в руки. Они спеленали его и отнесли в машину. Они долго спорили с Блинчиковым, не пожелавшим отдать им ключи от мастерской. Вдруг откуда-то появился ещё один человек, должно быть, снова из машины с красным крестом, оставив в ней связанного Орехова.

Блинчиков отдал им ключи наконец, но ещё долго оставался вместе с ними в мастерской. Потом Блинчиков с ними вместе выносил диван Орехова из мастерской во двор. Ветхая обивка дивана была изрезана в лоскутки, и мебель выглядела совсем неприглядно. Блинчиков мог бы сделать эту работу сам, диван был лёгкий, что за труд, в самом деле, — вынести диван!

Но он не мог справиться с диваном одной рукой в настоящий трудный момент своей жизни.

Ленинград—Нью-Йорк, 1990

КОЛОКОЛЬЧИКИ МОИ, ЦВЕТИКИ

Они в разрушенном домике, они больные лежат, — говорила Дина Закиева, накрывая кукол одеяльцами. Она ловко скатала в длинный валик кукольные платья и чепчики и подложила их под головы кукол. — Они совсем бедные, бедные дети. У них нет даже подушки. Они умрут, их отвезут в аул, и мулла прочитает над ними молитву: алла, алла, бисмала-а-а! И они будут лежать в степи, посреди разных травок, ромашек и колокольчиков.

Дина положила спутанные колоски травы на кукольное одеяльце.

— Нет, давай лучше пусть они будут странники. Они долго скитались в пустыне, долго-долго шли и нашли под конец разрушенный дом. Они спрятались в этих развалинах от дождя. Они легли спать, но их мама спать не легла, а стала везде заглядывать, искать посуду, в которой можно сварить обед. Она нашла кастрюлю и тарелки в камнях и собрала в огороде морковь, укроп и горошек. Дети скоро проснутся и будут есть суп со свежими овощами!

С этими словами Ира Кац поставила на щепку кастрюльку из кукольной посуды и принялась крошить траву, разрывая её руками на мелкие кусочки. Щепка обозначала плиту, а трава — содержимое супа.

— Да, потом они пообедают, а после обеда засядут за уроки. Они будут учить стихи Пушкина и Лермонтова. Они всё выучат наизусть и будут умные и грамотные. Только надо найти тихое место, чтобы никто не мешал учить! — сказала я и стала пристраивать кукольную коляску, отпихивая её от лежавших в выбоинах цемента кукол.

Мы играли, забравшись в цементный фонтан с лягушонком. Фонтан был небольшой, похожий на алюминиевый таз, в центре которого выпукло застыл толстый лягушонок, словно скомканный, застиранный пододеяльник, вздувшийся пузырями в нескольких местах. Фонтан был облюбован нами для игр. Конечно, фонтан соорудили во дворе нашего большого дома, построенного в виде буквы «П», с мыслью, что вода будет подключена и, согласно замыслу архитектора, живая струя её должна будет бить из ощеренной пасти лягушонка прямо в зелёную крону трёх раскидистых деревьев, окружающих фонтан. Но дети нашего двора так быстро приспособили нехитрую скульптуру для своих забав, что, по-видимому, кто-то решил не подключать к фонтану воду. Во всяком случае, фонтан никогда не работал, а мы играли здесь всегда.

Мы часто играли вместе — Ира Кац, я и Дина Закиева. Мы с Ирой Кац жили в одном дворе и сидели за одной партой в классе. Дина Закиева тоже жила в нашем дворе и тоже училась в нашем классе, но сидела в другом ряду. Мы с Ирой Кац не очень-то замечали вначале Дину среди ребят нашего третьего класса «Б», потому что мы были отличницами, а Дина Закиева училась плохо, с натяжкой на троечку. Однако весной наша учительница Анна Семёновна прочла нам отрывок из рассказа Толстого «Кавказский пленник» — о татарской девочке Дине, и наша одноклассница сразу привлекла наше внимание. И не только потому, что она была тёзкой толстовской героини, но и потому, что она тоже была из татарской семьи.

В семье Закиевых было четверо детей. Старших сестёр Дины звали Зарема и Саида, а младший брат носил казахское имя Нурлан, или просто Нурлик. Отец семейства, Муса Закиевич Закиев, был известным человеком. Много лет, начиная с довоенного времени, он занимал должность директора крупнейшего завода в нашем городе — завода тяжёлого машиностроения. Мать Закиевых, Амина, конечно, не работала, вела хозяйство, и никто и никогда не встречал её на улице с непокрытой головой. Даже в нашу южную изнуряющую жару Амина Закиева носила белый шёлковый платок, который был повязан до бровей. Конечно, сам Закиев уверял, что далёк от религии, и называл свою жену человеком отсталым, но изменить её никак не пытался. Все Закиевы были небольшие ростом люди, но Дина казалась особенно крошечной, даже в сравнении с младшим братом Нурликом, хотя бы потому, что лицо Дины было худеньким, совсем непохожим на круглое скуластое лицо хулиганистого первоклассника Нурлика. Хрупкое тельце Дины совершенно тонуло в шерстяном коричневом школьном платье, а летом — в застиранном ситцевом хламье, которое тоже считалось платьем и доходило Дине до пят (она снашивала одежду своих старших сестёр). Случалось, что Дина наступала на собственный подол и тогда падала в траву или в пыль.

— Ты бы попросила старших сестёр, Зарему или Саиду, — пусть они укоротят тебе платье, если твоя мама занята или не видит, — советовала Дине Ира Кац.

Дина в ответ только отмахивалась, отрицательно качала головой и начинала в который раз заплетать в тоненькую косичку свои чёрные прямые волосы.

— Папа не разрешает. Мы мусульмане, у нас нельзя носить короткое платье. Нам Аллах запретил, но это по секрету нам папа рассказал. Зарема и Саида тоже в длинных платьях ходят...

— Подвяжись пояском, тогда платье будет короче. Хочешь, пока мой возьми! — предлагала я, силясь оторвать крепко пришитый поясок от своего сарафана.

— Лучше ленточку найдём или тесьму, сейчас я у бабушки спрошу! — восклицала Ира и бежала к просторному крыльцу восьмого подъезда нашего дома, где часто сидели наши бабушки. Помню, что взрослые отыскивали какие-то пояски и ленточки, кое-как приспосабливали платье Дины. На следующий день импровизированный поясок исчезал.

— Папа выбросил. Говорит, чтобы я больше ничего в дом не приносила и никого не слушала. Говорит, никому не надо соваться не в своё дело.

Дина начинала вытирать подолом капавшие слезинки.

— Опять тебе попало? Опять тебя папа ремнём побил! — догадывалась я. — За что?

Град слезинок мигом прекращался. Дина испуганно смотрела на меня.

— Я чай пролила на пол, но папа меня всего один раз стукнул. За меня Зарема заступилась. Зарема у нас добрая, мы все её любим: и мама, и я, и Нурлик. Но ей тоже попадает от папы, он её тоже бьёт и ругает.

— А почему Зарему ругают? Она учится хорошо и по математике успевает. Мне Лёня говорил, Зарему все учителя хвалят. Особенно математичка! — доказывала Ира Кац, аргументируя сведениями, полученными от своего старшего брата Лёни Каца, который учился в одном классе с Заремой Закиевой.

Дина пригибалась к самому подолу — теперь её лица совсем не было видно. Слышался только горестный шёпот:

— Саида папе жалуется на Зарему. Саида на всех папе жалуется: и на Зарему, и на маму, и на меня, и на Нурлика. Папа ей верит, а она говорит на всех неправду. Саида у нас злая!

Один раз, когда Дину позвали домой обедать и мы с Ирой Кац остались в фонтане наедине с цементным лягушонком, Ира начала мне рассказывать:

— Дина правду говорит, эта Саида очень злая. Меня вчера утром бабушка в магазин послала за молоком. А Саида тоже пришла молоко покупать. Я уже купила молоко и хотела быстро отойти от кассы, чтобы с Саидой не здороваться, потому что она Дину обижает, но Саида меня увидела, подошла ко мне специально — потому что она не взяла ещё бутылку с молоком, у неё в руках была только пустая кошёлка, понимаешь? — вот эта Саида, значит, подходит ко мне специально и говорит: «Ты кто такая, чтобы со мной не здороваться? Смотри, я нажалуюсь твоей бабушке, тебе влетит, будешь тогда знать, что со старшими нужно здороваться! Я старше тебя и умней, хотя твоя бабушка и твой брат говорят, что вы — самые умные люди на свете. Нашлись умные-переумные! Запомни, я умнее всех — я тебя здесь увидела и поняла сразу, что ты решила со мной не поздороваться! Видишь, я умная!» И тут она открывает рот вот так и смотрит на меня, как настоящая ведьмочка...

Ира, закинув голову, широко открывала рот, оттянув вниз, к шее, подбородок, как будто находилась на приёме у врача и сейчас ей должны были вырвать зуб. Я подавилась смехом.

— Дура эта Саида! Что ты ей ответила, Ирка? Ты бы ей сказала правду: «Я не хочу с тобой здороваться, Саида, потому что ты ябедничаешь. Мы знаем, как ты Дину обижаешь, а Дина наша подруга! Мы с ней дружим и будем дружить, и будем за неё заступаться, чтобы её никто не обижал!», — говорила я, торопясь и проглатывая слова. Мне было интересно услышать поскорее боевой и задорный пионерский ответ Иры Кац. Но Ира промолчала, а потом грустно досказала:

— Я не ответила Саиде ничего такого, я боялась, что она на Дину нажалуется снова, и тогда Дине ещё больше попадёт. Я только сказала этой Саиде, что я по правде её не заметила, потому что я уже купила молоко...

— Эта несчастная Саида, сестра Дины, всех обижает. Сама похожа на ведьму, нос крючком и злая ужасно! Сказала, что на Ирку Кац нажалуется её бабушке! — возмущаясь, рассказывала я своей бабушке.

— Саида действительно несчастная, — отвечала моя бабушка, тихонько дёргая меня за руку, чтобы я говорила тише. Она тем самым давала мне понять, что мы находимся не дома, а в общественном месте, и что нас могут услышать. Моя бабушка сидела на крыльце восьмого подъезда вместе с Ольгой Даниловной Берсеневой, которая в нашем доме не проживала, но в нашей школе вела кружок литературы для старших классов.

— Саида больная, у неё горб растёт, потому она такая нервная девочка. Нельзя обижать калек и сирот, несчастных людей жалеть надо, — заключила бабушка.

— Нет, ваша внучка права, Саида злая, с тяжёлым нравом, и дело не только в её физическом недостатке, — сказала Ольга Даниловна. — Насколько красива и похожа на свою терпеливую мать Зарема, настолько же уродлива и похожа на отца Саида! Это точная копия Мусы. До чего он гадкий человек! Как он бьёт и оскорбляет свою Амину! Бедная женщина каждый день стонет и плачет. Я знаю, потому что моя приятельница, Сашенька Попова, живёт в квартире наверху, над Закиевыми, и всё хорошо слышит. Чувствуется общая тяжёлая атмосфера в этой семье, хотя языка, конечно, Сашенька не понимает — Закиевы говорят по-татарски. Сашенька очень жалеет Амину, говорит, что не понимает, как можно жить с таким идиотом, как Муса, да ещё и рожать от него многочисленных детей. Возразить Мусе что-то вообще очень трудно, даже я не в силах ему возразить. Где уж там Амине, такая забитая женщина! Представьте, весной, в апреле, я имела счастье с ним столкнуться, с Мусой. Я на литературном кружке рассказала ребятам о Максимилиане Александровиче Волошине, о его доме в Коктебеле. Я рассказала ребятам в открытую, не опасаясь говорить, какое значение имел в литературе этот знаменитый дом. Сейчас ведь оттепель, знаете, нужно торопиться объяснить истинные ценности. Ведь оно неизвестно, что будет дальше! Я также рассказала о своих личных встречах с Максом Волошиным. Ребята слушали восторженно, тепло, Зарема и Саида присутствовали, и было множество учителей. Много народа собралось в тот вечер. Кстати, между Заремой и Саидой разница в возрасте всего какой-нибудь год, и, кажется, девочки должны были бы воспринимать материал лекции одинаково. Но нет, ничуть не бывало! Зарема, слушая меня, улыбалась. Такая радостная сидела, красивая, раскраснелась вся, даже головой встряхивала в отдельных местах моего рассказа. И волосы у неё очень красивые, рыже-золотистые, я обратила внимание: поэтический облик у девушки! А Саида меня почти не слушала, хмурилась, мрачнела. Рисунки Волошина смотреть не стала — так, взглянула, и будет! Не хочу, мол, и знать и вникать не подумаю. Вот какой тяжёлый характер! Может, ей и было интересно, потому что она на сестру поглядывала, видимо, чувствует, что Зарема намного умнее, и учится Зарема хорошо. Успехи её в математике, говорят, в школе заметны. Саида, конечно, на сестру должна ориентироваться, ведь Зарема к тому же и старшая сестра! Мы все знаем, что авторитет в мусульманских семьях соблюдается и поддерживается по старшинству. Но Саида никогда и вида не покажет, что она к кому-то прислушивается. Копия отец Муса! Тот всегда всем и всюду лгал, и Аллаха ничуть не боялся. Да чего от него ждать — он человек безграмотный!

Ольга Даниловна приостановилась и, вздохнув, продолжала, энергично поджав губы:

— Иду я спустя, может быть, неделю после моей лекции проведать Сашеньку Попову. Когда я туда иду, я стараюсь приходить днём или утром, чтобы ни в коем случае не столкнуться даже случайно с Мусой в подъезде. Словом, я стараюсь выбрать время. Днём или утром он на работе, всё-таки занят. Ну, бог миловал меня и избавлял от этих злополучных встреч до того апрельского дня. А в тот день я только подхожу к подъезду, смотрю — Муса навстречу идёт, машина его ждала на улице, обедать он приезжал домой или по каким-то делам — не знаю. Итак, идёт он прямо навстречу. Носом к носу, что называется, столкнулись мы с ним у двери. Что же? Я человек выдержанный и старой культуры, я первая и говорю ему вежливо и спокойно: «Здравствуйте, — говорю, — Муса Закиевич». А он сразу с места в карьер, прямо у дверей подъезда, не сказав «здравствуйте», не называя меня по имени-отчеству, начинает огород городить...

И Ольга Даниловна продолжала, имитируя татарский акцент Мусы, заменяя твёрдый русский звук «ы» на протяжное татарское «и»:

— Я слишал от людей про тебя, что ти очень умний женщина, расказивал в школе про каким-то писателим, котёрий жил в Криму и большой дом имел. Я согласин, что ти женщина образёванний, но я тибе скажу, что в Криму всегда богато татар жил и большой дом имел. Я сам тоже татар, я знаю, только я ни из Крима татар, я из Самарканд татар. Я прожил трудовой жизнь, а в Криму татар ханство всегда имел, и ценность у трудовой рабочий народ обкрадивал, сибе забирал. Потому я ни знаю, что тот хваленый писателим сочинил, а тибе скажу наш большой советский поэт Николай Асеек написал:

Ни синок у маминик,
В помещичий дому,
Виросли ми в пламини,
В пороховом диму!

Ольга Даниловна вытянула вперёд правую руку, словно указывая великий путь:

— Вот так он, представляете, вытянул вперёд руку, этот старый комедиант, процитировал какие-то совершенно глупые стихи и прошёл мимо меня, так и не назвав меня ни по имени, ни по отчеству и не сказав мне «до свиданья», даже просто не послав меня к чёрту, сел в машину и укатил. Я оторопела. Ужасный человек! И мне стало так стыдно за Николая Асеева, за то, что он написал эти беспомощные строки. Всё-таки Асеев — не Асеек, конечно! — не такой уж плохой поэт! И как он мог это написать?

— Да, стихи звучат плохо, — отвечала Ольге Даниловне моя бабушка. — Мне непонятно, что это значит: «вырасти в пламени»? В пламени можно только сгореть, а вырасти там ничего не может!

Ольга Даниловна удовлетворённо поджимала подкрашенные губы. На крыльце появлялась бабушка Иры, Берта Львовна Кац, и усаживалась на принесённый с собой круглый плетёный из старых чулок коврик.

— Хотите, я вам принесу такой же коврик, Ольга Даниловна? Крыльцо холодное, вам сидеть неудобно, я вижу. Я вчера два коврика сплела.

— Нет, Берта Львовна, спасибо! Мне не привыкать. В лагере я спала в бараке на полу, и волосы мои однажды за ночь примёрзли к водостоку. Что мне теперь это крыльцо!..

— Нет, погодите, я вам принесу!

Кацы жили тут же, в восьмом подъезде. Берта Кац исчезала и появлялась снова.

— Пожалуйста, вот вам коврик, сидите теперь сколько хотите! Я вам его дарю.

— Спасибо! Какой красивый коврик получился. Вы, я вижу, мастерица на все руки!

Коврик запускался в дело. Разговор возвращался к предыдущей теме. Теперь говорила Берта Кац:

— Искусство и поэзия, на мой слабый взгляд, переполнены ошибками. Например, Владимир Маяковский написал о колхозниках — вы помните, конечно, эти строки, Ольга Даниловна:

> Сидят папаши,
> Бороды — веники,
> Землю попашут,
> Попишут стихи.

— Это нелепость. Кто-нибудь из вас видел когда-нибудь, чтобы тракторист в обеденный перерыв писал стихи? Он этого не сможет сделать физически, потому что ему надо успеть поесть и пахать дальше. С него план спросят. Тракторист должен план выполнять, ему зарплата нужна, у него семья, он молодой. Ну а старики, как говорит Маяковский, — папаши, землю уже не вспахивают, нету сил, своё отработали! И никаких стихов старые люди вообще не пишут.

— Но есть постаревшие поэты, которые остаются молоды душой, — робко возражала моя бабушка. — Например, Тютчев.

— Я говорю про нашу, советскую поэзию, — упиралась Берта Кац. — Вот в нашей науке, например, ошибки недопустимы. В ракетостроении ошибка учёного стоит жизни людям. Тем, кто скоро туда полетит!

Берта Кац показывала пальцем на небо:

— Скоро к НЕМУ прилетят! Его обо всём спросят. Знает правду только ОН!

Ольга Даниловна начинала ёрзать на подаренном коврике. Наконец, она произносила:

— ЕГО вряд ли встретят или найдут! Слишком ОН высоко и далеко!

Берта Кац поворачивалась к ней всем своим пухлым телом:

— Откуда вы знаете? А вдруг? Мой сын говорит, что ни в каких самых уникальных логических вычислениях и открытиях учёных не исключена возможность незримого соучастия!..

Ольга Даниловна больше не пыталась возразить. Отец Иры Кац был конструктором и работал в учреждении, которое в обыденной жизни называлось «почтовым ящиком». В таком же, только, вероятно, смежном «почтовом ящике» работал и профессор-химик Попов, муж Сашеньки Поповой. В двух огромных квартирах одного подъезда проживали всего две семьи — Поповы и Закиевы. Больше там не жил никто. Это был единственный подъезд в доме, который запирался на замок. И днём, и ночью этот подъезд охранялся. Милиционеры стояли снаружи у дверей и внутри.

Быстро пролетали наши детские дни; мы играли каждый день в тёплых выбоинах фонтана в разные игры. Бывало, что лягушонок изображал корову, и Дина принималась доить его. Просунув смуглую ручонку в узкую щель под лапы цементного уродца, туда, где, по её мнению, у лягушонка должно было находиться вымя, Дина дёргала его за соски, будто сдаивая.

Одновременно она начинала поджимать под себя то одну, то другую ногу. Этим она изображала, что сидит на корточках, потому что высота лягушачьего пьедестала, на котором повисала во время сдаивания Дина, не позволяла ей присесть на корточки в самом деле. Но рьяно следуя за правдой изображения действительности, Дина взвизгивала тоненько и отрывисто:

— Дзинь! Дзинь! Дзинь!

Это обозначало, что тугие струи молока бьют в дно эмалированного ведра. Конечно, у нас было всего лишь пластмассовое ведёрко для песка, но оно так вертелось и мелькало в руках Дины, что казалось — оно действительно поёт и бренчит.

— Дзинь! Дзинь! Дзинь! — вскрикивала Дина. — Дай молочка бедным людям, добрая коровка. Аллах не забудет тебя и даст тебе любимой травки покушать! Во имя Аллаха — дай молочка!

Ира и я бросались к лягушонку и засовывали в его ощеренную пасть пучки травы.

Эта игра была одной из наших любимых, потому что Ира и я не видели никогда, как доят корову, и не слышали никогда звон живой струи молока, бьющей в металлическое ведро. И только впервые услышали и увидели эту картину в исполнении нашей подруги Дины, которая ездила периодически к бабушке в аул и не раз наблюдала этот процесс. Иногда мы сидели в фонтане, не играя и не разговаривая, просто сидели вместе, наслаждаясь присутствием друг друга. Мы слышали басистое жужжание крупных мух, нападавших на терпеливого лягушонка. С удовольствием мы облизывали комочки курта, который приготовляется летом в несметных количествах всем азиатским населением юга. Курт — национальное кушанье, имеющее в своём составе кислое молоко, перемешанное с солью и мукой. Курт высушивается и приобретает каменную твёрдость. Куртом угощала нас, конечно, Дина. Курт в утомительную душную азиатскую жару приятно есть — его кислота сбивает жажду и возбуждает здоровый аппетит. Ира Кац приносила песочное домашнее печенье с орешками, а я — большое, заранее разрезанное на три равные части красное яблоко «апорт», в честь которого назван наш город Алма-Ата, что в переводе с казахского обозначает — Яблоко-Отец. Во времена моего солнечного детства эти яблоки ещё произрастали в предгорьях и вызревали в том специфическом для них климате до максимальных размеров — они бывали величиной с голову двухлетнего ребёнка! И, поделив нашу еду поровну, мы приступали к нашему дружескому обеду...

В некоторые дни, когда июльский зной достигал такого накала, что толстая тушка цементного лягушонка становилась горячей, несмотря на простиравшуюся над фонтаном витиеватую тень деревьев, во дворе начиналась энергичная жизнь. Натягивались верёвки, опутывая своей густой сетью всё свободное пространство обширного двора, и жильцы дома, словно сговорившись, начинали выносить для просушки и проветривания зимние вещи, пальто и шубы, а также большие тяжёлые восточные ковры. Закиевы выносили для просушки только кошмы — ковров у них не было.

— Папа говорит, что ковры бывают только в домах у баев и богачей, а мы не баи и не богачи, мы — трудовые люди! — объясняла нам Дина. — Зато у нас подушек и одеял много, всем хватает укрыться, когда к нам приезжают родственники из аула.

Одеяла и подушки Закиевых начинали терпеливо выносить во двор сёстры Дины — Зарема и Саида — и мать, Амина. Дина выносила персидскую шаль матери с длинной жёлтой бахромой, а зимнюю, из серого каракуля, папаху отца выносил, нахлобучив на собственную голову, младший Закиев — лихой Нурлик. Вывесив на верёвки и разложив на траве вещи, Амина и Саида возвращались домой, а Зарема присаживалась к нам, в фонтан. Ира Кац немедленно обнимала её за шею и начинала причитать:

— Заремочка, лапочка, нарисуй куклу! Я и карандаши уже вынесла из дома, пока вы подушки носили.

— И мне, и мне! — просила я. — Чтобы можно было куклу вырезать, и платья на неё надевать! Я картонку принесла из дома, пока вы подушки носили. На картонке нарисуешь? Кукла тогда не сомнётся.

— А мне коня, а мне коня, мне первому, я — брат! — выкрикивал Нурлик, лихо оседлав уже одетого в каракулевую папаху лягушонка.

— Нурлик, Зарема тебе дома нарисует, сначала нам пусть нарисует, да, хорошо? — успокаивала Нурлика Ира Кац. — Мы не каждый день Зарему видим, как ты, Нурлик.

К фонтану проворно пристраивались ещё три-четыре наших ровесницы. Начиналась возня. Всем хотелось получить нарисованную Заремой куклу. Зареме бесперебойно совали в руку карандаши и разноцветные листы бумаги.

— Платье бальное моей кукле нарисуешь, Зарема? Вот этим карандашом, он яркий-яркий!

— Зарема, Зарема, а ты мне нарисуешь куклу с завитыми волосами, чтобы была причёска пышная?

— А мне, Зарема, нарисуй не куклу, а просто девушку, в длинном платье и с серьгами! И чтобы талия у неё была тонкая-претонкая! Помнишь, ты мне нарисовала такую в прошлый раз? Ещё вырез на платье был глубокий-глубокий. И ещё я хочу теперь цветок на груди! Алую розу!

— Всем кукол нарисую, только не толкайте меня под локоть, а то я полоску прочерчу на листе. Не сотрём потом, размазано будет, грязно, — обещала нам и предостерегала нас Зарема. — Девочка опрятной должна быть, и кукла тоже ведь девочка!..

Мы соглашались. Зарема, положив на свои колени чью-то детскую книжку в картонной обложке, начинала рисовать. Сказочно прекрасные существа с нежными голубыми глазами и длинными, загнутыми кверху ресницами, оживали под карандашом. Вокруг слышались возгласы:

— Ой, какая красивая! У неё в руке веер!

— Посмотрите, видите — у той кольцо на пальце Зарема нарисовала. С зелёным камнем. Это малахит называется! Я видела в Эрмитаже, в музее таком, в Ленинграде, на брошках разных старинных.

— А смотрите, у той куклы получилась роза в волосах, как будто локон. Но это розочка, маленькая и красная! Вот здорово Зарема рисует, да?

Куклы множились.

Изящно пушились оранжевые перья вееров, и жёлтым золотом сверкали дорогие кольца на бумажных красавицах. Качались на тонких руках крошечные сумочки. Подчёркивали красоту длинных бумажных ножек острые высокие каблуки.

— Давай мы Зареме букет цветов подарим, — предложила я Ире Кац. — Художникам и артистам всегда дарят цветы.

— Где мы возьмём букет?

— Давай соберём, поищем за сараями в траве! Клевер можно! Какие найдём красивые цветочки, такие и соберём!

— Давай, — согласилась Ира. — Я видела недалеко от нашего восьмого подъезда, ромашка большая растёт. Она там одна. Но можно сорвать.

Мы побежали искать цветы и вскоре составили букет из колокольчиков и клевера. В центре букета белела крупная ромашка с ярко-жёлтой свежей серединкой. Ира Кац протянула букет Зареме. Девушка улыбнулась:

— Неужели это мне?

— Да! — воскликнула я торжественно. — От имени всех нас мы тебе дарим цветы, дорогая наша Зарема! Будь всегда такой же красивой и молодой, и не старей никогда! — такую я отчеканила речь, импровизируя мотивы из многочисленных тостов, которые мне приходилось слышать среди гостеприимного застолья в родном родительском доме.

Не выдержав дольше столь высокого накала обстановки, Зарема громко рассмеялась. Смущаясь, я взглянула почему-то на родного цементного лягушонка, и мне представилось, что сейчас звонко рванётся ввысь чистая струя воды из вечно молчаливой его пасти. Струя рванётся, рассыплется в воздухе и обдаст нас неповторимой свежестью — так искренне смеялась в эту минуту Зарема.

Потом она взяла в руки букет и продекламировала, слегка пригортанивая букву «к», известные поэтические строки:

> Колокольчики мои,
> Цветики степные,
> Что глядите на меня,
> Тёмно-голубые?..

Зарема, улыбаясь, склонилась над букетом, нюхая цветы, а когда подняла голову, я увидела среди рыжих, вьющихся прядей её волос, упавших на лицо, ровную и глубокую синь её огромных, как у кукол, глаз. «Вот красавица эта Зарема!» — подумала я.

— Ромашку вы принесли, наверное, для гадания? — вдруг заметила Зарема. — Можно погадать: любит — не любит! Давайте погадаем! Только на большой ромашке гадать не будем, её жалко, она красивая. Давайте найдём помельче ромашки, и тогда я всем погадаю!

Маленькие, едкие полевые ромашки, обрамлённые венчиками крохотных лепестков, уже лежали горкой у ног Заремы. И Зарема начала ловко отщипывать белые лепестки один за другим, приговаривая:

— Любит — не любит, любит — не любит, любит... Нет, не любит он меня, девочки, нет! Вышло — не любит!

— Нет, любит, любит! Ты ошиблась, ты неправильно погадала, Зарема! —галдели мы, в ту минуту не допуская в мыслях, что нашу старшую подругу, столь щедро одарившую нас бумажными красотками из детской мечты, может кто-то на свете не любить!

Зарема снова гадала, и мы снова галдели, и опять Зарема начинала обрывать лепесточки цветка. Потом, спустя мгновение, словно следуя грубому оклику, мы смолкали сразу и все. К фонтану приближалась Саида. Мы начинали смущённо переминаться.

— Здравствуй, Саида.
— Да, Саида, здравствуй.
— Здравствуйте, уважаемые, всех приветствую со своей стороны! — отвечала нам Саида. — Я хочу сесть здесь, рядом со своей сестрой.

Саиде послушно уступали место. Она присаживалась рядом с Заремой. Старшая сестра тщательно стряхивала коварные, слишком заметные, белые лепестки цветов со своей тёмной юбки.

— Опять гадали — размышляли про любовь? — спрашивала Саида.

Стояла тишина. Наконец, кто-то робко тянул:

— Ой, мне домой пора. Меня уже два раза мама звала!
— И мне пора! Скоро стемнеет. Мне допоздна гулять не разрешают.
— И мне тоже!

Это повторялось часто.

Однажды вечером из всей компании младших детей нашего двора в фонтане остались двое — Ира Кац и я. Понимая, что Ира Кац не уходит домой, потому что не ухожу я, упрямо и терпеливо я продолжала сидеть рядом с Саидой.

Я разглядывала её. Чтобы не выдать себя, я подняла голову вверх и даже зажмурилась, делая вид, что пригреваюсь в розовых лучах предзакатного солнца, ещё ронявшего своё мягкое тепло сквозь ажурную листву деревьев. Но я изо всех сил вытянула шею и взглянула на согнутую спину Саиды. Под тонким ситцем платья светился горб. Чёрная, длинная коса Саиды была слишком узка, чтобы хоть как-то скрыть покатую уродливую выпуклость. Тяжесть этой выпуклости скашивала и гнула шею Саиды набок.

— Почему ты не идёшь домой? — вдруг напомнила мне Саида резким и тонким голосом.

— Я жду Иру, Саида. Когда она пойдёт, то и я пойду.

— Почему ты не идёшь домой, Ирина?

— Нет, иду!

Ира вскочила с места.

— Мы быстро поужинаем и вернёмся. Можно ведь ещё немножко посидеть, пока ещё не очень темно во дворе. Вы разрешите Дине погулять после ужина? Зарема, ты попросишь тётю Амину разрешить Дине гулять?

— Хорошо, мы разрешим, так и быть, погулять вашей Дине! — воскликнула Саида.

Когда мы отошли от фонтана достаточно далеко и я обрела уверенность в том, что нас никто не может услышать, я шепнула Ире:

— Сейчас, когда мы сидели в фонтане, я видела горб Саиды. Он такой ужасный, он похож на ледяную горку, только обтянутую чёрным материалом. Наверное, Саида носит всегда чёрное платье потому, что хочет, чтобы горб был незаметным. Но он всё равно просвечивает сквозь материал. Кажется, что он такой твёрдый и тяжёлый, этот горб! Как мне жалко Саиду! Она могла бы быть красивой, если бы не горб. У неё длинная-предлинная коса. И откуда он взялся, этот горб?

Ира приостановилась и, глядя на меня пристально своими круглыми и выпуклыми глазами, сказала тихо и так серьёзно, что я застыла на месте, чувствуя, как мороз пробежал по моей коже и она покрылась мелкими гусиными пупырышками.

— Хочешь знать правду про Саиду?

Нет, никогда до сих пор я не видела у Иры столь скорбного, серьёзного и взрослого выражения лица!

— Я знаю, ты умеешь хранить тайны. Ты моя подруга и никогда не выдашь меня. Мне бабушка сказала, что маленькую Саиду бросил на пол дядя Муса, когда тётя Амина вернулась из родильного дома, где Саида родилась и где все дети появляются на свет. Он сказал тёте Амине, что и без этого ребёнка жизнь очень трудная. Дядя Муса боялся, что его арестуют, как многих арестовывали при Сталине, и что тётя Амина останется одна и не сможет прокормить детей. Дядя Муса тогда уже работал директором завода, и на его заводе делали танки и снаряды, и сейчас там тоже делают тайное оружие для третьей войны! Дядя Муса боялся всегда и всех на свете, всех на свете людей. Он боялся, что когда-нибудь перестанет быть директором завода, где у него большая зарплата. Дядя Муса не инженер и не конструктор оружия, как мой папа, например. Дядю Мусу назначили директором, потому что он знал всё окрестное население и знал народные обычаи. И ещё дядя Муса был героем и имел заслуги перед Красной армией. Когда наши красноармейцы дрались с басмачами в Бухаре и Самарканде, они спрятали боеприпасы в тайник и сказали дяде Мусе, чтобы он этот тайник никому не выдавал. Дядя Муса был тогда просто мальчик из аула, но уже помогал Красной армии. И вот красные отступили из Самарканда. Басмачи вернулись в селение и тайник нашли. Дядя Муса хотел убежать в степь. Басмачи поймали его и стали мучить и бить. Басмачи хотели захватить золотые вещи из мечетей, драгоценные камни и жемчуг, и разные другие роскошные восточные вещи, которые Красная армия оставила в другом тайнике. Дядю Мусу били ногами и плётками, чтобы он выдал всех красноармейцев и сказал, где спрятано золото, но дядя Муса молчал. Потом наши, красные, вернулись в Самарканд и расстреляли белого офицера, который эти вещи похитил у красноармейцев. Дядя Муса им всё рассказал, нашим, всю правду, хотя уже был полумёртвый от пыток. И дядю Мусу наградили орденом, а потом назначили директором завода. Потому что на заводе есть тайны, а дядя Муса тайны хранить умеет. Но с тех пор дядя Муса стал жестоким человеком, потому что его избивали басмачи, и он терпел страшную боль! И теперь он всех ненавидит, потому что он жестокий человек, и детей своих он тоже не любит. Но тётя Амина не захотела сделать операцию аборта, чтобы не рожать Саиду, хотя дядя Муса ей приказывал. Тётя Амина сказала ему, что Аллах его накажет, если она сделает операцию аборта. И тогда дядя Муса бросил Саиду на пол, и у неё сломалась спина, а потом начал расти горб. Когда Саида была маленькая, горб был не очень заметный, а теперь Саида большая, и горб вырос тоже. И дядя Муса сказал Саиде — сам сказал своей дочке! — что он её бросил на пол, потому что хотел её смерти, и объяснил, что захотеть её смерти его заставили тётя Амина и Зарема. Потому что тётя Амина и Зарема всё время хотели есть, и надо было покупать молоко и разную другую еду. А дядя Муса хотел только деньги копить. И теперь он даёт тёте Амине очень мало денег на хозяйство, а зарплату складывает в сейф, который стоит у него в спальне. И ключ от этого сейфа он доверяет только Саиде. Вот почему она так воображает о себе. Ведь она хранительница ключа! В сейфе есть ещё важные документы. И Саида тоже их хранит. И дядя Муса говорит, что весь этот сейф принадлежит Саиде и что, хотя у неё горб, она может выйти замуж даже за падишаха, потому что в сейфе лежат все богатства мира! Дядя Муса говорит, что на свете есть один настоящий Аллах — это деньги!

Так в печально-багровом мистическом свете солнечного заката шептала мне верная подруга невозвратного моего детства, вдохновенная и всепонимающая Ирка Кац.

Машина времени неумолимо и бесстрашно выруливала вперёд, и мы, с любопытством всматриваясь в настоящее, старались проникнуть мыслями в будущее. Но яркая картинка прекрасного будущего только иллюзорно чудилась нам впереди, на дороге, хотя нам постоянно казалось, что мы достигнем беспроблемного далёка, стоит лишь преодолеть очередной барьер. Поэтому настоящее, легко кружившееся вокруг нас, словно тополиный пух на улице, воспринималось нами без особых восторгов. Скорее, просто как должное.

Наше каждодневное бытие стало интереснее, потому что в восьмой подъезд нашего дома приехали новые жильцы, Мухамедовы, и это внесло обновление в нашу постоянно занятую и заполненную событиями детскую жизнь. В казахской семье Мухамедовых было два брата — Эрик и Шакен.

Младший, Эрик, быстро и легко вписался в компанию детей нашего двора и стал неразлучен с Нурликом, братом Дины. Старший, Шакен, стал не только соседом, но и приятелем Лёни Каца, брата Иры. Шакен был к тому же и ровесником Лёни Каца и тоже готовился к вступительным экзаменам в Политехнический институт. К Шакену прилипла кличка Шорох — так прозвала его компания старших ребят нашего двора за его громкий басистый голос. Немолодая одинокая тётя братьев Мухамедовых, которая жила вместе с семьёй своей родной замужней сестры и воспитывала её детей, оказалась женщиной смышлёной и даже озорной для мусульманки и стала частенько заседать на крыльце восьмого подъезда. Её величали запросто Ася-апа (в переводе с казахского «апа» — это мать). Полное казахское имя её было трудным для произношения. Ася-апа говорила по-русски с сильным акцентом, но так образно и понятно, что в компании старушек нашего двора Асю-апу слушали охотно.

— Зятем мой доцент, Институтам марксизм-ленинизм работает, — рассказывала Ася-апа, заседая на крыльце. — Говорит зятем мой, что Маркс-Ленин были людям учёный, а Институт марксизм-ленинизм совсем неучёный людям хотят работать. Эти людям на учёный совет заседании друг друга ругаются как собакам! Они хотят только деньгам получать за свой диссертаций, путёвка тоже хотят получать Франций-Италий. Говорит, Ленин долго этим странам жил, революций делал, мы этим странам изучать поедем. На учёный совет вчера стал доказывать друг другам эти людям, что надо лучше Италий изучать ехать Ленин, а Франций потом поедут учить. Зятем мой пришёл собсем бильной после такой совет, говорит, путёвкам хотят все итальянский, потому что в Италий костюм шерстяной и туфель женский не такой дорогой, как во Франций. Потому все хотят ехать Италий, на учёный совет целый вечер кричал, друг другам итальянский путёвка отбивал. Ещё зятем мой говорит, очень продажный молодой девушка растёт сейчас. Каждый девушка такой хочет старый мужчина кандидатам наук найти и через такой мужчина аспирантуру поступить при Институтам марксизм-ленинизм. Зятем мой очень огорчается. Говорит, Маркс-Ленин всех молодой девушка кормить не может!..

К общей радости жильцов в нашем дворе появился теннисный стол. Беседку покрасили в яркий голубой цвет. Лёня Кац и Шорох, тоже мастерски игравший в пинг-понг, несмотря на свою полноту, сражались за теннисным столом с Маратом Алиевым и Жорой Погребенниковым, которые играли против них. Игра шла жаркая, с громкими стонами пижонистого Жоры и с редкими выкриками Лёни Каца. Иногда над столом раскатывался бас Шороха:

— Ага! — провозглашал бас. — А вот ещё получи! Ага!

Один Марат Алиев играл молча. Среднего роста, с узкими чёрными глазами, он выделялся среди смуглых азиатов бледным, совершенно не скуластым, почти европейским лицом. Он каждый день носил одну и ту же кремовую трикотажную рубашку с очень короткими рукавами, как будто изменившими форму после неаккуратной стирки. От этого его обнажённые руки, покрытые реденькой порослью, казались длиннее, и сам он казался выше и тоньше. Он никогда не отказывался сыграть в теннис или в карты. Особенно любил он участвовать в любом пари, потому что в любом пари разыгрывались деньги.

— Всё, мы продулись, Шорох! — воскликнул Лёня Кац, бросая ракетку на стол. — Отдыхаем до следующего захода!

Лёня и Шорох подошли к нам и уселись, поставив ноги внутрь гостеприимного ложа фонтана. Мы приглушили наш обычный довольно громкий говор ещё задолго до их прихода, потому что наблюдали за их игрой. Теперь мы вовсю слушали их.

— Марат классно играл, — сказал Лёня. — Он сегодня просто выложился! Его ещё, по-моему, подстегнуло то, что Жора был не в форме и не играл, а просто стоял за столом, отдыхал. Марат за двоих отбивался!

— Жора не в форме сегодня, потому что у него зрителей нет. Когда в беседке зрители появляются, Жора может раскрутиться просто на подвиг! — заметил Шорох, успевший вникнуть во все интриги нашего двора.

Затем он продолжал рокотать своим монотонным басом:

— Марат классно играл не потому, что его подстёгивает или не подстёгивает обстановка. Он просто хорошо играет в теннис, потому что он давным-давно в него играет.

Я с ним в пионерском лагере вместе был, когда в пятом классе учился, и Марат уже тогда здорово играл! Он даже других ребят обучать взялся, его вожатые попросили. Он начал было, но потом оказалось, что он требовал рубль с каждого за обучение. Вожатые, конечно, не узнали ничего, никто им не сказал, а то бы всем попало, и тому, кто рубли Марату платил, — больше всех! Решили все, что лучше просто надавать Марату по шее, чтоб поменьше монету любил. Ужасно завелись, я помню! И надавали бы ему здорово, но я тогда за него заступился. Мне его жалко стало, потому что он всё-таки лучше всех в теннис играл! Я не боялся за него заступаться и не боялся, что меня побьют вместе с ним — я уже тогда здоровый такой же был, как сейчас, и такой же толстый. Но теперь Марат меня явно недолюбливает за то, что я этот факт про него знаю. Я ему, помню, звонил по делу, он отвечал только «нет» и «да». И сейчас — ты заметил? — он всю дорогу играл молча. Потому что он со мной играл, предпочёл молчать. А жалко, что мы тогда, в лагере, не надавали ему по шее!..

Лёня засмеялся.

— Да, монету он любит, это точно. Куда ни пойдёшь — всюду Марат. И всегда, представь, выигрывает. Вот и сейчас. Как старался! Хотя мы играли вовсе не по-крупному.

— Не бойся, он своё не упустит! — сказал Шорох. — Марат своей матери ещё давно заявил — знаешь что? Что цель его жизни — богатство, только это. Богатство! У нас, азиатов, в народе есть такие люди — богатство и больше ничего. У нас в народе богачи фантастические, гаремы держали, знаешь из сказок восточных, наверное? Вот и Марат такой тоже: богатство, интриги, гарем — ему надо было раньше родиться, до Советской власти! Конечно, у Марата отца нет, я понимаю, хочется жить не хуже остальных. Зарплата у матери маленькая. Но Марат нигде работать не хочет и в институт не хочет, только уходит из дома — играет, играет! От армии как-то отмазался. У него свои деньги, своя жизнь, а чай пьёт и ест дома, на материнскую зарплату. Знает: мать всегда накормит! Но сам хотя бы копейку ей дал из выигранных денег. А если она начинает ему говорить, чтобы он учился хотя бы потихоньку, пока она жива, он ей в ответ: молчи, женщина!

— Жаль, что мы проиграли, Шорох! — сказал Лёня. — И жаль, что Марат выиграл. Он теперь гордиться будет. Скажет на нас, что слабаки, мол, такие-перетакие.

— Почему это тебя задевает? — удивился Шорох. — Да он не скажет, нет! Он умеет прикинуться — и вида не подаст, что он думает о людях: хорошее или плохое. Но я скажу тебе правду — он может вообще никак не думать, он просто ждёт случая и, когда этот случай представится, он его не упустит, как голодный шакал добычу. Правда, мы все ждём свой случай: вытащил на экзамене лёгкий билет — и уже тебе повезло. Вот и случай!

— Смотря какой случай! — воскликнул Лёня. — Он же не пойдёт наш Маратик, на улицу грабить или убивать.

— Потому что милиции боится, — сказал Шорох. — Заметят, биографию запачкают. Но вот если путём интриг — тогда другое дело, можно ограбить! В ходе интриги можно убить, и никто судить не будет — за интриги не судят. Судят за мошенничество, за афёру. А за интриги не судят.

— Пора судить, — сказал Лёня. — Кто подогревает обстановку, тот больше всех виноват. Вот Жору я бы осудил! Взялся играть — так играй! Зачем давать Марату повод гордиться?

— Жора под конец разыгрался, — сказал Шорох. — Правда, только под конец. Он разозлился, что и зритель к нему не пришёл, и в теннис он проигрывает. Он так разыгрался под конец, что даже свою золотую печатку с пальца снял и в карман положил, чтобы не потерять!

— Опять вы на деньги играли, Лёня, да? — спросила Ира Кац брата. — Тебе дома запретили играть на деньги. Играй в шахматы. Это не азартная игра и не на деньги. А то ещё в парк пойдёшь в карты играть!

— В шахматы тоже на деньги играют, — неожиданно сказал Эрик, который незаметно подошёл к фонтану вместе с Нурликом Закиевым и уловил конец разговора. — Взрослые в парке все играют на деньги — и в карты, и в шахматы. И старики тоже играют на деньги.

— Да, играют, — подтвердил Нурлик. — Мы вчера с Эриком шли в кино через парк. Мы видели — все играют на деньги.

— Шакен, а ты вчера в парке был, — сказал брату Эрик. — Ты меня не видел, а я тебя видел.

— Хочешь, Эрик, я тебе дам денег на мороженое? — спросил Шорох. — Пойди купи себе мороженое и Нурлику тоже. Нурлик — твой друг, правильно? Сейчас у тебя есть деньги — ты Нурлику мороженое покупаешь, а потом, когда у Нурлика будут деньги, — он тебе мороженое купит. Правильно, Нурлик?

— Правильно! — серьёзно и басовито отвечал Нурлик.

— Друзья должны во всём друг другу помогать, — поучал младшего брата Шорох, одаряя его мелочью на мороженое, которую он тщательно вытряхивал из своих карманов. — Если они, конечно, настоящие друзья, они не должны оставить друг друга в беде! А в парке, Эрик, ты меня не видел. Я к экзаменам готовлюсь, и в парк я вообще не хожу. Я вчера целый день у Лёни сидел. Правда, Лёня?

— Да, ты обознался, Эрик, — сказал Лёня. — Мы к экзаменам готовились, теорему учили. Вы кого-то другого в парке видели. Поняли, да?

— Поняли, — дружно сказали Эрик с Нурликом и пошли покупать мороженое.

— И как он меня засёк? — удивился Шорох. — Я на дальних столах играл, не близко к кинотеатру. Как он засёк?

Лёня незаметно толкнул Шороха под бок локтем:

— Сейчас Жора воспрянет духом. Смотри, кто появился!..

Я немедленно посмотрела в том же направлении, что и Шорох. Моя реакция была столь быстрой, потому что при одном звуке этого имени — Жора — мой слух невероятно обострялся. Жора Погребенников был высокий блондин. На его безымянном пальце сверкала золотая печатка. Жора, как и Марат Алиев, не проживал в нашем доме, а только приходил в наш просторный двор. Жора жил на окраине, в рабочем районе. Я знала от Иры Кац, что, хотя Жора очень гордился своей печаткой, жилось ему нелегко. Он работал на заводе в смену и учился в Индустриальном техникуме. Жора привлекал внимание не одной пары женских глаз. Однажды, по-видимому, с намёком на интимные отношения, в одном из распахнутых окон второго этажа заиграл магнитофон и, хорошо слышимый во дворе, зазвучал мотивчик приблатнённой песенки:

— Эй, Жора, подержи мой макинтош!..

Да, он привлекал внимание не одной пары женских глаз, этот Жора. В том числе и глаза Ани Дубровиной подолгу останавливались на высоком блондине, колоритно смотревшемся у теннисного стола. И теперь Аня Дубровина шла к беседке со своей подругой Лялей, и вместе с ними шли Зарема с Саидой. Покачиваясь на высоких каблуках, в белом брючном костюме, несмотря на жару, Аня вышагивала к беседке с такой решительностью, как будто хотела одним махом перепрыгнуть через её барьер. Но, конечно, Аня не запрыгнула в беседку, а просто вошла туда первой. Подруга её, Ляля, последовала за ней — и с такой же решимостью. Потом вошла Саида и сразу села на скамейку. Зарема медлила заходить. Наконец вошла и она, и Ляля с Аней только тогда сели на скамейку, как будто они ждали совета Заремы или хотели в чём-то ориентироваться на неё. Я выразительно посмотрела на Иру Кац. Она поняла меня и, делая вид, что отыскивает нечто потерянное или даже просто гуляет, пошла к беседке подслушивать. Через несколько минут она вернулась к фонтану и прошептала мне на ухо:

— Аня рассказывает, что Жора вчера танцевал в клубе не с ней, а с другой девушкой. Он снова влюбился в другую!

В это мгновенье во дворе возник Жора. По-видимому, он отлучался в магазин за сигаретами, потому что до сих пор его не было видно в стайке ребят у теннисного стола. Теперь он вернулся и, увидев, что Марат Алиев всё ещё бьётся у теннисного стола с кем-то, бросил небрежно:

— Кончай, старик! Пора дёрнуть по сигаретке.

Не задерживаясь дольше, Жора пошёл к голубой беседке. Прозвучал серебристый смех Ани Дубровиной. В наш забытый фонтан долетел всплеск возгласа сочувствующей Ляли, и наш фонтан опустел: Лёня Кац и Шорох присоединились к Жоре.

— Зачем Жора идёт в беседку, если он уже не любит Аню? — возмутилась я.

— Нет, он ещё любит её, он ещё только начал влюбляться в другую девушку! — пояснила Ира Кац.

Я возмутилась ещё сильнее:

— Что ты говоришь, Ирка! Почему обязательно он должен продолжать любить эту Аню? Она глупая. Она со своими подружками наедине сплетничает про Жору, а как только он появляется — сразу начинает тоненько смеяться. Когда Жоры нет поблизости, Аня по-другому смеётся и даже не смеётся, а просто говорит своим противным голосом: «Ха! Мне на всех наплевать!» Разве можно сразу на всех наплевать, Ирка? А если все наплюют на тебя? Что тогда будет? Где искать друзей? — сказала я.

Ира молчала.

— Аня плохо учится, она в институт не поступит! — воскликнула я. — Помнишь, Лёня рассказывал, как плохо учится Аня. Лёня знает! Она дура, эта Аня Дубровина.

— Аня в Институт культуры поступать собирается, — сказала Ира. — Она хочет быть кинокритиком. Она в Дом кино ходит на просмотры иностранных фильмов, которые раньше не разрешали всем смотреть. Нет, она не дура, она просто старше нас, а мы маленькие. Мы её ещё не понимаем! А в институт Аню её папа устроит. Хотя она плохо учится, но у неё папа имеет много друзей. Он главный архитектор и многих людей знает. Они ему будут помогать, чтобы Аня поступила в институт.

— Марат! — крикнула Ляля из беседки. — Иди сюда, я тебя поцелую!

Раздался дружный смех. Алиев оглянулся. Ещё помедлив некоторое время, он оторвался, наконец, от теннисного стола. Ловко запрятав в карман тёмных брюк выигранные деньги, Марат Алиев, не торопясь, прошёл мимо нашего спасительного фонтана к голубой беседке.

— Ляля в Алиева влюбилась, — сказала я. — Теперь и Ляля тоже!

— Нет, она балуется. Она это всем говорит — «иди, я тебя поцелую!», — разъяснила мне Ира. — Она на самом деле никого не целует, Ляля. А Марата Алиева только одна девушка любит, больше его никто не любит! Но та девушка его любит ужасно и всегда на него из окна смотрит, пока он в теннис играет. Ты знаешь, кто она?

— Конечно, — твёрдо отвечала я. — Зарема Закиева его любит.

— Она зря Марата любит, — сказала Ира. — Зарема простая, а Марат непростой. Лучше бы она Шороха любила.

— Никто не любит очень простых! — сказала я. — Вот нас с тобой кто любит? Кто с нами дружит? Сидим одни в этом дурацком фонтане целые вечера, девчонки все разъехались на дачи. Кому мы нужны? Где наш случай?

На мои глаза навернулись слёзы. В голубой беседке продолжались смешки, а мы не могли пойти в беседку. Нет, мы не могли присоединиться к обществу взрослых ребят и сидеть, и беседовать с ними на равных. В их глазах мы всё ещё были просто малолетки, и машина времени выруливала в будущее только согласно заданной скорости, и мы не в силах были эту скорость переключить!..

— Дождь начинается! — внезапно крикнула над моим ухом Ира. — Сейчас ливень будет. Пошли в беседку тоже!

Оглушительными яростными потоками он обрушился на землю, летний ливень, внося суету и сумятицу в беседку, мгновенно наполнившуюся народом.

— Смотрите, сколько малышни набилось! Какие-то девочки, не по годам любопытные, нас осчастливили своим присутствием, — сказала Аня Дубровина, пристально разглядывая меня. Я старалась пробраться поближе к Жоре, делая вид, что пробираюсь к Ирке, которая, конечно, уже прошмыгнула к Жоре. Сообразив, что меня захватили врасплох, я сделала попытку к сопротивлению:

— Да, я любопытная, — начала я уверенно возражать ей, но вдруг замерла. Что я могла сказать ей? Всем существом понимая, что наступил серьёзный момент, я собиралась с мыслями, чтобы не упустить свой случай. И в моей памяти вспорхнули, словно птицы к небесам, интонации артистического, хорошо поставленного голоса моей бабушки, и подражая этому голосу я спросила напряжённо:

— Как ваше полное имя, любопытно узнать?

Я видела прямо перед собой изящный белый жакет модного костюма Ани и её красную лакированную сумочку, которую она небрежно держала в руке на уровне своей груди, потому что, несмотря на дождь, опиралась локтем о барьер беседки. Как я ненавидела в ту минуту и эту крошечную сумочку, и этот модный костюм! На мне был летний сарафан с бретельками и сделанные из желудей бусы, подаренные мне Ирой. Ничуть не сомневаясь в собственном успехе, Аня Дубровина произнесла:

— Ты хочешь знать моё полное имя, девочка? Возможно, ты когда-нибудь ещё услышишь обо мне! Запомни, меня зовут Иоанна Борисовна Дубровина-Золотницкая!

Она раздавила меня окончательно, добавив к элегантности своего костюма ещё и своё необыкновенно звучное имя!

Один лишь Лёня Кац, вероятно, понял, что происходит в эту минуту. Лёня отвесил лёгкий поклон в сторону белого костюма и заявил громко:

— Мадам, я потрясён и вашим именем, и вашей будущей славой. Вы звезда, мадам. Но позвольте представить вам труппу безвестных бродячих артистов. Сейчас для вас прозвучат стихи. Отойдите, дайте чуть-чуть места, уважаемые зрители!

И я нашлась. Лёне отлично было известно от Иры, что на пионерских сборах и концертах я постоянно читала стихи. Всё более и более ободряясь, я вспомнила стихотворение и торжественно начала его читать:

> В звезде рубиновой,
>   Как в призме,
> Дороги сходятся,
>   Лучась.
> Россия.
>   Родина.
>   Отчизна.
> Прочна понятий этих
>   Связь
> Она прочна и нерушима,
> Как сила братская
>   Родства.
> Как хлеб и соль —
>   Необходима.
> Как сущность сложности —
>   Проста.

— Вот цирк! — воскликнул Жора. — Девочка стихи помнит наизусть, да ещё такие глупые и длинные. Ты, наверное, отличница в школе? А в этот двор ты приходишь зачем? Как и я — просто играть?

Я замялась с ответом.

— Нет, она живёт в этом доме, — ответила за меня Ира.

Жора почему-то достал из нагрудного кармана рубашки свою золотую печатку и медленно надел кольцо на свой безымянный палец.

— Ты поэзией теперь интересуешься, Жора? — с улыбкой спросила Иоанна Борисовна. — Хочешь, я прочту тебе из Пушкина? Послушай:

> Я вас любил: любовь ещё, быть может,
> В моей душе угасла не совсем...

— Старушка, ты загибаешь! — бросил Жора. — Впрочем, кому что нравится: кому — Пушкин, а кому — Рембо.

— Ты Луи Армстронга позабыл, — небрежно протянула Иоанна Борисовна. — Ты же интересуешься джазом и танцами. Брал бы пример с Маратика! Он танцами не интересуется, он человек серьёзный.

Все собравшиеся в голубой беседке невольно обернулись к Марату Алиеву. Он тихо сидел в беседке между нами и смотрел на обеих сестёр — Зарему и Саиду — своими узкими быстрыми глазами. Было заметно, что он устал после игры в теннис. Он побледнел, и лицо его казалось матовым и ещё более, чем при солнечном свете, европейским.

— Ты похож на японца, Маратик, — сказала Ляля. — Иди, я тебя поцелую!

— Маратик, ты не возражаешь, если мы все будем называть тебя Япончик? — спросила мадам Золотницкая.

— Нет, — сказал безразлично Алиев.

— Я не поняла, — удивилась мадам Золотницкая. — Что означает твоё «нет», Маратик? Ты не согласен, чтобы мы все тебя так называли? Или ты, наоборот, согласен? Поясни, пожалуйста.

— Ему всё равно, кто и как его будет называть! — весело воскликнула Ляля. — Маратику кое-что другое не всё равно! Ах, и мне тоже!

Ляля подскочила к Саиде и схватила девушку за руку:

— Боже, какая красота! Это чешская бижутерия, да? Какой фантастический браслет! Посмотрите, ведь он сделан под старину! Вот что значит — заграница. И как сверкает красный камень, просто как настоящий рубин или гранат! А эти, голубые и зелёные! Простые стёклышки, но сделаны как чисто и прозрачно. Где ты купила, Саида? Признайся! Я тоже куплю такой.

— Я не помню, где я купила, и потому ты не сможешь купить такой браслет, как этот, — отвечала Саида. — В ауле, может быть, я купила, в прошлом году, когда к родственникам ездила. В сельском магазине купила, и ехать тебе туда очень даже далеко.

И, вытянув вперёд руку с тяжёлым браслетом на тонком запястье, Саида спросила Алиева:

— Марат, тебе нравится мой браслет?

Марат Алиев неторопливо взял за руку Саиду. Он внимательно рассматривал браслет.

— Мне кажется, что такая достойная драгоценность украшала когда-то тонкое запястье красавицы — жены бухарского падишаха, — сказал Алиев. — Да, Саида, я не ошибся?

— Да, ты не ошибся, Марат, — смело глядя на него, сказала Саида. — Есть драгоценности, о которых говорят в нашем народе: здесь всё золото нашего Аллаха, подаренное нам, все богатства нашего бухарского мира, преподнесённые Аллахом нам, недостойным! Ибо всегда был Аллах, и Магомет, пророк его, и никогда народ наш не будет бедным. Надо только отыскать ключ к тому тайнику, где спрятаны от глаз шакалов наши восточные драгоценности!..

— Я пойду домой, — быстро сказала Зарема. — Дождь закончился. У нас Дина приболела, и отцу нездоровится. Старый совсем стал, отец наш.

— Почему ты не пригласишь меня в дом отца своего, Зарема? — вдруг властно спросил Алиев. — Ты объяснишь своему отцу, что я хочу прийти к нему в гости, чай попить, поговорить. Наш мусульманский народ — да хранит его Аллах! — должен быть гостеприимный. Ты спросишь, Зарема, и я приду в гости к твоему отцу, да?

— Хорошо! — радостно улыбаясь сказала Зарема. — Конечно, мы пригласим тебя в гости, Марат! Мы все будем рады тебя видеть: и мама, и Дина, и Нурлик, и я, и отец наш тоже.

— Мы пригласим тебя, но не сегодня, Марат, — сказала Саида. — Сейчас мы идём домой, потому что нам пора и потому что мы должны подготовить нашего отца к приёму такого прекрасного человека, как ты. Ты идёшь со мной, Зарема? Я думала, что ты давным-давно ушла, а ты всё ещё сидишь здесь!..

— Шли бы вы тоже домой! — обратилась Дубровина к Ире. — Сколько ещё твоя подруга и ты будете здесь торчать?

Поломались — ну и будет! Будет когда-нибудь и у вас своя минутка в голубой беседке.

Мы с Ирой послушно вышли из беседки и побрели к восьмому подъезду. На знаменитом крыльце продолжалось заседание наших бабушек, оживившихся после спасительного летнего ливня. Слышался акцент Аси-апы:

— Среди любой народ есть очень трудний люди! Но среди наш мусульманский народ есть очень трудний, коварний человекам! Зятем мой говорит, какой новий Интерниционал будим тем человекам делать? Какой новий Аллах тому человекам изобритать будим?

— Немедленно спать, — сказала Берта Кац, обращаясь к Ире. — Домой, домой, пора!

— Да, пора, — сказала моя бабушка. — Много знать нельзя — скоро состаритесь!

Мы разошлись по домам, чтобы снова встретиться завтра. Перед сном я полистала книжку «Восточных сказок», внимательно поглядывая на падишаха, изображённого на обложке. Он был в чалме с роскошным павлиньим пером и в пёстром разноцветном халате. Потом я отложила книжку и заснула под шум вновь начавшегося за окном ливня, наполнявшего землю живительной влагой и радостью.

Радостью! и только радостью!

Но горе всё-таки пришло в наш двор.

Оно пришло не торопясь, не на следующий день, но всё равно — пришло. Большое, непоправимое, страшное.

Выпив уксусную эссенцию, Зарема Закиева умерла.

Она умерла, когда выяснилось, что Марат Алиев, уехавший в Иран в составе комсомольской делегации братских республик, не вернётся больше в наш город, потому что сумел остаться в чужой стране. И не только остался, но и сразу стал богат — открыл магазин золотых ювелирных изделий. У гроба Заремы тихо шептались о том, что бедная девушка была беременна от Марата и, боясь людской молвы, предпочла смерть позору.

Тело Заремы лежало в закрытом гробу, потому что прекрасное лицо её было обезображено уксусной эссенцией. Мы с Ирой Кац успокаивали, как могли, безутешно рыдавшую у гроба подругу нашу, Дину. Плакали все, только старый Муса не плакал. Он, скорее, казался озабоченным и временами отходил от гроба и всё искал что-то.

Родственник объяснил людям, удивлённым холодностью старого отца, что Муса выплакался наедине с ним, с родственником, а при всём народе не хочет показать своей слабости, тем более что дочь умерла так. Родственник добавил, что Муса расстроен, потому что хотел достать из сейфа что-то, но не смог открыть сейф. Саида потеряла ключ от сейфа в ходе похоронной суеты. Положила в укромное место, но не может вспомнить куда.

Потом, когда гроб с Заремой вынесли в машину, которая увозила его в аул, где уже ждала свежая могила на сельском кладбище, Саида потерялась среди множества людей. Её не стали ни искать, ни ждать — не хотели задерживать переполненную людьми машину. И машина уехала.

Но чуя недоброе и презрев национальные обычаи и законы, старый Муса остался в пустой квартире один. Опасаясь родственников, которые должны были вернуться ночевать, и поспешно работая топором, как рычагом, старик взломал свой злополучный сейф. Сейф был, конечно, пуст. Обезумев, старик выбежал во двор и, разрывая воздух воплями, стал звать исчезнувшую дочь:

— Саида! Во имя Аллаха! Где ты, Саида?

Наконец старика увели. Саида не появлялась. Её нашли только на следующее утро. Мёртвая, она лежала под окнами квартиры Закиевых в луже собственной крови. По-видимому, выждав приход ночи, она забралась на крышу здания и бросилась вниз.

Родственник, ночевавший в квартире Закиевых, после уверял, что ночью слышал пронзительный беспомощный долгий крик и хотел даже выглянуть в окно, посмотреть, кто кричит, но не сделал этого, решив, что во дворе продолжается плач по Зареме. Услышав этот рассказ, я подумала о том, что вместе с беспомощным криком Саиды ушла в глубокую неизвестность загадочная восточная душа её, навеки покинув земные пределы.

Ленинград — Нью-Йорк, 1996

О ЖАРЕ, ЛЮБВИ И ФАНТАЗИЯХ

В то лето, давно растаявшее в бесконечности минувших дней, мне суждено было выслушать немало рассуждений о загадочном чувстве любви. Мы остались тогда совсем одни в нашей большой квартире с наставницей моей юности, с моей бабушкой, матерью моей матери. Родители мои, мать и отец, уехали на отдых в горный санаторий, прихватив с собой мою старшую сестру Нину. Моя старшая сестра в детстве много болела и часто пропускала школу. Что касается меня, то я школу старалась не пропускать и не болела так серьёзно, как моя сестра. Потому я нашла, что выбор родителей вполне справедливый. Учиться надобно много и хорошо, и, как сказал один из известных вождей советского государства, приговаривая это, должно быть, каждый день с самого раннего детства, надо именно так и делать: учиться, учиться, учиться! Словом, выражать сомнения риторике этого лозунга, висевшего во всех школах нашего государства рабочих и крестьян, никак не полагалось по рангу ни заслуженным учителям, ни ученикам, тем более отличникам.

— Во времена моей дореволюционной юности о любви рассуждали очень часто и гораздо больше, чем сейчас! — сказала она. — Тогда вообще чаще говорили о чувствах, чем о деньгах. Такие серьёзные вещи, как финансовые вопросы, обмозговывались где-то в кулуарах, например с управляющими именьями или личными секретарями, причём тет-а-тет. Но о любви можно было запросто болтать с подружками где угодно, как то в кондитерской за чашечкой кофе с миндальным пирожным, на прогулках в парке или таинственно шептаться об этом в коридорах гимназии. Почему бы и нет? Некоторым кавалерам даже нравилось такое — подслушает, бывало, легкомысленный разговор и присядет к столику рядышком в кондитерской или подойдёт на аллее в парке и в болтовню подружек вмешается. Так тоже знакомились с барышнями! Потом и серьёзные отношения возникали, бывало, и дело заканчивалось венчанием. Вот если бы не эта проклятая Германская война в четырнадцатом году, какие бы одарённые потомки славных дворянских семей продолжали бы существовать в нашем времени! А потом ещё и революция грянула, и эмиграция выкосила Россию под самые корешки! Господи, помилуй нас, грешных! Не надо нам больше ни войн, ни революций, ни пугачёвщины какой-нибудь да разинщины в придачу…

И она осенила меня и себя крестом. Я смотрела пристально на свою бабушку — она такой запомнилась мне — маленькая, смуглая, быстрая на руку женщина. Она подкрашивала свои поредевшие волосы в чёрный цвет, старательно борясь с сединой, и завивала локоны плоёными щипцами. Она легко обводила губы помадой, выбирая тщательно отнюдь не яркие, телесные цвета. В молодости ей случалось играть роли цыганок или итальянок в любительских спектаклях…

Впрочем, следует заметить, что нас посещали в нашем квартирном уединении. Почти каждое утро к бабушке приходила Тоня, старушка, с которой подружилась и я тоже в то славное минувшее лето. Тоня жила очень близко, всего через улицу от большого здания нашего жилого дома, в деревянном сооружении барачного типа на шесть семей, которое наши городские власти грозились к чёрту снести, а вовсе не отремонтировать вполне прилично, как того хотелось Тоне и её незамужней дочери Вере, проживавшей вместе с ней. Конечно, по своему возрасту я была ближе к Вере, чем к старушке Тоне, но встречала я её всегда восторженной улыбкой, словно Тоня знала нечто такое, о чём не имел представления вообще ни один человек в мире! Дети нашего двора звали старушку тётей Тоней, но я никогда не называла её так при бабушке. Та строго пояснила мне, что Тоня нам не родственница, а просто наша хорошая знакомая, и потому гораздо приличнее называть её по имени и отчеству Антониной Антоновной. Однако играя со своими подругами в нашем просторном дворе, я легко забывалась и называла старушку тётей Тоней, как и все другие дети. Моя бабушка называла её просто Тоней, Антониной Антоновной тоже и ласково — Тонечкой.

Тоня приходила к бабушке утром, часов в шесть-семь. Дочь Тони, Вера Кисина, работала продавщицей в продовольственном магазине, гастрономе, расположенном в кирпичном здании нашего обширного дома между седьмым и шестым подъездом. Фактически получалось так, что тётя Тоня провожала дочь свою Веру на работу в гастроном, который открывался совсем рано утром, хотя все другие бакалейно-хлебные заведения из ближайших к нашему району начинали свою работу значительно позже. Я вставала по-летнему в десять часов утра, отсыпаясь с ленивым наслаждением после учебного года. Но просыпалась я гораздо раньше и, лёжа в постели, прислушивалась к неторопливому разговору бабушки и тёти Тони. Если дверь в мою комнату бывала захлопнута, я осторожно вставала и приоткрывала её. Бабушка и Тоня сидели за столом и пили чай, и я, мельком взглянув в солнечное пространство кухни, видела краешек синей ситцевой юбки старушки Тони и её белый простенький платок с нехитрой узорной каёмкой, который, как всегда, успел скатиться с её головы на плечи. Возвратившись на цыпочках назад в свою комнату, я снова ложилась в постель, и шелест разговора, доносившийся из кухни, обволакивал меня глубоким теплом давних пережитых дней. Словно медленное течение реки, меня переносили в иной мир эти рассказы о целых событиях сотни раз обдуманного и оплаканного неизбежного — всего того горького, что было отмерено на долю судьбой этим двум живым существам, с завидным терпением перешедшим наконец-то брод коварной и глубокой реки жизни.

— Расскажите, пожалуйста, милая вы моя Тонечка, голубушка, про свою госпожу Кузьмину! Ну, помните, вы обещали? Куда же она делась, с такой сомнительной репутацией? И ведь такая молоденькая была! Плохое было наше время! — говорила моя бабушка. — И люди русские стали все мелочными, сварливыми, жадными до чужой собственности! Страшно вспоминать! Не стало царя, и наша Россия рухнула в пропасть!

Бедненькие люди! На каждую голову посыпались свои горькие несчастья!

На эту тираду старушка Тоня отвечала своим монологом:

— Да, ужо горюшка мы все хлебнули через край! И простецкие мы, и ваши богатые! Как все ваши господа в Париж укатили и нас, как есть одних, то есть преданную ихним капризам прислугу господскую, побросали, так мы и начали голодать да скитаться по подвалам и подворотням. С вашими-то господами мы в домах ихних жили, трудились, конечно, обижались, бывало, на господ, да ведь крыша над головой у нас была. А наша госпожа Кузьмина, её светлость, махнула в эти свои Парижи закордонные ещё в ту самую Февральскую! До Октября и ждать не стала! Ни-ни! Так я с самой Февральской на улице оказалася. Да и не одна я, ещё были такие из разных господских хором кухарки да горничные. Уцелели только те кралечки, кто проживал у нас в Питере по жёлтому билету. Тех сам чёрт не сдвинул с места! У мадамов веселье и пьянки продолжались до семнадцатого года. А после октябрь накрыл их, всех до единой мадамов! Да поделом им досталося. Мы-то, прислуга честная, тогда только в самом почёте оказались...

— Ну, а сам куда делся?..

— Барин наш, господин Кузьмин Владимир Ильич, перед самой Февральской возми да и помрэ! А ведь хороший человек оне были, не жадные. Всегда, бывало, денег даст на Пасху и мне, и кухарке нашей Варе. А напечём-то, наготовим мы на Пасху и для хозяев, и для нас самих! Расстегаи с рыбой да с грибами наша Варя такие выпекала, что по всем питерским домам рецепт тот секретный от нашей Вари выпытывали. Во рту таяли те расстегаи, да румяные, да пышные! Но хозяин всё равно, что на Пасху, что на Масленицу для нас ещё и колбас разных распорядится, бывало, навезти от самого от купца, от Елисеева. Ну а к ним ишо прибавит нам и сыров, рыбки вяленой и копчёной, ешь и пей сколько хошь! И конфеток разных на Рождество нам оне тоже подносили. И крендельков тут же, пряников тоже. А Петру, кучеру, вот уж этому денег не жалели оне никогдашеньки! Да и то сказать, вместе оне с Петрухой в разгульных дрожках по тайным, запутанным путям-дорожкам нетрезвенькие души свои вытрясали! Петруха был видный собой, шапочку набекрень носил, как и барин сам. Шапочка та у его из натурального енотового меха была шитая, а не зайчуковая. Вот и красовался наш Петруха перед кухарочкой нашей Варей да и на меня, хотя изредка, но поглядывал. Надвинет шапочку, бывало, на лоб, а то и на самый затылок её совсем лихо себе забросит! Только и смотри на него, полюбуйся на доброго молодца, глаз не отрывай, красна девица! А ведь нам работать по дому приходилось немало, где тут до шуток времечка достать? Дом у нас большой был, да мебели много, зеркалов да и посуды разной, — всё надо было в чистоте и порядке содержать! То была моя забота...

— Они очень богатые были люди, эти ваши Кузьмины?

— Богатые! Да ишо какие! Им бы жить да поживать при этаком добре! Да только денежки швырять оне наловчились по разным своим капризам! Наряды для своей Адели, мадам Кузьминой, из самого Парижа барин наш выписывали! Лучше бы работать было бы нашему Владимиру Ильичу поменьше. Оне в адвокатах числились. Очень умный и хороший барин наш были. Петруха говорил, бывало, нам: «Угождайте ему, девки! Такого барина доброго днём с огнём не сыскать!» Хороший — да, но ведь оченно занятые оне были! А ежели оченно занятый, то денежки, это означает, надо ему днём и ночью добывать. Другие баре сидели себе ручки сложа, — на то оне и баре! А наш Владимир Ильич только с постели прыг! — и ну как носилися по всему дому, словно оне угоревшие! Эк, им дома никак не сиделося! Апосля как загуляют с Петрухой — трое суток госпожа наша, Кузьмина Адель, их разыскивают! Туды-сюды по всему Питеру посыльных отправляют! Да разве найдёшь их, непутёвых, ежели они загулявши? Исплачутся, бывало, наша Аделька, уж мы еёную душеньку жалели! Да то на первой поре было, а потом многонько у нас изменилося в дому, и к ним, Адели этой, никакого почитания больше среди нас не было. Тому они сами виноватые во всём. Да об том я расскажу по порядку. Вот изначально мы чаю им, кофей тоже приносили в спаленку, иконку с Николаем Угодником им на подносик серебряный мы подкладывали, вроде как невзначай! Оне крещёные, конечно, были в нашу православную веру, хоть сами из поляков католических. Только оне совсем молоденькие были! Зачем им было так плакать да страдать? Умеют скрыться из женских глаз мужчины этакие загульные, если их душеньки на эти дела своё терзанье имеют! Вот Владимир Ильич от такой занятой жизни и успокоились навек раньше времени. Помяни, Господи, его душу светлую! Царствие небесное! Да интересно вам про всё то слушать?..

— Интересно, Тонечка! — живо отвечала моя бабушка. — Владимир Ильич его, значит, звали, вашего барина Кузьмина? Совсем как господина Ульянова! Тот тоже в адвокаты мог пойти. Неплохо бы зарабатывал при его хорошем образовании. Учился он ведь отлично, отрицать этот факт невозможно. Европейские языки знал, и не только говорил, но читал и писал, и переводил. Мог бы и в дипломатическую миссию пристроиться, там тоже, я думаю, адвокаты требовались. Да он пошёл другим путём...

— Это какой такой господин Ульянов? Да я ведь и не знаю его! — удивлялась старушка Тоня. — А к нашему барину многие приятели, адвокаты тоже, в гости заходили. Но господина Ульянова я и не знаю, и совсем не помню. Ведь я в горничных и в экономках числилась у господ Кузьминых, и гостей барских я видела не раз. Да только господина Ульянова я что-то вовсе не знаю...

— Как не знаете, Антонина Антоновна, голубушка! — восклицает моя бабушка. — Да ведь его теперь каждый ребёнок знает! Это же Ленин Владимир Ильич, его собственною персоной! По рождению он Ульянов, по фамилии отца записан, и в церкви русской крещён, без сомнения, я думаю...

— Ах ты, господи прости! Сплоховала я этот раз! — шепчет старушка Тоня. — Про Ленина я знаю, конечно, хотя к нашему барину Кузьмину он совсем не приходил. И никогда не приходил, клянуся, хотя наш барин были на весь Питер известный адвокат! А уж какие знаменитости у нас в гостях бывали! Певец Шаляпин Фёдор Иванович к нашему барину много раз приходили в гости. Вот уж кто пели так пели! За душу забирало! Но господин Ленин к нам ни на минутку даже не заходили...

— И господин Ульянов при всей своей известности никогда уже и никуда не придёт! Тем лучше было для вашего барина, хватило с него собственных его неудач! — завершала диалог моя бабушка.

Наступала небольшая пауза. Слышалось осторожное звяканье чайной ложечки — это означало, что чаепитие продолжалось.

— Вот, попробуйте этот кренделёк, Тонечка, он с орешками! — восклицала моя бабушка. — Значит, госпожу Кузьмину звали Адель. Это её настоящее имя было?

— Нет, Аделью она сами себя прозвали, имечко у них совсем было простое, как и у всех нас, тоже совсем простых людей. Имя еёное было Мария, или Маша. Хозяин её дочуркой тоже называли. Детей своих у неё ещё не было тогда. Это у господина Кузьмина сынок осталися от первой жены его, умершей. Наш хозяин вдовый были, когда с Аделькой сошлися...

— Так совсем он ничего и не подозревал про такое?..

— А какой отец своего родного сынка заподозрит?

— Да и какой родной сын заберётся в отцовскую постель? Только этот, выходит, родному отцу рога наставил? Извините меня!..

— Я-то вас извиняю, Мария Фёдоровна. Только наш господин Кузьмин с того горюшка возьми да и помрэ! Хотя сами и виноватые тоже были! Коли решились и взяли оне себе в жёны этакую кралечку размолодушеньку, так и сидели бы дома, как булавкой пристёгнутые к еёной юбке. А ведь наш барин по работе своей занятые были, да ещё и с Петрухой оне вместе где-то по цельным суткам пропадали. Петруха говорил, бывало, да важничал — по секретным большим делам, дескать, нас с барином заносит. Только нашей барыньке Адельке от тех ихних дел одна скука да печаль по судьбе досталася. Тогда оне и пошли тягаться с растаковской судьбой своей одинокой! И, конечно, молодого барина нашего, Александра Владимировича, возьми оне да и закружи-заворожи совсем! То им лихо-дорого удалося! Александр Владимирович как начали тогда на своего папеньку налетать! Да всё в крики, да в упрёки коварные бросалися оне на ро́дного папеньку! Мы, прислуга, всё угадали сразу, почему и как скандалы зачали возникать в нашем доме. Но барину никто ничего не доносил про этакий совсем похабный сор. Все мы молчали! Молчали, как в рот воды набравши! И вот только праздники, Святки наступили, как барин наш Владимир Ильич в церковь утром поехали да, быстро вернувшись, закатили обед на всех! Мы, конечно, стол барский зараз накрыли, а только апосля к себе на кухню пошли отобедать. Не успевши я расстегайчик с капустой укусить, как мне сердечко моё ёкнуло — как оно в барской столовой, авось не стряслося что? Владимир Ильич не любили по воскресеньям, чтобы им за столом прислуживали, завсегда после церковной службы сами оне своей семьёй одне кушали. Вот, помнится, я наверх в столовую по лестнице быстро поднялася, чтобы, значит, хоть одним глазком посмотреть на барский пир, да шумище-то, шум таковский вдруг раздался в столовой, батюшки святы! Я на пороге-то столовой так и замерла себе истуканом! То молодой барин Александр Владимирович со стола суповницу схватили да и как запустят той суповницей в папеньку! Только наш барин увернуться успели, а то бы вся евоная голова от удара той суповницей окровавилась бы! Но та суповница только об стенку разлетелася вдребезги. Супа в ей уже не было, суп оне весь успели покушать, не то супом бы и лицо барину могло обжечься! Туточки вижу я, а Владимир Ильич своё пенсне с носа сорвали и рукой держат его, а рука евоная так и ходит, так и ходит, облокотясь об стол, а пенсне висит на шнурке да и колышится себе, ровно колокол в обедню на колокольне! Тут у меня слёзы на глаза навернулися, а мамзель Аделина вдруг как засмеются, как раскатятся звонко да заливисто! Тогда барин Владимир Ильич схватили со стола салфетку белую крахмальную и, закрывшись евоным лицом, бурно зарыдали да кинулися вон из столовой мимо меня! Тут я и побежала скорее вниз, к нам на кухню, да Петруху позвала выйти на минуту и нашептала ему про всё, чего случилося. Петруха тогда пошёл наверх, на разведку, как и что, не нужно ли чего барину Владимиру Ильичу? А вернулся быстро и говорит нам, мне и Варе, кухарочке, мол, вы, девки, подайте графин с водкой в ведёрке со льдом для барина, а я ему сам в кабинет отнесу. Пущай оне водкой сейчас утешаются, посему оне жизню свою теперя изменить никак не смогуть! Ишо побольше им огурчиков солёных на закуску положите да расстегаев с капустой и яйцами. И непременно кусок хлеба ситного! И говорит Петруха нам так: «А барин наш не немец какой, а русский человек и завсегда в трактирах простую пищу заказывает. Уж я знаю, вы мне поверьте! И оченно за нашего барина, вы, девки, не болейте и не тоскуйте! Оне до утра проспятся! Конечно, им сейчас нелегко, это мы понимаем. Где это видано, чтобы родной сынок своему отцу такую свинью подложил? И всё из-за этой щепки, Адельки то есть! У нашего барина целых две дамочки были из благородного сословия, да обе видные, с грудями и с бёдрами! Уж как за ним те дамочки убивались! А ишо была одна купчиха вдовая. Круглая вся, румяная, белая, что твоя булка! Долго вона по нашему барину вздыхала. И была вона ещё не старая совсем и ведь богатая, как в сказке! Это мне сами Владимир Ильич сказывали, когда еёные дела денежные помогали устраивать. Конечно, она была не из благородных, а простая мужи́чка! Но сынов своих в Германию учиться послала. А ходила, выступала вона павой! То-то наш барин во след еёный всегда сладко глядели да улыбались, когда вона из его адвокатской конторы уходила! А ежели приходила вона, радовались наш Владимир Ильич, как на Пасху! Я думал, что дело у них сладится, да и к Рождеству обвенчаются оне. Апосля мы тоже с ними в новые, просторные апартаменты, в Москву златоглавую да на солнышко из холодного нашего Питера, эх, рванём за новой жизнёй! Оно деньги лишние никогда ишо ни одной живой душе не помешали! Токо Владимир Ильич вдруг взяли да и насупились, нахохлилися себе, как сизый голубь перед дождиком, и никаких больше ни встреч тебе, и никаких тоже ресторанов! Я хотел порасспросить их было про то, что случилося? То не поехать ли нам до Москвы к энтой клиентке купеческой, потому оне в Москве тоже магазины имели большие, и може статься, по торговым делам стали сильно занятые, и нас стали позабывши! Да потом догадался я — вона, мужи́чка, барину не пара! И ведь вона, хотя не из благородных, богатая была! И собой вона была хороша! Эх, хороша!»...

— Запомнивши я рассказ Петрухи, — вздохнула тётя Тоня. — Оно по пословице вышло — не в свои сани не садися! И помню, потом, что случилося ишо: только Петруха отнеси водки барину, как молодой барин Александр Владимирович к нам на кухню нагрянули. И говорят оне Петрухе: ты, мол, Пётр, подавай сейчас нам фаэтон, а мы с мамзелью Аделиной кататься едем на Невский проспект! А Петруха и отвечал тогда: я, мол, извиняюсь, конечно, да только я служу верой и правдочкой вашему родному папеньке, Владимиру Ильичу, Его светлости.

И потому я с вами никудыть сейчас не поеду, на то мне ваш папенька никакого распоряжения не давали. Тогда Александр Владимирович и говорят со злостью: «Ты, Пётр, запомни энтот твой отказ! А мы с тобой ишо сочтёмся...» На этом оне поднялися к себе наверх и апосля взяли извозчика и из дома уехали кутить с мамазель Аделью на целых два дня! Тогда и мы тоже себе отдых устроили, улеглися подремать, а Петруха устроился до утра у барского кабинета на полу, на своём тулупчике. Очень он любил нашего барина Владимира Ильича! Токо апосля тех святок прожили Владимир Ильич всего-то с годик. Умерли оне легко. Оне с горюшка своего ночью предстали перед господом, так и не проснувшиися утром совсем. Александр Владимирович на похоронах нам сказали, что папенька мой, дескать, не умерли, а только заснули себе легонько, потому он помрэ! Это значится, что оне из своей могилки будут вставать по ночам и приходить к тому, с кем захотят сквитаться. Потому оне сейчас новую, мол, силу обрели, загробную! Потом и Февральская грянула тут как тут, и вся Октябрьская за ней! Господи, помилуй! Можа, это наш добрый барин Владимир Ильич захотели со своими недругами рассчитаться! Я и на улице, и в лотках торговых, и всюду кругом смотрела во все глаза, да только Владимира Ильича покойного так и не встретила! А у меня-то жилья своего отроду не бывало, я у господ всегда жила. Мне хоть на улицу иди живи! Хорошо кухарочка наша, Варя, приютила меня. Я пошла жить в еёный подвальчик, у её жильё было такое на Васильевском острове. Сыро было, конечно. Но жить можно! Только Варя в большевички записалась и работать совсем разленилася, и по разным конторам стала цельные дни бегавши! И под конец Варя наша и вовсе куда-то стала пропавши! Я тогда осталася одна в еёном подвальчике и захотела я себе в деревню уходить. Да ведь у меня и родные растерялися по всему-то нашему по белому по свету! Мамочка моя, Гликерия Евграфовна, померла давно, мне только седьмой годик минулся. А то папаша мой, Антон Ермолаич, меня к барам в услужение пристроили и, хотя меня были иногда проведавши, да к себе совсем жить не брали. И некуда было и брать — оне тоже у господ разных проживали, в истопниках числилися и крепко выпивали. Так и сгинули мой папаша от водки...

— Несчастная страна наша, Россия-матушка! Люди целые века терпели бедность, страшные унижения, насилия! До каких же пор то будет продолжаться, господи милосердный! — сетовала моя бабушка...

Снова наступала короткая пауза. Сквозь уютную дремоту, легко, по обрывкам рассказа тёти Тони, я старалась воссоздать в своём воображении целостную картину этой печальной дореволюционной русской жизни. Получалось по моим смутным представлениям примерно такое: тётю Тоню отыскал в её подвальчике кучер Петруха. Хотя и случайно отыскал, но всё-таки взял да и отыскал, что было неплохим поступком с его стороны. На самом же деле он искал кухарку Варю, которая была влюблена в него по уши, как он считал, и у которой по этой причине он кормился запросто, но нехитро на кухне господ Кузьминых в любое время дня и ночи. Но кухарка Варя взяла и записалась в коммунистическую партию и Петруху больше и знать не хотела. Тогда Пётр решил влюбиться в тётю Тоню. Она согласилась на его предложение жить вместе и, ещё совсем молодая, тётя Тоня родила дочку Любочку. Петруха был парень не промах, пристраивался работать в булочные и развозил горячий хлеб прямо из пекарен по всему ночному Питеру. При нэпе жили хорошо, голод окончательно отступил от людей, и они пили вино и веселились в недорогих и завлекательных ночных ресторанчиках. Потом снова грянули чёрные времена! Петруху посадили в тюрьму, поскольку он знал адреса ночных питерских притонов, куда он тоже привозил хлеб и булочки, но адресов тех криминальных никому не продал. Словом, он был почти герой этого времени! Погубил Петруху тот ужасный факт, что он ни черта не знал про заговор об убийстве Сергея Мироновича Кирова и не предупредил об этом органы власти. Дочку Любочку убили на фронте в первые дни войны. Снова несчастная тётя Тоня осталась совершенно одна-одинёшенька. Наконец, пришло известие из тюрьмы о том, что Петра расстреляли. Тётя Тоня хотела повеситься! Спас её сосед, старый человек, Кисин Григорий Тимофеевич, и пригласил тётю Тоню на жизнь серьёзную, а не просто так, ради баловства, куда-то в ресторан сводил. Вместе с этим Кисиным и маленькой дочкой Верочкой тётя Тоня выживала в страшную ленинградскую блокаду. Вера Кисина теперь работала продавщицей в гастрономе, расположенном в здании нашего жилого дома. Тётя Тоня давно была снова вдовой и молила каждый день бога, чтобы он послал гораздо лучшую участь для её, теперь уже единственной и последней, дочери Веры Григорьевны Кисиной, которой пришлось идти работать в гастроном сразу после окончания школы. Но Вера Кисина упрямо хотела поступить учиться на вечерний факультет какого-нибудь хорошего института и потому именно старалась заниматься на разных курсах по подготовке к вступительным экзаменам в институт. И упорная Вера Кисина поступила всё-таки на экономический факультет Политехнического института.

Я читала в то лето легендарный роман Николая Островского «Как закалялась сталь». Образ богатой девушки Тони Тумановой заполнил моё воображение. Однако легендарная жизнь несчастной тёти Тонечки, тёзки героини романа Островского, словно дрожавшее пламя свечи, вдруг вспыхивала перед моими глазами между страниц книги, и я довольно раздражённо отвечала бабушке, когда она обращалась ко мне с каким-нибудь вопросом. Нет, богачка Тоня Туманова не любила Павку Корчагина, не поняла и не оценила его подвига на строительстве узкоколейки, не приняла, как борца за коммунизм. Не все девушки родились в богатых русских семьях. Были настоящие, истинные Тони Тумановы, типичные в русской дореволюционной жизни, как вот, например, эта старушка Антонина Антоновна, или просто тётя Тоня. Ошибаясь, она очень даже хвалила своего барина, адвоката господина Кузьмина. Он ей на Пасху деньги давал, и не только ей, но и всей прислуге в доме. Но разве господа буржуи бывают хорошими? И почему бы не понять действительно всем именно суть, а также всю правильность и справедливость русской революции, как понимал её Николай Островский? Например, мой отец вышел из простой крестьянской семьи. Но бабушка и моя мама...

Я запуталась и забросила книжку на этажерку. В принципе мне надо было читать по школьной программе роман Островского, я перешла в седьмой класс. Однако учебный год был ещё впереди, и времени на прочтение романа хватало. Зачем торопиться? На уроках литературы в грядущем учебном году я успею разобраться со всеми вопросами, возникшими у меня в ходе чтения этой легендарной книги! Но моя старшая сестра Нина уже прочла этот роман два года назад и написала по нему сочинение в школе. Я старалась не отстать от неё. Потому мне стало неловко, что я забросила чтение этого романа. Мысленно я оправдывалась перед собой, но закончилось тем, что я переложила книгу с этажерки на свой письменный стол. Пусть пока полежит, я ещё вернусь к этим смелым своим мыслям! Мама считала, что Нина очень серьёзная и вдумчивая девочка. Она никому не надоедает глупыми рассуждениями об истории русских бунтов и мировых революций. Родители забрали именно её с собой в этот замечательный горный санаторий, где мне довелось побывать только пару дней в прошлом году и где было так прохладно в окружении деревьев! Но меня и на это лето оставили в городе с бабушкой!..

Теперь я снова, как и прежде в летние каникулы, много времени проводила на балконе, наблюдая загадочную жизнь гастронома с его, так сказать, чёрного хода. На балконе нашу летнюю южную жару было легче переносить, чем в комнате. Изредка набегал лёгкий ветер, и сквозь решётку балкона, удобно устроившись на байковом зелёном одеяле среди горшков с нежными цветами розовых маргариток и трёхцветий анютиных глазок, я видела, как мясники магазина — молодой парень Абдурахман в синей тюбетейке, казах по национальности, которого по-русски называли просто Аликом, и его ежедневный напарник постарше Николай, русский, в помятой матросской бескозырке — смачно рубили утром красные, оплывшие белым жиром, большие бараньи туши, ловко выкраивая из них аппетитные куски чистого мяса. Для рубки мяса недалеко от чёрного входа в гастроном было приспособлено цементное очень крепкое и достаточно обширное овальное сооружение высотой с округлый азиатский стол, какой можно нередко увидеть в любом казахском доме в момент вечерней семейной трапезы, когда казахи по национальному обычаю усаживаются на ужин вокруг такого стола на пол, ловко свернув ноги по-турецки. Ходили упорные слухи, что и этот цементный дворовый стол, по прозванию *камешек*, соорудили специально по просьбе директрисы гастронома Ольги Ивановны, яркой, всегда заметно нарядной и модной женщины с пышно взбитыми волосами, как у французской кинозвезды Бриджит Бордо. Ольга Ивановна считалась блондинкой от природы тоже, как и та знаменитая француженка. Ольга Ивановна, казалось, вполне уважала национальные обычаи окружавших её людей и потому, должно быть, считала вполне нормальным явлением, если кто-нибудь из работников гастронома присаживался к камешку в разное время суток, скрестив ноги калачиком, и угощался чем бог послал, подвинув стаканы поближе к бутылке и разложив закуску перед собой. Но такое бывало чаще к вечеру, а до обеда на камешке шла бойкая продажа свеженарубленной баранины жильцам окружающих домов и знакомым, приятелям и приятельницам работников гастронома. Моя бабушка тоже покупала аппетитное мясо с камешка, стараясь выбрать кусочки мякоти без крупных костей, что ей почти всегда удавалось, поскольку мясники Алик и Николай отлично знали о её дружбе с тётей Тоней через продавщицу магазина Веру Кисину. Я с удовольствием уплетала баранье жаркое, но бабушка отказывалась есть его, уверяя, что это слишком калорийная пища для неё. К тому же мясо с камешка все наши соседи по дому называли халяльным, что отнюдь не мешало им проворно закупать его в весьма значительных количествах. Вдруг однажды утром я услышала тихий шелест голосов на кухне:

— Выходит так, Мария Фёдоровна, что дочка ваша деньгами вас особо не жалует, а больше на наряды тратит для себя. Чтобы муж, значит, её не разлюбили! Конечно, дочка ваша собой видные будут. А любовь промеж мужем и женой — то коварная шутка будет! И дочка ваша не только дамочка красивая, но и врачиха тоже будут. Матушка ро́дная выучила, в люди её вывела. Оне теперь при специальности будут, да ещё и при каковской большой! И деньги оне получают кажный месяц при своей специальности на работе в больнице тоже. И зять ваш, ёный муж, тоже зарплату додому приносит. А зарплата евоная хорошая, так почему и матери не дать деньжат немножко?..

— Да ведь я с ними проживаю, Тонечка! Не отдельно.

— Это мы понимаем, как тут не понять! Зять вас, вроде бы, кормит. А что вы работаете на них и семью обстирываете, да убираете в квартире, да готовите кушать им, и детки ещё ихние все на вас — то, вроде бы, и не в счёт вам...

— Да и бог с ним! Я дочери родной помогаю, а не только зятю одному. Дочь моя устроила свою жизнь, а мне много ли надо...

— Да и надо! А ведь вы очень похудевшие и хрупкие смотритеся! Вот оне, ваша дочка да зять, вам деньги на младшенькую внучку оставили какие, дали разве? Да и нет, раз вы молчите. Ничего оне не дали! Всё себе сгребли и смотались развлекать себя да поправлять! А вы-то младшенькую на свою одну пенсию всё лето тянуть должны. Да ведь пенсии нашенские — это крохи одни при советской власти! Разве у нас специальности какие были? К примеру, вот вас, хотя и барышень, на специальность которую учили разве? Хотя бы на акушерку или поварихой? Нет, не учили. И потому пенсии у вас, как и у нас, простонародных людей, разве что только по нашей старости полагаются нам. Кто тогда, в наше тяжкое времечко, по трудовой книжке работал? Да никто! Выживали, да и ладно! Вот ежели кто на людей платья шил, в портнихах какие девки задирали носы, те совсем другая статья будет! Те хоть зарабатывали себе чуточку, хватало на ихнюю на хлеб-соль. Но прислуги настоящей, знавшей разные тонкости да капризы хозяйские, какая была до Октябрьской, больше нигде не требовалось. В дома к разным грубиянским начальникам прыгали те окаянные девки от мадамов, лихо соврави, что оне прислугой служили у господ. Вот и пошли тогда драки, полетели клочки по закоулочкам! Начали те кралечки законных супружниц от мужей выгонять! Да то ихние грязные дела были, а вот нам за какие такие грехи столько досталось? Всю жизнь пришлось нам собирать и копить по грошику да по копеечке...

— Господь так судил, — смиренно отвечала моя бабушка.

С этого дня я категорически отказалась есть жаркое. Я настойчиво уверяла бабушку, что у меня пропал от жары аппетит. Она поверила мне наконец и старалась напечь оладьи. Мы ели сладкую манную кашу утром и лёгкий овощной суп в обед. Бабушка перестала покупать мне вовсе не дешёвое мясо с камешка, но от говяжьей и куриной печени решительно не отказалась. Я согласилась на компромисс с печёнками, подсчитав в уме, что они намного дешевле баранины. К тому же я нашла, что это, пожалуй, ещё вкуснее надоевшего жаркого! Я приноровилась в это трудное лето чистить картошку самостоятельно, стараясь разгрузить бабушку от её домашних дел. Ненавидя вытирать пыль каждый день, я сторговалась с бабушкой на этот унылый и тяжкий для меня труд, поклявшись, что буду вытирать пыль дважды в неделю, пока мы живём в квартире одни, и больше никого здесь нет. Бабушка согласилась, отступив от жёстких порядков нашей семьи.

— Это не больница, а квартира обыкновенная, — настаивала я. — Какая ещё здесь непролазная грязь? Кто к нам такой важный-преважный в гости ходит, чтобы нас осуждать и пыль выискивать всюду? Разве у нас настолько антисанитарно? И вообще мне надо побольше заниматься и много за это лето прочитать...

— Ты очень мечтательная девочка, Томуся, — с некоторым укором сказала бабушка. — Ты иногда в книгу смотришь, а страницы не перелистываешь, и видно, что ты не читаешь. Всё о чём-то думаешь! О чём, спрашивается, я даже и не знаю. Но предполагаю, что, скорее всего, ты мечтаешь о любви! Возраст берёт своё, хотя сейчас лето, и до следующей весны ещё далеко! Но я способна понять эти хрупкие ростки первого чувства. Я сама такая была в твои годы...

Я ничего не ответила ей, сохраняя в душе свою грустную тайну. В особенно душные летние вечера бабушка разрешала мне спать на балконе. Среди ночи я слышала приглушённую возню у гастронома и с удивлением и любопытством сделала собственное заключение о его директрисе Ольге Ивановне: она была в очень близких отношениях со своим заместителем Павлом Алексеевичем Носовым. Эти отношения были явно любовные! Парочка целовалась в ночи на камешке! А ведь Павел Носов был молодой парень, хотя и крупный, плечистый, совсем как наш учитель физкультуры в школе, в прошлом боксёр. Но директриса гастронома Ольга Ивановна была почти ровесница моей матери! Её сын учился в школе в одном классе с моей старшей сестрой. Я решилась и рассказала об этой странной парочке бабушке.

— Фу! Как некрасиво и к тому же нечестно подсматривать за взрослыми людьми, — ответила она. — Возможно, что Ольга Ивановна действительно вполне искренно влюблена в этого ещё молоденького Павлика. Ну и что? Она в разводе со своим мужем. Она совершенно свободна от всяких обязательств, и ей ни перед кем больше не надо оправдываться. Это её сугубо личное дело, в кого она влюблена. И Павлик тоже не женат. В чём их можно обвинить? Да ни в чём.

— Но этот Павел Носов совсем молодой, а вот она выглядит, как его мама! Она старая женщина! — воскликнула я.

— Ольга Ивановна очень даже модно одевается, и женщина она интересная, — отвечала бабушка. — Ты на балконе больше не ночуй. Пожалуйста. Короче, я тебе это запрещаю. И вообще не засматривайся на этого Павла Алексеевича! Он имеет крупный успех, я вижу. Вот и Вера Кисина, дочка Тони, от него без ума. Напомню тебе, что Вера взрослая девушка, а ты ещё только несовершеннолетняя школьница. Не прочитать ли тебе очень серьёзную повесть под названием «Госпожа Бовари»? Я думаю, что всем безответно влюблённым девушкам эта бессмертная книга только на пользу. Хотя и рано, да ладно, прочитай...

Я прекратила свои ночёвки на балконе, но дневное время продолжала там проводить, взявшись за «Бовари»! После четырёх часов у камешка стояла тишина. Куски мяса были, как правило, все распроданы, разве что оставалась пара-другая кусков с крупными костями. Мясники Алик и Николай азартно пристраивали бутылки со спиртным у пустых магазинных весов на камешек, а за дневной выручкой по заведённому порядку выходил из гастронома Павел Носов. Я ещё не дошла и до середины великого французского романа, когда тишину во дворе вдруг разрезал грубый хруст толстой, разорванной бумаги, и загромыхал звон тяжёлой гирьки в железной чашке весов на камешке. И сразу раздался истошный крик мясника Алика:

— Ай, шайтан[1]! Лови его! Шайтан! Унёс бальшо-о-й ба-а-рашек!..

— Лови его! Сволочь! Стерва! Украл наше мясо! Здоровый кусок себе хапанул! — хрипло завопил Николай.

Алик засвистел, засунув два пальца в рот, не хуже хулигана. На шум мгновенно выбежал из чёрного хода Павел Носов, стройный и сильный, в белой рубашке, как всегда. Вдруг страшно потемнело вокруг меня, и я застыла на балконе с романом о несчастной Бовари в руке. Прямо на меня, поднявшись из

---

[1] Чёрт! (*казах.*)

глубины двора и тяжело набирая высоту, летела огромная, сильная, дикая птица. Это был чёрный орёл с горбатым хищным клювом. Судорожно скрючив страшные жёлтые свои когти, он уносил сочное халяльное мясо с камешка. Красный, фантастически яркий и большой кусок баранины раскачивался в воздухе, и в мякоти куска маячила белая сахарная кость. Яростный глаз орла впился в моё лицо, и меня обожгла на миг молния безумия, сверкнувшая в бездонных зрачках птицы. Я громко вскрикнула от ужаса. Орёл отшатнулся от толстой решётки балкона и, мгновенно развернувшись в воздухе, взмахнул своими мощными крыльями. Неожиданно круглая кость отвалилась от куска мяса и упала вниз, сверкнув белизной.

— Держи его! Подлюга! Бандит! — орал изрядно пьяный Николай.

— Шайтан! Ай, шайтан! Са-а-бака! Ха-а-лера ты паршивый! — кричал Алик и снова свистел. Я вдруг поняла, что Алик заикается...

— Откуда он взялся? Проходимец! Сука ты, так мать твою растак! — надрывался Николай.

Дальше послышалось непечатное — Николай вошёл в раж. Бабушка бросилась вон из комнаты ко мне на балкон. Крошечная ростом, но быстрая и ловкая, она с явным испугом теперь смотрела на меня:

— Что случилось? — едва вымолвила она. — Кого уб...

— Откуда-то дикий орёл прилетел! Схватил когтями и унёс кусок мяса с камешка! Потом скрылся вон туда, за крышу нашего дома. Уже совсем не видно его! — мгновенно объяснила я.

Бабушка часто заморгала своими карими, глубокими глазами.

— Я очень испугалась, — произнесла она наконец. — Я думала кого-то убили! Слава тебе господи, всё обошлось...

— Пошли вниз, посмотрим, что там творится, на этом камешке, — предложила я. — Там Павел Носов стоит и Вера Кисина тоже. Полно жильцов нашего дома набежало! Пошли мы тоже! Пошли!..

— Ты только возьми и причешись, пожалуйста, Томуся, а я губы подкрашу. Помни, что нельзя выходить на улицу в неглиже, чтобы ни случилось с тобой! — пробормотала бабушка. — Что люди подумают?..

Мы спустились во двор и подошли к камешку. Собралось с десяток человек — порядочно для летнего дня. Фактически сбежались все, кто был не на работе. Нас встретили со смехом и безудержной, озорной радостью. Внезапное происшествие на нашем камешке нарушило однообразное безделье жильцов нашего дома в эти жаркие дни.

— Ага! Вот ещё одни свидетели появились! Нет, вы видели этот летающий и смертельно опасный зоопарк? Ведь это самое настоящее безобразие! Это просто жуткая дикость! — возмущалась Валентина Прохоровна, домохозяйка, дама крикливая с неизменно торчавшими бигуди из-под цветастой косыночки. — Куда только смотрит наш несчастный горисполком, если среди бела дня летают по всему городу дикие орлы?! Кто у них в этакой важной конторе отвечает за безопасность населения? Вот с того и спрос!..

— Да какие такие вам конторы приснились, гражданочка? Ещё и в контры возьмёте и нас с Аликом запишите! Не, извините, наше вам с кисточкой! Мы тут совершенно ни при чём! Кстати, граждане и гражданочки! Не пора ли вам разбежаться по домам? Караул устал, и баста! Лучше достать того охреневшего стервеца, который на нас этого крылатого чёрта выпустил! Ну откуда он взялся, этот орёл, сука такая? Кто его на нас с Аликом натравил? Мы разве кого-то обижаем? — говорил Николай. — Налетел, сука такая, здоровый кусище хапанул! И ни с кем при этом не поделился! Во даёт!...

— Этот орёл мог вообще и глаза вам выклевать! — воскликнула Вера Кисина. Она, как и Павел Носов, была одета в форменное платье гастронома, напоминавшее мне нашу школьную пионерскую форму, то есть белый верх, чёрный низ. Только Вера была в чёрной плиссированной юбочке, а не в синей узкой и короткой юбке, как другая продавщица, Катя. Вера подошла поближе к Павлу Носову и украдкой подмигнула мне. Я поняла это как просьбу о поддержке и громко заявила:

— Возможно, это вовсе не орёл, а простая орлица. У неё голодные орлята в гнезде плачут. Это тоже возможно. Поэтому она украла мясо для своих детей. Она очень торопилась и потому была ужасно страшная, когда пролетала мимо меня. Я сидела на балконе. Она боялась, что у неё отнимут мясо, и тогда орлята останутся голодными.

— Нет, будь то орлица, она бы нашего Алика приголубила, — вдруг развеселился мясник Николай. — Такой джигит у нас зазря пропадает! Да будь это орлица, так она бы к нему припала бы, прямо ему бы в самую душу всей пятернёй своих ноготков вцепилась бы! Или ещё какой-нибудь чувствительный орган тела, не хуже души, отыскала бы в трезвом теле нашего Алика! А у него все предки поголовно целые гаремы женщин имели! Чем наш Алик хуже своих сородичей? Да приличная орлица, она к ногтю своему со временем любого джигита прижмёт! И для начала всё с лаской к нему, с этакой нежностью! Ну, он тут и растает весь быстренько, как снег по весне. И тогда обет даст на этакую орлицу работать каждый божий день в поте лица! Ай да Алик наш, мужик не промах! Не то что я, лопух деревенский! Но я глазастый, не хуже любого орла. Я всё вижу, всё понимаю! Я не дурак! Нет, это именно мужик был! Я уверен, это был ОН, орлик! Скажи, Алик, мужик он или баба? Ну, скажи всю правду! Люди пусть знают!..

— Не знаю ничего, мужик, баба! Знаю только а-а-дин шайтан! — отвечал Алик, вытирая со лба пот куском коричневой магазинной бумаги. — Знаю а-а-дин бардак на весь магазин, на весь страна дикий ба-а-рдак! На всякий сторона азиатский а-а-глянусь, всюду а-адин бардак, мяса людям совсем не хватает кушать! Куда наш мясо делся? Всегда да-а-полна мяса в наша Азия был. А-а теперь а-а-дин бардак везде! Этот а-а-рёл холерный тоже хочет мясо кушать! Скора меня заместа-а-а мяса тоже разный холера скушает!..

Я вдруг заметила, что из коричневой толстой бумаги, на которой стояли чашки магазинных весов, вырван целый клок! Похоже было, что этот бесстрашный орёл изо всех сил рванул тугую бумагу своими когтистыми лапами.

— Интересно, откуда он вообще прилетел? Может, и вправду из зоопарка откуда-то! — вздохнув, сказала продавщица Катя. — Страх какой, батюшки святы! Этот дикий орёл мог бы ребёнка унести...

— Про ребёнка не знаю, а вот поллитру мою мог бы разбить, сука лохматая его совсем забери, этого проклятого орлика! Видать, и его тоже от нашей хорошей жизни к выпивке потянуло! Нынче никто на халяву выпить не дурак! Вот она, поллитровочка моя родненькая, она целенькая, и не думала она себе разбиваться, когда её когтями зацепили. Она у меня смышлёная! Она только закатилась под весы и притихла, совсем невиноватая! Устроилась! Морозоустойчивая она у нас! Тренированная! — пояснял Николай под смешки публики.

— Ты бы ему, орлику этому, налил бы лучше сто грамм, Коля! Разве бы он отказался по такому случаю, а? Ручаюсь, что нет! А как бутылочку вместе раздавили, так и мясо бы вашему орлику не пришлось бы воровать без вас. Вы ведь с Аликом своей доли не имеете, я так понимаю? Вы у нас ребятки честные, верно? Но мясо это не ваше, Коленька, а казённое! Государственный, иначе говоря, пищевой товар. Да вы не тужите, Ольга Иванна вам ещё подкинет пару тушек, чтобы этак деньжат наторговать подлиннее! Денежки ведь от вас не через магазинную кассу идут, а лично в карман к Ольге Иванне. Вот ты бы взял, Коля, да и этому орлику отвесил бы по дружбе хороший кусок! Чего мелочишься, Николай? Ты же парень умный! Зришь прямо в корень! Ты тоже своё в армии отслужил, как некоторые, да ещё не где попало, а во флоте, Коленька! Так пора и тебе попасть в девятку или прямо сразу в туза! — сказал наш сосед Виктор Степаныч, заслуженный пенсионер, проживавший тогда этажом ниже нашей квартиры. Он вечно отмахивался от мух соломенной старой шляпой с узкими помятыми полями, независимо от того, были ли мухи вокруг или их вообще не было. Встречая меня на лестнице в подъезде, он всегда останавливался и выпаливал скороговоркой, выпучив глаза:

— Здорово, малыш! Ну, чем твой родитель нынче живёт и дышит? Газету «Правда» читает? Или нажимает на «Советский экран» со статьями про кино «Чистое небо»? Плохое оно, кино это хвалёное! Лётчик, главный герой картины, спивается на глазах у зрителя! Такое надо афишировать? Нет, не надо. Они все такие с войны вернулись, фронтовики наши, с бутылкой и на работе, и в постели. Я знаю цену этой победы! Когда бы не было наших заграждений, все бы с фронта разбежались бы, сволочи! Нет, это всё плохо кончится! Это Никита Хрущёв всенародно нас казнил! И теперь по ниточке и по грошику Россию всю разбазарят. И тогда будет всем хана! Понимаешь?..

Бабушка говорила мне, что пенсия у соседа нашего, этого Виктора Степановича, приличная. Но он, по мнению бабушки, частенько захаживал в квартиры соседей перед ужином, выглядывая, что именно едят в той или иной семье. Он никогда не отказывался от приглашения поужинать вместе и даже, бывало, нахально набивался на ужин. Но хозяева квартиры после такой совместной трапезы почти всегда первыми отказывались от короткого знакомства с этим Виктором Степановичем. Ему не везло, и в это лето он почти не покупал мясо с камешка, рассорившись неизвестно почему с мясниками, хотя провёл с ними здесь немало времени в прошлом году за выпивкой и закусками.

— Попадись он мне только ещё, тот орёл степной, казак лихой! — снова сказал Николай. — Жалко, большой кусок ему достался задаром...

Николай подмигнул Виктору Степановичу. Но тот быстро указал пальцем в мою сторону. И тогда Николай вдруг пристально посмотрел на меня. Удалая, наглая насмешка искрой сверкнула в его серых глазах. Щекочущий мороз пробежал по моей спине — я догадалась, о КОМ именно говорил Николай в своих монологах! Вовсе не о птице!..

— Всё равно орёл уже улетел, — сказала моя бабушка. — Что ему досталось по воле случая или по судьбе выпало, того уже никому не достать. Да и стоит ли так переживать! Вы, Николай, мужчина ещё молодой, вы своё от жизни ещё тоже возьмёте. Если будет на то воля божья! Помилуй нас и спаси...

И я, замирая от изумления, окинула взглядом свою бабушку с головы до ног. Вот так случай! А ведь и бабушка имела в виду сейчас вовсе не этого орла с куском мяса в когтях, вовсе не птицу!..

— Этот проклятый орёл явился сюда прямо из Преисподней! Да и найдётся ли управа, наконец, на эту коварщину? То есть на орлицу ли, или на орла? Надеюсь, вы меня понимаете, Николай? — с чувством заключила Валентина Прохоровна, потрясая головой с бигуди. — И вообще интересно, а кто и за кого в этой славной Преисподней вашей отвечает за все ваши дела? И с кого спрашивать за конверты с деньгами? Вы же дневную выручку за мясо в конверте держите, правда? А цена за мясо у вас каждый день разная! Почему же? Я не понимаю! Ведь есть же государственная, постоянная цена за любой продукт в магазине! Вы поймите, голубчик, вы же рискуете собой! Зачем? Пусть Ольга Иванна, как директор, сама с вами поторгует, выйдет из своего кабинета! Зачем каждый день людей обманывать? Ведь люди знают и видят всё, хотя это дело запуталось в настоящую паутину! Но при Сталине нашли бы, с кого за ВСЁ спросить!..

— Совершенная правда, — мигом согласился Виктор Степанович.

Я, проникаясь стыдом и злостью до самых пяток, уничтожала своим взглядом разноцветные бигуди Валентины Прохоровны. Проклятая сплетница! Она намекает на взаимоотношения Павла Носова и директрисы Ольги Ивановны! Ей они отлично известны! И мяснику Николаю тоже! И этому идиоту Виктору Степановичу! Ясно, что моей бабушке тоже, НО ей-то стало понятно всё с моих слов! А вот КТО сказал всем остальным об этой тайной любви?..

— Постойте! Я догадываюсь, откуда этот орёл прилетел, — вступил в разговор Павел Носов, который молчал до сих пор и только внимательно слушал всех, поглядывая на присутствующих своими ясными синими всегда чуть прищуренными глазами. — Здесь ведь рядышком, всего два квартала будет от нас, строительство большое намечается. Ну и по такому случаю тополя высоченные там под корень вырубили, согласно утверждённому плану. Наверное, вот там именно орлиное гнездо и разорили! Но орёл, похоже, скрывался там поблизости. Может быть, это действительно орлица, девочка правильно заметила. Птица наголодалась и высмотрела себе добычу. И взяла, что ей положено по рангу...

Павел Носов выдержал значительную паузу. Я понимающе кивнула головой, замирая от собственной дерзости. Нет, я должна была поддержать его! Вокруг стояла мёртвая тишина. Павел вздохнул глубоко, всей своей широкой грудью и, спокойно выдохнув, продолжил неторопливо, легко растянув в улыбке свои тонкие, изогнутые губы:

— Теперь птица подкрепится себе со вкусом, не спеша, передохнёт где-нибудь в укромном месте перед дальней дорожкой и полетит себе по адресу постоянного места жительства в окрестные предгорья на собственных своих крыльях, то есть на личном транспорте! Хорошо устроились, однако, наши птицы небесные! Вот нам людям бы так! Но нам можно только этим птицам позавидовать. Ни орлам, ни орлицам, и даже воробушкам пригородный автобус каждое утро кишки не вытрясает, как мне, например...

— Некоторые орлицы побойчее любого своего орлика будут! И людей ведь не побоялась! Ухватила свой кусок да и оторвалась в секунду! Ай да орлица! Какая нахалка! Правда, иному орлику такое ещё как нравится! Верно, Павел Алексеич? Вы, например, как мне кажется, только исключительно на орлиц внимание обращаете! Зачем вам, к примеру, простые домашние курочки, как мы? — озорно заметила продавщица Катя, а Вера Кисина громко рассмеялась.

— Ах вы, хохотушки мои, кто за вас работать должен? Шли бы вы по своим рабочим местам, — вразумительно произнесла директриса Ольга Ивановна.

Она незаметно появилась у камешка и тихонько стояла среди наших соседей по дому, слушая своих работников гастронома, которые на данное время являлись живыми свидетелями орлиного полёта.

— Болтать попусту — только время терять, — продолжала Ольга Ивановна. — Орёл ли, орлица ли — не всё ли равно? Что случилось, так это уже случилось. Кража произошла! И теперь нам, дорогие граждане, то есть дирекции гастронома, придётся это всё дело до последнего глоточка расхлёбывать! Конечно, с одной стороны, беда небольшая, всего кусок баранины пропал. Но с другой стороны, возникает законный вопрос: не пропало ли ещё что-нибудь в общей неразберихе? Кстати, дорогие мои Алик и Николай, где дневная выручка? Ой, сколько вокруг народа собралось! Вот ведь в чём ещё один вопрос: зачем здесь люди собрались? С какой именно целью? Чего вы ждёте, уважаемые наши покупатели? На сегодня всё мясо распродано. Завтра привезут ещё туши — будем ещё продавать! Ещё есть ко мне вопросы?

— Мы про орла здесь обсуждаем, Ольга Иванна. Из куска мяса кость выпала, когда орёл летел, — сказала я. — Белая такая...

— Вот и отлично, — отвечала Ольга Иванна. — Что-то упало вниз из когтей птицы. Это видели многие люди. Короче, свидетели есть. Пошли работать, дорогие мои отличники торговли! Всем покупателям нашим — спасибо и до свидания! Пойдёмте в мой кабинет, Павел Алексеич, поговорим о наших личных заслугах, так сказать, перед руководством нашего Торгового треста. Я как раз вернулась оттуда и очень вовремя поспела к самой вашей сказочной птице, орлу-орлице! Да вот тут ещё девчоночка из покупательниц постаралась, обсуждала с вами лично, Павел Алексееич, что-то такое душещипательное про голодных детишек, орлят, разумеется. Жалко, что их в пищу нельзя употреблять, как наших дивных курочек...

Директриса была в фиолетовом шёлковом платье с белыми цветами, а не в форме, как остальные работники гастронома. Ольга Ивановна резко выделялась своей завлекательной внешностью среди скромно одетых продавщиц. Пышно взбитые её волосы, словно белая пена морских волн, легко вздрагивали на нежном шёлке круглых плеч. Я подумала тогда: «Как она красиво одевается, эта Ольга Ивановна! Но она при этом ужасно относится к людям! Ведь она высмеивает Веру Кисину и Катю! Выходит, что это с её лёгкой руки они сами себя тоже начали называть простыми курочками...»

...Утром меня разбудил громкий шёпот на кухне.

— Это она такое пакостное дело придумали на птичку, значится? Да ведь птица вовсе невиновная выходит за ту покражу! Она — птица как птица! По своей природе от роду она хищная, и ей питаться чем-то надо. Она кусок мяска уцепила ёными когтями — то факт, все про то видевши! А вот конверт с деньгами у ёных в лапах, конечно, оказаться могёт. С энтим я согласная. Но только конверт как ей, птице, унести? Это значится так, что конверт тот бумажный — не ёная будя пища! Да попавши ей конверт в когти по ошибке, так она бы его и тут же, у камешка, и бросивши бы! Птица за мяско ухватилася, а не за конверт с деньгами! — рассуждала тётя Тоня.

— Если только этот конверт в действительности был, — сказала моя бабушка. — И зачем конверт с такой крупной суммой денег на камешек Ольге Ивановне понадобилось вдруг вынести? Она не первый год в этом гастрономе директор! Она должна была выручку забрать, она несколько раз в день за конвертом этим выходит. А если её нет на месте, то Павел забирает выручку. Или Алик сам относит его в кабинет к Ольге Ивановне. Она далеко не глупая дама! Ведь такое правило, на самом деле, в гастрономе установлено, Верочка?..

— Никакого конверта! Ни-ни! Христос с вами! Да ещё и чтобы в нём таки деньги большие были? То сказка про белого бычка! Алик с Николаем выручку за мясо в кошеле большом чёрном всегда держали. А кошель тот с выручкой Павел каждый полдень забирал и отдавал лично в руки Ольге Ивановне, — говорила Вера Кисина. — Конечно, может быть и такое, что Павел кошель этот вместе с выручкой в бумажном конверте на этот раз себе прихватил. Если только конверт с такой крупной суммой денег на камешке и вправду был. Только мне не верится, что такой бумажный конверт именно там был, под весами на камешке!..

Я сразу бросилась на кухню в одной розовой ночной рубашке, не накинув даже свой красный ситцевый халатик.

— Я всё слышала! — выдохнула я торопливо. — Я не понимаю только, при чём здесь Павел Алексеевич? Он ничего не брал! Мясо украл орёл! Конечно, дикая птица и вообще любая птица за себя заплатить деньги не может! Животные вообще ничего не знают про наши человеческие деньги! А Павел Алексеевич выскочил из чёрного хода позже, когда орёл уже улетел! Понимаете?

— Ой, вы только гляньте на неё! — воскликнула Вера Кисина. — Нет, вы поглядите, что именно творится с этим человечным существом! Это всё называется первая любовь! Опомнись, Томуся! Сейчас я тебе всё расскажу по порядку, и ты нашего Павла Алексеевича совершенно забудешь. Ты в нём навеки вечные разочаруешься, вот клянусь тебе! Я уже давно в нём разочаровалась тоже, хотя он мне и нравился вполне серьёзно! Да, нравился, признаюсь тебе в этом! Но вот сейчас, после этого случая с несчастным орликом, наш Павел Алексеич совершенно зачеркнул самого себя в глазах всех работников нашего гастронома! Ведь пропала большая сумма денег! Кто же их мог взять? Только он!..

— Почему? — мрачно спросила я. — Павлу Алексеевичу я верю!

— Он на неё вчера обратил внимание! Павел сказал, что она правильно заметила про орлицу и её, вероятно, голодных орлят, — улыбнулась моя бабушка. — Потому Томуся его в обиду не даёт, Павлика вашего! Но в то же время, Томуся, его мимолётное внимание ещё не даёт тебе права внезапно появиться перед нами в одной ночной рубашке! Надень, пожалуйста, халатик. И потом надо умыться, почистить зубы, причесаться и вообще привести себя в порядок...

— Пошли в ванную, Томуся, я помогу тебе, — сказала Вера Кисина. — Я из тебя сейчас сделаю американскую кинозвезду! Я тебе волосы затяну хвостиком, у меня с собой, в сумочке, есть красивенькая красная резиночка! Ты будешь выглядеть просто потрясающе! А вот чёлочку я немного тебе подрежу, но длину, конечно, мы оставим...

Конечно, Вера хотела мне рассказать ещё раз всё, что уже успела горячо обсудить с моей бабушкой и своей матерью Тоней, то есть новости о произошедшем в гастрономе. Оказывается, Ольга Ивановна объявила работникам магазина, что орёл унёс вместе с куском мяса конверт с деньгами. В конверт Ольга Ивановна положила пять тысяч рублей — эту сумму должен был отнести куда-то Павел Носов. А конверт Ольга Ивановна самолично положила под коричневую толстую бумагу, на которой стояли весы на камешке. Орёл изо всех сил рванул бумагу и, захватив конверт с деньгами и кусок мяса, улетел в неизвестном направлении. Вот так случилось! Теперь ищите или не ищите того орлика, а всё равно его нигде не найдёшь! Сумел он скрыться от посторонних глаз!..

— Никакого бумажного конверта у этой орлицы или орла в лапах не было, — твёрдо сказала я, глядя в раскрасневшееся лицо Веры Кисиной. Волосы мои, туго стянутые красной резинкой на затылке, придавали мне энергичной принципиальности.

— Только кость из мяса выпала вниз. Белая такая, круглая. Я сама это видела. Кость упала. И больше ничего у этой птицы в лапах не было, — строгим голосом заключила я.

На лице Веры Кисиной расцвела улыбка.

— Я ничуть не сомневаюсь в этом, — кивнув головой в знак согласия, сказала Вера Кисина. — Всю эту напраслину придумали и на несчастную дикую птицу возвели ловкие люди! Это наша директриса Олечка Иванна вместе с Павлом Алексеичем. Просто Павлу Алексеичу нужна машина. Но где ему деньги взять? Значит, Ольга Ивановна для него деньги из доходов нашего гастронома вытащила, а на орла пять тысяч теперь спишет. Дерзкое решение! Но чего не сделаешь ради любимого человека? Ольга для Павла, что он только пожелает, то она и сделает! Она хоть в тюрьму пойдёт ради него, не то что какие-то там деньги спишет на непредвиденный случай! А Павел Алексеич только и смотрит, чтобы ухватить свой кусок! И вместе они с Ольгой везде и всюду, где только можно, хапают и гребут себе большие деньги! Никого не стесняются и не боятся! То есть не боятся они ни бога, ни людей!..

Вера Кисина аккуратно начесала мне чёлку на лоб и начала осторожно подстригать её маленькими маникюрными ножницами, которые она вынула тоже из своей бежевой сумочки, как и яркую красную резинку.

— Немедленно разлюби этого нашего Павлика, Томуся! — принялась уговаривать меня Вера Кисина. — Этот Павлик вообще плохо учился в школе и до сих пор не умеет грамотно писать. Так и знай! Он был вообще круглый двоечник, да ещё и сам этим теперь хвастается направо и налево! Он думает, наверное, что этим признанием он придаёт своей персоне некоторый шарм! Теперь-то он ЗАМДИРЕКТОРА, а был простым двоечником! То есть это значит: посмотрите на меня, люди добрые, как далеко я шагнул! Но Павел Алексеич на той неделе написал слово ПИРОЖКИ в накладной квитанции вот так: ПЕ-РОШ-КИ, — произнесла Вера Кисина по слогам. — Точно так, я своими глазами видела! И лично нам с Катюшей стало совершенно понятно, что никакого шарма наш Павел Алексеич так и не достиг! Он и вправду безграмотный человек! Ты ведь отличница в школе, верно, Томуся? Вот теперь и подумай, как Павлик в торговлю попал? Честным путём или нет, нечестным? Я тебе отвечу на этот вопрос: Ольга Ивановна однажды просто на улице увидела этого Павлика у Центрального гастронома. Он тогда только-только из армии вернулся, отслужив по призыву, и стоял вместе с приятелями у Центрального гастронома. На бутылку водки они стреляли рубли у прохожих, вот и все делá! Конечно, вся честнáя компания успела горячительного порядочно принять! Но водки всегда бывает мало! Парни раздухарились! Теперь представь себе такую картину: Ольга Ивановна выскакивает из такси, торопится по своим делам. Как раз Новый год на носу! И бух она себе в сугроб! А Павлик Носов не растерялся и к ней подбежал, из сугроба Олечку достал, шубочку на ней своими руками сильными отряхнул и под ручку Олечку проводил до входа в Центральный гастроном. Ай да Павлик! Он у нас обходительный! Ну, Олечка Иванна — женщина одинокая. Разомлела она от такой ласки, пристроила его к нам в гастроном работать, а потом и заместителем своим назначила. И стала наша Олечка ему во всём помогать! Так и поможет до самой до тюрьмы! Иначе и не будет! Но главное, что он на всё заранее согласен. Посадят в тюрьму не его, а директора, то есть Ольгу Иванну, коли найдут крупную недостачу в нашем гастрономе. Наш Павлик разве про Ольгу Иванну думает? Или он жалеет её? Или нас он жалеет, простых продавщиц? Да и нисколько! Сильно он денежку любит! Гораздо сильнее, чем свою роковую женщину, Олечку Ивановну! И ведь они вдвоём ещё и на нас с Катюшей могут напраслину любую возвести! Тогда и нас упекут за решётку! Нет, за нас вообще никто вовеки веков не заступится!..

Слёзы медленно потекли по моему лицу. Вера Кисина достала носовой платочек из своей сумки. Это был чистый белый платочек с голубой витиеватой каймой. Вера вытерла мои глаза этим платочком. А потом, моргая, промокнула свои длинные, покрытые густой чёрной тушью, красиво загнутые ресницы.

— Не плачь, Томуся! — прошептала Вера Кисина. — Моя мать, тётя Тоня, всю жизнь свою в рабынях у господ буржуйских служила. А вот теперь времечко лихое настало, теперь сами рабы другими рабами запросто могут управлять! Как не пристроиться на такую халявную работёнку, ежели хорошо можно заработать, запугивая вокруг себя извечно нищих людей? И до каких же пор это будет продолжаться? Просто сил моих больше нет!..

Мы вернулись в кухню с Верой Кисиной. На столе ожидали нас тёплые яйца, сваренные всмятку. Я с трудом принялась за еду.

— Что теперь будет? — всё-таки спросила я.

— Да и ничего вовсе и не будя, — ответила тётя Тоня, нарушив молчание. — Женщина в денежном дележе мужчину покрывать сроду не станет! Вот наша Адель все счета по части наследства у нашего молодого барина Александра Владимировича выпытали, а как он все секреты еёной душеньке рассказали, так Аделина и забросили Александра Владимировича насовсем! И в Париж наша мамзель Аделина закатилися себе вполне самостоятельно! То мы с Петрухой думали-гадали, что еёная любовь с нашим молодым барином случилася взаправду настоящая! Всё же Александр Владимирович молодые были, и собой видные оне такие были! Ишо во́лос у них кудрявый был, и красивше, чем у папеньки евоного! Да Петрухе наш молодой барин сразу ясно объяснили после еёного, мамзель Аделины, побега то есть: ты, мол, Петруха, на папеньки мово глупого и ныне покойного подарочки какие больше никак не рассчитывай! Я, дескать, знаю про то всё, как есть! Тебе мой папенька фаэтон наш и коня клялся в завещании отписать. Да завещания того нетути! А я потому, мол, с мамзель Аделькой сошёлся, чтобы про то завещание у ей подробно узнать. А ишо что мне делать было, сообрази, Петруха! Меня мой папенька совсем нищим по миру пустить собирались, вместе со своей ядрёной и гулящей Аделькой! А вона у меня часы золотые карманные, с камешками на крышке, стащила! Вот, значит, теперь Аделька меня совсем перехитрила, а не я её обхитрил, потому я честнее её завсегда был! Токо деньги папеньки ей все досталися, и оне потому убегли себе спокойно в тот ядрёный и нахальный Париж! А тута, в Росее нашей, мол, больше ничего нету, акромя революции. Мой папенька помрэ тоже глупо и не вовремя! Всё за сердце, мол, держалися и долго вымирали, а лучше было бы не вымирать, а ещё с десяток лет потянули бы да меня тоже могли бы куда пристроить! На то я моему папеньке родной сын были, и эту Адельку пакостную мой папенька давно могли в шею прогнать! Нет, оне меня не пожалели, мол, совсем! Папенька выбилися себе в адвокаты и думали, что и я могу выбиться в судейские тоже! Да мне энто не по душе было, потому я университеты свои в городе Берлине навсегда забросил. А папенька мой мне денег мало перечисляли в банк в берлинский. Я совсем бедствовал из-за его! Только вот не надо было, мол, меня за дурака принимать! У меня деньги есть ещё мамочки моей покойной на моём личном счету в берлинском банке. То я и пользуюсь сейчас ими, после смерти папеньки мово. Да только он ведь всё равно мне денег этих долго не давали, мол, старый скряга. Я его сейчас уже простил, потому деньги эти он мне, родному сыну положил, потаённо от Адельки. То мамочка моя были не бедные, а с приданым хорошим замуж за моего папеньку вышли. Как я найду Адельку в Париже, так всю душу, мол, еёную вытрясу! Папаша мой меня любили! Потому я евоный единственный сынок!..

Пётр тогда и говорит ему: вот это, мол, правдочка ваша, Александр Владимирович, папенька вас любили и за ваше учение в университете германском сильно переживали. Оне знали, папенька ваш, что вы своё времечко за картишками проводите, и на долги ваши карточные, чтобы расплатиться, мы с вашим папенькой вам денежки отсчитывали хорошие и вам отсылали в тот город Берлин. Токо сами вы, Александр Владимирович, по своей воле, отираться изволили цельных три годика по всей Европе, а папенька ваш здесь ни при чём. А сейчас вот эти денежки, капиталец, с которого вы денежки теперь начали таскать, ваш папенька сумели сохранить для вас же, когда в банк письмо отослали, чтобы вам денег выдавали с того счёта поменьше, а не то вы бы весь капиталец сразу бы за полгода промотали при вашей вольной жизни! Папенька ваш прав были, когда этакое решение приняли. Ишо вы, Александр Владимирович, сами, мол, попалися в сети мамзель Аделины, сами теперь и терзаетесь! И зачем, спрашивается, вы еёную душу решили вытрясать? Да ишо долго вы искать ту душу будете, будя душенька энта неизвестно в каком месте тела у мамзель Аделины затаилася! Потому, мол, вы не обижайтеся на меня, только вот мой родитель покойный мне говаривал, когда я ишо мальцом был: «Ты, Петро, не озорничай шибко! А то до *камешка* докатишься, где Стенька Разин да Емеля Пугачёв головы своей лишилися». То в Москве лобное место мой родитель камешком называл. У нас в Росее так издавна повелося: прав ли человек али виноват, а жизнь тяжкая так и тянет его на камешек, так и тянет! И вы, Александр Владимирович, лучше сейчас уезжайте мирно в тот Берлин. Все баре ваши уехавшие, и вы тоже, мол, таким будьте. А фаэтон свой продайте, мне он не нужен при новой власти мужицкой. Кто в фаэтонах и колясках ездит, того останавливают на дорогах господа эрсеры и товарищи социалисты и сразу стреляют, как угнетателей бедняков. Потому, мол, я без вашего фаэтона обойдусь. У новых властей автомобили в распоряжении! Во как! Оне лучше и красивше любого растаковского фаэтона!..

Тогда молодой барин и отвечал такое, со слёзками на глазах, что, мол, мой папенька возьми и помрэ теперь, как древний слон растаковский, по прозванию своему натуральному мамонт, потому что время грянуло нехорошее! И мамонты тоже, мол, вымерли от мороза, который грянул на землю нашу древнюю. Но мамонтов никто не забыл и до сих пор оне изучаются! И у меня тоже есть надёжа вернуться в Росею, только вот не знаю, когда! Потому, дорогой мой Петруха, фаэтон нашенский вместе с конём я нынче точно продаю и выручку себе забираю на пропитание по своей нужде. Мол, ты на меня за такое дело не пеняй! Ишо мне до того Берлина добраться надоть! Ишо мы встретимся когда, тогда я тебе денег дам...

Тётя Тоня сделала маленький глоточек из своей чашки чая и произнесла дрожащим и жалобным голосом:

— Вот и разделилися, значится, люди в своих полюбовных чувствах! Вот это тебе любовь, подешевле и безо всяких горьких слёз, а то вот то, подороже и в конверте — то денежки. Понимать надоть! По жизни так выходит али ишо то богом решено — деньги они к деньгам ложатся! И про нашу мамзель Аделину узналося позже, и докатилася до Петрухи весточка: в тех Парижах мамзель Аделину подцепили себе в мужья одноглазого маркиза из морского города Неаполя, и сразу народили оне детишек! А потом уплыли себе оне в каменный замок в том городе Неаполе. А в том Неаполе у маркиза было семь агромадных кораблей! И стали мамзель Аделина всеми теми корабликами заморскими распоряжаться, как положено законной супружнице того маркиза, хотя бы и одноглазого...

Вера Кисина взглянула на мать из-под опущенных ресниц и тихо сказала:

— Вот увидите, Павла Алексееича притянут вместе с Ольгой к ответу! А ты, мама, не плети свои сказки про семь корабликов да семь невест. Времена у нас в магазине грядут серьёзные! И мне никак не дойти и не доехать до того города Неаполя, где живут одни маркизы!..

— Возможно, что личная вина Павла Алексеича окажется юридически вовсе недоказуема, — сказала задумчиво моя бабушка. — Про птицу явно Ольга Ивановна всё придумала. Я уверена, что не Павлик! Он слишком молодой и наивный, чтобы до такого додуматься! Конечно, ему нелегко живётся далеко на окраине города, да и хочется ему машину, квартиру и прочее! Но мне кажется, придумать про бумажный конверт могла только удивительно наглая и безнаказанная личность. И на что только способны женщины в своей слепой страсти! Наверное, будь жив Гюстав Флобер в наше время, он написал бы другую книгу про Бовари, номер два!..

К вечеру я дочитала трагическую историю Эммы Бовари. Мне было так жаль её, что я заплакала. Нет, Гюстав Флобер, создавший своим писательским воображением и подаривший всему миру фантастически вечную Эмму Бовари, к счастью, ничего не узнал о нашем времени! Я плакала, уткнувшись головой в моё зелёное одеяло, постеленное на балконе, и, выплакав, кажется, всю горечь своих раздумий о высоком чувстве любви, заснула от усталости.

Ночью вдруг началась жестокая гроза, и я прибежала в комнату к бабушке, плотно захлопнув балконную дверь. Сверкала молния, и дождевые капли бились о стекло балконной двери с таким шумом и скрежетом, что казалось, это дикий орёл бьёт своим острым клювом в стекло в своих смелых поисках правды и людской снисходительности. Я присела к бабушке и взяла её за руку. И моя щуплая бабушка начала рассказывать мне историю ещё одной любви, стараясь преодолеть в этом живом рассказе наш обоюдный страх перед бесновавшейся за окном стихией. Я запомнила этот рассказ на всю свою жизнь. Вот он.

На конный завод, где выводили ценные породы лошадей, в том числе и скаковых, расположенный в одном из живописных уголков России, нанялся на работу бывший военный, немолодой человек по имени Бахрушин Анастасий Сергеевич, вынужденный выйти в отставку раньше положенного срока. Он был коварно затянут в длительную и нудную интригу, затеянную, по правде говоря, полковым начальством, которое хотело знать мнение подчинённых о командовании. Не только один Бахрушин подал в отставку, пять человек последовали его гордому примеру. Но только один Бахрушин, уйдя в отставку, окончательно забеднел. Оставалось найти своё место в штатской жизни. И Бахрушин прикинул свои возможности...

Он бывал раньше на конном заводе в этих краях. Ему любезно было предложено хозяином завода, господином Толстогубовым, место управляющего этим конным заводом. И хотя должность эта считалась достаточно хлопотной, Бахрушин ничуть не поколебался в своём решении занять это место. Был он дальним родственником отца моей бабушки. Анастасий Бахрушин был сыном небогатого пензенского помещика, нередко проводившего свои летние сезоны в горных окрестностях Чечни. Почти ребёнком, с самого раннего детства, Бахрушин был причислен знающими людьми к отличным наездникам, а за годы службы в кавалерии сделался вообще профессиональным и заядлым лошадником! На конном заводе он оказался потому человеком нужным всем и многим пришёлся по душе своей особой молчаливой выдержкой, смелостью и хладнокровием, то есть теми именно чертами русского характера, которые необходимы, пожалуй, при укрощении иных сильных и строптивых лошадей...

Служил при конном заводе в то время также один отличный жокей по имени просто Володя, который придумал себе имя Жорж для своей весьма романтической профессии и особого шарма. Бахрушин тесно подружился с ним и, не имея своей семьи и детей, относился к Володе сердечно и тепло, ровно как к родному сыну. Жорж тоже прикипел к Анастасию Сергеевичу всей душой и не пропускал именин Бахрушина, на которые созывалось всегда великое множество гостей! Здесь звучали острые истории из кавалерийской жизни, — можно ли было такое пропустить? Володя, бывало, поздравлял Бахрушина даже музыкальным словом, в некотором роде, запевая своим приятным тенорком «Многие лета». Да и подносил своему дорогому учителю, опытному наезднику, Анастасию Сергеичу, нехитрые подарки, чаще всего в виде бутылки недорогого, хотя и неплохого вина. Конечно, Володя представил Бахрушину и свою невесту. Была у него невеста по имени Гликерия, которую никто из порядочных людей в округе особо не жаловал горячей симпатией. Девушка эта была рыжая и курносая, но, по мнению Бахрушина, довольно хорошенькая и молоденькая, и умница, потому что тоже с профессией! Гликерия мастерила платья состоятельным дамам и слыла за хорошую портниху. Володя называл её на людях и наедине с ней просто Ликой и горячо любил. И ещё одна, не менее глубокая и тем порядочно смешная привязанность была у него — то был конь по кличке Волнорез, с которым Жорж взял многие крупные денежные призы на особо азартных скачках. И в силу этих обстоятельств тот Жорж-Володя стал широко известен по всей той округе и даже просто-напросто знаменит! Он выигрывал эти знатные денежные призы не для себя лично, но для хозяина завода, господина Толстогубова. А для себя лично Жорж выигрывал не столько деньги, сколько завоёвывал капризную барышню с громким именем СЛАВА! Впрочем, Жорж вознаграждался после очередных скачек хозяином завода, господином Толстогубовым, вполне щедро! Конечно, не без справедливого сердечного участия в тех недурных вознаграждениях Анастасия Сергеича Бахрушина! Нет, Жоржу грешно было бы обижаться на свою жизнь, и он ничуть не обижался, и работал над собой без устали. То есть тщательно следил за своим телом и весом и совершенствовал своё мастерство в верховой езде изо дня в день, уносясь на своём любимом коне Волнорезе совсем ранёхонько на рассвете далеко-далеко по равнине. Бахрушин, бывало, не отставал от него и тоже шёл рысью по равнине на своей порывистой черноглазой белой кобылице Зорьке. Возвращались они, как правило, вместе, тихо беседуя о своём. И лошади их, Волнорез с Зорькой, мирно и ровно тоже шли себе полюбовно, совсем рядышком!..

Русоволосый и худощавый, с серыми задумчивыми глазами, Анастасий Бахрушин ещё смолоду отпустил густые и пышные усы, которые делали его значительно старше своих настоящих лет. Но ко времени его работы управляющим конным заводом усы эти обрели естественный серебристый оттенок, хотя и не утратили своей былой пышности. Вскоре и на лице Володи тоже появились усики, что и было сразу замечено всеми служащими завода. Тем более что усики те были не такие маленькие, хотя и реденькие, и стало ясно, что Володя во многом подражает своему наставнику и старшему другу. Даже вилку, например, во время нехитрой своей трапезы, он стал держать в левой руке, а нож в правой. И салфеткой стал вдруг пользоваться, когда ел. А раньше Володя всегда ел, как простой человек! То есть случалось, что и мог громко чавкать, а когда квас пил из кружки, то рот вытирал нередко ладонью. Словом, это под влиянием Анастасия Бахрушина Володя так неузнаваемо изменился и даже в споры разгорячившихся лошадников больше не встревал, а только слушал мнение каждого, но личных приговоров больше никому не выносил! И ещё Володя вдруг просто заставил остолбенеть парочку-другую вечных прихлебателей господина Толстогубова, когда вежливым и тихим голосочком сказал хозяину что-то такое весьма гибкое и шутливое по-французски!..

Жорж должен был вскоре обвенчаться, и всё было, кажется, готово к венчанию молодых. Мастерица Гликерия сама сшила себе подвенечное белое платье с пышными кружевами и с вышивками серебряной ниткой. Лика была экономной девушкой, если вообще не жадиной, и мечтала скопить деньги на открытие своей собственной швейной мастерской. Надо заметить, что Жорж разделял её мечты и тоже хотел, чтобы она стала безбедно жить. Да и Бахрушин тоже высказывался за швейную мастерскую, и даже рассказал Володе про одну запрещённую книжку, написанную в Петропавловской крепости сыном священника, где прославлялись швейные мастерские как средство к безбедному существованию в России. Но как раз накануне венчания господин Толстогубов, хозяин конного завода, попросил Жоржа выступить на интересных и очень даже занятных скачках. Конь Волнорез был собственностью хозяина, господина Толстогубова, и хозяин держал пари, поставив хорошие деньги на Волнореза. Конь должен был выиграть приз с таким опытным жокеем, как знаменитый Жорж! Что делать? Это вечный вопрос в России! Жорж согласился.

Скачки — это жестокое безумство людей, как всякое буйное и шальное дело! И Володя, то есть знаменитый ныне жокей Жорж, решительно отложил своё венчание и стал готовиться к скачкам. Тренировал коня, чистил его, кормил согласно специальной диете и всячески холил, поскольку конь господина Толстогубова должен был выглядеть настоящим неписаным красавцем! Однако чистопородный Волнорез, со своим почти оранжевым, природным ровным окрасом, и без того ценился знатоками и любителями лошадей очень высоко! Но Жорж не хотел ударить в грязь лицом, и конская шкура стала отливать воистину натуральным атласом! Анастасий Сергеевич Бахрушин ни на минуту не упускал Жоржа из виду и, наблюдая его верхом на коне своим намётанным взглядом, делал ему снова и снова профессиональные замечания и давал дельные советы. Тем более, что времени на подготовку к этим скачкам было в обрез!..

В ночь перед скачками Жорж, по своему обыкновению, никого не подпускал к Волнорезу и ночевал в конюшне вместе с ним. Только невеста Лика и пришла к жениху своему пожелать удачи! Что-то случилось у неё с указательным пальцем, она вдруг уронила перстенёк свой позолоченный с голубым камешком на пол конюшни и долго искала тот перстенёк под ногами коня. Жорж успокаивал свою невесту вначале, поскольку тот дешёвенький перстенёк был его давнишним подарком ей. Теперь Жорж мог бы купить своей жене Лике штук пять таких перстеньков, особенно после завтрашних скачек! Но Лика никак не хотела успокоиться и продолжала искать тот дорогой её сердцу перстенёк. Жорж немного задремал. Но конь вдруг громко заржал, и жокей сразу очнулся от дремоты. Невеста была всё ещё здесь! Она весело расцеловала Жоржа и ушла себе спокойненько, и сразу наступило утро азартного забега. Жорж вышел с Волнорезом к зрителям. Ему бросали цветы, букеты цветов! Громадная толпа взволнованных людей, ликуя, стала выкрикивать имена славного коня и знаменитого жокея. Люди кричали примерно такое:

— Жоржик! Эй, малыш! Врежь им! Покажи им, Вольник! Красавец какой, смотрите! Вот это конь! То не просто конь, то воистину Человече! Жорж! Не подкачай! Это Бахрушина Настасия Сергеича питомцы! Я служил в одном полку с Бахрушиным! Мы — гусары! Где мы только ни бывали! Чего мы только не видали! А сколько девочек... Дальше не продолжаю, ребята! Складно, ладно и понятно, да? Давайте не грустить! Нас ждёт победа! Наша возьмёт!!! Вот увидите!!! Сегодня скучно не будет никому! Сегодня жарко будет! Эх, жарко! Выпьем за удачу!!! Всем ура!!! Ура!!! Ура!!!

Скачки начались. Спустя короткое время стало очевидно, что конь Волнорез идёт слишком медленно. Конь явно отставал! Публика тихо замирала в своих удобных ложах, а кто-то замер на своём месте, схватившись за сердце: деньги на Волнореза были поставлены огромные! Но конь проигрывал, и разгневанная толпа погрузилась наконец в ледяное молчание! Потом обречённо прошелестел едва слышный шёпот, за ним другой, настойчивый и твёрдый... Этот хвалёный жокей по кличке Жорж явный самозванец, кажется, и не старался вовсе выиграть и потому не гнал этого проклятого, тоже хвалёного коня! Волнорез, похоже, должен прийти к финишу только третьим! Так и выйдет! Пусть третьим! Да ведь не шестым или девятым! Господа, господа, опомнитесь! Так до дуэли дойдёт!..

Но конь всё равно пришёл к финишу! Какой-то денежный процент в ставках на Волнореза остался выигрышным. Однако толпа, которая час назад ликовала от восторга, теперь швыряла тухлыми яйцами в проигравшего коня, припадавшего на одну ногу, и заодно в хвалёного жокея Жоржа! Растак его, хвастуна и халтурщика! В церкви ему пора свечи копеечные разным кликушам продавать, а не в жокеях числиться! Вот уже выгонит его в шею, негодяя и обманщика такого, хозяин, господин Толстогубов, и правильно сделает! Но так и не вымолвив ни слова даже побледневшему Бахрушину, Володя-Жорж увёл коня подальше от криков и брани в конюшню. На жокее не было лица! Анастасий Сергеич Бахрушин изо всех сил своих, рукопожатно и словесно, как только мог, успокаивал проигравших, ободрял их! Кому-то подносил стакан вина, кого-то уговаривал дёрнуть чарку, не забывая защищать, однако, и неудачливого ныне жокея Жоржа. Так, постепенно вспыхнувший было скандал не разгорелся, и люди разошлись по домам и трактирам. Бахрушин поспешно отправился на поиски Володи-Жоржа. Он нашёл его в конюшне рядом с Волнорезом. О чём Бахрушин и Жорж говорили, осталось навеки величиной неизвестной. То есть неизвестной и по сей день! Анастасий Сергеевич Бахрушин умел хранить разнообразные тайны, и военные, и штатские. Судьбе было угодно забросить одного из его предков в ссылку, в Соловецкий монастырь для исправления злостного характера и покаяния! Вина ссыльного состояла в том, что он, овдовев, взял себе в наложницы молодую девку, басурманку, из дикого крымского племени, и захотел ещё повенчаться с ней. Но восточная красавица отказалась от крещения в другую веру и убежала в табор к цыганам, выбрав свободу! С тех пор никто в старинном дворянском роду Бахрушиных лишнего и по пьяному делу, даже в опустевшем доме, в полном одиночестве, языком своим не болтал и не марал свою православную веру!..

Жорж просидел рядом с конём несколько дней совсем один. И муха, казалось, не залетала в конюшню, и мышка крохотная не проползла! Лишь когда вздулся огромный нарыв на ноге Волнореза, жокей пришёл к своему учителю Анастасию Бахрушину.

— Ветеринара надо звать, — промолвил Володя. — Волнорез укололся перед самой скачкой обо что-то острое. Это целиком моя вина, я недоглядел. Можете пристрелить коня, воля ваша, Анастасий Сергеич, и его светлости господина Толстогубова. Но я спасал вашего коня, как мог! Волнорез окочурился бы на этих скачках от боли и страха, если бы я начал погонять его. Конечно, для скачек Волнорез больше никогда и нигде не сгодится. Зато для выведения своей лошадиной породы он ещё вполне пригоден. Родословная у него славная, сами знаете. Ещё поискать надо жеребца таких чистых кровей, как Волнорез! И молодой он ещё жеребец…

— Господина Толстогубова я беру на себя, — отвечал Бахрушин. — Ветеринар будет. Ты не убивайся так, Володя. В конце концов, речь идёт о жеребце, о животном. Ведь речь не о человеке, речь о лошади! С деньгами выигрышными я разобрался. Всё в порядке. И никто твоего Волнореза пристрелить не хочет и не собирается. Клянусь тебе господом богом, что я такой расправы над этим заслуженным бедолагой просто никак не допущу!..

— Да был бы Волнорез мой! В том ведь и дело, что он не мой и не ваш тоже, Анастасий Сергеич. Это господина Толстогубова конь…

Так Володя ответил Бахрушину и сразу ушёл. Ветеринара вызвали. Он вскрыл нарыв на ноге коня и вытащил из глубокой гноившейся раны огромную толстенную иглу! Когда ветеринар удалился восвояси, Жорж завернул подкову, снятую с повреждённой ноги коня, в тряпицу, сколол тряпку злочастной иглой и показал сделанный завёртыш конюху Игнату, простецкому мужику из крестьян, с такими словами:

— Вот славный подарочек будет моей Лике от меня к венцу! Немало ей заплатили за него! Вот и возвращу я ей назад всё её богатство, что она принесла мне! Возращу всё моей любимой жёнушке сполна!..

Жорж убежал, а конюх Игнат подождал немного, размышляя над такой странностью с завёртышем-подарком, и потом бросился было вдогонку за жокеем. Да было слишком поздно, Жоржа не было видно нигде. Только на следующий день, к вечеру, конюх Игнат, заподозрив неладное, пришёл к Бахрушину и обо всём ему подробно рассказал. Бахрушин немедленно дал команду людям искать Володю, хоть из-под земли несчастного жокея выкопать! И люди бросились искать Жоржа. Нагрянули к нему домой, думая, что запил он с горя. Пришли, а Володя в сарае в петле висит. И ноги остыть не успели! Не смог простить бедняга себе самому горячей своей любви к этой своей совсем недостойной невесте!..

На похороны жокея пришло много людей, и много прозвучало речей о нём, и много сказано было тёплых слов. Молодой священник, недавно назначенный в местную церковь, так и не решился отпевать самоубийцу. Зато на кладбище взял да явился старый дьякон и, тихо шмыгнув красным носом, прочёл, выпивоха беспробудный, от начала до конца положенные молитвы по усопшему своим басистым голосом, с высокой и суровой важностью поглядывая на притихшую толпу. Анастасий Сергеевич Бахрушин бережно возложил на могилу Володи дорогущий венок из красных роз, перевитый георгиевской лентой. За огромную заслугу зачёл покойному Жоржу счастливое спасение чистопородного и дорогостоящего жеребца Волнореза господин Толстогубов в своей весьма траурной, торжественной речи. Только благодаря высокому мастерству жокея Жоржа конь пришёл третьим к финишу с этакой покалеченной ногой! К старому дьякону люди тоже прониклись явным уважением за его молитвы и хорошо накормили его на богатых поминках по знаменитому жокею Жоржу, устроенных господином Толстогубовым, человеком грузным и шумно дышавшим, и чем-то даже неуловимо напоминавшим древнего мамонта. Вероятно, своими вечно взлохмаченными густыми и длинными волосами с заметными в них нитками ранней седины. Кстати, водки старому дьякону господин Толстогубов распорядился категорически не давать, и люди охотно угощали старика лишь отнюдь не крепким, но очень вкусным итальянским вином! И стали люди упорно думать после этих похорон, как такое случилось на самом деле с Володей, и догадались, конечно! Это невеста Володи, портниха Гликерия, и никто другой, воткнула в ногу коня иглу в самую ночь перед скачками. Сомнений не было — ей отвалил какой-то подлец немало денег за этот поступок! Волнорез вместе с Володей проиграли, потому что кто-то другой вместо господина Толстогубова и всех остальных хотел загрести себе крупный куш на тех скачках и зачеркнуть на долгое время добрую славу жокея Жоржа и, разумеется, скомпрометировать господина Толстогубова с его конным заводом! И заодно Анастасия Бахрушина с его дворянскими предками весьма сомнительной репутации! Лика взяла деньги и, наверное, решила, что Володя простит её поступок, если даже и догадается об этом. Погибал только конь, бездушная скотина, а не человек! Лика с Володей, повенчавшись, могли бы стать вполне обеспеченными, солидными людьми и открыть собственную швейную мастерскую. Не вечно ведь Володе рисковать! Можно легко сломать себе шею, служа в жокеях, хотя, как верно сказано, кто не рискует, тот не пьёт шампанское! Вспомнил конюх Игнат и о том, как Лика бездушно обманула Володю, сказав, что обронила перстенёк в конюшне накануне скачек, и долго шарила под ногами коня, прикидывая, как сподручнее воткнуть чудовищную иглу немой скотине. Волнорез тогда громко заржал! Конюх Игнат тоже слышал этот конский крик. Лика не рассчитала только, что лихой жокей Жорж не сможет, наверное, жить без скачек. Не сможет даже просто дышать, существовать без этой ошалевшей от страсти к лошадям громадной толпы зрителей, которая своей энергией зажигала в нём азарт перед очередным конным забегом! Кто-то из местных обитателей округи припомнил, что Володя прибежал в домик Лики, расположенный у реки, и спустя минуту выскочил, словно чёртик из коробочки, наружу. И бегом помчался по тропинке к лесу, держась за голову после объяснения с любимой невестой! Но Лика не кинулась догонять Володю, словно её любовь к нему закончилась на той крупной сумме денежного вознаграждения, которую она приняла от изощрённых подлецов. Едва Володя скрылся из её глаз, как Лика бежала сама. Вылезла в окно и добралась до парома, быстро рванув на другой берег реки, подальше от этих мест, где её запросто могли убить мстительные и яростные лошадники. Она так испугалась, что добралась аж до самого Берлина! И здесь, в далёкой Германии, в безопасности, тихо стала совладелицей новенькой швейной мастерской...

Спустя некоторое время Лику начали охотно узнавать знакомые люди из тех зрителей, кто отлично помнил знаменитого жокея Жоржа. Его слава бесстрашного наездника была, как оказалось, очень велика! С Ликой пытались найти общий язык, расспросить её о жизни и даже утешить. Дело с теми скачками было прошлое, почти забытое и очень неясное до конца. Но Лика хранила глубокое молчание. Через короткое время она стала крепко выпивать и потеряла свою долю в мастерской. А потом девица Гликерия, бывшая невеста знаменитого жокея Жоржа, исчезла неизвестно куда, вероятнее всего, навеки канув в бедность и нищету. Что касается коня, красавца Волнореза, то он дожил почти до самой Октябрьской революции, успешно выводя лошадиную породу с разными недурными кобылицами, и в старости был пристроен за все свои заслуги в деревню трудиться ещё и ещё для людей. На нём, старом, но всё ещё могучем коне возили воду и вспахивали землю. Конь выдержал свою роль в его лошадиной жизни, если можно так сказать. А Бахрушин Анастасий Сергеевич своего личного горя на этот раз не выдержал и скончался однажды вечером на кладбище, на могиле Володи-Жоржа. Ведь Володя был ему дорог, почти как родной сын. Господин Толстогубов, правда, вскоре намекнул кое-кому, что Бахрушина снова сумели запутать в свои сети недостойные люди. Но было ли это правдой, никто не знал. Возможно, что господин Толстогубов просто решил поискать виновных в этом чёрном деле и решил, что славным именем такого порядочного человека, как Анастасий Сергеевич Бахрушин, он развяжет этот крепкий узелок. Но так и не развязал, не сумел! Оно так, ложь языки не развяжет. Только истинная правда, пусть лишь случайно прозвучавшая в чьём-то смутном намёке, может заставить человека заговорить о настоящем положении дел. Пусть даже и с риском для собственной своей весьма короткой, но данной нам господом богом, всего одной человеческой жизни!..

Гроза закончилась. Мою бабушку окутал глубокий сон. Я прислушалась к её ровному дыханию, осторожно опустив её руку на постель, и добралась на цыпочках до своей комнаты. Я думала тогда, что в реальной жизни люди старательно придумывают себе красивые имена и звучные прозвища, наверное, именно для того, чтобы даже в своих собственных глазах стараться выглядеть намного интереснее и значительно сильнее! Вздыхая, я печально думала и о том, что великий Гюстав Флобер верил в верность любви со всей своей отчаянной фанатичностью француза, принадлежавшего по своему рождению к легендарной нации любви, точно так же, как Николай Островский всецело верил в торжество и справедливость великой Пролетарской революции. Но герой Николая Островского, преданный Октябрю, смелый Павел Корчагин, утомившись постоянно закаляться, со временем затерялся в книжной пыли. В реальности осталось лишь весьма живучее и выносливое чувство бессовестной эксплуатации одного человека другим с ехидным оттенком бездушной предприимчивости — кто кого перехитрит в жестокой схватке за весьма солидный, почти миллионный, денежный куш? И наше вечно занятое, и потому весьма невезучее человечество вовсе не заметило смерти Мадам Любви и продолжало свою единственную мимолётную жизнь, добросовестно вымирая безо всякой любви!..

Нет, не стоит перекладывать на жестокие времена и всемогущих тиранов-правителей свою собственную, человеческую вину за содеянные ошибки. Любой поступок наш зависит только от личного нашего выбора. И я, оказавшись спустя много лет в огромном потоке эмиграции из бывшей Страны Советов, великого СССР, иногда задумываюсь снова и снова об этом неизбежном личном выборе. Да и то спросить, разве по-прежнему где-нибудь в несуществующей больше конторе Горисполкома или среди решительной контры героического ЧК — ответьте, пожалуйста, честно! — наше славное человечество нуждается в каких-то там бессловесных мифических, полностью исторически вымерших, хотя и сильных существах, похожих на мамонтов, например?..

Нью-Йорк, 2018

БОГАТЫЕ МАЛЬЧИКИ

Сильна и живуча в России память о былой славе и власти предков. Мы шли в тот запомнившийся мне день из корпуса санатория по аллее, обсаженной молодыми берёзками и клёнами.

— Видите щуплого мужчину в голубой рубашке? Это сын маршала С-ва, а по профессии он слесарь-сантехник. Страшно вот так однажды потерять могущественных родителей, обеспеченность, друзей и навсегда сломаться. Конечно, бывало, что и незаконнорождённых царских детей отдавали на воспитание в простые семьи, но тем хоть состояние дарили какое-то на будущее! Герцен прожил под вымышленным именем всю жизнь, но сумел это имя обессмертить. И даже Василий Иванович Чапаев, хотя и остался необразованным человеком, обладал удивительной личной храбростью и стал героем. Он был сыном губернаторской дочки и проезжего певца-цыгана, как сейчас стало известно из мемуаров Фурманова. Возможно, что сознание своей принадлежности к классу, который его изгнал из своей среды и заставил вырасти в семье простого конюха, и подстегнуло Чапаева на борьбу. Но ведь не у всех хватает силы стать ещё и героем после всего пережитого, — сказала моя мать.

Подруга моя, Таня Корякина, которую вечно ругали в школе и дома за недостаточные успехи в учёбе, поспешила поддакнуть:

— Это ужасно! Всю жизнь общаться только с простым, необразованным народом и постепенно лишиться даже прирождённого интеллекта. Вот что такое — не хотеть учиться! И сын маршала С-ва тому живой пример. Я понимаю.

— Нет, ты как раз меня поняла неверно, — строго поправила моя мать. — Общаться с простым народом — это не порок. Зло состоит в том, что сознание несчастий своих, выпавших на долю, не каждого заставляет бороться с собственной судьбой, например, за утверждение своей личности как полноценной. Человек может смириться с обстоятельствами и навсегда опуститься, и уже ни на что не претендовать! Хотя я верю, что в отдельные минуты жизни достоинство может всё-таки проявиться хотя бы на короткий миг. Но ещё неизвестно, в какой именно миг, возможно, что и в дурной, а не в хороший! И трудно предугадать, как оно проявится, это поруганное достоинство. Возможно, агрессивно, как у Чапаева! И если учесть, что обиженных Сталиным много, что будет дальше в нашей жизни — даже трудно предугадать!

Моя мать улыбнулась и открыла расписную картонную коробку с рассыпчатым печеньем:

— Берите, девочки, себе печенья сколько хотите и отправляйтесь на речку. К обеду только не опаздывайте.

На речку мы с Таней, ясно, не пошли, нас заманивал своей тенью пышный сад, окружавший санаторий. Под тихий шелест листьев легче говорить и мечтать о любви, чем под быстрый рокот горной речки, и мы выбрали садовую беседку. Здесь и засели мы, вдалеке от назойливого попечительства взрослых, и ели шоколадное печенье, закусывая его спелыми яблоками, которые сорвали с ветки дерева, склонившейся у входа в наш уголок.

Второе лето мы проводили здесь. Мы очень сблизились с Татьяной за последнее время, и наши планы на жизнь в целом совпадали. Мы стремились вырваться вперёд, в поток бурно кипевшей вокруг, отнюдь не тихой и ни в коем случае не приглушённой даже лирики, которая звала нас посвятить своё будущее высокому служению отечественной физике и химии и другим техническим премудростям, вполне пригодным для осуществления космических и атомных перестроек в нашей стране. Часто, слушая по радио стихи Евгения Евтушенко о блистательных преобразованиях на Кубе, проведённых в жизнь виртуозным Фиделем Кастро Рус, мы воображали и себя творцами бесспорных благ на земле, и нам хотелось стать такими же, как та самая девчонка с улицы Горького, которая плавала, как под парусом лодка, в интермосковье, пока не бросила якорь в поэтическом сердце эмоционального и модного, нового советского поэта Евгения Евтушенко, пытавшегося, однако, зорко прозреть гиблое будущее кубинско-американских отношений.

Парус, надутый ураганом бури, благословленной по милости божьего помазанника Никиты Хрущёва, слишком быстро нёс нашу юность в открытый океан страстей и неземных совершенств, которые, как нам казалось, стоило просто в себе выработать, как походку московской девчонки, и тогда можно было уже ничего в жизни не бояться. В одно из этих совершенств, по нашему мнению, можно было включить существование бескорыстных и преданных друзей, которые живут недалеко друг от друга, иногда в одном дворе, но борются вместе за одно и то же мощное право в жизни — получить в ней звёздный билет. И устав порой от бесконечных лирических споров в компании одноклассников, а также от разглядывания портретов Фиделя Кастро в его военной оригинальной форме, которые были развешаны в нашем городе на каждом углу (по старинной привычке «лучше перекланяться, чем недокланяться»), мы уезжали от городского шума и летней жары на лоно природы — в горный санаторий.

Мои родители почти каждый год проводили здесь свой летний отпуск, тем более после микроинфаркта, случившегося с моим отцом три года назад, для поправки здоровья они выбрали именно этот санаторий Совета министров. Мой отец работал в этой системе волею судьбы, и хотя мебель в нашей огромной квартире была довольно скромной, поскольку мой отец был принципиальным противником роскоши, от сервиса, положенного по чину, он отказаться был не в силах. Да и занятость на работе и нервное напряжение были достаточно велики, так что отдых на свежем воздухе в горах подразумевался самый полный и безмятежный.

Мы жили с Татьяной в одном дворе, в одном доме и в одном и том же подъезде. Её родственники тоже занимали соответствующее «Дому на набережной» служебное положение: дедушка Тани был профессором ботаники, а бабушка — санитарным врачом. Мать Тани отдала её на полное содержание и воспитание своим родителям, поскольку отчим Тани невзлюбил чужого ребёнка. Слишком много пережившая за свои пятнадцать лет, Таня казалась взрослее меня. Мы учились в одном классе.

— ...Слесарь, — сказала я, прожевав печенье. — Ужасная работа, представь, Танька! В грязном, промасленном комбинезоне весь день. Вспомни Володю, сантехника из нашей жилконторы. От него всегда водкой разит.

— В детдоме, к тому же, очень скверная еда! — воскликнула Таня. — Мне бабушка рассказала всю правду о детских домах, она их изучила, когда работала на санэпидстанции врачом. А этот сын маршала С-ва, ты заметила? Он просто скелет! И может быть, даже туберкулёзом болел. В детских домах с детьми и сейчас разное случается, мне бабушка говорила, у неё там остались знакомые врачи, коллеги. Коллеги никогда не обижают друг друга. Ты дочитала, кстати, роман Аксёнова «Коллеги», да? Я обещала дать почитать девочкам. Так вот, бабушке коллеги сказали, что в детдомах часто учителя-мужчины спят с ученицами, и директора и завучи тоже. У этих детей нет никакой защиты, им некому нажаловаться и некуда идти. Недавно одна девочка там повесилась — она испугалась, потому что была беременна от завуча этого детского дома. Вот ужас! И это сейчас. А в сталинское время что там творилось, даже трудно представить. В детских домах работает много гомосексуалистов тоже, а сын маршала С-ва был мальчик хрупкий. Неизвестно, что он мог пережить. Может, ему девушки больше не нравятся...

— Да, наверное, он ничего в детстве вкусного не ел, — сказала я. — Но я заметила, что девушки ему тоже нравятся, даже если он и был гомосексуалистом когда-то давно. Сейчас ему официантка Аня нравится, он часто с ней разговаривает и провожает её к автобусной остановке в город, я много раз видела. Вообще, если бы сын маршала С-ва был нашим ровесником, мы бы его могли пригласить в свою компанию, но он уже взрослый совсем человек и вряд ли захочет с нами разговаривать. И вообще, к нему запросто не подойдёшь.

— Конечно, нет. Ещё решит, что мы познакомиться хотим, раз ему девушки нравятся всё-таки, — сказала Татьяна. — А если он такое про нас решит, то может сделать нам циничное предложение. От некоторых мужчин чего угодно можно ожидать, если уж им понравилась молодая девушка. Например, от такого негодяя, как мой отчим!..

Таня всё-таки была взрослее меня, осторожнее и серьёзнее, и бывали минуты, когда я молча замирала от сочувствия к ней, не выспрашивая подробностей её горького детства, а лишь молча переживая заново вместе с ней её прошлое, слишком больное. Я знала, что Тане пришлось сделать аборт от своего отчима, и эта трагедия для её пятнадцати лет не прошла даром — на нервной почве близорукость её увеличилась, и она постоянно носила огромные очки с толстыми стёклами. Из-за зрения она не могла бы теперь стать хорошим хирургом среди медиков-коллег, готовых сделать в условиях районной больницы сложнейшую операцию на сердце кому-нибудь из своих друзей, если это ему понадобится. Этот удар судьбы Татьяна старалась, правда, пережить стойко и решила поступить в медицинский институт всё равно и быть в будущем хорошим детским врачом, например, по совету её мудрой бабушки, совершенно никогда не претендовавшей на звёзды с неба.

Из-за своих очков Таня не причислялась в нашем классе к красивым девицам, но она знала это мнение и старалась исправить свою внешность, постоянно при случае заменяя свои очки на солнечные с диоптриями. В них Таня казалась озорной и очень даже модной. И сейчас, когда мы сидели в беседке, Таня, помолчав немного после своих горестных размышлений, высказанных ею вслух, нечаянно и на минуту зажмурилась. Но когда она открыла глаза, в лицо ей плеснулось полуденное солнце, прихлынувшее внезапно на матовую яблоневую листву, и Таня моментально переменила свои очки на тёмные. Теперь она казалась даже развязной — она оперлась обеими локтями о край беседки и положила ногу на ногу.

Я сидела напротив Татьяны, спиной к солнцу. По узкой дорожке, что вела сквозь сад на дачи КГБ, шла молоденькая официантка из санаторного ресторана. Одной рукой она катила впереди себя столик на колёсиках, уставленный судками с пищей, — они сверкали отполированным металлом. В другой руке девушка держала вместительную соломенную тарелку с чем-то съедобным — белым и розовым. Она была почти наша ровесница, эта девушка-официантка, — так, по крайней мере, казалось нам в это лето. Её звали Аней.

— Обед опять Аня повезла на военные дачи, — сказала я. — Почему только она туда и возит обед? Почему не Лена, толстая?

— Всё потому же! Старые они или молодые — все мужчины любят только молоденьких женщин. Им хоть ребёнка подавай! Да и красивая она, Аня.

Таня оглянулась через плечо и принялась рассматривать Аню сквозь сильные диоптрии своих дымчатых стёкол.

— У неё очень красивые волосы, — объявила Таня. — У неё длинные густые русые волосы. Наверное, в детстве у неё была хорошая коса. А у нас с тобой кос не было. У меня вообще была всегда короткая стрижка, а у тебя волосы кудрявые и чёрные. А вот Аня — она модная, блондинка, она — как Бриджит Бордо!..

Таня продолжала смотреть через плечо, не отрываясь, в сторону Ани.

— У неё в руке плетёнка с зефиром! — вдруг воскликнула Таня. — Я ужасно люблю зефир! Может, попросим у неё по штучке? Там много в плетёнке.

— Конечно, можно было бы, — начала соглашаться я. — Аня к нам неплохо относится, всегда с нами смеётся и шутит, и зефира нам даст, но только... — и я договорила быстро: — Но только сын маршала С-ва идёт сюда. Мы при нём не будем просить, правильно?

Сын маршала С-ва между тем приближался. Низкорослый, в измятой рубашке с расстёгнутым воротом, он ускорил шаг и нагнал смазливую девушку.

— Ловко, Анютка! — воскликнул он хриплым голосом, обняв подружку за талию. — Опять, значит, харчи везёшь мордоворотам? Могла бы ведь и мне подсластить жизнь-жестянку!

— Вы опять, Вася, хватили лишнего, — укорила девушка. — Опять от вас портвейном разит, а ведь ещё не вечер!

— Вот уж к вечеру я надеюсь так, что не буду способен даже и мычать, как корова вот — бу-у-у-у! Да, будь уверена — не буду даже мычать! — громко и нетрезво засмеялся ухажёр. — От такой житухи, спроси, кто не запьёт? Как по расписанию живём — завтрак тебе, обед, ужин вовремя! Да почему, спрашивается, я должен вовремя приходить, как в детдоме? Может, я погулять хочу на речку пойти, а то и в горы пойду, затеряюсь на природе. Может, душа у меня так требует?! Нет, понимаешь, и на отдыхе не имеешь права не подчиняться расписанию.

Пришёл не вовремя — ходи голодный, так? Так, не спорь! И по всей нашей жизни так! Ну а потом что, я спрашиваю? Танцы? Или под вышку всех мордовороты снова подведут? Чуешь?

— Будет вам, Вася! — укорила девушка снова. — Люди отдыхают тут, и вы отдыхайте. Опоздаете — так мы вас покормим на кухне. Вы ведь, как и мы, — простой совсем человек. Мы вас не обидим, Вася!

— Не обидишь — это мне подойдёт, — сказал ухажёр. — А то я по жизни много обиженный, потому и лишнее, бывает, пью. Я не отрицаю. А дай-ка мне вот эту повидлу — жисть мою несладкую сладким закусить. Сла-а-деньким!

Он хотел, вероятно, поцеловать девушку и взять зефир, но не рассчитал движения или не подумал, что он сделает сначала. Его качнуло на нетвёрдых ногах, а девушка ловко отвела руку с тарелкой в сторону.

— Ты пальцами своими десерт не лапай, Вася! — тоненько взвизгнула Аня. — Я начальникам это большим везу, нажалуются на меня — так вылечу в простую заводскую столовку!

И девушка отступила на шаг, продолжая быстро говорить:

— Ах, их ведь не угадать, Вася, какие хитрые они, кебисты эти! Всё им кажется с похмелья — это несвежее, это примятое. Говорят на нас, что мы для себя порции их воруем — ворьё, мол, тут собралось! Да разве нам и поесть тут уже нельзя — всё для них разве? Как будто в общепите нужно работать ещё и честно! Но я с ними стараюсь поласковей, Вася. Умаслить их — вот это они любят. А у тебя руки вечно грязные и табаком воняют. И ещё говорят все, что ты — персона! Да поучился бы ты хоть и у них, Вася! Они хотя и бессовестные, но такие намытые, в одеколоне! И какая ты вообще персона, я не пойму. Ладно, погоди, я тебе сама дам одну штучку всё-таки. Мне тебя ужасно жалко, Вася, сам знаешь...

Даже из беседки, на расстоянии, мне стало видно, как мгновенно перекосило злобной, бессмысленной гримасой лицо того, кто был сыном замученного в застенках НКВД человека.

— Дашь штучку?! — громко переспросил он. — Удивить, значит, хочешь? Я знаю, ты — Анка-давалка, только я теперь не возьму, если и дашь. И папаня бы мой тоже такой побрезговал! Вот иди теперь, дай им, чистеньким своим, в одеколоне, а меня больше не зови течку свою из крана останавливать.

Да гори она, вся ваша судомоечная, синим пламенем! Всех бы вас в этом санатории в расход пустить, чтоб неповадно вам было!..

— Что, Вася, не допил портвейн разве, или утешить тебя, кроме меня, некому, раз оскорблять всех вздумал? Изнервничался, что ли, изголодался? — съехидничала девушка.

В ответ прозвучало:

— Своё я допил и доел, а к чужому больше не липну! Потому я и персона, что грязный в руки не возьму, не педераст больше, как твои одеколонисты. А ты пойди, поищи такой весёленький, как у меня, у своих мордоворотов! У меня-то он сохранился в целости, а вот у твоих дружков кран давно закрыт. Сама рассказывала, я помню! Вот и пойди, открой тот кран, попробуй!..

Он пошёл, пошатываясь, назад по дорожке сада. Девушка поглядела ему вслед, может, хотела догнать, потому что суетливо стала пристраивать тарелку с зефиром на переполненный столик, сверкавший аккуратными судками. Но неожиданно она заметила нас. Аня мгновенно поняла, что мы всё слышали.

— Пьяница он, девчонки, — сказала она, смущённо подходя вплотную к беседке. — Он первый сезон у нас в санатории отдыхает. И как он сюда только попал? Совсем он некультурный, пьёт по-чёрному. Кран он у нас в посудомоечной чинил, всё упрекает меня этим — я его попросила. Да ведь он не за *так* кран починил! Ему тётя Шура, буфетчица, целый гранёный стакан пшеничной водки налила и рыбки копчёной красной ему тётя Шура тоже толстый кусок отрезала. Чего обижаться? Он и кушает к тому хорошо, Вася этот, он ведь по путёвке здесь отдыхает. И чего злиться?

— Он здесь за отца своего отдыхает, — сказала Таня серьёзно. — И за то, что отца его Сталин расстрелял, он обижается и злится. И зачем только у него отца расстреляли? Что он такого сделал — никто не понимает! Он ведь был очень большой человек, знаменитый маршал!

— Задаром начальство под суд не отдают и не расстреливают! — вдруг весело сказала Аня. — Бросьте их всех жалеть — так им и надо! Вот жаль только, что сынка тоже не прихватили, надоел он тут, ходит везде пьяный, а люди на него смотрят. Нет, другие тоже, бывает, выпивают, но ведь они на хорошей работе работают, оклад большой получают. А Вася кто такой? Слесарь. Вот если бы он сейчас маршалом был, его отец, и Вася при нём даже и выпивал — так это бы сходило с рук, как другим. Но его отец, видать, сильно провинился, раз убрали его, а говорить теперь всё можно, что невиновен, мол, был. Вот молодые офицеры на дачах живут, балуются, распутничают, а никто их не убирает. Потому что они сами — высокое начальство!

И Аня засмеялась переливчато и звонко.

— Вы не задерживайтесь долго, девчонки, здесь — время обедать. Сегодня бефстроганов такой, что пальчики оближешь! Тётя Шура, буфетчица, очень хвалила, две порции целых съела. У нас кормят хорошо — мы от души обслуживаем и работаем. И никого мы стараемся не обижать. Вы тут временные, я знаю, только в гости приезжаете к маме-папе. А вот поживёте — увидите, сколько разных разностей происходит тут. Все на нас жалуются, на общепит, а почему? Потому что мы видим каждого как на ладони, — кто вином тешит себя, а кто до нас, девушек, охотливый. Ну, да наше дело угождать. Хотите зефиром угоститься?

— Нет, не надо, спасибо! — одновременно, хором, воскликнули мы с Таней.

— Как хотите, я не жадная, — улыбнулась Аня. — Хотя вы девчонки не уличные, вам и дома сладостей хватает. И вообще — мои это харчи, что ли? Чего обижаться на меня? Ну, вам досвиданьица, девчонки! Надо чего — так заходите. А про Васю не рассказывайте никому. Да и кому надо слушать про дурь такую?

Мы кивнули в знак согласия — не скажем, мол. Аня ловко покатила дальше свой столик по утоптанной дорожке, бережно пронося сквозь дебри сада злополучную тарелку с пышной сладостью, готовой восполнить и компенсировать человеку его несбывшиеся надежды и мечты. Мы понуро вышли из беседки и побрели к корпусу санатория.

На ступеньках крыльца собралось несколько человек. Среди них был мой отец, выделявшийся высоким ростом. Рядом с отцом стоял коренастый мужчина в соломенной шляпе и рьяно отмахивался от мух сложенной в трубочку газетой. Звали его Михаил Митрофанович Логинов — имя, выдержанное в стиле прошлого века.

— Ну-с, молодёжь, — обратился к нам Логинов, — сейчас будем пить свежий кумыс[1]! Пили ли вы что-нибудь полезнее кумыса на этом белом свете? Ручаюсь, что нет. Кумыс надо пить утром до обеда, тогда и настроение, и здоровье будут отличными. Сейчас вы приобщитесь к таинству разлива кумыса, который привезён Ермеком прямо сюда с джейляу[2].

Кумыс из кожаного тугого бурдюка, не проливая ни капельки мимо подставленной под тонкую струйку посуды, наливал казах Ермек.

— Пажалиста, бери графин своя, ата, — светясь улыбкой, говорил он моему отцу. — Кумыс пиешь — старый никогда не будишь! И друга твоя Миша, — тут голова Ермека поворачивалась в сторону Логинова, но кумыс не проливался мимо графина!

И Ермек продолжал, подставив уже графин Логинова, и струйка кумыса всё так же озорно била в прозрачные стенки графина.

— Миша, которая любит кумыса попить, тоже савсем ещё маладой джигит. Ермек понимаешь, Миша-джигит балерина-жена имеет и других девочек танцорок тоже хочет знакомиться. Ермек понимаешь много, Ермек много живёт, всё понимаешь, Ермек кумыс пиёт, рука твёрдый имеет и тоже джигит! Верный подруга-жена имеет, танцорка-девочка имеет, и ещё других девочка тоже Ермека может иметь! А потому что кумыс пиешь. Никогда мы старый не будешь, Миша, никогда! Старик говорил, казахский народ кумыс пиешь — и аллах тебя забудишь, и вечная жить будишь на нашем джайляу. Кумыс маладец, и Миша маладец, и аллах маладец, сиди на своя неба тиха!..

— Ты среди нас, ата, самый молодой! — смеялся Логинов. — Сколько лет я тебя знаю, а ты всё джигит, не берёт тебя время. Только волос у тебя что-то меньше и меньше с каждым годом становится, и виски у тебя очень седые стали, ата. Но в прошлом году и у меня волос тоже больше было, что правда — то правда! — и Логинов снимал шляпу, демонстрируя Ермеку лысину и доставая деньги из-под шляпной ленты.

---

[1] Кумыс — конское молоко.

[2] Джейляу — горное пастбище.

— Лысый-седой не главный у джигита волос! — жмурился в улыбке казах, ловко пряча бумажку в карман чёрных шаровар. — Главная — джигит сильна живёшь, много кумыса пиёт! Ещё маладой кобыла проста усмирит можешь!..

— Этому сыну маршала С-ва тоже надо посоветовать кумыс пить, — сказала Таня, смело поглядывая на Логинова, залпом опорожнившего стакан кумыса. — Тогда этот Вася перестанет водку пить и сразу будет таким же, как вы, Михаил Митрофанович, остроумным и сильным. Недаром за вас согласилась выйти замуж балерина.

Мы сидели за столиком в ресторане, помню, вчетвером: Татьяна, мой отец, я и Логинов. Многие успели отобедать, и отдыхающих почти не было в просторном и чистом зале с морем тюлевых кружев на окнах.

— Сын С-ва другой напиток чаще употребляет, — сказал Логинов, серьёзно взглянув на Татьяну. — Так сказать, пристрастился он, бедняга, от хорошей жизни своей пить во имя радостного и счастливого детства. И многие ещё употребляют напиток сей от вечной тоски русской и безысходности. Так уж повелось, сударыни мои. Несчастливая она страна, Россия наша.

— Особенно люди искусства много пьют! — воскликнула я. — Мусоргский, например, пил ужасно, а про Сергея Есенина и говорить не приходится.

— Вот именно, — сказала Татьяна. — И вылечить Есенина никто не мог. Тогда медицина была бессильна лечить пьянство. Вот сейчас это возможно, и многие люди с удовольствием лечатся от пьянства.

Мой отец усмехнулся в ответ, а холёное лицо Логинова озарилось лучезарной улыбкой.

— С удовольствием? Это ещё как сказать. Возможно, что вы, как молодёжь, настроены изменить русский характер в корне и сразу, перестроить его вмиг, будто по знаку волшебной руки дирижёра, — произнёс Логинов. — Это прекрасное стремление, но осуществить его трудно. Если человек долго жил в одной и той же среде — он к ней уже привык и сразу не только не переменится, наоборот, опустится от горя, что прежнего не вернуть. И потому всякие перемены нужно вводить осторожно. Конечно, время идёт, но старая привычка залить уголёк не слабеет. И чтобы она ослабела, надо сначала души людей вылечить, найти лекарство. Многие уходят в мир искусства от горечи жизни. Есенин и Мусоргский спасали нас, создавая возвышенное и прекрасное... Под сенью искусства мы легче воспринимаем жизнь. Доверчивее, ласковее. Искусство очищает, хотя и больно иногда очищает. Вы помните прощальные слова Есенина:

> В этой жизни умереть не ново,
> Но и жить, конечно, не новей!

— После этого горького завещания мы просто обязаны иначе строить своё поведение в обществе. Может быть, более сдержанно. Более умно. Разве не так?

— Сомневаюсь я, Миша, что так, — возразил мой отец, с аппетитом расправляясь с порцией мяса по-строгановски. — Сдержанных людей в обществе почти не осталось на сегодняшний момент. Политиков подстёгивают личные чувства, даже чувство мести, и, как правило, это часто. Да, мы должны быть умными и выдержанными. Но это ещё не значит, что мы обязаны ими быть всегда. Никита Хрущёв назвал культ личности по имени-отчеству. И трудно сказать, должен был он сдержаться или нет и не высказываться или высказываться наполовину — трудно сказать. Я недавно Василия Розанова читал и нашёл у него мысль про генетический код «Икс». Включается в нас этот код в отдельные моменты нашей жизни и истории. По Розанову, лично мы жизнью не распоряжаемся, а зависим только от тех генетических составных, которые выработали в нас предыдущие наши предки. И бывает, что человек проявляется в своей дурной привычке ломать, например, бессмысленно и беспощадно — смотря по тому, к какой жизни он привык. Протест — вот тебе и тот же код «Икс»! Устал сидеть всю жизнь под кем-то — и давай, круши его, бей, коли выпало время в игре.

Михаил Митрофанович вытер салфеткой пальцы, перепачканные соусом, и сказал:

— Конечно, философу уровня Розанова возразить трудно, но про код «Икс», я замечу, он небезусловно прав. «Иксов» в России видимо-невидимо! Оно, конечно, в России есть привычка обличать и ломать, но есть привычка и покорствовать, и середины, видимо, у русских не будет никогда. Русские не хотят строить, они привыкли или сокрушать, или замаливать. Вот мой дед, например. Когда у нас забрали именье, то дед мой на богомолье ушёл, и где могила деда моего — я по сей день не знаю. Так и сказал он мне на прощанье: иду, говорит, грехи русского царя Николаши замаливать, ничтожного человека, но помазанника Божьего! И потому, говорит, надо грехи его замазать и замолить, чтобы другой ещё такой же, с детства себя неудачным актёрством запятнавший и богом теми пятнами отмеченный, не завёл бы Россию нашу в тупик революции. Вот и другой код, да не просто код, а целый кодекс «Икс»!

Логинов вздохнул.

— И есть ещё стремление просто жить так, как жили предки. Вот мой отец, например, был прирождённым лошадником, коннозаводчиком, и я, как и он, люблю попить кумыс и поставить на серую в яблоках на ипподроме. Люблю и я сделать свою ставку на бегах, хотя бывает, что и ошибаюсь и проигрываю. Но ставки всё-таки делаю, хотя жена и упрекает потом за излишние расходы.

— Ваша жена — балерина Юрьева? — спросила Таня. — Почему она не взяла вашу фамилию?

Логинов укоризненно посмотрел на Таню и, постучав кончиком вилки по накрахмаленной голубой скатерти, сказал:

— Сударынька моя! Очень любопытствуете нынче. Но только ради вашей простоты готов ответить — моя жена из князей Юрьевых. И не хотела расставаться она со своей родовой фамилией из уважения к этому роду, захотела пронести своё имя через зимы и вёсны, и я для неё — просто Логинов! Хотя она не бросила этого просто Логинова, когда он был на самом на краю. Не только не бросила, но вытянула и спасла. И потому я рыцарь её верный и преданный!..

— Какой он красивый, хотя и старый, этот Логинов ваш, — сказала Таня, когда мы возвращались из санатория и тряслись в автобусе, упорно пробивавшем себе путь по горной узкой дороге. — Ведь он говорил утром, сейчас уже вечер, а мне кажется, я всё ещё слышу его баритон. А пальцы у него такие же длинные, как у Валеры Сенькова. Он вообще чем-то похож на

Валеру, или наоборот — Валера на него. И какие умные родители у Валеры! Если учесть кодекс «Икс», о котором мы говорили за обедом, то Валера Сеньков далеко пробьётся. Вот посмотришь — он будет знаменитым хирургом, великим человеком.

Папа Валеры Сенькова был министром здравоохранения.

— А мама его очень умная женщина, и так приветливо здоровается со всеми соседями, — продолжала Татьяна. — Даже с моим дедушкой, например, хотя мой дедушка уже совершенно не в своём уме: всё перепутал, не знает ни имён, ни фамилий друзей и знакомых, не помнит, какой у нас год. А недавно он перестал проситься на судно. И мне ужасно трудно за ним ухаживать. Но приходится, потому что он мой дедушка, и я терплю всё ещё и потому, что я будущий медик и мой долг — ухаживать за больным, хотя любить дедушку я уже не могу. Только когда мы гуляем во дворе и появляется Сенькова, я начинаю чуть-чуть любить его, потому что Сенькова подходит к его креслу, берёт в обе руки его парализованную клешню и начинает ему про то да сё говорить, да так ласково, так любезно, что мне становится стыдно за себя. А ведь он ей никто, просто сосед, а мне — дедушка, пусть даже совсем умалишённый.

Валера Сеньков учился в нашей школе, в десятом классе, и прекрасно играл на пианино, выступая на школьных вечерах. Родители давали ему много денег на расходы, и он резко выделялся среди других мальчиков тем, что всегда платил в кафе и барах за своих многочисленных приятелей и подружек.

— Кто не жмот, так это Валера! — приговаривал часто Петя Пак, кореец, живший на окраине города, появляясь в подъезде в ожидании друга. — Кого надо по-настоящему уважать, так это Валеру и его родителей. Такие люди высокопоставленные, а говорят по-дружески, запросто, например, со мной. Валера — он последнюю рубаху снимет и отдаст. Я таких людей хороших никогда в жизни ещё не встречал. Ни среди какого народа не встречал!

— Да, Валера — богатый мальчик, — соглашалась Таня. — Мама его — отличная хозяйка, и потому в этой семье денег больше, чем у тех, кто тоже получает большую зарплату, но о доме ничуть не заботится. Например, моя мать и мой отчим. А Валере папа с мамой ни в чём не отказывают, сами очень скромно одеваются, зато на Валере каких только свитеров нет. Особенно чёрный с красным ему к лицу!..

— Валера покутить любит с красивыми девчонками, — выразительно цедил сквозь зубы Петя Пак. — Многие парни на красоту зарятся...

Время шло, и Петя Пак стал неразлучен с семьёй Сеньковых. Он появлялся во дворе нашего дома в ярких модных свитерах Валеры, он неделями жил в квартире Сеньковых и даже отвечал по телефону министерской секретарше. Однажды в компании приятелей Валера и Петя отправились в синагогу, чтобы отметить праздник Пурим. Милиция забрала их при входе в помещение и привезла в отделение составить протокол.

— Ты как вместе с ними оказался? — приглушённо спросил Петю Пака молодой милиционер в надежде получить сведения, необходимые для информации высших чинов. — Скажи по-честному, кто тебя вовлёк в сионизм? У тебя другой бог, чем у евреев. Ты — кореец. Если скажешь, я не запишу твою фамилию в протокол.

Валера, внимательно слушавший допрос друга, мгновенно понял милицейский манёвр.

— Он не кореец, он евреец, — подойдя к милиционеру, ответил Валера. — Кстати, у меня, например, еврейка только мама, а папа — русский, причём из простой семьи, как и ты, я уверен. И мама много рассказывала мне всегда о своём народе и его культуре. Можешь записать это в протокол — моя мама нас вовлекла в сионизм! А знаешь, кто её муж? Мой отец — министр здравоохранения, товарищ Сеньков Павел Алексеевич. Ты слыхал такое имя, нет? Ты добавь в протокол, что мой отец — бывший военно-полевой хирург, и на фронте он одинаково всем спасал жизни, оперировал всех, кто был ранен. И вообще, знаешь что? Не пиши никаких протоколов. Ты же не антисемит! Ты в мундире, и не позорь свой мундир. Отпусти нас, мы уйдём отсюда всё равно, хотя бы по звонку из министерства. И дела никакого не будет, потому что мы ничего позорного не совершили. Мы пришли на раввинов посмотреть и послушать их. А ты священников слушаешь в церкви? Иногда не мешает. Короче, отпусти нас, и тебе не только не нагорит за то, что ты нас здесь задерживаешь, но ты ещё от меня получишь пару червонцев на сигареты. Хотя ты, конечно, милиционер, а не официант, но всё равно позволь тебе подарить от имени моей матери. Ведь ты — моя милиция, и ты меня бережёшь, как сказал Маяковский! Кстати, совершенно русский поэт, влюбившийся по уши в еврейку Лилю Брик! Бывает.

— Ладно тебе заливать, парень, ещё и про евреек, — сказал милиционер. — Запутать меня решил своими поэтами и министрами? Я знаю твёрдо: из еврейской постели только в прорабы можно выпрыгнуть. Нет, вашим в министры хода нет!..

Валера молча ударил милиционера по лицу. Потекла из носа кровь на милицейский мундир.

Утром Валеру привезла домой белая министерская «Волга». Один глаз Валеры залепил багровый кровоподтёк. Старший Сеньков теперь глухо и как-то торопливо отвечал на обычные приветствия соседей.

— Сенькова-старшего КГБ трясёт за случай в отделении милиции, — сказал Петя Пак Татьяне. — На Валеру находит, избаловали его родители. Кто просил его драться? В конце концов, нам бы ничего не было. Я — кореец, а Валера — русский по отцу. Это другим ребятам, может быть, попало бы, а мы тут при чём? Всё-таки менты — работники юстиции, и что бы они ни плели, а уголовный кодекс надо чтить!

Петя выразительно погрозил пальцем оторопевшей Татьяне.

— Что будет с Сеньковым-старшим? — спросила я у своей матери. — Его арестуют?

— Сейчас не арестовывают! — сказала моя мать. — Сейчас другие методы на человеке пробуют. Человек — он ведь не вечен, и сделан он не из железа. Солженицына изгнали из страны — вот и всё. А то, что он достаточно измотан лагерями, немолод и не знает чужого языка, — это тоже учитывается, не беспокойся. Тем скорее умрёт, ещё раз не пережив трудностей жизненной борьбы. Ну, пусть умрёт, только рады будут. От лишнего балласта только так избавляются — выбросив на позор. Устроили Солженицыну публичное избиение, срок поставили — покинуть страну, выдворен за пределы. Как громко звучит! Почти гражданская казнь, как для Чернышевского. Умеют в России придумать. Так и для Сенькова что-нибудь придумают. Я слышала от одного хорошего человека из министерства, что уже секретарша не подаёт Павлу Алексеевичу чай в кабинет, и он вынужден спускаться вниз, в буфет, и выстаивать очередь. А ведь Сеньков — занятой человек, и дел у него побольше, чем у технички тёти Насти…

Мы учились на втором курсе, я — университета, а Татьяна — медицинского, когда нагрянула беда в семью Сеньковых: умер от инсульта старший Сеньков, упал бездыханным на казённый ковёр в собственном министерском кабинете. Мать Валеры, не пережив утраты мужа, скончалась от инфаркта. За каких-нибудь полгода квартира Сеньковых опустела. Остались только молодые — Валера и жена его, красавица-блондинка Наташа. И постепенно из квартиры стали исчезать вещи. Сначала испарилось старинное пианино фирмы «Георг Гофман». Потом пошло в ход библиотека.

— Неужели собрание сочинений Гюго ты отнесла в букинистический, Наташа? — спросила я. — И не жалко тебе «Отверженных»?

— Я сама здесь отверженная, меня бы кто-нибудь пожалел! — ответила Наташа. — Протранжирили все деньги родители Валеркины, где взять? Нет у нас ни шиша. Мне и кофточку не на что купить. Да ещё и похороны какие Валера свекрухе закатил! Вот так и выходи замуж за богатого мальчика — блеф один.

— Устройся на работу куда-нибудь, Наташа, — советовала я. — Валерке надо институт закончить. Будет у тебя муж хирург, известный, знаменитый. Ты закончила медучилище, вот иди на «скорую помощь», например. В ночь можно, больше платят. Таня там подрабатывает, у неё тоже негусто с финансами, дедушка умер, пенсии его большущей нет, и Таня работает целые ночи, чтобы прожить как-то. Ведь мать разорвала с ней всякие отношения! А Таня говорит, что хотя в некоторые моменты жизни бывает очень трудно, зато для дальнейшей жизненной борьбы опыт пригодится. Вот и ты набралась бы опыта на «скорой помощи». Может быть, ты учиться дальше надумаешь, когда Валера станет знаменитым. Опыт работы с больными тебе пригодится!

— Сначала пусть станет, — холодно отвечала Наташа. — А на ночное дежурство я не пойду, потому что не хочу превратиться в чучело, как твоя Таня. Она хотя бы на Валеру не засматривалась, при таких очках, как у совы! Валера всё равно останется со мной, хотя ты и твоя Таня меня осуждаете, я знаю!

— Нет, Наташа, — мямлила я. — Понимаешь, надо бы просто Валеру подтянуть, помочь ему, и Таня так считает. Он стал значительно хуже учиться. Таня слышала от педагогов в институте, что Валера на занятиях спит. Потому что он ночью работает в судебной экспертизе, а ты покупаешь себе кофты в валютном магазине. Вам бы хватило на жизнь, если бы ты хотя бы хозяйство вела!

— Как ты думаешь, я должна хорошо выглядеть? Мужчины любят глазами, тебе разве известно это? — учила меня Наташа. — Нет, за собой надо следить! Но денег от Валеры я не вижу. Одни поцелуи, хотя ими сыт не будешь! Скажи, может, Валера скрыл от меня сберкнижку родителей? Может, на хранение отдал тебе или Пете Паку? Вы все меня здорово надуваете, я чувствую!

— Правда состоит в том, что родители Валеры денег просто не копили, — пыталась объяснить я. — Они просто жили на широкую ногу, по-настоящему жили, вот и всё! Они ни в чём не отказывали Валере, у них собирались шумные большие компании на все праздники и семейные торжества. Они устроили всему классу, в котором учился Валера, шикарный ужин сразу после выпускного бала. Они обожали друзей и одноклассников Валеры. Они говорили, что друзья не должны бросать друг друга в беде, что компания друзей — это совершенно свято, как описывал в своих романах Василий Аксёнов. На том ужине был огромный торт в виде аттестата зрелости, и родители Валеры сказали, что это символический подарок от них. На ужине было до чёрта бутербродов с красной и чёрной икрой, все ели и пили, и все клялись дружить с Валеркой. Было так весело! И ещё Валера и его родители ездили на море отдыхать, и Валера ездил в Италию, ему родители подарили путёвку. Они беззаветно любили Валеру и всех людей, которые окружали его. Мама его говорила, что если Валера хочет стать личностью, то надо хорошо изучить быт других людей и надо их стараться понимать и принимать такими, какие они есть, не осуждая и не завидуя. И свадьба у тебя, Наташа, была сногсшибательная, ты помнишь? Нет, у Валеры были необыкновенные родители!

— Я вижу, вы все в этом доме необыкновенные, зато я очень обыкновенная, — сказала Наташа. — Я выходила замуж за сына министра, за богатого мальчика, а не за простого студента-лекаря или за сына слесаря. В жизни надо устраиваться, а не обижаться на судьбу! Все и всегда стремились выйти замуж за хорошо обеспеченных людей — такова наша женская задача. И я решу её — пока я ещё красива!

Наташа хлопнула дверью так, что японский замок в квартире Сеньковых мяукнул, как котёнок. Наташа приоткрыла дверь и досказала остальное:

— Что ещё пищать, к ядрёной фене? Надо делать, а не говорить. Замолчите все! Я хочу жить! И так, как жили всегда, целую вечность жили, пили-ели, и никто их за богатство не осуждал. Нет денег — и ты не человек! Всем ясно?

— Они скопили бы деньги, Наташа, если бы знали, что так рано умрут! — злобно и громко закричала вдруг я. — Но они не знали! Никто не знает, когда он умрёт!

— Необыкновенным надо знать обязательно, когда умирать. Старухи в деревнях — и те готовятся, копят деньги на похороны.

— На похороны у них как раз хватило, — сказала я в закрытую дверь. — Ещё как хватило, и на какие похороны! Они знали, что сын похоронит их с честью, не ударит в грязь лицом в такую минуту.

«И почему Валера на Таньке, например, не женился? — негодовала я, размышляя о Наташе. — Ведь Танька любит его, и не так уж она некрасива. Просто очки надо ей купить в другой оправе. И вообще Танькой когда-то даже отчим увлёкся, ну, пусть подлец, да ведь понравилась же она ему. И Логинов тоже был к ней неравнодушен. Нет, мужчины любят не глазами, а неизвестно чем. У Наташи тонкая талия! И, согласно кодексу «Икс», неизвестно, что он представляет себе в дальнейшей жизни, этот Валера, ведь ясно каждому, что Наташа ему не пара. Конечно, Валера парень неглупый, но разбалованный и совершенно беспомощный!»

Так, размышляя о своих соседях Сеньковых, я подошла к окну. К подъезду подкатил Петя Пак в новеньких вишнёвого цвета «Жигулях». Вот уже год, как Петя закончил Торговый институт и, благодаря своевременным заботам старшего Сенькова, ныне покойного министра здравоохранения, успел закрепиться на торговой базе «Внешпосылторга». Петя, стоя у машины, свистнул, весело помахивая цветком белой гвоздики, подняв голову высоко вверх и, очевидно, обозревая в окно взволнованную Наташу. Меня он, правда, тоже увидел и нехотя, полусогнутой ладонью, сделал ленивый жест, что означало, конечно, приветствие.

Между тем, Валера продолжал работать ночами в судебной экспертизе. Однажды, садясь в трамвай, чтобы ехать на занятия в институт после бессонной ночи, младший Сеньков сорвался с подножки. Нога попала на рельсы. Когда Валеру привезли, наконец, на «скорой помощи» в какую-то дежурную больницу, то один медицинский коллега, старший товарищ по институту, решительный, но простой человек, откромсал наскоро ступню будущему хирургу, потерявшему сознание от потери крови, и спас, таким образом, ему единственную жизнь.

— Какая ты бездарность, свинская и чудовищная! — сказал Валера коллеге. — Если бы ты вывел меня хотя бы из шока, я посмотрел бы снимки сам и смог бы даже диктовать тебе ход операции. Я мог бы вынести эту операцию даже без наркоза, как раненые на фронте, — ты бы дал мне выпить спирта, и мы бы сделали эту операцию! Если бы я посмотрел снимки, я бы доказал тебе, что ногу можно было спасти, ведь кость была сломана в трёх местах, и всего-то! Да, я мог бы спасти эту пострадавшую конечность, потому что я учился на врача, а не на лекаря! И если бы мой отец был жив, ты бы лишился навеки своего лекарского диплома по одному его звонку из министерства! Если бы я не потерял сознание...

— Если бы! — властно перебил Валеру лечащий коллега. — Но «бы» всегда мешает. И если тебя задевает, действительно, что ты больше не всемогущий, то могу посоветовать тебе, как старший товарищ и медик: попробуй поживи теперь, как все, дорогой, без папы и мамы и даже без рогов. Я верю — ты ещё станешь героем!..

Валера ничего не ответил ему. Услышав о тяжёлой травме мужа, Наташа сбежала к Пете Паку. Вернувшись домой, Валера увидел в почтовом ящике письмо из исполкома. Младший Сеньков не имел больше права жить в «Доме на набережной».

Исполком предоставил ему однокомнатную квартиру в микрорайоне, неподалёку от метро. Валера даже радовался этой квартире и говорил, встречая меня, порой, на улице, что ему легко ходить на протезе и особенно до метро — транспорт близко. Но со страхом и болью я видела тёмные круги у него под глазами и чувствовала стойкий запах перегара, исходивший от Валеры. Он ушёл из института и, чтобы прокормиться, устроился работать на такси. Он пил всё сильнее и безудержней, и стало заметно, что он совершенно поседел. В глазах его, тёмных и круглых, застыла мрачная грусть, которой никогда раньше не было заметно, и заострился горбатый нос.

Однажды поздно вечером Валера вёз в такси пьяную компанию.

— Шеф! — сказал ему один из пассажиров. — Ты смахиваешь явно на еврейца! Уезжал бы ты поскорее на свою родину, шеф, я согласен на твой отъезд, если ты мне уступишь дачу по дешёвке. Я знаю, дача у тебя хорошая, как у всех еврейцев. А квартиру твою мне исполком отдаст для моей тёщи — уж я постараюсь, похлопочу, шеф, чтобы нас, корейцев, не обижали здесь как национальность. Это ведь тоже не моя родина, шеф, но я, конечно, здесь ещё долго останусь, потому что когда мы избавимся от вас, еврейцев, которые запрудили нашу торговлю, мы вздохнём свободно и будем винтить наши дела, рулить будем вовсю! У нас сейчас коренная перестройка. Только вот когда мы избавимся от всех еврейцев, шеф, скажи мне честно? И не отказывайся от своих, я тебя разгадал по лицу. Как говорил один приятель моей юности, с которым мы по пьянке сидели вместе в кутузке, — ты не кореец, ты только еврeeц, шеф! Вот и расскажи нам о сионизме честно. И за это ты получишь от меня целый червонец просто так, на сигареты!

По компании пробежал короткий смешок. Приглядевшись, Валера узнал в пассажире своего бывшего друга Петю Пака, безобразно располневшего и заметно полысевшего.

— Точно, Петька, я говорил тебе когда-то про корейца и еврейца, — лениво ответил Валера. — Но я был тогда ещё совсем зелёный чувак и, не разбираясь в жизни, любил публично бросать на пол объедки с моего стола. Некоторые их охотно подбирали, а мои использованные постельные принадлежности даже почитали за первый сорт. Но время рассудило нас правильно, Петька, я остался по-прежнему евреем и смотаюсь в Израиль, изменив свою жизнь, если захочу, а ты был и остался всего лишь корейцем и уже не сможешь изменить свои узкие глаза до самой смерти. Ты всегда был и останешься навечно подлецом!..

Они били Валеру ногами. Он не умер, хотя я не помню уже, чем они стукнули его. Почему они так жестоко били его? Кажется, Петя Пак испугался чего-то, возможно, прежних друзей, хорошо знавших его и Валеру, боялся информации, которую мог о нём Валера кому-то дать, — потому младшего Сенькова избили так жестоко. Нет, он не умер, он как-то отомстил им после, я уже забыла, как, но ходили слухи, что Пете Паку даже грозила тюрьма и он ходил к бывшему другу просить прощения и мириться. И самое главное — они помирились! Очень уж многих посредников вовлёк в это дело Петя, и, кажется, через этих посредников Валеру восстановили в медицинском институте, чтобы дотянуть хотя бы до участкового врача поликлиники, согласно генетическому коду «Икс» о наследственной врачебной династии семьи Сеньковых.

Чаще, чем о Валере Сенькове, я думаю об одном художнике, ставшем в Америке довольно известным среди русских эмигрантов. Он приехал сюда из страны, где, согласно генетическому кодексу «Икс», предают нас даже закадычные друзья. Он приехал молодым ещё человеком. Теперь, уже немолодой и в расцвете славы, он имеет привычку «залить уголёк» где-нибудь в русском ресторане, заказав оркестру известную песню «Эх, дороги». Это любимая песня его отца, который уже давно и навеки не с сыном. Залив тот самый уголёк, художник начинает бить посуду. Иногда скандалиста пытаются достать словом и делом обыкновенные люди, возмущённые слишком русским поведением гения в нерусской, но гостеприимной стране. Бывает, что талант расплачивается крупными чеками за пятидолларовые тарелки, которые ставятся специально на столы, как только становится известно о состоятельной, хотя и буйной персоне, вознамерившейся посетить национальный ресторан. Генетический кодекс «Икс» этой персоны подсчитан некоторыми владельцами питейных заведений и других бизнесов весьма успешно. А мне верилось в юности, что искусство спасает!

Нью-Йорк, 1989

ГИБЕЛЬ И СПАСЕНИЕ

Это произошло с Ольгой Зверевой только потому, что в раннюю пору её юности ушла из жизни её мать, и Ольга осталась, можно сказать, совершенно одна на целом свете. Родного отца, дорогого и любящего, у неё не было. Конечно, какие-то отцы у неё были, то есть присутствовали в её детстве разные мужчины, кавалеры её матери, которые считали иногда своим долгом всё-таки одаривать девчоночку Оленьку тем-другим, а то, бывало, и чем попало. Да ведь одаривали как-никак! За это отмерялась им особая благодарность всей женской натурой со стороны матери столь обласканной девчоночки-куклёночки, и благодарность весьма сладкая, поскольку мать Ольги с лица, несмотря на средний свой женский возраст, выглядела не хуже своей собственной дочки. Антонина Петровна Зверева, даже по язвительному и необъективному мнению бывших соседок коммунальной квартиры, была необыкновенно женственной, хотя и осталась её женская песня неспетой в этой жизни. Случаются ситуации, когда женская душа не выплёскивается сполна в любви, а только постепенно изливается в заботах о детях и семье, и неслучайно могло бы прозвучать на всю страну по радио в навязчивом мотиве пролетарской рабочей баллады, пожалуй, любое женское имя:

> Прощай, Антонина Петровна,
> Неспетая песня моя!..

И вот она ушла, наконец, из жизни, отмучившись, одна из почти героинь этой простой баллады, советская женщина, много хлопотавшая о своей дочери, оставив её, свою подросшую дочь, размышлять с величайшей скорбью о том, почему же так и не решилась связать с кем-то из мужчин судьбу её мать и почему теперь она, Ольга Зверева, одна на свете. Правда, была ещё у Ольги тётя, сводная сестра её матери, которая взяла на себя тяжкую процедуру похорон и нелёгкий труд по организации спесивых русских поминок. Однако тётя Люся потрудилась вовсе не бескорыстно. Иначе говоря, через неделю после поминок тётя Люся забрала себе имущество Ольги Зверевой, которое досталось ей от матери. Имущества было немало: мягкое кресло в коричневом бархате, полированного дерева сервант с двумя ладненькими сервизиками и хранившаяся в ящике серванта жёлтая льняная большая скатерть да мельхиоровые вилки-ножи. Словом, приданое Ольги. Нацелилась тётя Люся и на клетчатый югославский палас бордового благородного цвета, но его смело отстоял один из бывших отцов девчоночки-куклёночки Ольги, заявив очень ретиво и прямо тёте Люсе:

— Этот палас — мой! Я его лично Антонине подарил. Я его и назад себе заберу. Ведь в комнату свою меня Антонина так и не прописала, а уж теперь, в квартиру отдельную к её Ольге, я и вовсе никак не пропишусь. Я хлопотал, да бесполезно. Антонина умерла, как чёрт её дёрнул! И теперь прописаться к её дочери Ольге я юридически права не имею. Антонина меня перехитрила, пусть ей земля будет стекловатой! Она, моя хитрая Тонечка, в ордер на квартиру меня так и не вписала. Так что вот этот паласище я себе и правдами, и неправдами забираю теперь. Конечно, я мог бы его Ольге оставить. Да зачем? Ольга молодая, у неё вся жизнь впереди, она сама себе добро наживёт. У неё вон какая квартирка от матери остаётся! На самой на солнечной стороне! Вот беда какая, ведь Ольге просто здорово повезло! Вот беда-то моя! Ведь успела, выменяла ей квартиру Антонина! А я, как видите, мужчина уже в летах, а жилплощади у меня по-прежнему в этом городе нет. Я много времени потерял задаром с Антониной, дурак был. Так что за этот модный коврик для пола я, можно сказать, обеими руками держаться вынужден. И торшер тоже позвольте уж лично мне забрать. Я этот торшер Антонине к новоселью покупал, всё надеялся, что она меня в квартиру таки возьмёт да и пропишет! Однако она в могилку нынче прописалась, значит, и пусть теперь в этой квартирке и лежит себе, полёживает. Разве только не солнечно ей там, а вообще — оно ничего, вроде тихо, удобно, и соседок лишних близко не видать. А ведь я любил её, хитрую такую Тонечку!..

Ольга Зверева решилась, наконец, заменить старый замок на входной двери в её квартиру на новый, английский, надёжный, хотя и оказалась та квартира в результате забот дорогих и любящих людей почти пустой. Оля заменила замок и провела в квартире горькую ночь, обливаясь слезами. Но утром она всё равно услышала у дверей квартиры ужасную, оскорбительную возню и смекнула, что тётя Люся пытается открыть дверь своими ключами. Потом раздались громкие голоса соседок Ольги на лестничной площадке. Соседки пытались объяснить упрямой тёте Люсе, что замок на двери заменил не кто иной, как та же Ольга, пригласив к себе домой вчера вечером одного из своих всегдашних выпивох — парней! Парень тот, черноволосый такой и лохматый, взял да и заменил старый замок, а вот Ольга, бессовестная такая, шурупы ему прямо в руки подавала! Выпивши они были, конечно, и он, и она. Смеялась Ольга на всю лестничную площадку, кокетничала, трясла своими русыми волосами, как актриса в кино! А ведь у матери ноги ещё не остыли! Да и стоит ли рассказывать несчастной тёте о том, что вытворяла вчера её племянница бесстыжая? Он матерился, конечно, а она от радости в ладоши хлопала! Выписать надо её из квартиры, а приличным людям квартиру эту отдать! Эта Ольга непутёвая, всё равно сопьётся!..

«Квартиру у меня никак не отнимут, — думала Ольга. — Я в ордер вписана, и по закону именно мы с мамой квартиру эту получили. Всю жизнь мы в очереди на эту квартиру стояли. Всю жизнь мама деньги на эту квартиру копила. Обставить её нам тоже ужасно хотелось! Потому мы мебель покупали, кресло вот, бархатное, дорогущее, например!» Ольга выпила полный стакан красного вина, а потом прилегла на тахту и слушала с интересом громкие выкрики разгневанной тёти Люси. Ольге стало даже весело. Она чувствовала себя в безопасности и, удостоверившись в силе английского замка, с наслаждением пила то вино, то воду из тонкого стакана, смешав её с вареньем. Вода была кисловатой, а вино холодным и вкусным. Накануне вечером Ольга выпила водки с Гришей Медведевым, который и врезал замок на двери. Медведь был раньше одноклассником Ольги, но её мальчиком никогда не считался среди ребят. Потому Ольга нашла нужным расплатиться с ним деньгами и налила ему водки в стакан побольше, как он и попросил, не только за работу над замком, но и за помин души её матери. Антонина Петровна всегда приветливо отвечала по телефону всем знакомым, звонившим её дочери, в том числе и парням, даже звонившим поздним вечером. Мало ли зачем парень позвонил и почему! Тайны дочери мать знала и с компанией её дружила. И никому и никогда не по делу Антонина Петровна за Ольгу не высказывала.

Ольга выпила водки тоже, потому что Медведь в одиночку пить считал обидным для себя, а помин души — он и есть помин! Но, закаляясь в борьбе с тётей Люсей, Ольга в считаные дни пристрастилась пить себе в утешение. Спиртное приносило ей некоторое забвение от беды, и Ольга себя трезвой в этот период не помнила. Лёгкая муть в голове помогала ей отвлечься от горя хотя бы тем ещё, что головная боль и ощутимая тошнота после выпивки требовали решительных ответных действий. Становилось необходимым, к примеру, готовить себе хоть какую-то еду. Можно было заваривать чай, варить картошку в мундире, разводить для питья варенье в графине с водой и тщательно следить за тем, чтобы кубиков льда в алюминиевых ванночках в морозилке холодильника было всегда достаточно.

Получалось в итоге, что еды в холодильнике у Ольги было совсем немного, зато забот предостаточно, и заботы тоже отвлекали от слёз! Но, однако, выпив лишнего с Медведем, Ольга поняла вдруг, что ситуация добром не закончится, потому что со стороны Медведя была горячо востребована любовь. И он её получил, к сожалению. Естественно оно было или нет, но что случилось — то уже случилось, и каяться было поздно, хотя каяться Ольге всё-таки пришлось перед её собственным парнем, Володей Кузнецовым, который учился уже не в школе, а в техникуме, серьёзном, строительном. Вспоминая об этом покаянии через много лет, Ольга Зверева восклицала с язвительным смешком:

— Узнав про Медведя от него же самого, мой блондинистый и приятненький всем бабам на свете Кузнечик страшно обиделся! Прямо заболел, в постель слёг! Вот ведь кошмар какой! Оказывается, я, по его мнению, чуть ли не преступление против него, против Кузнечика, с Медведем вместе совершила! Но стоило разве упрекать меня до такой степени? Зачем ещё и бить надо было меня по лицу? По пьяному делу у меня с Медведем шашни возникли. Вернее, у него, у Медведя, не по пьяному только было, потому что он заранее против Кузнечика во всех делах шёл. Но это я позже поняла. А когда Медведь мне замок на дверь квартиры ставил, так я пьяная и голодная, и совсем несчастная была! У меня горе-горюшко тогда было. У меня тогда мама умерла. И я горюшко своё вином разливанным залила. Иначе сама бы я на себя руки наложила, вены бы себе разрезала, например, и следом за мамой на тот свет отправилась бы. Только этого никто-никтошеньки — ни Кузнечик, ни тётя Люся, ни Медведь этот болванистый — так и не поняли. У них у всех чересчур трезвые мозги всегда были. А я, наверное, человек другой. Ох, бабоньки, почему у нас такая горькая доля?..

Ольга Петровна Зверева работала в торговле. А именно — в универмаге, в отделе кожгалантереи. Иначе говоря, она имела доступ к дамским сумкам, а спрос на этот товар всегда большой. И торговля импортными сумками шла в те годы в советских магазинах очень бойкая. И многие говорили про Ольгу так: «Вот умеет! Вот пристроилась!» Ольга улыбалась в ответ приветливо и старалась только одно делать — не возражать!..

Не имея родного отца, Ольга носила отчество Петровна, доставшееся ей вроде бы тоже как по наследству, от матери. У Антонины Петровны, покойной, отчество было, к счастью, реальное, а не какое-то иное, выдуманное, и хорошо запомнила Ольга с детства своего дедушку Петра, который писал им с мамой письма из далёкого забайкальского села. Потом дедушка умер, и мама заказывала поминание в Троицкой церкви. На похороны в далёкий сибирский край мама не поехала, но покойника оплакала. Хотя дед и жил в разводе с бабушкой Настей, но матери он был отец, Ольге — дедушка. И теперь осталось навеки у Ольги это отчество, будто веха об отшумевших поколениях мужчин, которые не чужды были своих, весьма непростительных сильному полу, ошибок. Беда, что ответственность за содеянное присуща не всем, и не каждому дано осознать в себе такое редкостное в наше время чувство — *раскаяние!* Далеко не всем дано такое озарение сверху! Наверное, только избранным и редким! Во всяком случае, именно так понимала и принимала существование мужской половины человечества Ольга Петровна, имевшая, так сказать, свой угол и также собственный угол зрения на многие события в тот славный период своей жизни, когда она уже нажила *себе своё* добро. Ольга купила себе и ковёр, и кожаное кресло, и недорогой, но приличный гарнитур гостиный, на *всё скопленное через содеянное* в отделе кожгалантереи большого универмага. Но, считаясь одной из лучших среди работников торговли нашей, заслуженной, советской, Ольга всё ещё пребывала в официальном одиночестве с паспортной графой «не замужняя». Так сложилась её жизнь. К лучшему или к худшему, но только не вышла замуж Ольга ни за Медведя, ни за Кузнечика этого оскорблённого, несчастного. Лишь имущество и достаток вернулись к ней вновь, как бы выстраданные, словно кропотливыми и опасными трудами накопленное перешло, наконец, к Ольге в наследство по божьей милости и справедливости. Не дал ей Господь погибнуть в пустой разграбленной квартирке, не дал спиться окончательно! Господь милостив к *честным* беднякам!..

Так и жила-поживала она, Ольга Петровна, в солнечной своей квартирке, детей не имея пока и с головой зарывшись в работу. А время — оно отстёгивалось, рвалось, убывало, как листки календаря. Однажды в новогодней компании среди веселившихся и разгорячённых вином людей Ольга Петровна, тоже вроде бы с виду весёлая, грустно сказала вслух:

— Подумать только — мне уже тридцать семь бахнуло!..

Потом, покружившись ещё немного в танцах, Ольга Петровна стала собираться домой. Оно грешно было уходить так рано в новогоднюю ночь, когда едва-едва хватает времени до утра нормально отметить все эти новые наступившие и старые минувшие жизненные вехи среди сплочённой компании то ли друзей, то ли просто коллег. Но Ольга сказалась больной, извинилась и, посуду мыть хотя и порывалась, но не стала. Короче, решила и ушла. Так все и осознали этот факт...

причину себе нашла! С желудком у неё, дескать, не ладится, может, отравилась, съела накануне что-нибудь из анчоусов. Возможно. Впрочем, компанию Ольга поддержала. Пусть так. Неплохо! Заведующая она, Ольга, отделом кожгалантереи. С сотрудниками ладит и даёт возможность людям не впадать в бедность. Здорово она научилась глаза вовремя закрывать на разные спекуляции и откровенное воровство в нынешних кругах лихой советской торговли! Умная женщина она, Ольга Петровна. Спасибо ей за всё хорошее, за что и выпить успели в Новом году. И этот Новый год — он, дай бог, не последний в её и нашей привычной торговой жизни!..

Вернувшись домой, Ольга с каким-то злым сожалением, с досадой, рывком сняла с себя нарядное, с вышивкой, платье, и даже цветок, приколотый к вырезу — шёлковую нежную и пышную хризантему, швырнула на журнальный столик в сердцах. Её захлёстывало не только ясное осознание своего одиночества, но и чувство явной затерянности среди людей, как будто заставлявших Ольгу через не хочу делать обязательно ненужную, утомительную и нечестную работу и вовлекавших её в своё разнузданное, делячеcкое и примитивное существование. И хотя её коллеги бывали ей близки в ежедневной рутинной жизни просто тем, что они были её соучастники по ведению закулисных дел, которые были так широко распространены в сфере торговли, и Ольга считалась очень компанейской и отвечала весёлым смехом на анекдоты, и вела отдел кожгалантереи в нужном русле, и не отделялась от коллектива, и ничуть не ставила себя выше всех, — тем не менее, эти люди, как целое, с некоторых пор ощутимо раздражали её. Каждодневная погоня за наживой, въевшаяся, кажется, в кровь, была не в натуре Ольги. Зверева понимала и не осуждала необходимости приспособления к трудным условиям убогого советского существования, когда постоянно не хватало средств даже для скромной жизни, когда легальная зарплата продавщицы была настолько низкой, что на неё невозможно было ни элементарно кормиться, ни одеваться. А ведь продавщица за прилавком магазина должна привлекать взгляды покупателей! У продавщицы ни в коем случае не может быть грустного лица! И косметику надо продавщице купить, и духи, и кофточку новенькую. А на какие шиши, извините, дорогие товарищи, не ответите ли вы случайно нам, не продемонстрируете ли честно свой ответ народу, когда приветствуете его тоже, как наши честные продавцы покупателей, своей широкой улыбкой, только не за прилавком столичного универмага, а с трибуны Мавзолея!

Нередко Ольга находила для себя отдушину — сравнивала свою жизнь с жизнью своей покойной матери. И мама работала продавщицей до самой своей смерти, начав свой творческий, так сказать, путь в табачном киоске. Мама необыкновенно быстро поднялась до уровня целого бакалейного отдела, не только не чуждаясь при этом мужской опеки, но и откровенно гоняясь за ней. Ольга находила, что она похожа на свою мать, потому что тоже жила сейчас со своим непосредственным начальником, с заведующим универмагом Сергеем Юрьевичем Величко, человеком, разумеется, женатым, постарше Ольги, хитрым и вальяжным, и ловким, и гибким во всех отношениях. Это он помог *простенькой* Ольге по щучьему велению, по своему хотению стать Ольгой Петровной, старшим продавцом универмага и заведующей отделом кожгалантереи. Но она, Ольга Петровна, никогда не смогла бы сказать о себе, что она гонялась за своей должностью. Серёга сам выбрал её, Ольгу, на эту должность, и сам заставил её закрывать дела универмага. *Были и дела, были и делишки! И именно Ольга своей простотой, сдержанностью и личным авторитетом заслоняла всё это...*

Ольга была не болтлива, лишнего знать не хотела, но зато могла бы поручиться за товарища Величко где угодно и кому угодно, если *это надо*. Сергей Юрьевич Величко мужчина был солидный, много не обещал, а больше делал, и можно было бы считать с точки зрения обычной житейской морали, что Ольге очень повезло в том, что она сумела Серёгу столь удачно охмурить. Но Ольге между тем хотелось от товарища Величко совершенно другого — конечно, *любви*! А Серёга был женатый человек. И со *своей половиной* ладил неплохо. Дача у них была, по мнению коммерческих людей, что надо, и дети тоже были. В роскошную дачу было действительно много вбухано, по честному признанию Серёги, и Ольга, наконец, перестала закидывать удочку насчёт законного замужества. *Раздел имущества между супругами при разводе — это, почитай, водородная бомба!* Постепенно померкла в душе её нежность, и даже простое сочувствие этот крепкий мужик Серёга перестал у Ольги вызывать. Пока, конечно, сохранялись неплохие служебные отношения. Но...

...Уберут товарища Величко с должности — и пусть себе убирают! Придёт в универмаг новая метла, будет тоже мести, и не хуже! Хотя бы людей простых будут поменьше дёргать, даже пусть первое время. Устали от Серёги люди. Отдых нужен. Нельзя бесконечно палку перегибать. Нельзя каждый день людьми рисковать! Меру знать надо! Срок тюремный грозит каждому, кто близко столкнулся с беспощадным Серёгой! И выпивки это, кстати говоря, тоже касается. Сам Серёга не алкаш, а вот окружение у него из каких выпивох состоит? Вот в том-то и дело! Выпивка память стирает начисто! Примиряет с произошедшими казусами. Но Серёга помнит *всё! Именно ВСЁ*.

Праздники только подчёркивают одиночество и неустроенность человека. Ольга Петровна сознавала своё бессемейное положение в праздничные дни особенно остро, поскольку Сергей даже и не пытался вырваться за черту семейного очага в праздники. Кто хочет семейных скандалов? Как объяснишь супруге факт долгого отсутствия в праздники? Ведь никак не соврёшь про профсоюзное собрание. Женатый мужчина — это фигура коварная и неустойчивая для щепетильных положений. И у Ольги родилось своё правило на этот случай: *никакого шума и шорохов*. Ольга Петровна предпочитала лучше терпеть внезапность горячих встреч, чем рисковать навсегда потерять человека, пусть даже не ставшего совсем близким, который, однако, в случае нежелательных осложнений, мог бы решительно отмахнуться от всего на свете! Да ведь фактически Серёга запросто мог уволить с работы кого хочешь, и её тоже! Ну, она бы, наверное, вытерпела бы такой крутой поворот. Но его, крепенького Серёгу, тоже могли в любую минуту *уйти!* И вот он, конечно, *не стерпел бы такой обиды и наколол бы дров, и показал бы всем, кто заслужил, где те раки зимуют!* По мнению Ольги, довольствоваться малым — это всё равно больше, чем *ничего*. И потому она не доводила Серёгу лишний раз, как говорится. Не *заглядывала ему в карман*. Наоборот, в начале их романа Ольга очень ценила Серёгу и как начальника, и как *сексапильного* партнёра. Потом дошло у неё до разочарований. Да ведь в жизни продавщицы это обычно: на витрине товар выглядит так, а возьмёшь в руки — иначе, а если приглядеться повнимательней, то не стоит, пожалуй, тот товар и гроша ломаного! Однако к торговым навыкам постепенно привыкает всякий работник торговли. *Се ля ви! Так говорят французы, которые создали лучшие в мире духи!* Наверное, парфюмерия способна смягчить жестокости женской судьбы. Серёга дарил Ольге всегда только французские духи!

Откровенно говоря, нынешний новогодний вечер доконал Ольгу Петровну. Весь новогодний праздник, кажется, был посвящён только Серёге. Ольгу Петровну выспросить пытались и слушали, и ловили каждое словечко — то неоспоримо было видно всей честной компании. Итак, весь битый вечер долдонили о Серёге. Тем более что сам он отсутствовал, и потому мыли ему кости с удовольствием! Предмет обсуждения был единым — дальнейшая *карьера* Сергея Величко. И многим в нынешней новогодней компании этот предмет был далеко не безразличен. Была, в целом, такая раскладка в мыслях: уйдёт Величко наверх и кое-кого из нас, друзей и сослуживцев, за собой наверх тоже потянет, потому что всегда лучше окружить себя людьми знакомыми и тёртыми, чем выходить вслепую на точно таких же, а возможно даже, и тёртых-перетёртых, да только незнакомых! Среди *своих* спокойней и надёжней работать, и умно это — окружить себя людьми своими, отлично зная настоящую цену каждого человека. Гарантия есть, что тебя по крайней мере за спасибо не заложат. А где-где, но в советской образцовой торговле всегда найдётся без труда за что друг друга можно в два счёта заложить и продать со всеми потрохами!..

Ольга Петровна была в курсе, конечно, что Серёга метит выше. И знала, что кто-то не давал ходу Сергею, хотя на его дорожке лично сам и не стоял. Но зато другие ещё как стояли. И среди них первый — по мнению Серёги — заместитель его, Алексей Алексеевич Санчук. Санчук был немного моложе Серёги, живее на подъём, никогда не нагружался с радостью по поводу и без повода спиртным, а то и вообще при всяком удобном случае, которые выпадают в торговле частенько. Потому Санчук заметно вызывал своей персоной симпатии окружающих. Вот и в эту новогоднюю вечеринку Санчук алкогольных нагрузок откровенно избегал. Живой вопрос о Серёге лично им был освещён с точки зрения резонности притязаний Серёги, но и с некоторым беспокойством обсуждён, и весьма заметным. И при том освещён совершенно на трезвую голову! Особенный человек в универмаге Санчук — он же по единодушному прозвищу *Дважды Лёша* — в частности просто поразил всю компанию тонкостью своих полунамёков, заметив, во-первых, со своей обычной туманной интеллигентной недоговорённостью, что, по русской пословице, от добра добра не ищут. И, во-вторых, Дважды Лёша вытянул из слушателей, честно говоря, все жилы, когда ещё и добавил, что *попэрэд батька* в пекло не лезут. Отлично зная цену и этим двум, Серёге и Лёше, которые тоже, как Медведь и Кузнечик из её поруганной юности, были явно одного поля ягоды, Ольга Петровна всем своим существом прониклась тревогой.

Конечно, она лишь внимала речам одного из них, отнюдь не простого Дважды Лёши. Но ведь она тоже была теперь своеобразным зверьком из того же леса, а за плечами у неё была родная тётя Люся, не постыдившаяся ограбить свою племянницу в минуту горя, и эти лихие Медведь и Кузнечик, которые, не стесняясь в крепких выражениях прямо при любимой девушке, дошли, наконец, до поножовщины.

И это тоже случилось в её собственной солнечной квартирке, которая при других обстоятельствах смогла бы стать для семейной пары настоящим счастливым гнездом! Прошедшая через бури пьянок и похмелок со своим нынешним шефом Серёгой, Ольга Зверева закономерно чуяла в воздухе запах *жареного*. Закономерно это было для неё теперь, в силу её житейского опыта и глубоких раздумий о применительной подлости людей в окружавшей их благоприятной среде. Особенно уловила Ольга запах жареного в пословице, сказанной Дважды Лёшей — от добра добра не ищут. К чему бы это было вдруг сказано, да ещё и вслух?..

«Неужели Лёша заложил Сергея *где надо*? — думала Ольга. — А ведь похоже, что продал, чтобы самому вылезти на глаза. Вот так и Медведь задавил этого несчастного Кузнечика и вылез мне на глаза и, воспользовавшись минутой слабости, овладел мной. Конечно, оба они любили меня по-своему, и Кузнечик тем более! Мы с ним даже встречались до этого целых два года. И я не знала и не понимала, что эти якобы друзья ненавидели друг друга, Медведь и Кузнечик, и ссорились сами, и ссорили других кругом, затравленные бедной своей, унизительной юностью и пьянством своих отцов. И чем душевнее становился, бывало, благодушный Кузнечик, тем беспощадней травил его озлобленный на весь белый свет Медведь! Но зато после, когда Медведя всё-таки посадили в тюрьму, Кузнечик вволю отыгрался и высказался. Скольких девчонок он обвёл вокруг пальца, вполне задушевно, чтобы дошли слухи до ревнивого Медведя за решётку, чтобы выместить ему сполна за прошлые свои обиды!»

«И мне тоже Кузнечик мстил сразу за всё! В результате у меня не осталось ни единой подруги детства, — размышляла, всхлипывая, Ольга. — Все девчонки мои со мной порвали и ушли, едва лишь потёрлись о Медведя или попрыгали с Кузнечиком. Конечно, Кузнечик нашёл удобный момент, чтобы заложить, *где надо*, и запутать этого идиота Медведя. Ведь им пришлось волею судьбы работать вместе в легендарном советском строительстве. Напрасно считается, что дружба только между женщинами становится невозможна, если вдруг приходится делить одну любовь пополам. И как я до сих пор окончательно не озверела после всех этих передряг? И между мужчинами водится так! Но я не кричу на людей, я сумела держаться, давая отпор своим бывшим подругам. И потому постепенно утихли волны ревности вокруг меня и наступила желанная и закономерная передышка. Кто мне не верил — тот ушёл из моей жизни, и чёрт с ними!..»

Ольга Петровна неохотно подобрала с журнального столика свою шёлковую хризантему и убрала цветок в коробочку. И вспомнились ей стихи Исаковского, которые учила она наизусть в школьные годы, а потом выступала с ними в Доме пионеров в составе группы художественной самодеятельности своей школы:

> На стройке ль ты прилаживаешь камень, —
> Приладь его навек,
> Чтобы твоими умными руками
> Гордился человек.
> Растишь ли сад, где вечный голод плакал,
> Идёшь ли на поля, —
> Работай так, чтоб от плодов и злаков
> Ломилась вся земля!..

Ольга усмехнулась и не спеша подошла к холодильнику. Холодильник у неё был полный, недаром Ольга Петровна была нынче человеком видным в сфере торговли и подругой сильного Серёги. Конечно, холодильник у неё был забит доверху именно деликатесами, а не просто красной и чёрной икрой или мороженой клубникой, что покупается обычно для семьи, как для семьи! В морозилке её холодильника мирно ждали своего случая готовые к употреблению нарезанные кубиками ананасы, и стояли на полках холодильника дорогие консервы из любой страны мира. Всегда внезапно появлявшийся в её квартире Серёга мог здесь легко и быстро закусить чем бог послал! И не только бог, но и *САМ не был плох*! Потому были в холодильнике и вина-фрукты, тоже разнообразные, и свято хранилась всегда лично Серёгина — она самая, холодненькая бутылка «Столичной».

Ольга Петровна налила себе сухого вина в тонкий бокал. Прихлёбывая охлаждённое вино с наслаждением, привычно, так, словно она родниковую воду запросто пила, Ольга Петровна стала прикидывать и взвешивать. Непохоже было, что Дважды Лёша имел виды на неё, на Ольгу Звереву! Но явно было ему что-то надо от этой самой зверушечки. Вот и танцевать он пригласил Ольгу подчёркнуто галантно по той же причине, и пальцы её очень выразительно сжимал своей ладонью поэтому. Но вовсе и не думал прижиматься! Ещё чего доброго! Он не был так глуп, чтобы ревность Серёги отважился бы вдруг вызывать. Напротив, Дважды Лёша умел тихоней прикидываться в глазах людей и никогда бы не желал, чтобы Серёге крамолу на него, разумного такого, взяли да и передали! Нет, шашни отпадали. Но несколько раз Дважды Лёша так многозначительно взглянул на Ольгу Петровну, что она, умевшая понимать служебные тайны без слов, поняла: надо бы поговорить ему с ней именно о каком-то деле!..

Попивая вино, Ольга думала, что Дважды Лёша может позвонить ей, в принципе, даже и сейчас, если срочно что-то надо. А если это всё дурь, так Ольге Петровне заморочек ещё с юности хватит на всю оставшуюся жизнь. Она способна, будьте уверены, эта тёртая Ольга Петровна, обоих сразу — и Лёшу, и Серёгу — послать подальше. Можно другую работу попробовать найти. В другом универмаге её, Ольгу, тоже возьмут в ту же самую кожгалантерею. За каким же дьяволом впутываться ей снова в сложный круговорот взаимоотношений между двумя не только приятелями, но ещё и между начальником и заместителем его. Да ещё и снова, не дай бог, как в юности, оказаться вдруг в пустой квартире, если, чего доброго, дела этих двоих раскроются, и у неё, Ольги Зверевой, всё до нитки до последней конфискуют? Или, например, всё спустить придётся, если откупаться надо будет *от суда и следствия*? Даже страшно подумать. Такие случаи среди *своих* уже становились известны. Хорошо было бы, пожалуй, если бы действительно оба эти — и Серёга, и Дважды Лёша — ушли бы из универмага хоть к чёрту на рога, хоть на повышение! Вот было бы счастье — новый начальник всегда меньше знает...

Допив вино, Ольга приготовила себе чашечку кофе и пригубила её, добавив по вкусу шоколадного ликёра. Нет, жизнь Ольги Зверевой была далеко не устроена, а только на время материально обеспечена. Но в том-то и вопрос: на какое время — долгое или короткое? Куда кривая выведет? Ольга включила телевизор, намереваясь согреться от неугасимого «Голубого огонька», всесоюзной телепередачи. Тут-то и зазвонил красный телефон на журнальном столике. Пришлось прикрутить звук телевизора, и голосочек Валентины Потаповой внимательно послушать. Голосочек этот был всегда и тоненький, и проникновенный до самых глубинок вселенских душ!..

— Это ты, Олечка Петровна? — проникал голосочек до души. — Я тебя сразу даже не узнала. Ты не спишь, нет? Неужели ты с одной рюмки готовенькая? Ты меня удивляешь, Олечка Петровна. Мы только-только начали, а ты взяла да и ушла. Выходит, от коллектива нашего дружного отделиться решила совсем? Такая тренированная гражданочка во всех вопросах настоящей торговли и вдруг выдохлась? Признайся — снова перегрузилась вчера?..

— У меня желудок побаливает, — отвечала Ольга, стараясь говорить ровно, не задевая её, Валентину, гадину эту, ехидну!..

— Да-а? — продолжала, однако, настойчиво удивляться та, оставаясь, как и обычно, ещё *ТОЙ*! Как будто это не ей лично всего час назад объяснила Ольга причину своего ухода со всеобщей вечеринки, ссылаясь на желудок, и подробно объясняла недомогание своё Валентине, потому ещё, что Валентина была и хозяйкой дома, и своим человеком. Гуляли не у кого-то коллективом, а именно у неё! Потому что дом у неё был свой, доставшийся по наследству от родителей, а не просто квартира...

— Мы тут уже и всю посуду без тебя перемыли, Олечка Петровна, — продолжала Валентина. — Сейчас сидим чай пьём. Все ждали — ты вернёшься к нам, одумаешься. А потом смирились — раз тебе и без нас хорошо, так и мы без тебя сядем чай пить. Нет, правду скажи, что случилось? Ну, откровенность хотя бы раз в жизни, на Новый год, позволь себе! Чем недовольна, ей-богу? Я ещё вчера обратила внимание — ты как-то странно побледнела. Говори, по телефону не слышат. Ты там одна?..

— Я ещё вчера скверно себя чувствовала, — сказала Ольга. — Да, я одна, конечно. Не сомневайся, Валя. Одна и в Новый год тоже! Пусть так.

— Выходит, я правильно внимание обратила на тебя! Что-то трудно стало тебе дышать, Олечка Петровна. И Алексей Алексеевич на это внимание обратил. Короче, Лёша к тебе поехал сейчас, прямо отсюда, от нас. И мне наказал, чтобы я тебе в срочном порядке перезвонила и предупредила, чтобы с пути истинного ты его не вздумала бы соблазнять! Мы нашего Лёшу тебе всё равно в обиду не отдадим! Ну, я шучу, конечно! Словом, он скоро у тебя будет. У него какое-то дело к тебе есть. Молчит, какое оно, дело-то. Ну и ну! Ты жди, Олечка Петровна. Хорошо, а? Нет, скажи, какое тебе внимание и со всех сторон! Ну ты везучая у нас!

— Будет тебе, — ответила Ольга. — Шутки шутками, а дело делом! Пока, Валя!

Ольга повесила телефонную трубку. Неужели Валентина несёт вполне серьёзно разную двусмыслицу при всём коллективе избранных людей универмага? Не стоит она тогда и простого «до свидания»! Пусть заденет её за душу если не слово, так пренебрежительное безмолвие. Спрашивается, есть ли у Валентины душа и где в её теле она расположена? Под каким органом? Разные они люди — Ольга и Валентина. Конечно, Ольга счастливее — у неё нет ребёнка. *Пока нет!..* Валентина — та с дочкой, намучилась, разведённая, но зато крепко-накрепко упакованная! И дом у неё большой...

Ольга начала постепенно вслушиваться, хотя и рассеянно, в передачу «Голубой огонёк». А сама размышляла и о том, что ведь правду она поведала Валентине о своих недомоганиях. Правду! Явно побаливало в левом боку. И вчера побаливало, пока она и Валентина отмечали Новый год непосредственно в кабинете у Серёги с замами и завами. Неплохо отметили при закрытых дверях с людьми *нужными*. Только пить Ольге Петровне с этими нужными вовсе не хотелось! Тяжело пошло у неё как-то. Коньяк был армянский, «три косточки», но любой коньячок всё-таки на любителя. Не надо было ей, Ольге, коньяк пить. Да ведь неприлично компанию ломать. Наоборот, согласно служебному этикету, строго выработанному в советских деловых кругах, её следовало обязательно поддержать. Валентина — та всегда была готова на любой подобный случай. Вчера она оделась подчёркнуто нарядно — в синем бархатном итальянском костюме пришла. Идёт он ей, к серым её глазам. А у неё, Ольги, глаза карие, и лицо, по мнению людей, хотя и миловидное, но глаза бывают такими грустными, будто горькая печаль её юности застыла в них навеки! Только волосы её, русые и длинные, остались всё ещё густыми. Хотя какого цвета они теперь были, сказать трудно. Наверное, всё же рыжими от импортных красок.

— Невесёлые у тебя бывают глазки, Ольга, — замечал иногда Серёга. — С чего бы тебе грустить? Ты — торговый работник. Есть чем гордиться, и вправду! Вот на простых людей поди посмотри и даже на сотрудников научных. Что едят? Я уже молчу о том, что они из одежды имеют и могут себе позволить приобрести. У них есть диссертации и статьи научные? Но бумагой или идеей сыт не будешь. Нет, мне лучше холодненькую закусить балычком, а не жигулёвское пиво докторской колбаской осторожно заедать, тоненьким таким, знаешь, ломтиком. К тому же пиво, например, лично я предпочитаю чешское. Надо быть благодарным судьбе и своей торгашеской славной натуре. И за устройство своей личной судьбы уметь кого надо щедро отблагодарить! Что поделаешь! В нашем деле приходится делиться. И если надо — значит именно щедро делиться! Скажи, что я не прав, а? Продаётся всё и покупаются все! И мы тоже продаёмся, моя дорогая, мы тоже хотим жить не хуже других!..

С самого начала их романа Серёга разъяснил Ольге значительно:

— У нас в торговле работа очень простая. У нас — товар-деньги, деньги-товар! Надо только хорошенько вникнуть в закон и понимать практически разницу между рыночной ценой и ценами оптовыми. Я в экономике и торговле человек глубоко образованный. Кто не желает подчиняться моей системе образования, того я отчисляю из моего неслабого учебного заведения. Будь посмекалистей, Олечка моя, Зверева, и вырастешь ты у меня в надёжного упакованного зверька. И гнёздышко своё ты обставишь всем на зависть и удивление! Пусть я буду Воротила, как меня обзывают. Но я за *это* их и сворочу, *если мне так надо*. Пусть обзывают до поры до времени. То ко всякому прозвищу можно даже привыкнуть, если оно оправдывает себя. Вот моё — *Воротила* — оправдывает. Так и ты — будь зверушечкой, знаешь? Оно легче тебе будет, и дышаться тебе станет совсем безболезненно...

В начале её проникновения в образованность работника торговли Ольга нервничала и тряслась от страха. Серёга помогал ей заливать этот страх изрядной долей спиртного, бывая с ней по вечерам в её всё ещё полупустой квартирке. Наконец Ольга *всё* прекрасно поняла! И быстро осознала, что торгашеской науке обучилась. Потом поверила в свою собственную ловкость так же, как во внешность её, Ольги, миловидную и располагающую, взял да и поверил навеки очень образованный *Воротила* Серёга Величко. Доведя Ольгу до ума и наведя блеск на её облик всем дефицитным товаром в виде французских духов и кожаных пиджаков, Сергей Величко поставил свою зверушечку к самым истокам своих дерзких торговых дел. И начала она тогда делами теми успешно ворочать...

Частенько, когда поступала, стараньями Серёги, крупная партия импортных женских сумок в универмаг, Ольга продавала товар на улице, в ларьке, не пропуская живые деньги через кассу универмага. К делам подключилась и Валентина, по щучьему велению да по хотению Серёги. В те годы толпа страждущих, вечно занятых и невероятно усталых женщин мигом раскупала импортные сумки. Кожаная сумочка, пожалуй, — самый незаменимый из всевозможных аксессуаров женской одежды. Потому и цену на неё *заменять* было легко. Спрос на сумки большой. А быстро обслуживать покупателей Ольга умела!

Дела Серёги почти ежемесячно проворачивались в универмаге. И сейчас, после новогодних праздников, снова должна была прибыть во двор универмага очередная машинка — то есть договорился Серёга на большую партию отличных югославских дамских сумок. Намеревался он бабахнуть этот товар среди улицы, то есть из ларька, по восемнадцати рублей. В реальности сумочкам цена была всего по двенадцати целковых. Но Серёга знал настоящие цены в этой бесценной жизни! И предпочитал неслабо жить, если жить взялся! А он взялся и потому ввязывался во всякое крупное дельце без страха и упрёка, как говорится!..

Обозначая лично для себя мысленно в срезе своей торговой жизни, словно в ломте арбуза, людей и видя в них исключительно мелкие семечки, ставший за короткое время почти величественным, Сергей Величко не боялся, в общем, даже *тех*, всемогущих граждан из органов! И этих тоже он успел просмотреть насквозь, как и весь тот сладкий, спелый ломоть арбуза, способного утолить любую жажду. И Серёга утолял ту жажду и легко выбрасывал семечки. И так утолялся в торговой сети далеко не он один. Так шла жизнь наша, советская, обыкновенная, шла и шла своим чередом...

Наконец прозвучал звонок в дверь — прибыл долгожданный Дважды Лёша. Ольга предложила ему сразу выпить кофе. Она проворно накрыла на журнальном столике, не забыв поставить и бутылочку с зеленоватым ароматным банановым ликёром. Дважды Лёша пробежал любопытными глазами по её квартирке — он впервые был в гостях у Ольги Петровны.

— Неплохо существуешь, Ольга Петровна, — сказал он, смеясь. — Можно сказать, и живёшь, и можешь! И я верю, и дальше сможешь! Так держать! Мне твой салатник нравится богемский, и конфетница с инкрустацией. Я имею свой профессиональный вкус на изящные вещи. Процветает помаленечку наша советская торговлишка, набирает силёнку. Подбираем мы себе со всего мира маленькие лакомые кусочки. А ведь оно вкусненько! Стала наша крупная держава разбираться в маленькой продукции. Меня откровенно радует, что и люди стали в товарах больше смыслить. Я помню, как в шестидесятые годы, при Никите, когда он только-только узаконил то самое «окно в Европу», которое со времён Петра Великого всё так и держалось крепко в недоступной простым смертным раме, мамаша моя плащ себе болоньевый хватанула по случаю. Во счастья-то было! И все наши советские граждане, помню, как птицы небесные летали по улицам в этих плащах из болоньи при любой погоде, раздуваясь от гордости! За кордон тогда ездить было ещё нельзя, зато товары импортные шли потоком! Люди хватали всё подряд! На все случаи жизни запасались нужными и ненужными вещами! А сейчас любую, только что импортную вещь, себе никто на все случаи жизни приобретать не будет. Граждане наши стали разборчивые! Выбор у нас появился в любых товарах. И в духах французских, и в любых чешских да немецких фарфорах и стёклышках. Одной японской «Миказы» в наших ресторанах до фига, как говорится, на столиках увидеть можно. Она совсем недорогая, но миленькая, потому накрывают ею сплошь те столы! Разобьётся нечаянно фужер — не жалко! Правда, в любом ресторане гранёные стаканы для клиентов держать даже очень нужно. На всякий случай. Если по пьяне начнут теми японскими фужерами друг в друга бросать. Ей-ей, ресторану всё-таки убытки, да и клиентам тоже. Гранёным стаканом бросать в иную раскормленную морду и привычнее, и дешевле. Тут Серёга, знаешь, под праздник применил стакан, сорвался. С ним бывает!..

Ольга сдержанно улыбнулась. Дважды Лёша малый был, понятно, внешне симпатичный и бывалый, и, как и Серёга, с ощутимым рокотом преданных друзей за его спиной. Но Ольга никогда не восхищалась ни его шикарными яркими галстуками, ни модными куртками, каких было у него великое множество, ни его золотым, с крупным бриллиантом, перстнем на указательном пальце. Дважды Лёша был предметом восхищения у молоденьких продавщиц универмага. Что касается Серёги, то с его образованностью с точки зрения работы в торговле он был куда выдержаннее своего заместителя: всего две куртки имел, кожаную и замшевую. Правда, дублёнку себе он недавно приобрёл, но это просто из желания не ударить в грязь лицом на людях, при таком вот заместителе, как пижон Дважды Лёша. А из гранёного стакана Серёга пил, бывало, что придётся при случае и всегда держал его на тот самый всякий случай в ящике письменного стола.

И бывало, что срывался и, случалось, применял тот стакан широко...

— Ближе к делу давай перейдём, Алексей Алексеевич, — сказала Ольга серьёзно, насколько возможно это было в новогоднюю ночь при включённом телевизоре, изо всех сил раздувавшем легенду «Голубого огонька» о семейных и рабочих традициях наших простых, непритязательных, но принципиальных советских граждан. Вечно заслуженный, оптимистически настроенный певец Иосиф Кобзон в окружении работников сцены, сидя за роялем, изо всех сил выводил романс про тот костёр, который всё ещё светит в тумане...

— Дело личное у меня к тебе, Ольга Петровна, — сказал Дважды Лёша. — Даже сугубо личное. Оно странно, конечно, тебе покажется, что я приехал в новогоднюю ночь по этому делу. Во-первых, дело очень срочное, а во-вторых, я так думаю, что на тебя лично ещё можно, пожалуй, положиться в этой жизни. Займи мне деньги, Ольга Петровна. Дай мне в долг! Мне послезавтра первый взнос за квартиру кооперативную платить нужно. А у меня нет денег. Правду говорю. Просто гибель какая-то! Мне ведь пообещали дать в долг хорошие, надёжные люди. И я, как идиот, представь, поверил. А они меня взяли да подтянули под завязочку. Если я деньги за квартиру не внесу послезавтра — я погиб, я теряю кооператив! Кому можно верить, спрашивается, после такой вот подлянки? И ведь не то что я деньги возьму, но не отдам. У меня просто ситуация такая вышла, что все мои финансы, в связи с тем же кооперативом, я в оборот запустил. А тут взнос первый взял да и наехал на меня! Вот дела! Ведь крыша над головой — это самое главное для человека. И неужели такой простой выкладки никто не понимает? Или просто *не желает* понимать! Именно *не желает*!..

Ольга так и замерла на тахте с чашкой кофе в руках. Дважды Лёша просит у неё деньги в долг? Лёша вдруг обеднел? Дважды Лёша? Не может быть!..

— Сколько тебе нужно, Алексей? — спросила Ольга осторожно.

— Всего-то полторы тысячи, — отвечал он торопливо. — Я немного прошу, совсем немного! Я отдам эти деньги за месяц запросто! Не три я прошу, не пять штук! Всего полторы вшивых штучки! И за такую мелочёвку я кооператив должен буду потерять. Обидно просто до слёз! Вот подставили меня так подставили люди мои добрые! Оно и вправду — гибель!..

— Конечно, у меня найдётся такая сумма, — задумчиво сказала Ольга. — Но я не настолько богата, как тебе это кажется, Алексей. Я не замужем, я одна. Детей и родни у меня нет. И потому давать деньги кому-то, пусть в долг, мне всё равно как-то страшновато.

— Я расписку тебе напишу, — быстро сказал он. — И свидетелей двоих приведу, чтобы тоже в той бумаге записались. Без обмана будет, Ольга Петровна. Клянусь! Вот те крест! Я ведь православный, в господа бога верю. Нет, я не обману. Неужели выручаешь меня? Буду друг навеки. Я добро не забываю. Не из таких. Я о человеке всегда помню!

— Ну будь по-твоему, я выручу тебя, Алексей, — сказала Ольга, прикидывая, что не дать деньги никак нельзя. Деньги требовались быстро. Стоит ли искать предлог для отказа да ещё и явно что-нибудь врать?..

— Только расписку, Алексей, мы действительно с тобой давай официально оформим, — продолжала Ольга. — Если я правильно тебя понимаю, деньги требуются официально. Я правильно понимаю? Никто не стоит у тебя за спиной с револьвером в руке?

Дважды Лёша облегчённо вздохнул. Даже улыбнулся снисходительно! Так, чуть-чуть губы тонкие его искривились на выразительном лице неглупого малого, *своего в доску парня*.

— Не сомневайся, с теми, кто стоял над моей душой, я уже расплатился, — сказал он, немного помолчав. — Потому я и пролетел по воздуху, как мячик. На всю эту закулисную канитель с кооперативом я весь свой запас финансовый до копейки исчерпал, и на официальщину у меня теперь не осталось ни гроша. И пополниться срочно мне тоже оказалось нечем — праздники помешали. Но я всё равно не погиб! Ей-богу, я в рубашке родился! Ты вот меня спасаешь, спасибочки! Ты не представляешь, что это значит для меня — крыша над головой. Во-первых, я лично дольше просто не могу жить у каждого на виду! Я ведь живу всю жизнь в коммуналке, с соседями, да ещё и с родителями моими. Обстановка невыносимая. Старики нас с женой так достали, что нужно просто когти рвать оттуда! Я уже про соседей вообще молчу. Мне моих родителей хватит, они меня воспитывать принялись по новой, представь! Это же смешно! Детям моим родным на меня клепать начали. И с женой, я тебе по секрету скажу, у меня до развода дойдёт, если я кооператив сейчас упущу. Я ко всем моим заморочкам ещё и отнюдь не святой! Сама понимаешь, наверное. К Вале жить перейти и оторваться от семьи мне как-то не светит. У Вали своя дочка, а у меня их целых две! Если я оторвусь от семьи, мне только хуже будет. Я не расчётливый мужик, но считать я хорошо умею. Даже если алименты не в счёт, то всё остальное мне тяжело будет наживать, потому что зарабатывать придётся в пять раз больше. На троих детей плюс моя бывшая супруга, и самому мне на пить-есть, и на общественный транспорт отстегнуть надо будет. Машина моя, «Жигуль», к чёрту полетит, конечно. Её надо будет продать. К тому же я ведь какую-то совесть всё же имею и не хочу, чтобы мои дочери меня ещё и по щекам моим постаревшим кулачками били за то, что я лишил их красивой жизни и заставил ходить без золотых цацок. Мы сейчас с женой не хуже всех живём, в смысле красоты жизни, сама знаешь. Только морально мы сильно зажаты коммуналкой и моими стариками. Предки лезут в честность, и моя мать мне каждый день повторяет: сколько верёвочка ни вьётся, а кончик у неё найдётся! Я уже сказал матери, что меня доставать до души смертельно поздно, а вот если я развод оформлю, то тогда мне вообще в клубочек завиться придётся, чтобы всю вашу *честную нищету* мне своей собственной персоной, как амбразуру, закрыть. «Это, — я сказал матери, — жизнь нашу советскую доставать надо было вовремя, за то что теперь от неё, ставшей воистину красивой, вы же, те же самые, дорогие мои пролетарские товарищи, отказаться просто не в силах! Вам и хрусталь достань, и шубочку норковую, и шапки ондатровые, и винца, и коньячка! А ещё и осетрины на праздничный стол, и того, и сего! Вот тебе и тот кончик у той верёвочки!..»

— Не бойся, я тебя выручу, Алексей, — просто сказала Ольга. — Послезавтра прямо с утра снимем с моей сберкнижки деньги, расписку черканём, и поедешь заплатишь за свою крышу над головой. Будет у тебя кооператив, не беспокойся! Я понимаю, что это значит — надёжный и свой угол!

— Спасаешь ты меня, Ольга Петровна, просто спасаешь, — повторял Дважды Лёша. — Правильно, выходит, я на тебя лично свои ставки сделал, и хорошо, что я на тебя лично вышел. Ей-богу, не забуду!..

Они допили кофе и на том расстались до послезавтра. Погревшись ещё немного у «Голубого огонька», Ольга легла спать. Да не спалось ей! Слишком неожиданной была просьба Дважды Лёши. Ворочаясь с боку на бок, Ольга проникла мыслью вглубь вещей и только придя к выводу, что Валентина явно приняла знойное участие в устройстве выбора крыши над головой своего близкого человека, Дважды Лёши, наконец успокоилась понемногу. Понятно, что Валентина хочет, чтобы Лёша развёлся с женой и переехал жить в её просторный старый дом. Места много, и гараж для новеньких Лёшкиных «Жигулей» найдётся. Похоже, что Валентина ревнует Алексея к ней, к Ольге. Надо будет предупредить его, чтобы Валентине он про долг молчал. Зачем ей знать, кто именно Лёшу от гибели спас?..

Ольге с Валентиной в одночасье можно навеки разругаться! Недаром Валентина волосы в ярко-рыжий цвет выкрасила и костюм себе итальянский купила. Завораживает Дважды Лёшу, хочет быть на его глазах всюду. И Ольгу явно задевает, изо всех сил принизить старается. Не дай бог Дважды Лёша в кресло Серёги усядется, и по наследству ещё и Ольгу Петровну к себе пригребёт! Не видит Валентина из-за слепой своей ревности, что Дважды Лёша аккуратно подсчитал цену женских чар и выбрал ту, что была ему подешевле. Да, Валя — дешёвка, и это многие видят и понимают, хотя у неё есть просторный собственный дом. Склочная она бабёнка!..

Весь следующий день, воскресенье, Ольга пролежала на тахте. Она то курила сигарету, то телевизор смотрела, то музыку слушала, меняя кассеты. Она ждала — не позвонит ли Серёга? Вдруг на часок оторвётся от семьи и заглянет хоть на минуточку? Ольга ждала, надеялась! Но Сергей не звонил и не заглядывал, и не стоило, пожалуй, больше окунаться в раздумья об отношениях *зама и зава* универмага с рядовыми его работниками. Дважды Лёша не так уж плох, как рисует его Серёга. А кто прав и виноват — время рассудит!..

Ольге явно нездоровилось. Боль в левом боку не проходила. Ноющая она была, эта боль, хотя и не резкая. Но она держалась стойко, не отступая, словно невидимый, крошечный и страшный зверёныш на экране мультфильма высасывал, чмокая, сок из фантастического, крупного, спелого плода, делая сморщенной и пустой его румяную кожицу. Слёзы выступили на глазах Ольги. Похоро́ните меня вы скоро, дорогие товарищи! Не жалели вы меня никогда и сейчас не жалеете! Но Серёга позвонил Ольге к вечеру. Да, он всё-таки позвонил!..

— Ну что за тихий у тебя голосок! — воскликнул он своим густым баритоном, и даже в телефонной трубке хорошо было слышно его озорное настроение, явно подогретое обильно принятым горячительным. — Учти, Ольга Петровна, что я звоню тебе не только как сотруднице, а как подруге дней моих суровых! Верной подруге, я надеюсь? Лёша меня в этом уверяет. Даже клянётся, представляешь? Мы с ним тут вместе сидим у меня в обители, о тебе разговариваем. Он говорит, что ты настоящий деловой товарищ. Нет, я отлично осознал, ты его достала своей голливудской улыбкой! Я тоже, кстати, всегда знал, что ты — верный товарищ, а не только красивая женщина. Да-да, прими в кладезь своей памяти этот правдивый комплимент! Между прочим, я полгуся только что съел, знаешь? Я даже себя настоящим вожаком всей стаи гусей на минуточку почувствовал, даже крыльями хотел захлопать, да удержался. Ты тоже, надеюсь, закусила харчами из своего холодильника? Кстати, славная машинка с сумками в универмаге завтра с утра будет задействована. Завтра увидимся. Мы с Лёшей оба тебя целуем. Но в щеки. Не возражаешь?

— Хорошо, что вы меня хоть не бьёте, — сказала смешливо Ольга. — Когда бьют по одной щеке, то другую не всякий человек согласится подставлять! А вы мои обе щеки задействовали, выходит! Ой, как славно!..

— А если надо? — упрямился Серёга. — Скажи откровенно, положа руку на сердце, не скромничай — если надо подставить? Ну хотя бы щёку? Вот если потребуется, например, ради жизни на земле и на свободе? Другое что-нибудь подставишь? Да ну признайся мне, как своему шефу!..

— Конечно, Серёжа, я щёчку свою подставлю, — сказала Ольга, стараясь говорить смешливо, — а вот другое что — это смотря кому, где и когда. Но за такую большую цену, как ради жизни, я боюсь, что я не в силах буду отказаться от предложения. Но, ей-богу, я смекну что к чему, если надо.

— Я всегда знал, что ты у меня с пионерской смекалкой! — воскликнул Серёга. — Завтра увидимся и возьмёмся за дело с новыми силами. Будь здорова, Ольга Петровна, и что бы ни случилось, в целом, — всё равно — будь! Это, как ты помнишь, у меня наилучшее пожелание.

— Спасибо, и тебе того же, Серёжа, — тепло сказала Ольга. — Алексею от меня привет. Он вообще-то неплохой человек. Мне так кажется...

— Привет передам, за мной не заржавеет, — ответил Серёга. — Завтра будет безопаснее и лучше нам с тобой повидаться. Сегодня не получилось. Я старался вырваться к тебе, и это правда. Словом, не скучай! Ну, хоп! До лучшего нашего завтра и сочного завтрака! Пока!

Ольга осторожно положила красную трубку телефона с её уходившими в бесконечность монотонными гудками. Нужно было немедленно выпить пару таблеток американского тайленола и быть, и снова жить! Жить до самого утра! До самого звонка будильника, который возвестит утром наступившее, наконец, это новое и прекрасное *завтра*! Яркая новогодняя поздравительная открытка от тёти Люси лежала рядом с телефоном на журнальном столике. Тётя Люся не звонила своей племяннице даже по праздникам с самых похорон матери Ольги, но открытки присылала с неизменными уверениями, что завтра будет лучше, чем вчера, как о том пелось в популярной песне. Впрочем, это похоронное *вчера* тётя Люся запомнила хорошо. Потому и не приходила больше, не пробовала открыть входную дверь в квартире племянницы своей Ольги родственными своими ключами. И Ольга тоже не приглашала тётю Люсю к себе в гости. Но открытки поздравительные тёте Люсе посылать к праздникам Ольга не забывала, не роняла достоинства своего, соблюдая рамки родственных отношений. Оно так — вы — мне, а я — вам. И на том законе жизни можно укрепить свои границы покоя и личной безопасности. Нервотрёпки нет. Тихо и спокойно. Просто отлично, превосходно, чудненько при такой затрёпанной теперешней жизни!

И снова были у Ольги весь вечер боли в левом боку, снова бокал вина в руке, и опять горестная мысль о том, что жизнь пора устраивать! Валентина хоть с дочерью мучается, а ведь Ольга одна! Потом начал часто звонить телефон, и беспокойное грядущее завтра, спекулятивное и неотступное в своих мольбах насчёт достать и в обещаниях отблагодарить, пронзительно напоминало о себе. Короткое *сегодня* решительно отступало. К ночи Ольга Петровна совершенно утомилась, наговорилась по телефону, забылась и отвлеклась от настойчивой сосущей боли в желудке.

Утром Ольга недовольно поморщилась, взглянув на себя в зеркало в ванной. Лицо выглядело усталым, под глазами чётко обозначились мешки. «Не сходить ли в поликлинику за больничным? — подумала Ольга. Но мысль о машине с импортными дамскими сумками, которая ждала её сегодня в универмаге, и это плюс к мысли о деньгах в долг, которые ждал Дважды Лёша, остановила Ольгу. «Сегодня как-то потяну, а потом возьму больничный, — решила она. — Боком мне выходят все наши выпивки. Ведь и правда — боком!» Она приложила ладонь к левому боку и слегка надавила живот. И притаившаяся боль медленно хлынула по животу, как будто растекалась вода из пролитой бутылки. «Вдруг у меня рак, как у мамы? — со страхом подумала Ольга. — Но ведь мне ещё только тридцать семь! Неужели это пришла гибель моя? И мне придётся, как и маме моей, ужасно мучиться перед смертью? Да почему же, наконец, жизнь так устроена, несправедливо и беспощадно? Вот если бы никто не умирал!..»

— Ой, хватит лирики! — отмахнулась Валентина, когда Ольга пожаловалась ей на недомогание. — Серёга велел сказать тебе, что сумочки у нас, а ларёк приготовлен, стоит себе, как всегда, на углу улицы. Машинку разгрузил Лёша сам поутряночке, чтоб никто и ничего. В общем, всё в порядочке. Идём торговать? Кстати, Алексей почему-то в ларьке сидит и тебя ждёт и ужасно волнуется. Почему?

— Начинай, Валя, без меня в ларьке, — сообразила быстро Ольга. — У нас с Алексеем дело есть срочное. Нам надо с ним съездить кое-куда. Мы быстро обернёмся, и я тебя в ларьке подменю. Много товара?

— Сто штучек, — сказала Валентина. — Но сумочки классные! Чёрненькие и вишнёвые. И у Серёги ещё тридцать пять было отложено в отдельной коробке. Но Алексей их тоже на улицу бросает, и коробка уже в ларьке. Ну, так и быть — бросим всё сразу на улицу бабёночкам на собаку-драку? Почему не заработать лишний раз, если можно, верно? Лёша прав. Нам тоже нужно пить-есть. Не всё одному Серёге куски рвать, там и сям, и по мелочи даже!..

— Значит, всего только сто тридцать пять сумочек? — удивилась Ольга Петровна. — Даже сто пятьдесят не будет. Почему так мало? Серёга умеет рвать куски побольше. Во всяком случае — в старом году умел. Чтобы всем хватило, и никто бы ни на кого не тянул!..

— Алексей говорит, это остатки, — объяснила Валентина, немного помолчав. — Сумочки запускал филиал нашего универмага перед самым праздником в Нарвском павильоне, специально то есть бабахнули весь товар в район Кировского завода. Там эти сумки вмиг расхватали заводские девчоночки, им тринадцатую зарплату как раз к Новому году выдали. Да только вечером сумки им выбросили, не управились в павильоне полностью со всем товаром. Второй раз опасно снова с заводскими заводиться. Потому остатки Серёга добыл для нас. Сумочки прогонялись по шестнадцать рублей. Теперь нам остатки перебросили, а цена — на наше усмотрение! Прекрасно! Делятся с Серёгой его люди, не забывают нас, тоже грешных!

Ольга Петровна немного помолчала в свою очередь.

— Ладно, мы прогоним товар по восемнадцати рублей за штуку, — недовольно сказала Ольга. — Серёга так со мной договаривался. В конце концов, сумочек совсем немного. Справимся быстренько, дай бог!

— Алексей говорит, что эти сумочки по целых девятнадцати можно запросто прогнать, — прошептала Валентина. — Товар хорошенький. Олечка Петровна, мы после праздника. Не забывай! Денежка не помешает.

— И покупатель после праздника, я это помню, — сухо произнесла Ольга. — Бережёного бог бережёт. Лёша любит пословицы, знаешь? И я пословицы люблю! Серёга сказал — сумки идут по восемнадцать. Так и прогоняй. С Алексеем я сама поговорю. Ты меня поняла, Валя? Поверь мне, Серёга никогда не ошибётся в своём деле. Продавай сумки только по восемнадцати. Только! Не надо жадничать!..

После, когда они с Лёшей сидели в машине и ехали в сберкассу, Ольга внесла свои поправки в отношении торгового образования этого Кузнечика нового по имени Дважды Лёша. Она прочитала ему мораль, что хапать всё-таки нечестно! Что порядок должен быть и в смысле *достать на всех* или *хапать самому*, и что эти понятия надо различать. Лёша молча слушал не возражая. Ольга Петровна давала ему деньги в долг. Ольга Петровна спасла его! И потому Дважды Лёша молчал, хотя бы в эти минуты не возражал ни словечка, что с ним случалось редко. Подбросив Ольгу Петровну назад, до угла универмага, откуда уже виднелась живая очередь у ларька, Дважды Лёша рванул машину с места, лихо расплёскивая колёсами «Жигулей» снежную кашу. Он оторвался на миг от реальности жизни, чтобы успеть внести свою лепту за кооперативную жилплощадь, добытую в тяжёлых боях среди жестокой житейской суеты. Ольга Петровна покорно пошла *ломать себя* в фанерный ларёк. Здесь ждал её сюрприз — сумки прогонялись по девятнадцать рублей. А Серёга, как выяснилось, куда-то вообще, к богу в рай или в преисподнюю, как сквозь землю провалился! Не найти! Исчез с экрана!

— Отдохни, Валентина, я сама, — только и сказала Ольга Петровна. И она подкрасила твёрдой рукой свои красивые полные губы. Клубочек был крепко закатан! Хапали, а не добывали в этом злополучном ларьке сейчас! Натура человеческая, эх, продажная натура!..

— Тебе, Ольга, просто потрясающе идёт эта перламутровая помада, — тихо выговорила Валентина. — Ты выглядишь — ну просто что моя Царевна-лебедь или как Лягушка-царевна. Правда, в любом случае ты у нас Царевна! Кстати, где же Алексей? Мы, знаешь, решили с *моим* Лёшей цену эту, за сумочки, такую установить, вполне приличную, всего девятнадцать целковых. Не возражаешь, Олечка Петровна?..

— Куда ты деньги складываешь, Валя? — спросила Ольга хладнокровно, будто не замечая ничего. — Лёша, я так понимаю, поехал куда-то за свой кооператив платить. Он говорит — поехал делать первый взнос. За свою квартиру! Вот Алексей молодец, будет теперь жить независимо! (Проглоти, Валечка!)

— Деньги я сюда, в сумочку, кладу, — прошептала Валентина, показывая на сумку, висевшую у неё на руке. — Я сегодня без нашей джинсы. Я думала, с Алексеем сейчас обедать пойдём, надо выглядеть прилично, а джинса такая старая. Ты уж извини. Ничего, в сумочку клади деньги! А ведь крутой этот *мой* Лёша! Кто же ему деньги на кооператив дал? У кого такие капиталы?..

...У них в отделе кожгалантереи было старенькое пальто из джинсовой ткани, одно, напополам с Валентиной. В карманах этого пальто лично Серёгой были прорезаны вполне удобные дыры, так, что в случае опасной проверки государственной цены на уличный товар можно было мгновенно столкнуть незаконную выручку в глубокую бездну плотной меховой подкладки. И вот сегодня Валентина, не соблюдая даже техники безопасности, откровенно лепила отсебятину. Девятнадцать рублей за небольшую сумку! Джинсу со спасительными карманами эта *тёртая* Валентина не надела! Чего не сделаешь ради любви, да ещё чтобы и захомутать себе ту любовь под крышу над головой! Тюрьма по Вале давно плачет...

Ольга быстро взяла у Валентины сумку с выручкой и, повесив её себе на локоть, шагнула в ларёк и стала продавать товар. Чёрная сумочка, висевшая у неё на локте, была из той же партии товара, выглядела весьма элегантно, со сверкавшим золотом круглым нарядным замком. Очередь за сумками шла быстро, но не настолько, как хотелось бы Ольге. Сумочки *не летели! За ними не давились женщины, хотя очередь выстроилась длинная!* Чувствовалось, что настроение у покупателей было послепраздничное. «Не дай мне, господи, погибели! — взмолилась Ольга мысленно. — Пощади ты меня, грешную, и на этот раз!» Она весело подмигнула очередной покупательнице и громко сказала:

— Какие сумочки прекрасные! Не часто нам такими доводится торговать. Одно удовольствие! Кто следующий, женщины? Деньги приготовьте, пожалуйста! Постарайтесь без сдачи, милые мои! С Новым годом вас всех! С новым счастьем!

— Ещё есть тридцать пять штук в коробке, не забудь, — шепнула Ольге Валентина в самое ухо.

— Нет, хватит этих, больше не надо. Не будет больше никакого риска, Валя! — сказала Ольга решительно. — Хватит твоих девятнадцати целковых!

В очереди уловили что-то из этих фраз, и покупательницы заволновались.

— В Нарвском универмаге всем тоже не хватило! — басом выкрикнула какая-то матрона. — Там девчонки целую ночь за этими сумками стояли! Да разве всем хватит? Да уж давно все наши сумки по своим кадрам распроданы! Знаем мы, как нынче торгуют. Всюду блат!

— Не сомневайтесь, они их под праздник кому надо, тому и спустили эти сумки! — озорно добавил кто-то из очень звонких покупательниц. — Они, продавщицы эти, сначала должны одеть-обуть тех, кто им сверху платит. Потом нам, бедным, остатки бросят. Рука руку моет!..

— Все тридцать пять здесь, в коробке, — выразительно произнесла Валентина. — Времени немного. Если так держать, то до обеда всё мигом продадим. Слышишь, что началось? Не бойся, всё спустим!

— Не волнуйтесь, женщины! — выкрикнула Ольга своим родным голосом. — Давайте поживей! Нам обедать идти надо! Мы устали после праздника! Приготовьте денежку!

— А ведь новый год ещё только-только начался, — проговорил негромкий сдержанный женский голос. — И все на свете уже страшно спешат. Удивительно! Только вопрос — куда спешат? Очень занятно поразмыслить в одиночку, где-нибудь в камере!

Женщина протягивала Ольге в окно ларька шестнадцать рублей — красненькую десятку и синюю пятёрку со стареньким рублём сверху — деньги были сложены в стопочку. Женщина была немолодая, упитанная, с холёным лицом и при очках в золотой оправе.

— Сумочка девятнадцать рублей стоит, дама! — сказала Ольга Петровна приветливо. — С вас ещё три рубля, пожалуйста!

— Вам чёрную сумку или вишнёвую, женщина? — спросила Валентина.

— Эти сумки стоят шестнадцать, — твёрдо отвечала женщина в очках. — Такой была их цена в Нарвском павильоне.

— Может, там чешские были сумки? — естественно удивилась Ольга. — В Нарвском чешские сумочки давали, это я знаю. А у нас югославские сумки.

Эта женщина, покупательница, молчала.

— Ой, ради Бога, только очередь не задерживайте, — сказала Ольга Петровна. — Пожалуйста! Видите сколько народу?

— А я никого и не задерживаю, — произнесла эта женщина, странно закусив нижнюю губу. — Мне это вовсе не надо сейчас! Да, сейчас не надо!..

— Гражданка, очередь не задерживайте! — крикнули сзади. — Мы с работы отпросились! Всего на десять минут! Нам на работу надо, праздники закончились! Воскресенье было вчера!

Эту женщину оттеснили от ларька.

— Давайте быстрее, девочки! — повторяла Ольга громко. — Денежку заранее приготовьте! Сумочек осталось совсем немного!

— Только ларёчек наш не толкайте, женщины! — крикнула Валентина пронзительно. — Давайте побыстрее! Заранее решите, какой вам нужен цвет! Вишнёвые сумочки кончаются!

И сумочки вдруг полетели! Женщины хватали по две, по три сумки. Мысль о том, что сейчас дают, но скоро лавочка закроется, придала покупательницам силы. Ещё полчаса — и сумки были проданы. Ольга закрыла замок на сумке с выручкой и с облегчением сказала Валентине:

— Неси деньги прямо к Серёге. Я останусь, упакую тару. Иди!

Она нагнулась и стала собирать разбросанные вокруг полиэтиленовые мешки и пустые коробки.

— Нет, уж ты сама к своему иди, — отвечала Валентина. — Ты запомнила эту очкастую дрянь? Мне кажется, я её где-то видела.

— Иди, Валя, в универмаг, — повторила Ольга. — Я сейчас всё здесь уберу, чтобы и следов никаких не было. Мало ли что.

Но Валентина медлила, чем-то шуршала у Ольги над головой. Не разгибая спины, Ольга продолжала проворно упаковывать пустую, предательски широко разбросанную тару.

— Короче, я ушла, — вдруг сказала Валентина. — Ты сама с Серёгой разбирайся. Остальное в порядке. Нет, ты глянь, кто сюда снова идёт!

И Валентина отбежала от ларька. Ольга только сапоги её белые увидела. И когда голову Ольга подняла, у ларька стояла та женщина в очках в золотой оправе.

— Я всё-таки вернулась за этой сумочкой, — сказала она, ухватив крепко за ручку последнюю сумочку, лежавшую в окне ларька. — Вот деньги, девятнадцать рублей. Возьмите, пожалуйста! Спасибо.

— Да носите себе на здоровье свою сумочку, — сказала Ольга, улыбаясь. — С Новым годом вас, с новым счастьем. Сумочка просто загляденье! Я бы такую и себе купила!

Ольга аккуратно опустила злополучные девятнадцать рублей в карман своего шерстяного, ворсистого пальто. Женщина села в голубую «Волгу» и уехала. «Придраться трудно, — подумала Ольга со вздохом. — Этот новогодний поезд ушёл. А следующий не так уж скоро!»

Ольга Петровна вернулась в универмаг и, отдав распоряжение грузчикам живо убрать ларёк, пошла искать Валентину. Та была на месте, в отделе кожгалантереи, и смеялась, и рассыпалась мелким бисером перед каким-то военным, показывая ему кошельки на стеклянной витрине прилавка. Ольга выждала время, пока форма казённая не убралась с глаз долой. Каждый раз, *после очередной ломки в ларьке*, Ольга чувствовала, что силы её, душевные и физические, медленно тают.

— Пойдём, Валя, что-то пожуём, — миролюбиво сказала Ольга Петровна. — Чаёк горячий есть?

— Я пирожков с яблоками тебе оставила, — сказала Валентина безразлично. — Серёга ещё и расстегаев с рыбой и с капустой нам целый кулёк принёс, да девчонки кушать не стали. Все переевшись мы после Нового года! А Лёши *моего* всё нет. Один Серёга о нас думает-заботится. Ну, всё в ларьке вроде бы обошлось? Всё ладненько, верно! По девятнадцати прошло как по маслу!

— Ты выручку Серёге отдала? — спросила Ольга, кашлянув.

— Какую выручку? — резко спросила Валентина.

— Деньги за все сумки, — быстро ответила Ольга.

— О чём вы говорите? — медленно проговорила Валентина. — Олечка Петровна?!

Ольга Петровна пристально смотрела на Валентину. Что такое?..

— Ты унесла выручку за все эти сумки Серёге? — спросила Ольга снова.

— Я ничего и никому вообще не уносила, — чётко сказала Валентина.

Ольга Петровна смотрела прямо в серые глаза своего сотоварища по работе.

— Ах ты, сука, — тихо сказала Валентина. — Ты на меня, выходит, две с половиной штучки решила повесить? Ах, змея ты подколодная! Тебе Лёши и Серёги, выходит, мало? Я всегда знала тебе настоящую цену! Но и ты знай — на этот раз твой номер не пройдёт!

— Тише, Валя, мы за прилавком в магазине, — сказала Ольга растерянно, — вокруг покупатели. Нас могут услышать! Что ты возводишь на меня?

— Нет, это ты возводишь, — отпарировала Валентина. — Такие деньги вы все на меня на одну не навесите! Только попробуйте! Я вас всех до единого заложу!

— Замолчи, — сказала Ольга Петровна. — Где выручка? У кого?

— Значит, вешаешь на меня?! — вскрикнула Валентина. — Я на месткоме с тобой разберусь! Как я устала от тебя! Сволочь ты такая! Вот теперь ты из этого универмага сгинешь! Настал твой час! Тихоня ты, змея подколодная!

Она бросилась вон из отдела. Ярко освещённый универмаг сиял зеркалами, сплошь увешанными разноцветными игрушками и сверкавшими новогодними гирляндами. И чинно лежали дорогие кошельки под стеклом в глубокой витрине солидного отдела кожгалантереи.

— Я буду у Сергея Юрьевича, Галочка, — пояснила Ольга Петровна, подойдя к молоденькой продавщице, замеревшей за прилавком в противоположном конце отдела, специально подальше от начальства, чтобы ничего не видеть и не слышать, кроме покупателей и только покупателей!

Галочка кивнула в ответ своей подстриженной головкой, с нескрываемым разочарованием разглядывая Ольгу Петровну так, словно видела её впервые в своей творческой торговой жизнедеятельности.

— Валя прекрасный человек, — произнесла Галочка с какими-то мстительными нотками в голосе. — Так многие у нас в отделе думают, вопреки вам! И она весьма элегантная женщина. И зачем доводить её каждый раз до слёз и скандала? Я не понимаю, за что вы её так ненавидите?

Ольга Петровна молча отошла от юной продавщицы. Да, эта Валентина неутомимо вела свою политику среди работников отдела кожгалантереи. Но сейчас это было безразлично Ольге Петровне. Нужно было разбираться с выручкой за сумки, только что проданные на улице. Сумок было сто тридцать пять. Они продавались по девятнадцать рублей каждая. Значит, всего денег должно быть — две тысячи пятьсот шестьдесят пять рублей. Вернее — унесла Валентина — две пятьсот сорок шесть. Потому что деньги за последнюю сумочку — девятнадцать рублей — лично в кармане у Ольги Петровны.

Ольга Петровна смело вошла в кабинет Сергея Величко. Дважды Лёша, успевший вернуться, сидел тут же и встретил Ольгу испуганным взглядом. И сразу раздался рык Серёги:

— Деньги, Ольга! Немедленно! Я не мальчик тебе, учти! Давай мне все деньги!

— Деньги Валентина забрала и принесла вам, Сергей Юрьевич, — отвечала Ольга спокойно. — Я только не ручаюсь за неё, сколько именно она принесла, но зато отлично знаю, сколько там должно быть. Я считать, слава богу, умею. Я в торговле не первый день.

— И я не последний! — простонал Серёга. — Никто не будет меня крутить! Деньги на стол, Ольга! Я тебе русским языком говорю! Деньги давай! Все, сколько есть! Деньги! Ну?!

Ольга Петровна взглянула на Валентину. Та сидела на краешке стула, вся дрожа и всхлипывая. Дважды Лёша вдруг резко сбил набок свой чёрный модный, в горошину, галстук, и острый кадык так и заходил у него ходуном по длинной шее.

— Валентина денег лично мне не приносила, — заговорил Лёша быстро, поглядывая на каждого из присутствовавших по очереди. — Если вы, Ольга Петровна, устроили этот маскарад, чтобы не отдавать мне мою долю с этой новогодней продажи сумок, то я могу сказать, что пусть оно будет так на вашей совести. Но вот с остальным у вас не получится. Сумма, которую я взял у вас на кооператив, мной официально записана и подтверждена свидетелями. Так что никаких процентов, например, вам с меня получить не получится. Мы ведь расписку вместе написали? Ведь так? Я не расчётливый мужик, но я заранее учёл любой поворот событий! Вот так, друг вы мне или враг, но мне это всё равно, Ольга Петровна! Я давно знаю цену людям!

— Я, значит, отдала деньги... — Ольга начала говорить — и остановилась.

— Не бойся, говори, где деньги? — тихо спросил Серёга. — Я со всеми разберусь. Куда делись деньги?

— Эта блядь, в золотых очках, пришла оттуда! — вдруг зарыдала Валентина. — Я уже видела её где-то! Видела! Они схватили нас всех просто за руку! Да, за руку! Ребята! Серёженька! Лёшенька! Ольга нас всех продала куда следует! Нас ждёт тюрьма! Нам закатают по десятке самое меньшее! А то и больше...

— В принципе, я не ждал от Зверевой такого, — медленно вымолвил Серёга. — Неужели вы все не понимаете, что за такое просто-напросто убивают? Неужели не понимаете? У меня найдутся крутые ребята на такой предмет!

— Я нечаянно отдала последнюю сумку покупательнице в очках, — сказала Ольга тихо. — Я не знаю, кто она и откуда. Я думала, что Валя вынула выручку из сумки и отнесла тебе, Серёжа. Если Валя деньги не забирала, значит, я отдала этой женщине всю нашу выручку, которая лежала в этой последней сумке. Женщина эта заплатила мне за сумку ровно девятнадцать рублей. Я их принесла. Сумка была чёрного цвета. Это я помню хорошо. Она лежала в окне ларька. Я думала, что она пустая. Что Валя забрала выручку...

Ольга шагнула к столу Серёги и положила аккуратно эти несчастные деньги, девятнадцать рублей.

— Значит, это ты дала Лёше деньги на кооператив? — крикнула Валентина. — А ещё что ты ему дала? Признайся! Ах ты, сволочь!

— Я пойду теперь домой, — тихо проговорила Ольга. — На работу я пока не выйду. Деньги я постараюсь тебе вернуть, Серёжа. Увидишь, верну. Причём все, до копеечки! А ты, Валя, не кричи, не унижай себя, дорогая!

И Ольга ушла домой. Она не помнила, как поднялась на лифте в квартиру и как закрыла дверь, захлопнув надёжный английский замок. Сознание словно обрывалось. Она только постаралась добраться до тахты. Это единственное, что она смогла сделать...

Очнулась она глубокой ночью от знакомой ноющей боли в левом боку. Боль росла с ненасытной, упорной, въедливой силой, словно остренькие зубки изголодавшегося невидимого зверька выгрызали спелый, но уже не сочный плод, прокусывая насквозь его дряблую ранимую кожицу. Ольга пила анальгин и старалась дожить до утра. Так прошло два страшных дня. Звонок телефона раздался на третий день, утром. В трубку кашлянули.

— Алексей? — спросила Ольга.

— Ты его, значит, ждёшь? — прохрипел Серёга. — Сейчас к тебе человек придёт от меня.

— Что за человек? — равнодушно спросила Ольга.

— Та самая баба, — сказал Серёга. — Валька опознала её. Но она тебя лично спрашивает. Валька её не смогла расколоть, почему она тебя лично спрашивает! Валька вообще глупая бабёнка! Что с неё можно спросить?

— Зачем посылать эту покупательницу ко мне на квартиру? — сказала Ольга. — Она сразу с понятыми придёт или как? Неужели ты хочешь, чтобы я осталась одна в пустых стенах? Ведь у меня всё опишут! Всё до ниточки у меня заберут! Кожу с меня живьём снимут!..

— Я проверил, эта баба явилась сюда одна, — сказал Серёга. — Она какая-то странная. Непонятно вообще, чья она. Она говорит, что должна тебе деньги. Послушай, я прошу тебя — поделись с ней! Заплати, сколько она скажет! Не мелочись, я тебя умоляю! Слышишь? Выслушай её и соглашайся! Кто-то хочет заставить меня наступить на горло собственной песне...

— Когда она придёт ко мне? — быстро спросила Ольга.

— Сейчас. Немедленно! Я дал ей адрес и вызвал для неё такси. Я оплатил её дорогу на такси. Я еду следом и буду сидеть в машине неподалёку от твоего подъезда. Если возникнут трудности — выскакивай вниз! Через дверь, слышишь? Дверь на замок не закрывай, когда она придёт! Как договоришься с ней, дуй вниз сразу. Расскажешь, что к чему. Ну, будь здорова! Держись! Я здесь, рядом! Не бойся! У меня в кармане пушка! Разберёмся!

Ольга рванула с себя халат и прыгнула в спортивный костюм. В дверь позвонили. Ольга резко распахнула её настежь. Эта холёная женщина в очках с золотой оправой стояла на пороге.

— Вы одна в квартире? — спросила она холодно. — Можно войти?

— Да, — сказала Ольга. — Войдите.

Эта женщина вошла. Она была в дорогом чёрном пальто с большим норковым воротником. На толстом пальце левой руки сверкнул живым огоньком крохотный брильянт, вечная драгоценность человечества!

— Я принесла вам все, я думаю, ваши деньги, — сказала эта женщина. — Сумма составляет ровно две тысячи пятьсот сорок шесть рублей. Мои девятнадцать целковых я вам отдала отдельно. Вы неплохо заработали, моя милочка! Выходит, у вас было сто тридцать пять сумочек, если вы продавали их по девятнадцати рублей за штучку. Впрочем, это дело вашей совести. Вот ваши деньги. Сумки эти вообще-то стоят двенадцать. Я навела справки о государственной цене...

— Мне кажется, в вашей сумке была гораздо меньшая сумма, — пробормотала Ольга. — Оставьте её себе, конечно. Денег было меньше, да! Меньше!..

— Ни в коем случае! — тихонько воскликнула эта женщина. — Денег ровно столько, сколько я сказала. Я научный сотрудник номерного института и никому не позволю вмешивать лично меня в какие-то тёмные истории. Позже я выясню сама среди своих сотрудников, кто именно подсказал мне вернуться и купить всё-таки у вас эту сумку, и кто вообще видел, куда вы клали выручку, и кто потешался лично надо мной, советуя приобрести именно эту сумку со всеми деньгами. Я — человек с учёной степенью, и человек, кстати, очень последовательный! Я была, действительно, в очереди за сумками не одна, а с нашими сотрудниками. Я выясню абсолютно всё! Но это, к счастью, я сделаю пока без вас. Если кто-то решил проверить мою честность, то и я вполне имею право проверить честность других. Не так ли? Что вы думаете обо всех нас? О нашем, например, «почтовом ящике»? У вас есть там знакомые?

— Я никого не знаю, — сказала Ольга беспомощно. — Я простой человек, я отдала вам сумку с нашей выручкой совершенно случайно. И за то, что вы принесли деньги, я могу сказать вам только большое спасибо! Дай бог здоровья вам! Вы меня просто спасаете! Как вас зовут?

— В наше время как-то мало верится в случайность, — покачала головой эта женщина. — И зачем вам моё имя? Я не рассчитывала никак выступать перед вами в роли спасительницы. Зачем вы мне, спрашивается? Я вижу вас в последний раз. По крайней мере, надеюсь, что в последний раз. Хотя мы живём в одном городе и можем встретиться в общественном транспорте случайно. Но я вас не узнаю ни в транспорте, ни на улице. Просто обещаю!

— Но зачем вы вернулись и купили у меня сумочку? — спросила Ольга, умоляюще глядя на эту золотую тонкую оправу. — Кто вас-то послал к нам?

— Мне нужна была сумка! — строго ответила эта женщина. — В конце концов три рубля сверху не делали для меня погоды! И потом кто же знал, что вы отдадите мне сумку вместе со всей выручкой? Вы вообще поосторожней ворочайте миллионами в этой своей отпетой торговле! Вот вам урок на всю оставшуюся жизнь! И не вздумайте, миленькая, меня искать — я предупреждаю. И на улице увидите — ни в коем случае не намеревайтесь вдруг подойти. Повторяю: я вас вообще больше не знаю! Прощайте навсегда!

И эта женщина исчезла. Ольга услышала только звук лифта, когда запирала дверь своей квартиры на ключ. Ольга шла на улицу, вниз, к подъезду, искать своего надёжного учителя Серёгу. Деньги, не пересчитывая, она положила в атласный платок и завязала его красивым узлом. Платок был яркий, японский — подарок Серёги. Ольга Петровна вышла на улицу. Серёга мигом очутился около Ольги, будто из-под земли выскочил.

— Сколько ты ей уплатила? — спросил он хрипло. — Половину? Чёрт с ней! Она хапнула своё, кровное, наверное! Это уж точно! Губа не дура у неё! Судя по одёжке! Да и морду такую надменную в другой раз в толпе не встретишь!

— Эта женщина принесла нам все деньги, — сказала Ольга. — Вероятно, произошла случайность, Серёжа. Я по ошибке отдала ей выручку, а эта женщина её принесла назад. Как честный и порядочный человек. Только у неё есть свои заморочки, как и у всех нас, и потому она ждала целых два дня. Да и мало ли как мы вообще могли бы эту женщину встретить? Ведь мы все тёртые-перетёртые прямо до дыр! А деньги — вот они.

Ольга протянула платок Серёге.

— Пусть пока будет так, как тебе это удобно, — быстро выхватив у неё платок, проговорил он. — Только не надо меня крутить-ловить, ладно-ладушки? Пошли в машину. Надо деньги пересчитать. Не в подъезде же!

— Ты не зайдёшь ко мне? — спросила Ольга. — Там и посчитаем всю сумму.

— В машине лучше и безопаснее, — сказал он уклончиво. — Можно мигом оторваться, если начнётся игра без правил.

— Ну пошли в машину, — согласилась Ольга.

Они сели в его серебристую «Хонду». Больше в машине не было никого, и вокруг — ни души. Серёга развязал платок и начал быстро пересчитывать деньги. Он был такой вальяжный, сильный, в мастерски расшитой серебром дублёнке. И Ольга любила его! Да, всё ещё любила!

— Лучше бы мы ко мне пошли, — сказала Ольга устало. — Ты так давно не был у меня, Серёжа! Пойдём, милый! Родной ты мой!..

— Я не понял — зачем? — спросил он, продолжая пересчитывать деньги. — Ты хочешь ещё что-то спасти в нас? И это после твоей *честной* бабы? Уроды! За кого вы меня держите вместе с этим твоим негодяем, Дважды Лёшей?

— Нет, Серёжа, я в общем, не ищу спасения ни тебе, ни мне, — ответила Ольга. — Я просто заболеваю. Скверно чувствую себя. Неужели тебе меня ни капельки не жалко? Я думаю каждый день — неужели это наступила моя погибель? И при чём здесь Лёша? Зачем ревновать меня, если твоя любовь ко мне уже кончилась? Ведь я поняла тебя правильно, Серёженька?

Серёга закончил считать деньги и положил их аккуратно в оба кармана своей тёплой дублёнки, разделив пачку на две части и закрепив их резинками.

— Ты не выпрашивай у меня спасения для своей души, — сказал он. — Притом я ведь не господь бог, ты не забывайся. Ты эти пустые философские вопросы — где гибель, а где спасение — будешь с богом решать, когда предстанешь перед его светлым оком. Ты рай себе, кажется, среди больших тузов решила со вкусом обставить? Ведь так? Наверх лезешь? Говори честно лучше — от кого эта баба явилась к нам? Ты всё знаешь, зверушечка моя! Вот и говори давай! От кого?

— Ты думаешь, значит, что я прямо-таки к самому Господу Богу заявлюсь? — прошептала Ольга. — Прямо так на глаза ему и вылезу? И когда, по-твоему, мне придётся перед ним предстать?

— Время покажет, перед кем тебе придётся предстать! — вразумительно сказал Серёга. — Но пока пусть остаётся всё, как оно есть. Завтра чтоб выходила на работу. Поняла? Я всё ещё твой менеджер! А больной и несчастненькой прикидываться будешь перед своим идиотом Лёшей. Я лично со всеми разберусь. И со *своими по-свойски, а с чужими — и тем более*. Всё равно из песни слова не выкинешь. Вот это единственная правда. Остальное — время покажет! Это оно лишь молча и упрямо течёт себе да и течёт! Но привычки людей остаются всё теми же из года в год, из века в век. Никто ничуть не изменяется! И никто не осмелится в конце своей жизни раскрыть перед зрителями свою кристальную, возвышенную и чистую душу! Я таких честных и смелых ни тебе зверушек, ни тебе людишек пока что не встречал нигде и никогда. Почему? Да потому, что таких особенных, воистину замечательных людей на свете просто не существует! Вот в чём я совершенно уверен!..

Нью-Йорк, 1999

ПЕРЕЛИСТАЕМ СТРАНИЦЫ

Надо жалеть влюбчивых женщин. Их надо прощать за их нелепые грешки, тем более нашу изящную Эллу, которая так прекрасно выглядит в свои сорок шесть лет. Элла замужем, у неё второй брак. От первого брака, с кинооператором, есть у Эллы сын, красивый мальчик, давно ставший юношей, но для Эллы он всё ещё мальчик, потому что она сама себе кажется ещё такой молодой! Да и другим она такой кажется, и потому Элла не любит говорить о трудностях материнства и о сыне, который явно и давно басит. Элла полушутя-полусерьёзно запрещает сыну называть её мамой при незнакомых людях. И вообще современность допускает более раскованное общение с детьми, так почему бы сыну не называть забавное материнское существо просто, но интеллигентно, скажем — *леди Элла*? Звучит недурно, если не прислушиваться тщательно к забавным моментам разговора, например:

— Леди Элла, тебя в школу вызывают сегодня. Мы только хотели с Витькой Лобовым с химии сачкануть, а химоза нас засекла. Иди наплети ей что-нибудь! Может, она тебе хотя бы поверит, как моей родственнице всё-таки! Химоза меня терпеть не может, снова мне придётся ей зачёт по кислотам сдавать. Надо её задобрить. Скажи ей — я ужасно больной!..

— Леди Элла, не подходи к телефону, это мне звонят, а не тебе! И не психуй, тебе сегодня не позвонят.

Поспорим?!

— Элла, что у нас есть пожрать? Опять суп этот, леди! Ну и обледенел он мне! Кормила бы ты меня получше, Элла, хотя бы котлет нажарила. Я такой голодный у тебя живу. Меня отец недавно в ресторан водил, к своей тёлке-официантке. Классно жрали!

— Элла, дала бы ты мне трёху на кино или хотя бы рубль. Настоящие леди, они не жадничают!

Элла с улыбкой, склонив набок, словно птичка, маленькую свою головку с коротко подстриженными рыжими волосиками, выслушивает милые сыновние позывные. Во втором браке у Эллы нет детей. Она ни в коем случае не хотела заводить такую обузу. Ссылалась на слабое здоровье. Супруг смирился, а годы прошли. Отчим привязался к пасынку. Они вместе ездят на рыбалку. Ходят на футбольные матчи. Но Элла переживает, что сын вырастет простоватым, как отчим, да ещё и не дай бог пойдёт по той же специальности — ремонт телевизоров. Конечно, специальность денежная. Но человеческое окружение каково? Обычные люди. Другое дело — киностудия!

Окружение замечательное, интереснее людей и представить себе трудно. Но вот денег, правда, там вечно всем не хватает. И Элла, по-своему решая судьбу сына, тщательно следит за туалетами молодого человека. Богемная жизнь в первом браке пристрастила Эллу к мысли, что встречают всё-таки по одёжке. Она категорически запрещает сыну (мужу всё-таки выгоднее и разумнее не запрещать!) носить отечественные тряпки. Элла одевает сына только в импортные товары и поощряет его увлечение женщинами постарше. Ходят слухи, что сейчас в этого студента-первокурсника влюблена жена одного известного профессора-литературоведа, и мальчик частенько начал бывать в этом доме.

Общение с людьми такого круга постепенно образовывает. Сын недавно увлечённо рассказывал за обедом о том, что Тургенев, например, был не кто иной, как некрофил, Марина Цветаева ужасно трепалась с мужиками, со всеми подряд, пока не вышла на Пастернака, который её здорово обломил, и что один из известных русских литераторов всё-таки спал со своей сестрой. Возможно, Грибоедов, а то и кто-то из трёх знаменитых Толстых. Кто именно — трудно было сказать с ходу, потому что в этом сложном вопросе только предстояло разобраться с научной точки зрения увлечённому отечественной литературой до глубин академического мозга великолепному Пушкинскому дому.

Элла часто бывает задумчива, меланхолична, дорожит своим покоем и жалуется на бесконечное одиночество. Недавно Элла вернулась из загородного дома отдыха, где отдыхала по профсоюзной путёвке. Там был один человек очень известной фамилии. Авакумов такой. Знаете? Вам ничего не говорит эта фамилия? Конечно, тот самый, последний из рода князей Авакумовых. Филарет, знаменитый, что стрелял на площади, — это внучатый дядька нынешнего Вячеслава Вячеславовича. Если вы не знаете про Филарета — мне вас жаль. Рассказать всего нельзя, тем более вам, человеку необразованному настолько, что вы понятия не имеете о своих предках! Где уж вам разобраться в знаменитых русских фамилиях, тем более что не во всякой книге есть рисунки и описания этих генеалогических деревьев, а про Филарета многое погибло, а многое лежит в архивах. Всего не выкопать. Только не надо задавать вопросов, например, из цикла «а был ли род-то сей?» Это звучит очень нетактично с вашей совершенно непросвещённой во многих вопросах петроградской стороны.

Итак, Авакумов Вячеслав Вячеславович, всем своим поведением, положением в обществе и манерами, свидетельствующими о княжеском происхождении, по образованию — медик. Всего год как вернулся из Алжира. Был там три года, работал врачом. Сейчас работает в Институте онкологии. Кандидат медицинских наук, разумеется. Делает докторскую. Очень отзывчивый, приятный. Если любому человеку этой страны понадобится дефицитное лекарство, пусть немедленно, не стесняясь, в любой час суток звонит доценту Авакумову. Тот сделает. Выкопает лекарство из-под земли. У него всюду связи — кого он только не знает! Разумеется, о цене лекарства беспокоиться не нужно, но люди вокруг такие, мягко говоря, странные, особенно среди фармацевтов, этих недоучек-врачей. Нет, вы поймите правильно, лично Вячеславу Вячеславовичу ничего не нужно, но аптека нынче превратилась в прямом смысле в филиал советской торговли, и потому, крупно выражаясь, можно говорить о стоимости и прибавочной стоимости. Но если некоторые прибавки невозможны, то придётся смириться с судьбой. В конце концов, никто из нас не будет жить вечно. А лично Вячеславу Вячеславовичу — нет, ничего не нужно!

Да, жизнь заставляет и разочаровываться, и психовать. Но распускаться нельзя, если хочешь ещё и докторский оклад. Однако иногда кажется: тюбик снотворного — и в горячую ванну или в постель. Навсегда вырубить свет! Смягчить последние часы этой жизни хотя бы теплом той темнокожей грелки, какая была у него в Алжире. Как они обучены сексу, эти уличные девки! И не ведут умных разговоров о политике, зарплате и онкологии, как осточертевшие аспирантки. О, с этими нужно держать ухо востро! Того и гляди залезут не только в душу со своей молодостью и красотой, но даже и в карман.

Конечно, любовь нужна, хотя она не вода и не хлеб. Без неё не обойтись, но страшно подумать иногда, что перевалило за добрую половину жизни, а любви всё нет, и только существует гадкая и жадная семья, которую нужно бесконечно оплачивать. И значит встречаться с людьми, поддерживать нужный круг общения с профессурой, сплетничать и тихо вылечивать венерические болезни скрытного учёного мира, пользующегося потаскушками не хуже работяг. Тем паче плоть у всех устроена одинаково — что у завкафедрой, то и у работяги. И усталость одинаково склоняет всех людей к плотскому, только вот разные возможности у всех эту плоть содержать в роскоши или, например, этой плотью управлять. Однажды шеф совершенно справедливо заметил:

— Доктор Авакумов, вы устали. Вам нужен отдых.

И, отвесив ледяной поклон, куда-то ушёл.

Это случилось в тот день, когда шестнадцатилетняя девочка умерла на операционном столе Авакумова. У неё до операции было тяжёлое состояние, и шеф тянул, не давал согласия на операцию. Но Авакумов презрел все указки шефа. Докторскую на ком-то надо делать? Не одних же старух использовать или собак и крыс! А девчонка больная была всё равно. И к тому же из семьи наследственных алкоголиков. Кого жалеть? Ни интеллекта, ни красоты. Так, бренное тело. Пусть хоть принесёт пользу науке! А шеф считает, что каждому необходимо жить. Ему попом быть, шефу, господи прости, с его осторожностью участкового врача на уровне районной поликлиники. Пусть, считает шеф, отдохнёт человек, успокоится, раз уж его болезнь прихватила, и невозможно от неё вылечиться. Но можно забыться! И теперь в забытьи, видно, об отдыхе Авакумову отвесил. Это в такую минуту! Найдутся враги у Авакумова — шеф это знает. Но и приятели найдутся в профсоюзе — шеф этого ещё не знает? Так пусть узнает! Скотина!

Когда понимающий приятель сделал Авакумову горящую путёвку в дом отдыха, Вячеслав Вячеславович немедленно согласился, хотя давно уже не считал возможным для себя отдыхать в таких унизительных местах, оскорбительных для княжеского достоинства, взлелеянного под недешёвым солнцем Пицунды. Чёрт с ним! Лишь бы утихли страсти, лишь бы не видеть слезливой физиономии всесочувствующего шефа. Говорят, шеф, как и умершая девчонка, из питерских рабочих. Из грязи в князи вылез, но остался жмот жмотом. Одеться прилично не может. Ходит в штиблетах отечественного производства. Мог бы завести знакомства в магазинах и доставать импортные вещи. Ведь столько народа у него лечится, у шефа! А за спасение жизни не то что достанут — до нитки разденутся, но подарок врачу принесут. Вообще это правильно...

Так уж устроен русский человек! Мужик Гришка Распутин дворец на Фонтанке в подарок получил за попытку вылечить наследника русского престола. Почему врачу на подобное не намекнуть, особенно небедным пациентам, например, из Грузии или из Магадана? Рак бывает у всех, и у продавщиц обувного магазина тоже. В конце концов, можно и пятёрку сверху дать кому надо из смазливых девчоночек, из товароведов в отделе мужского платья или просто им мигнуть. Нет, куда там! Шеф по-народному привык выражаться — всё «спасибо», да «будьте здоровы», да «не стоит благодарности». Вот где оно сказывается, соцпроисхождение. Эти которые петроградские, — прочь с дороги, холопы! А те самые — за черту оседлости пошли вон! Развелось вас около операционных столов видимо-невидимо. Два процента из вас должны учиться, забыли разве? К ногтю бы вас всех княжескому! И отдохнуть от вас всех тоже всё-таки не мешает, раз вы мешаете жить...

Авакумов прибыл в Дом отдыха поздно вечером. Поставил «Жигули» на территории. Пошёл в комнату. Завалился спать до утра. Измучен, выжат как лимон! Утром позавтракал, кормили, кстати, неплохо. Творог был необыкновенно свежий, и сметана тоже. На обед, конечно, был московский борщ. Проглотил его тоже с аппетитом. Ведь даже Сталин, и тот любил в России одно блюдо — московский борщ. Вкусно! Но ни на одну официантку даже не взглянул — будут знать все эти горничные, что такое измученный хозяин. Дважды придирался, что тарелки подают мокрые! Уж побегали на цыпочках! Знайте, что барин не в духе, не хороводы водить приехал. Приехал отдыхать, а ваше дело — ублажать и подавать! Вот так-то.

Потом Авакумов немного успокоился. Места были живописные — берёзовые рощи заманивали вдаль светлой тишиной. Решил прокатиться, подышать свежим воздухом. И вдруг — эта встреча. Встреча! Да, это была — *встреча!*..

— Меня зовут Эллой, — сказала она первой и смело посмотрела прямо в его глаза.

Они встретились на тихой берёзовой аллее. Потом они пошли к нему в комнату. На ней было красивое чёрное бельё, и пахло от неё дорогими хорошими духами. Как они ласкали друг друга! Она отдавала ему всё что могла и всё, что не могла отдать — дарила тоже. У неё была дивная гладкая кожа на животе, и пушок, золотистый, как волосы Магдалины на полотне Тициана, покрывал узенький хрупкий лобок. Элла несла всё своё существо в эту любовь, и хотя он, как опытный мужчина и врач, чувствовал в ней отточенные навыки профессиональной любовницы, была в ней и пылкая увлечённость. Давно он не испытывал такого упоённого наслаждения, не испытывал таких первозданных восторгов, не ощущал такого трепета в своём усталом теле. Он вдруг осознал себя просто-напросто Адамом, сильным, здоровенным мужиком, подчинившим себе слабый пол, женщину — всего лишь продукт костной ткани из ребра первого человека.

Между естественными радостями греха и необходимым отдохновением влюблённые начали разговаривать. Авакумов чисто теоретически выяснил для себя некоторые факты биографии своей партнёрши и пришёл к выводу, что в целом Элла наивна и романтична. В юности писала стихи. Потом хотела поступить в аспирантуру. По происхождению — из мелкопоместного дворянства, хотя это всего лишь предположение. Возможно, почему же и нет? Видно, что из гнёзд простонародья такая птичка вылететь не могла. Изящна. Изощрённая в лаках. И не глупа — вот что главное. Редактором работает, хотя и техническим. Среди интеллигенции крутится. Набралась, обтёрлась. В любом случае — для связей тоже пригодится! Хотя, кажется, дело зашло далеко — они забрели в дебри нешуточной любви. Это уже не просто так — курортная берёзовая роща!..

И вдруг медленно и даже тревожно, но упоённо и сладко, пришла Авакумову мысль: а не жениться ли ему на Элле? Она вытащила его из жуткого стресса, спасла от идущей на него грозы. Боже, как он страдал! Но она дала ему силы ощутить себя другим, и значит, вернувшись, он будет готов противостоять грозе в лице проклятого шефа и его свиты. Он им ещё скажет своё слово об онкологии! В конце концов, знаний ему тоже, как и шефу, не занимать. Ошибаются все. Нет, у них не хватит сил свалить и растерзать потомка князей Авакумовых. Теперь уже ни у кого не хватит. С ним теперь навечно нежная его, преданная и тонкая Элла! И у него нет наследника рода, хотя он стар...

Решение вызревало в нём. Развод с женой, потом размен жилплощади. Племянник Эллы, разумеется, отправится в общежитие, будет лишь в гости приходить. А Элла родит сына ему, Авакумову. Ведь Элла ещё молода, а у него нет наследника! Всё устроится. Главное — больше ничего от жизни не ждать и ничего не бояться. Авакумов пригласил Эллу прокатиться по шоссе. Он молча вёл машину, оттягивая решительную минуту, давая время партнёрше настроиться на серьёзную и высокую ноту. Молчание было значительным. Наконец Авакумов произнёс:

— Веком раньше я бы вызвал твоего мужа к барьеру, драться на пистолетах. Он тебе не пара, дорогая моя. Ты ещё молода, в тридцать пять многие решаются даже на материнство. Почему бы не попробовать решительно изменить жизнь?..

Авакумов умолк. Наступила тягостная минута. Он понимал, что Элла ждала решительных слов о браке, но медлил почему-то, словно выжидал чего-то с обычной осторожностью самца. Чувствуя это, Элла вышла из машины, сославшись на необходимость. Авакумов восхитился мысленно её тактом — она тоже оттягивала время, давая партнёру возможность уйти от излишнего пафоса в слишком серьёзной для жизни ситуации.

Вячеслав Вячеславович расслабленно уронил голову на руль. Взгляд его скользнул по сиденью машины. Рядом лежала открытая сумочка подруги. Из неё выглядывал краешек красного паспорта. Сумасшедшая мысль мелькнула в голове Авакумова: а что если Элла иногородняя? Тогда у неё нет жилплощади! Это осложнит дело, жильё необходимо. Авакумов быстро вынул паспорт и открыл его. Там красиво и чётко была написана национальность, год и месяц рождения Эллы. Значит, еврейка?! И на четыре года старше него, Авакумова. Какая гнусность! Какое предательство! Старуха! Аферистка! Подлая дрянь! Да ведь ей сорок с гаком!..

Вячеслав Вячеславович увидел, что Элла приближается, и успел положить паспорт на место. Он злобно взглянул на свою партнёршу. Официальная графа — это конец. Конечно, поэт Фет тоже был евреем, наполовину связанный генетически с мелкопоместным дворянством. Но это было давно, тогда не было официальной графы в паспорте, и паспорт тот не был красного цвета! Авакумов думал раздражённо: «Глупая она баба, всё-таки. Чего она хотела добиться от меня? Хотя вот так сохраниться для сорока с лишним — это подвиг. Впрочем, она никогда не рожала детей. Но может врать. Надо будет навести об этом справки!» Авакумов вздохнул. Сколько расходов надо на такой подвиг, однако. Косметические кабинеты, фруктовая диета, массаж. Накладно!

Он в последний раз оценивающе взглянул на приятельницу. При грубом пронзительном свете уличного прожектора доктор Авакумов увидел чётко, будто на операционном столе, дряблую отвисшую складку кожи под маленьким подбородком. Нет, не надо даже и продолжать знакомство! Женщина взяла от жизни своё, пропела стрекоза своё лето. Начнутся звонки, пожалуй, года через два — одно лекарство достать попросит, потом другое, и неизвестно, на чьи деньги! Вот именно...

Всё-таки здесь, в этом жалком казённом загородном доме отдыха лично он, Авакумов, никаких расходов пока ещё не нёс. И вот так надо постараться в будущем — никаких домогательств. Не надо вообще говорить об этом знакомстве никому. Пятая графа в высоких кругах ни у кого сочувствия не вызывает. Зачем ещё это препятствие возводить себе на дороге, если и так с диссертацией не гладко? Нет, ни к чему, и ещё раз — решительно ни к чему огород городить! Но чтобы Элла была не в обиде на него, надо ей что-нибудь подарить на память.

«Небольшое, — рассеянно подумал князь. — Но надо закончить на высокой ноте…»

— Я влюбилась в него, просто как восемнадцатилетняя дурочка! — призналась мне Элла. — Место, где мы отдыхали, очень красивое — берёзки, берёзки. И когда мы ехали по шоссе, я видела прогалинки снега, застывшие между корнями деревьев, но в воздухе уже звенела весна. Я не могу ничего забыть, а звонка всё нет! Я решила, наконец, признаться, что у меня есть сын. Возможно, Авакумов не звонит, потому что узнал о его существовании. Я решила сказать также правду о моём возрасте — ведь я на целых четыре года старше! Знаете, когда мы встретились в доме отдыха, я не хотела всего рассказывать о себе. Курортные романы, бывает, этого вовсе не требуют. Нет, я готова признаться ему во всех этих моих тяжких преступлениях, если он меня в них подозревает. Я глубоко сознаю свою вину, но в тот момент я не могла поступить иначе. И какая это всё ерунда, если разобрать по сути. Есть любовь…

— Конечно! — воскликнула я, прикидывая конец рассказа. Чёрные стрелки очков главного редактора так и полосовали мой текст.

— Я всё думаю: пора, наконец, взять и позвонить ему первой! Он не оставил мне своего телефона, просто забыл, он как-то быстро рано утром уехал, может быть, вызвали на работу. Но я достала через знакомых его телефон. Конечно, я никому не сказала о наших отношениях. Может быть, позвонить — как вы думаете? Я знаю, что скоро его дочь выходит замуж. Если ему нужно что-нибудь достать к свадьбе, я могу ему помочь, у меня есть знакомства в валютном магазине. Сейчас, когда я всё время думаю о нас, я считаю, что произошло какое-то недоразумение с ним. Что-то случилось, хотя я наводила справки. Никто не умер, на работе — всё как было. Но мне грустно. Знаете, вспоминаются стихи. Хотите прочитаю? Это из зарубежной классики, в переводе Маргариты Алигер:

> Любовь — ещё не всё, не хлеб и не вода,
> Не крыша в ливень, не нагим одежды,
> Не ствол, плывущий к тонущим, когда
> Уже иссякли силы и надежды.

Не заменяет воздуха любовь,
Когда дыханья в лёгких не хватает,
Не сращивает кость, не очищает кровь,
Но без любви порою умирают.
Я допускаю, грянет час такой,
Когда, устав от нестерпимой боли,
За облегченье, воздух и покой
Твою любовь отдам я поневоле.
Иль память тех ночей сменяю на еду.
Возможно. Но едва ль на это я пойду.

— Давайте ему позвоним, этому доктору Авакумову! — воскликнула вдруг я решительно. — Ах, извините, конечно — князю Авакумову...

Элла грустно улыбнулась.

— Меня немного удивляет его поведение. Он очаровашка, разумеется, красивейший и умнейший мужчина, прекрасный человек, но со странностями. Например, он сказал, что хочет подарить мне что-нибудь на память. Мы пошли в местный универмаг. Он отправил меня побродить по универмагу и сам тоже пошёл, один, без меня. Говорит: давай сравним наши вкусы! Я выберу вещь для подарка и скажу тебе, что я выбрал, а ты тоже скажешь, что ты выбрала. И, знаете, я решила, что он, конечно, купит мне, если не колечко, то серьги. Колечко всё-таки обязывает, а серьги — это просто на память и очень даже мило. В универмаге лежали на витрине крохотные серьги с жемчужинками, очень изящные! И цена была подходящая, и Авакумов — человек с деньгами, работал в Алжире. Но я, конечно, для приличия добавила бы ему на мои серьги, ведь он всё-таки мне не муж, а денежные отношения — сложный вопрос.

Итак, они договорились встретиться в центре универмага, у отдела косметики. Элла купила крем от морщин, прочитала рекламные проспекты о красках для волос, решила купить ещё и шампунь и, конечно, купила, но Авакумова всё ещё не было. Элла решилась купить ещё дорогую компактную пудру, когда, наконец, появился Вячеслав Вячеславович. Он нёс в руках две коробки обуви.

— Я приобрёл себе итальянские сандалии, — объяснил он. — Для лета очень пригодятся. За ними в очереди просто давятся, понаехали спекулянты в город отовариваться! Прекрасные сандалии, очень лёгкие. А это — тебе.

Элла удивлённо открыла коробку. Там были такие же мужские сандалии.

— Это для твоего мужа, — сказал Авакумов. — Сделай ему хоть что-то приятное, подари! В городе всё равно сейчас к сезону обувь не достать, ему будет славно, и значит тебе — тоже. Они довольно недорогие, это тоже удобно, он поверит, что ты действительно о нём думаешь каждую минуту. Ведь на дорогие не каждая жена решится без примерки. Но я их примерил — конечно, на свою ногу. Похоже, что ему будет как раз, по твоим рассказам, он чуть помельче меня. Я прикинул его размеры как медик!..

— И вы взяли эти сандалии? — изумилась я.

Элла пожала плечами.

— Почему же нет? Про серьги я ему не сказала, это было бы нетактично. А сандалии сейчас носит мой муж. Он мне и деньги отдал из своей тринадцатой зарплаты, так что я купила себе духи. Я не в обиде, я просто сообразила, как выкрутить себе подарок из этой ситуации. Мужу было очень приятно, действительно...

Элла помолчала. Я призадумалась.

— Послушайте, позвоните Авакумову, я вас очень прошу, — попросила Элла. — Скажите, что говорят из редакции. Если он догадается, что это связано как-то со мной и спросит обо мне — я возьму трубку. Я ни в коем случае не хочу ему навязываться! Ведь кругом столько молодых, а я не так хороша, как раньше. Но я ужасно люблю его и хочу, чтобы он это понял. Начните с того, например, что нужно достать лекарство для одного профессора геологии. Он поймёт, Авакумов, что это звонок через мою рекомендацию: я связана с этим больным человеком служебными отношениями, я редактировала его статью. Авакумов, конечно, об этом знает через общих знакомых. Поэтому и разговор прозвучит, я рассчитываю, вполне естественно.

Я согласилась. Мы подошли к телефону-автомату. Мы втиснулись обе в кабину, и я набрала нужный номер. Мы, замирая, ждали ответа. Наконец властный, вполне княжеский голос сказал:

— У телефона доцент Авакумов. Слушаю вас.

— Это из технической редакции, — затянула я. — Болен один профессор геологии, замечательный человек, и нужно достать ему лекарство. Мне порекомендовали вас.

— Кто это выискался такой умный, чтобы рекомендовать меня этому старому, простите за выражение, идиоту, которому давно пора под плиту с могендовидом? Уж не Элла ли? Или она хочет заменить ему плиту? Я не возражаю! Правда, пусть спросит разрешения у своего отпрыска, которого она выдаёт за племянника! Как он, согласен или нет? Он согласен любить отчима?

— Я не понимаю, — забормотала я. — Элла тут не при чём, и её сынишка тоже.

— Передайте леди Элле, чтобы она побольше думала о своём гешефте! А я, как россиянин, к её гешефту не причастен, зарасти хоть вся эта малая народность большим культурным слоем. Понятно, да? Или объяснить? Я со старушкой Эллой за всё расплатился, я сделал ей хороший подарок. Я ей больше ничего не должен! А сынишка её уже не пацан, а здоровый лоб, мужик! Причём недурно обученный постельным делам. Уж не мамой ли собственной? Вот так, честь имею. И не вздумайте больше со всей вашей фирмой сюда звонить! Грязные люди!..

Последний из князей Авакумовых злобно швырнул трубку. Я остолбенела.

— Он что-то много говорил, — сказала Элла, густо покраснев. — Боже, какие-то сплетни невероятные возвёл на меня! Я, правда, всего не расслышала, и у меня достаточно много врагов. Неужели Авакумов приревновал меня к профессору геологии? Или к моему шефу?

— Нет, — сказала я. — Он ни к кому вас не приревновал, Элла. Это вообще не он отвечал. Его не было на работе, князя Авакумова. За него отвечал кто-то другой. Может быть, даже какой-то дежурный фельдшер. Или обыкновенный студент, который подрабатывает к своей стипендии.

— Всё-таки я рассчитываю с ним объясниться, — сказала Элла. — Как-то надо его встретить, где-то выбрать место, будто случайно. Я страдаю и уверена, что он — тоже. Мы ведь так подошли друг другу в сексуальном смысле. А это очень много.

— Давайте я провожу вас до метро, Элла, — предложила я. — Как вам нравится новый фильм «Фанни и Александр»?

Я проводила Эллу до метро. Элла высказала ряд верных суждений об этом высоком произведении киноискусства и немного отвлеклась. Уставшая и больная, я посчитала деньги в кошельке и уныло побрела к мороженице принять прохладительное, с сиропом, конечно. И почему не подсластить печаль жизни нам, грешным? И почему так часто приходится наблюдать в хороших, неглупых людях утомительную привычку рассчитывать, унижаться и лгать? И вспомнив вечные вопросы русской интеллигенции «что делать?» и «кто виноват?», мы, вздохнув, закроем старенькую книжечку о поэзии, быте и любви, перелистав её забытые страницы.

Ленинград—Нью-Йорк, 1995

ВНУК
ДЕДА СВОЕГО

Иногда между ними состоялись диалоги. Это протекало примерно так:
— Дима!..
— ....
— Дима? Ты спишь?
— Конечно, не сплю.
— Ну и спи, бог с тобой!..
— Да я же не сплю.
— Может, ты засыпаешь!..
— И не засыпаю.
— Тогда что ты делаешь?
— Просто лежу.
— Тогда почему ты на вопросы не отвечаешь?
— На какие вопросы?
— Я тебя хотела спросить...
— Говори, я слушаю. Что ты хотела спросить, Лена?
— Дима, ты меня любишь?..
— ....
— Дима?! А ты говорил, что ты меня слушаешь, Дима.
— Я и слушаю.
— Но ты не отвечаешь!..
— А что я должен отвечать?
— Ну и не отвечай, пожалуйста, раз не хочешь!..
— Да что тут отвечать? Это же несерьёзно, так спрашивать! Во-первых, я к тебе прихожу. Во-вторых, я тебе зво-

ню. Вот тебе прямые доказательства. Смешная ты, ей-богу, Лена!..

— Дима?!

— ………

— Дима!

— Что, Лена? Говори, я слушаю.

— Но ты отвечать будешь?

— Постараюсь.

— Дима, почему ты такой неразговорчивый?

— Потому что я не болтун и не трепач.

— Вообще, Дима, сразу видно, что ты технарь, причём очень глубокий технарь. Сразу видно, что ты закончил, наверное, даже с отличием, свой несчастный Политехнический институт. Да, ты его закончил с отличием?

— Нет, просто закончил. Но, конечно, не последний студент был. Не понимаю, чем тебе не угодил наш политех? Нормальный институт. Он нас уникально образовал. Чего только наши ребята не знали! Особенно, конечно, на нашем факультете.

— У вас в политехе все молчуны, как ты, учились?

— Вообще в нашей общаге лишний раз языком не мололи.

— Значит, ты в общаге студенческой жил?

— Все там жили из нашей группы. Парни, я имею в виду.

— А девушки где жили? Тоже в вашей общаге?

— Нет, девушки в другой общаге жили. В нашей общаге и в нашей группе девушек не было.

— Почему?

— Потому что в нашей группе трудно было учиться.

— Что значит «трудно»?

— Предметы были трудные. Женские мозги такие предметы не смогли бы освоить.

— Например, какие предметы? Я в школе очень хорошо успевала по математике. У вас высшая математика, наверное, трудная была.

— И математика была, как без неё? У нас в политехе пословица была: «Сдал электронику — должен напиться, сдал сопромат — можешь жениться!» Ну и другие тоже специальные предметы были. Почище ещё всякого сопромата!..

— А какой ты факультет закончил, Дима?

— Номерной я факультет закончил, Лена. Секретный.

— Это ужасно! Так с чем ты был связан, Дима? С бомбами, что ли, атомными? Я просто умираю от любопытства — скажи хоть примерно! В конце концов, мы живём уже по второму году в Америке. Кого теперь твои секреты или секреты вашей группы интересуют?

— Конечно, ты в чём-то, возможно, и права.

— Дима?

— ………

— Дима? Ты же обещал сказать?..

— Ничего я такого не обещал. Зачем тебе это знать?..

— Да и не хочешь — не отвечай! Можно, вообще, запросто на тебя обидеться!

— Лена, ты не обижайся! Просто наша номерная группа с номерной специальностью навсегда осталась номерной. Никто нам приказа секреты разглашать не давал. Другое дело — устаревшие эти наши номерные специальности во времени или не устаревшие. Это, ясно, серьёзный вопрос. Но чтобы ты успокоилась, могу тебе я только сказать, Лена, что моя специальность — нашей группы политеха, я имею в виду — была связана с автоматикой и телемеханикой.

— А почему ты дома не жил, Дима? Вы все были такие секретные, что дома не жили? Вам не разрешалось жить дома, да?

— Нет, почему? Мой друг, например, Сеня Вайсман, жил дома. А я поступил в наш политех из другого города. Приехал, сдал вступительные экзамены и был зачислен. Ну и потом жил в общежитии, как все иногородние парни.

— Откуда ты приехал? И почему ты выбрал именно этот свой политех? Ты мог бы приехать учиться к нам, в Москву! К нам приезжали учиться иногородние студенты со всех концов земли! Москва — это всё-таки столица! В Москве было огромное количество иностранных студентов тоже. Например, из стран Африки!

— Но я же не иностранец и тем более не из Африки. Я из Усть-Каменогорска, такой город есть в Казахстане, небольшой. Какая мне Москва светила? У меня денег не было, даже на билет до Москвы не хватило бы. У меня только мама была, отец давно умер, мама работала обыкновенным бухгалтером. Кстати, город Т…к был недалеко от нас, потому я выбрал Т…ий политех. И ещё потому, что это был в то время нашей молодости просто уникальный советский технический институт. Я очень им гордился. И все наши парни, до единого, тоже очень этим гордились! Мы были уникальные студенты уникального Т...го политеха!..

— А почему ты в Америку попал, Дима?
— Долго объяснять. Так вышло.
— Дима, а почему ты не работал по своей номерной специальности?
— Работал, почему не работал?
— Ты инженером работал?
— Инженером. Я занимал должность младшего научного сотрудника.
— А почему ты перестал работать инженером?
— Потому что я женился, двое детей у нас родилось, и я не смог больше быть всё ещё младшим научным сотрудником, как мальчик, сразу после окончания вуза. Мне надо было семью кормить. Кругом лезли через мою голову ребята совсем тупые, защищали кандидатские диссертации по связям, по знакомствам... Никто из этих ребят, пижонов, причём, понятия не имел о науке, представления даже элементарного не имел о тех глобальных проблемах, которые мы изучили в нашем уникальном политехе! Короче, жизнь поставила перед фактом: надо зарабатывать достаточно, чтобы хватало на хлеб-соль. И я ушёл работать в таксопарк. Я не удивился, что в таксопарке я оказался не первым инженером, кто сел за баранку в ожидании лучших времён, когда мы окажемся востребованными для большой советской науки и промышленности. И мне тоже в таксопарке никто не удивился, и особенно никто с разговорами в душу не лез. Я нормально работал водителем такси, вот и всё. Но для большой советской науки меня так и не востребовали!..

— А почему ты ушёл из таксопарка?
— Я не уходил. Меня ушли.
— За что тебя «ушли», Димочка? Да ведь ты совершенно положительный!
— Нет, Лена, я перестал быть в таксопарке положительным. Меня посадили в тюрьму. На три года.
— За что тебя могли посадить в тюрьму, Дима? Этого я вообще не представляю. Ты — и вдруг тюрьма! Ты, наверное, валюту брал у иностранцев, как наши московские таксисты?

У нас в Москве за это цеплялись к водителям! Но кто был поумнее, тот не попался. К продавщицам из крупных универмагов тоже придирались в этом смысле! На чём же ты попался? Доллары разменять, наверное, решил, да к тебе стукача подослали? Обычное дело! Совок — это Совок! Так и смотрели в руки — нет ли зелёных у кого? Хотя именно зелёные у всех и были...

— Ты думаешь, Лена, что все люди только и делали, что ворочали валютными операциями? Разве я похож на воротилу, Лена? Я бы тогда весь в кожанках бы ходил, в дублёнках. На иномарке бы ездил! И за что ты такие гадости обо мне думаешь, Лена? Чем я заслужил, не понимаю! Меня посадили за то, что я сбил мужика одного на дороге. Мужик умер, хотя я подобрал его и гнал машину в госпиталь как сумасшедший. Поздно! Мужик отдал богу душу. Простой был случай.

— Ничего себе, случай! Да лучше бы тебя посадили за валюту! И как ты его сбил, Дима? Почему так получилось?

— Потому что снег шёл сильный в тот вечер. Скользко было просто фантастически! Я этого мужика, хоть убей меня, не видел. Нет, не видел! Он прямо под колёса мне кинулся. По пьянке, конечно. Я не мог остановиться. Но угробить этого мужика я вовсе не хотел. Так вышло. Я тоже был под градусом. Потому я поздно нажал на тормоза. И ведь так скользко было!

— Значит, за это тебя упрятали в тюрьму?

— За это. Я не отрицал ни на следствии, ни на суде, что я был под градусом. Чёрт его знает, почему так произошло! Ведь я отлично водил машину! Мой адвокат сказал мне, что надо было отрицать, что я был под мухой. Но я не смог нечестно поступить.

— А ты не хочешь снова сесть за руль здесь, в Америке, Дима?

— Нет, пока нет. Тот мужик мне всё мерещится. Я пробовал сесть за руль. Но пока не могу...

— Ты компьютер знаешь?

— Чего не знал наш уникальный политех?

— Тогда почему ты не устроишься куда-нибудь на компьютер?

— Потому что у меня пока не всё гладко с документами, Лена. В Америке бумажная волокита и бюрократия, какая Совку даже и не снилась! Бумаги, анкеты, апликейшены! Вот дождусь хотя бы грин-карты. Тогда буду думать, куда ещё можно пристроиться.

— Лучше бы ты сейчас нашёл другую работу! Ведь ты работаешь на ремонте домов! Это и в Союзе было тяжко — работать на стройке, Дима!..

— Во-первых, Лена, я не один на ремонте домов работаю. Там ещё мужики работают. И я такой же мужик, как и они. Во-вторых, в Союзе я тоже не был белоручкой. Я в Союзе тоже работал на строительстве. И, в-третьих, Лена, я должен алименты в Союз посылать. Конечно, уже не алименты, а помощь сыну и дочке. Дети у меня давно взрослые. Но всё равно я считаю своим долгом им помогать.

— Ты в тюрьме тоже на стройке работал, Дима? Я знаю — тюремных заставляли работать на московских стройках. Я слышала об этом от наших москвичей, кто переехал жить в новые квартиры из центра. Московские микрорайоны ужасны. Щели в окнах, и паркет весь дырявый. Кафельная плитка в ванных сыплется прямо на пол! Ты тоже такое строил, Дима, в тюремной бригаде? Эти ребята ничего не умели и не хотели делать. Одно слово — уголовники!

— Нет, Лена, я никогда такое не строил. В тюремной бригаде я тоже старался работать на совесть. Но я и до тюрьмы строить уже умел. Я ездил на целинные и залежные земли с нашим стройбатом политеха. Это строительный батальон. Там, в стройбате, я и научился строить. Мы отлично строили кошары.

— Что такое кошары?

— Это разные строительные объекты. Сараи, складские помещения, бани, детские садики. Даже кинотеатр и школу мы построили нашим уникальным стройбатом политеха!

— Почему это называется кошары?

— Такое у нас в стройбате обозначение объектов было. А вообще кошарами в казахстанских посёлках на целине называют быстроприготовленную горячую пищу. Возможно, по созвучию с еврейской кошерной пищей. Кстати, не пожевать ли нам чего-нибудь, Лена? У нас, кажется, и вино ещё оставалось? Тебе нравится это белое вино, которое я сегодня принёс? И пельменей тебе тоже на пару дней хватит. Я в следующее воскресенье принесу тебе колбасы копчёной и ещё пельменей. Ты питайся, Ленка, знаешь? Не стесняйся. Я зарабатываю — пока неплохо...

— Дима, хочешь Владимира Высоцкого послушать? Я бывала в Москве в Театре на Таганке, там всегда стояла толпа, все хотели услышать и увидеть Высоцкого!..

— Я думаю, это будет слишком громко. Мы хозяев твоих разбудим. Могут замечание тебе сделать. А на квартире, где живёшь, надо себя прилично вести. Это тебе не студенческая общага! Да и на работу завтра рано вставать. Воскресенье окончено.

— Так быстро! Разбуди меня утром, Дима! Правда, разбуди! Я всё равно не работаю! Я приготовлю тебе горячий завтрак. Поджарю бекон и яичницу сделаю!

— Не беспокойся за меня, Лена. Я сам себе приготовлю. Я привычный. Мне жена тоже завтраки не готовила, даже когда детей не было и мы только поженились. Я всегда слишком рано вставал, всегда слишком далеко ездил на работу. А потом, когда попал под суд, она вообще меня бросила, моя жена. Да ещё и детей на меня травила...

— Почему так?

— Она выходила замуж за меня, вероятно, хорошо подсчитав в уме мою будущую зарплату доктора наук с моей номерной специальностью. А я сидел в младших научных сотрудниках, не научившись в нашем легендарном политехе только одному — снимать шляпу и кланяться в ноги ожиревшим от тупости негодяям, стоящим у кормушки. Нет, чёрт возьми! Вот это единственное, чего не знал наш уникальный политех! Но и даже её, мою жену, тоже трудно обвинять. Мы покупали кооперативную квартиру, влезли в долги. Ей пришлось уйти из школы, дети часто болели, особенно дочка. Жена сидела дома на больничных листах. Программа школьная по математике не выполнялась. Учитель болеть не должен, он должен вычитывать часы по программе, утверждённой министерством просвещения. Короче, всё смешалось в доме Облонских!..

— Дима! Ты любил свою жену?

— ....

— Можешь не отвечать, раз молчишь! Любил, я знаю!..

— Лена, она была моя жена. Зачем ты спрашиваешь меня, как в песне Александра Галича: «А из зала мне кричат — давай подробности?!»...

***

Дима уходил от неё утром, едва светало. Случалось, что Лена слышала, проснувшись, как он уходил, так и не открыв холодильника, не дотронувшись до бутербродов, оставшихся после вчерашнего ужина. Он не грел чайник и уходил, едва проглотив полстакана холодного кофе. Он оставлял стакан в мойке, и Лена могла судить по использованной посуде о завтраке Димы. Но Лена не вставала с постели, раз Дима не будил её. И ещё потому, что утром, в свете наступающего дня, лицо и облик человека могут показаться вдруг иными, холоднее и жёстче, и спутник сегодняшней жизни станет вовсе не близким, как в сумерках, и не покажется больше тёплым и родным, как ночью. В жизни Лены Волгушевой уже бывали встречи и прощания. Но здесь, в Нью-Йорке, в одиночестве эмиграции, Лене вовсе не хотелось, чтобы её ровные спокойные и какие-то очень домашние отношения с Димой вдруг неожиданно разрушились. Она не хотела бы разочаровываться в Диме, хотя и не очаровывалась им тоже. Дима просто был с ней по субботам и воскресеньям, и время этих выходных дней было заполнено чем-то, а именно присутствием этого очень даже положительного Димы!..

Но как и всякая — положим даже, совсем простенькая (то есть без косметики!) — москвичка, Лена Волгушева вполне оптимистично относилась и к коротким романам, и к неизбежным расставаниям. Она вообще никогда не шла по жизни с явной грустью, хотя и была в её душе затаённая печаль. Но Лена Волгушева старалась побыстрее забыться в вечно кипящем ритме московских центральных улиц, переполненных приезжими гостями столицы. Сделать это было довольно легко — Лена работала в одном из самых шумных московских мест, то есть в одном большом универмаге, популярном и прославленном среди других столичных магазинов. Она работала продавщицей с юности и за многие годы работы, словно актриса, которую ждут аплодисменты, привыкла к улыбкам покупателей, гаму огромного торгового зала и вечному зову в России со всех сторон, к выкрикам с надеждой в голосе:

— Девушка! Де-ву-шка! Дее-е-вушка! Ой, дочка, миленькая!..

Лена Волгушева, как и большинство работников советской торговли, не считала себя человеком, материально обиженным судьбой. Не все вещи можно купить, но почти все красивые и дефицитные товары работник торговли может потрогать руками, посмотреть, потеребить, обсудить их качество и количество среди своих коллег и даже прикинуть возможную прибыль для себя от их продажи, если имеешь в торговле верных друзей или умеешь быть среди общей суеты человеком себе на уме. Лена Волгушева работала в отделе женского белья. Она не могла бы сказать о себе, что была прилично упакована, как, например, её подруги-продавщицы из секции женской обуви, которые за импортные женские сапоги безбоязненно снимали с покупателей двойную цену. Но Лена тоже стригла себе свои заслуженные купончики! Лена Волгушева знала толк в кружевных французских пеньюарах, в немецких лифчиках и комбинациях. Через её ловкие, быстрые руки московской продавщицы прошли сотни импортных бикини разных цветов, материалов и форм. И когда в универмаг, словно по милости бога, с неба упавшие, вдруг начали поступать японские грации, да ещё и ходовых расцветок — чёрные, белые, бежевые и красные, то в секции Лены появились такие солидные провинциальные дамы, которые пытались выписать — без очереди, конечно! — чек на эту ажурную вещь из волшебной резины, делавшей из любых расплывчатых женских фигур просто фирменный манекен! Да, такие состоятельные дамы, что получали из рук Лены Волгушевой бумажку чека в обмен на бумажку в двадцать пять рублей. Лена даже глаза, бывало, зажмуривала от радости, припоминая те золотые деньки её юности! Она прочно стояла на своём месте, Лена Волгушева, ещё и потому, что могла понять и трудности знакомых людей, скажем, приглянувшихся с лица частых покупателей универмага или своих соседей по квартире, и достать им дефицитную или модную вещь просто так, без переплаты сверху. Да и потом, она не жадничала, Лена Волгушева, никогда. Только не алчность! Вот эта черта в торговле не уместна — заработаешь себе врагов среди товарищей по сбыту товаров из-под прилавка! Потому Лена Волгушева врагов не имела и даже лёгкую враждебность старалась отводить от себя или молчанием, или шуткой.

Неплохой она вела образ жизни, Лена Волгушева, простая продавщица из универмага! После работы можно было запросто позволить себе заглянуть в какое-нибудь модное кафе и взять бокал белого вина и порцию мороженого в вазочке, и популярный тогда в Москве кофе по-турецки. Можно было даже пригласить с собой кого-нибудь из подруг и заплатить за её бокал вина. Запросто заплатить! Что и говорить — дружба тоже должна вовремя оплачиваться.

Лена никогда не причисляла себя к красавицам, честно говоря. Но всегда подкрашенная, с модной коротенькой стрижкой, рыжеватая и проворная, она удачно сглаживала свою прирождённую склонность к полноте теми же бельевыми средствами, которые она предлагала своим покупательницам. Лифчик всегда туго стягивал её грудь, делая бюст выше, бёдра казались шире, а талия тоньше. Она умела подтянуть себя, Лена Волгушева, и целый день без устали крутилась в универмаге, словно на празднике, в туфлях на каблучках, в короткой клетчатой юбочке и всегда в отличных импортных колготках. Конечно, золотое колечко было у неё всего одно, с белой жемчужинкой, как и серёжки, но зато какие у неё были многочисленные, перламутровые лаки на ногтях! Были фиолетовые, нежные, розовые, телесные, тёмные, бордовые и алые, пронзительные! Лена Волгушева очень следила за своими руками и ногтями. Лена считала свои руки незаменимой и важной частью своей профессии. Что видит покупатель в продавщице? Лицо и руки. И даже неизвестно, видит ли он лицо, но вот руки продавщицы он видит точно, потому что именно в руках и товар, и чек на покупку!..

Лена Волгушева запросто знакомилась с парнями, легко соглашалась на уличные свидания у кинотеатров и в метро, хотя среди упакованных её подруг из продавщиц и парикмахерш ожидания на улице считались дешёвыми. Лучше парень пусть назначит свидание сразу в кафе, показав тем самым свою платёжеспособность! Но Лена Волгушева, чувствуя себя уверенно и спокойно, не слишком задумывалась о материальных возможностях своих кавалеров и выбирала молодых людей по любви! Например, ей нравились парни с бородкой, в очках, с каким-нибудь модным клетчатым шарфом на шее. Она легко и запросто общалась с парнями, целовалась в подъездах и слушала музыку в шумном московском метро, когда парень подносил к её уху маленький транзистор. Лена не особенно задумывалась также и об опасности случайных связей. Но только вот с замужеством ей явно не везло...

Она жила в старом районе Москвы, у Савёловского вокзала, в коммунальной квартире, в солнечной восемнадцатиметровой комнате вместе со своей ещё не старой мамой, страдавшей сахарным диабетом. Когда Лена возвращалась домой, она старалась побыстрее снять с лица косметическими салфетками свой густой профессиональный макияж и переодевалась в выцветший цветастый халатик. Дневной праздник работы на сегодня заканчивался! Наступали печальные вечерние будни.

Мама плакала, стонала, колола себе инсулин. Лена тоже научилась неплохо делать уколы, но мама считала, что Лена делает уколы слишком больно, и лучше она сама уколет себя в ногу. Но потом оказывалось, что нога от уколов болела, а ведь надо было двигаться по квартире хотя бы до туалета! И Лена снова делала маме уколы в мягкое место, а мама плакала, охала и говорила, что из-за Лены она не может теперь даже подняться с дивана! Больные люди, бывает — и нередко бывает! — становятся слишком эгоистичны, причём как-то бессознательно для самих себя, но здорово заметно для окружающих. Но в чём Лена могла бы упрекнуть свою маму? Больная мама — это всё равно мама! Лена, молча всхлипывая от обиды, варила маме через день свежую гречневую кашу, чуть прижаривала отварную рыбу, делала ей чай с лимоном. Она ухаживала за мамой как могла. А мама ворчала, что Лена возвращается домой с работы в разное время, что вечно ей трезвонят по телефону разные парни, что Лена слишком часто ходит в кино, хотя можно спокойно, сидя дома, смотреть японский цветной телевизор, который удалось купить отцу незадолго до смерти. Пусть он был с небольшим совсем экраном, этот телевизор, но зато цвет был замечательный! Мама напоминала Лене, что их обстановка в комнате очень хорошая, даже богатая, что есть хрустальные вещи в серванте, что плательный шкаф, например, прекрасный, полированный, импортный, румынский, с великолепным зеркалом внутри, что на стене висит чудный, голубой с розовым орнаментом, бельгийский коврик. Мама говорила Лене, что все эти вещи они нажили и накопили с отцом именно для неё, для Лены, и что папа, который тоже всю жизнь работал продавцом мужской одежды в отдалённых московских тихих магазинах, всё время заботился только о своей семье и всё-таки правдами или неправдами, а сумел устроить свою единственную дочь Лену на видное место в отличный универмаг, где огромные возможности в работе. Словом, выходило по маминым словам, что безусловно и бесспорно вся жизнь родителей была посвящена их любимой дочери, Лене! Но когда Лена попробовала в первый раз закинуть маме удочку насчёт замужества и прописки Толика Лихачёва в их отличной восемнадцатиметровой комнате, потому что Толик родом из города Калинина и у него нет московской прописки, хотя он и умница, и пока что учится в Московском экономическом институте (был в те годы такой парень Толик Лихачёв у Лены Волгушевой, рыжеватый блондин с бородкой и в очках, и она его ужасно любила!) — то мама разразилась такими громкими рыданиями и криками, что даже соседи по квартире сбежались от страха в их комнату! Нет, лучше не вспоминать! Соседи заявили Лене, что они не допустят ещё одного человека в общий туалет и ванную, что своих трёх семей достаточно в квартире, где нет больше, к великому сожалению, общих мест пользования и что Лена вообще девушка неблагодарная и не ценит коммунальных удобств! А мама добавила, под одобрительные замечания хлопотливых соседей, с которыми она жила вместе в квартире уже много лет, что не позволит калининскому проходимцу выставить её из собственной квартиры, и что если её родная и единственная дочь втайне желала всегда её смерти от убийственного сахара, то эта смерть наступит быстро, даже мгновенно, потому что как только Толик Лихачёв переступит порог их прекрасной комнаты уже не в качестве гостя, а в качестве хозяина, то сахар кинется маме в голову и в сердце, взбесившись от присутствия этого лихого Толика, в чьём тихом болоте водятся все черти, как то известно по русской пословице. Потом мама долго причитала, вытирая глаза платочком, и слышались в её причитаниях, например, рассуждения о том, что если единственная её дочь Лена собирается уехать с этим пропащим Толиком в его дырявый город Калинин, то она там и вовсе пропадёт. Хотя Калинин

Михаил Иванович был человеком известным, но зато город, названный в честь него, давно захирел и нет там огромных магазинов, как в Москве, столице! Где, спрашивается, будет Лена работать? И кем? И если Лена собирается ради такой аферы бросить свою совершенно больную и беспомощную мать на произвол судьбы, то накажет бог такую дочку!..

В общем, через какое-то короткое время на этом у Лены Волгушевой с Толиком Лихачёвым было закончено. Позже Лена узнала, что Толик не пытался больше сделать себе московскую прописку и уехал из Москвы куда-то на Север, долго и слёзно ходатайствуя в деканате своего института именно о северных краях для себя. Толика устраивал северный коэффициент, он не собирался погибать от нищеты в своём славном городе Калинине! Он всё-таки сумел устроиться, этот хитрый Толик. Он исчез навсегда из жизни Лены Волгушевой и не писал ей, и не звонил. Напрасно она ждала и вздрагивала при каждом телефонном звонке. Да, совершенно напрасно...

Потом среди каждодневного карнавала бойкой жизни в торговых залах универмага вдруг появился и воткнулся в жизнь Лены Волгушевой, словно кнопочка в листок бумаги на стене, незаменимый Кирюшка Смирнов. Самое первое свидание он назначил Лене в кафе, набрал бутербродов с чёрной икрой, шампанского, шоколадных конфет «Мишка на Севере» и повёл Лену на вечернее представление в Московский цирк, благо было их первое свидание в воскресенье. В цирке к ним присоединились трое Кирюшкиных друзей, тоже с девушками, и одна молодая семейная пара с трехлетним мальчиком. Начался весёлый общий кутёж, снова с шампанским, пирожными, бутербродами с копчёной колбасой и солёной рыбкой и, конечно, с мороженым, которое ребёнку запрещали есть большими кусками. В конце представления Кирюша преподнёс цирковым акробатам охапку цветов, а Лене — коробку конфет «Белочка», а всей компании подарил по плитке пористого шоколада каждому. И ребёнку игрушку-погремушку. Словом — знай наших! Рабочий класс в Москве умеет получать квартальную премию! Зачем мелочиться, если жизнь можно прожить и красиво, и со вкусом? Помните, как в песне поётся? Кирюшка Смирнов напомнил, похлопав себя по карману, что в песне поётся:

ВНУК ДЕДА СВОЕГО

Москва-столица!
Моя Москва!..

Кирюшка Смирнов работал на одном из крупных московских заводов слесарем-сборщиком. Начались весёлые встречи в буфетах кинотеатров, где Лена с Кирюшкой, случалось, просиживали весь сеанс, так и не заглянув в кинозал. Зато они брали себе коктейли с коньяком, снова до чёрта разных бутербродов и, конечно, апельсины, ананасы, абрикосы и другие фрукты, и шоколад. Случалось и так, что Кирюшка крепко засыпал во время киносеанса, но, проснувшись, просил Лену после рассказать, о чём было кино, всегда соглашался с её суждениями о фильме и ни разу не попрекнул Лену тем, что она не пошла учиться после окончания школы-десятилетки ни в техникум, ни в институт, чем не раз пытался уколоть Лену Толик Лихачёв. Кирюшка Смирнов стеснялся того факта, что он засыпал в кино, но Лена объясняла себе самой его поведение просто: он работал и в ночную смену тоже и приезжал к ней на свидание, бывало, не успев отоспаться в своём рабочем общежитии, затерянном где-то на окраине Москвы. Лена быстро полюбила своего Кирюшку Смирнова... Он был обыкновенный, не манерный, как Толик Лихачёв, а весёлый и компанейский, да ещё и с целым морем верных друзей и приятелей. Коренастый и крепкий Кирюшка старался понравиться ей, московской девушке, и начал носить клетчатые ворсистые шарфы, удачно подбирая их по цвету под свои целых три модных курточки! С Кирюшкой Лена носилась по Москве исключительно на такси, а не на метро ездила или на автобусе, как с Толиком Лихачёвым и остальными знакомыми парнями. Кирюшка подарил ей несколько металлических блестящих кулончиков, которые он выточил на станке на своём заводе — они смотрелись не хуже импортных польских подвесок. Кирюшка покупал билеты на все эстрадные концерты, стараясь действовать через профсоюз и культмассовый сектор своего цеха, и в отношении музыки они с Леной были обеспечены полной программой. Несмотря на то что Кирюшка Смирнов жил в рабочем общежитии, он был всегда в чистой отглаженной рубашке и при галстуке. И хотя чистая сорочка не спасала Кирюшку от каждодневного лёгкого винного перегара, встречаться с ним было здорово. У него всегда были наготове гвоздики или розы для своей девушки, и частенько можно было заполнить очередной вечер выпивкой на дне рождения у кого-нибудь из разухабистых друзей верного Кирюшки Смирнова из города Саратова. И, конечно, в связи с городом Саратовым привязалась и за Кирюшкой песенка знакомая. Про эту песенку все приятели Кирюшки знали и помнили:

> Огней так много зо-о-лотых
> На улица-ах Сара-а-това!
> Парней так много хо-о-лостых,
> А я люблю же-е-натого!..

Он был в разводе с женой, этот смирный Кирюшка, и какое-то время даже скрывался от алиментов. Но алименты нашли его, и он посылал деньги в этот проклятый, по его словам, Саратов. Кирюшка не любил ни в чём поломок, как отличный слесарь-сборщик, и, стараясь исправить поломку в собственной жизни, объяснил Лене просто:

— Нам с тобой нужен здоровый ребёночек. Только один, другого, пожалуй, и не понадобится. Когда поженимся и твоя мать пропишет меня в вашу комнату, мы немедленно родим ребёнка и будем разменивать нашу жилплощадь. В будущем прикупим кооператив. Мать умрёт — пропишем в её комнатку ребёнка. В общем, когда разменяем вашу жилплощадь, надо постараться твоей матери подыскать что-нибудь получше. Всё равно эти квадратные метры тоже будут наши — в будущем приют для ребёнка. Если родится мальчик, то хоть будет нашему парнишке куда девчонку привести, когда он вырастет. Начнём, пожалуй, деньги копить. Расходы предстоят.

И Кирюшка запретил Лене есть пирожные, объяснив, что сахар ей надо ограничивать, не то появится диабет, как у матери. Кирюшка старался быть разумным и рассказал, как он ловко удрал от проклятых алиментов и долго держался неопознанным в шуме огромного московского завода, который хорошо платил своим рабочим, но постоянной московской прописки, правда, пока никому не обещал. Невзирая ни на какие невзгоды, Лена Волгушева любила Кирюшку, коренастого черноволосого парня с синими глазами. Он мог бы родиться, конечно, повыше ростом, но если у них будет девочка, похожая лицом на папу, то есть на Кирюшку Смирнова, то она сразу после своего рождения будет сниматься на Мосфильме. Ведь она родится сказочной красавицей!

Так мечтала Лена Волгушева!..

И Лена закинула удочку своей маме — Кирюшку Смирнова надо срочно прописать в их восемнадцатиметровой комнате. И это факт! И тогда мама в промежутках совместного плача привела неоспоримые доказательства Кирюшкиной практичности:

— Хорошо, мы пропишем его здесь, доченька! Но это Москва! Это столица, где есть и продукты, и одежда, и работа! И он привезёт свою семью сюда! Ради сына своего он и с женой своей потом помирится! Он построит кооператив для своей семьи, глупенькая моя Леночка! Почему он требует от тебя здорового ребёнка, и только одного? Потому что ты — только ступенька в его будущую московскую жизнь! А вот что же будет, например, если ты захочешь иметь троих детей? А что будет с ним, если вдруг у тебя, действительно, как и у меня, появится сахарный диабет? Будет он ухаживать за тобой, твой Кирюшка? Я сомневаюсь. Диабета у тебя пока нет, но он вдруг запретил тебе есть пирожные? Да ему денег просто стало жалко! Он, наверное, посчитал, что он тратит на тебя слишком много денег, и решил сэкономить на пирожном. Ему пора подводить итог под вашими встречами — если женитьба и прописка не состоятся, так какого чёрта ему дальше бросать деньги на ветер? Погуляли — разошлись, вот и весь сказ! Ты ведь ещё даже не забеременела от него, чтобы ставить условия насчёт сладкого! Ты хочешь пирожных, Леночка? Пойди и купи свежий тортик на Арбате! Я тоже съем небольшой кусочек — можно и диабетикам иногда позволить себе такую роскошь! Нет, твой Кирюшка никогда не будет таким внимательным к тебе, как твой отец ко мне! Второго такого мужчины, как твой покойный отец, больше нет!..

И глубоко вздохнув, Лена перестала отвечать по телефону Кирюшке. Он не приехал к ней домой объясняться в любви и не подошёл к ней за разъяснениями в универмаге, хотя она дважды увидела его в толпе посетителей. Кирюшка был уже не один, такие парни не залёживаются!.. И Лена начала остро ощущать всю глубину потери этого неунывающего Кирюшки Смирнова. Ей стало скучно без него, она не знала, чем заполнить свободное от работы время! Не было больше воскресных вылазок в цирк или на эстрадные концерты, не было букетика цветов в руках, не было смешных солёных анекдотов в шумных приятельских компаниях! Тогда мама, внимательно глядя в её лицо, заставила её вдруг, перед самым Новым годом, перемыть и перетереть посудными полотенцами оба сервиза их семьи Волгушевых — обеденный и чайный, да ещё и прополоскать хорошенько хрустальные салатницы и тем самым убедиться в собственном материальном благосостоянии. И мама посоветовала Лене попросить у начальства ещё дополнительные часы работы ей, Лене Волгушевой, примерной и дисциплинированной, в целом, продавщице, в эти горячие дни предпраздничной новогодней торговли. И Лене дали дополнительные часы, и снова вокруг была праздничная, почти что маскарадная толпа покупателей, и Лена сновала в привычном лабиринте универмага и делала своё дело, по привычке стригла свои маленькие заслуженные купончики. А жизнь вовсю кружилась и кружилась, и шла себе, шла! В эти дни сквозь новогоднюю толпу к Лене Волгушевой пробился недурной военный Серёжа, потом был ужасно пьющий Саша из медицинского института, да ещё привязался совсем неожиданно свой, продавец из обувного отдела, Гриша Семёнов, с разболевшейся душой, женатый, с двумя детьми, с московской пропиской, разумеется, но совсем несчастный из-за кровоточащей язвы в душе. Лена Волгушева начала тоже лечить Грише Семёнову душу, как это сделали до неё уже добрый десяток продавщиц и даже заведующая отделом обуви, богатейшая женщина средних лет, то есть ощутимо старше любимого ею Гриши Семёнова. Но Лену Волгушеву ничто уже не пугало. Она с энтузиазмом лечила язву в его душе, и, по-видимому, здорово подлечила между работой, выпивкой с коллегами и закусонами выпитого с Гришей в его перламутровых, серых новеньких «Жигулях». Лена Волгушева мало бывала теперь дома, всецело поглощённая отношениями с Гришей Семёновым и сплочённым в общей любвеобильности коллективом универмага. И когда однажды, возвратясь домой, Лена увидела записку от соседки на двери своей комнаты о том, что маму два часа назад в бессознательном состоянии умчала «скорая помощь» в больницу, Лена поймала себя на мысли, что ей это совершенно безразлично. Она явилась в больницу к маме только через два дня, когда утрясла их временную размолвку с Гришей Семёновым. Она вовсе не пыталась взять на работе отгул в связи с тяжёлым состоянием мамы. Лена Волгушева перестала любить и жалеть свою маму. Лена всем своим существом, всецело и глубоко была втянута в весёлый карнавал универмага, и уходить с этого веселья в мрачный мир больничной палаты ей вовсе не хотелось. В конце концов, чему быть — тому не миновать!..

— Все помрём, — мудро заметил ей однажды Гриша Семёнов. — Только один, сука, загнётся где-нибудь у себя на даче и с кубышкой в руке, а другой, блядь, так и отдаст богу душу с голой жопой! Потому, пока можешь и хочешь, своего не упускай! Тем более что деньги всегда идут к деньгам! А зелёные денежки тем более текут себе тихонько по своему руслу!..

Наконец, Гриша Семёнов, правильнее будет сказать, не ушёл, а смылся с раздольного карнавала универмага, нырнув в зелёную ветвистую аллею валютного магазина для иностранцев, известного под наивным названием «Берёзка». А карнавал московских универмагов прекратился сам по себе, вернее, перешёл в другие места столицы огромной страны. Всё меньше стало появляться дефицитных импортных товаров на московских прилавках и в витринах. Во многих торговых точках почти не стало спроса на кружевные дорогие пеньюары. В ходу была только джинса, неплохо продавалась дешёвая импортная косметика, и всё длиннее становились очереди за продовольствием, и всё труднее становилось Лене Волгушевой, простой продавщице, выпрашивать у знакомых ей девчонок из гастронома гречневую крупу для мамы. Потом мама умерла...

После смерти мамы в жизни Лены возник обаятельный Луи из Бельгии — Гриша Семёнов помнил о Лене Волгушевой, вылечившей ему душу, и дал обаятельному бельгийцу Луи телефон своей врачевательницы Лены, хорошенькой женщины, по обоюдному мнению многочисленных приятелей Гриши Семёнова. Итак, обаятельный бельгиец Луи посетил Лену на дому, осмотрел её обстановку и объяснил Лене, что она тоже вполне девушка нищая, как и многие девушки в России. Хрустальные рюмочки и салатницы в серванте у Лены были вовсе не богемские, а производства отечественного. Солидная хрустальная ваза, которой так гордилась мама, хотя и была богемская, но со сколом на донышке. Лак полировки на платяном шкафу за многие годы успел кое-где покрыться тонкой паутинкой трещинок, и только японский телевизор ещё всё-таки работал, хотя уже подозрительно потрескивал и был, по мнению обаятельного Луи, с совсем маленьким экраном по современным сегодняшним стандартам. Обаятельный бельгиец Луи указал Лене отлично освоенный европейцами путь в бары московских гостиниц, причём, желательно, в валютные бары. Так у Лены Волгушевой появилась кое-какая валюта. Подруги постепенно исчезли из её жизни, да и Лена не приглашала с собой в такие закрытые места, как валютные бары, никого из своих подруг. Многие знакомые девчонки повыходили замуж, и почти у всех родились дети. Среди коллег по работе в универмаге были и такие, кто успел выскочить замуж и развестись, и некоторые из этих молодых женщин явно опустились. Приходили утром на работу с лицом, помятым и припухшим от ежевечернего одинокого пьянства, без причёски на голове, без былых, наведённых косметикой, романтических теней на веках, без пудры и румянца на щеках. И это были московские продавщицы?! Они грубили покупателям, вызывая своим внешним видом раздражение приезжих провинциалов, которые всегда в Москве стараются приодеться и показать свою состоятельность, с готовностью тратя на ерунду скоплённые в глухомани деньги и требуя от продавщиц (и приличных!) товаров тоже. Лена Волгушева стала вдруг почему-то вызывать у сослуживцев чёрную злобу, ревность и явную зависть своей всё ещё подтянутой внешностью и неувядаемой миловидностью в тридцать шесть лет. Бывшие верные соратницы Лены по продаже дефицитных товаров из-под прилавка сумели разглядеть у неё в руках зелёные иностранные денежные купюры и не только зелёные, но и другие, тоже окрашенные не по-нашенски! Вспомнилось следом за этим и лечение души многострадального Гриши Семёнова известными процедурами со стороны Лены Волгушевой, а именно — поцелуями взасос при всём честном народе в годы буйства на карнавале универмага. Вот тогда-то и стала приглядываться к Лене Волгушевой администрация универмага, будто Лена Волгушева вновь молоденькой девчонкой после десятого класса появилась в универмаге на работе! Разве Лена Волгушева торговых законов не знает? В торговле принято делиться фартовой копеечкой и одаривать её звоном тех, кто уже не просто стоит за прилавком, а счастливо сидит кое-где повыше, например, в замдиректорском кресле. А Лена Волгушева не поделилась ни с кем! И даже не побоялась не поделиться, хотя она простой продавец, не старший, не заслуженный. Найдётся на неё управа в московской милиции! Таких жалеть не надо! Тем более что она вылечила всеобще любимую душу Гриши Семёнова, который бы с насиженного места в универмаге в жизни бы не ушёл, не вмешайся Лена! А ведь он убежал, ходит слух — бросил употреблять спиртное и бросил также женские судьбы на произвол! И даже «пиковую даму» свою навеки позабыл, то есть заведующую отделом обуви, которая как раз его, Гришу своего любимого, и обувала и одевала! И что ей делать теперь, этой пиковой даме, если и молодость давно ушла, и Гриша от неё безвозвратно смылся?! А ведь она очень нужный человек для администрации универмага, потому что у неё водилась фартовая копеечка всегда!..

Лену Волгушеву уволили из универмага за пять минут. Утром её неожиданно вызвали к директору, Павлу Ильичу, и он с улыбкой и даже подмигнув вручил ей трудовую книжку. Там не было, конечно, вписано никакой статьи, а значилось нормальное «по собственному желанию». Лена Волгушева открыла было рот, чтобы объяснить Павлу Ильичу, — произошла, мол, ошибка, миленький Павел Ильич! Сроду, мол, я никакого такого собственного желания уволиться из универмага не изъявляла, тем более что работаю я в здешнем месте, считайте, вот уже половину моей жизни! Однако рядом с Павлом Ильичом, который всё ещё ей старательно подмигивал, стояли серьёзные люди в штатских костюмах, но с военной выправкой. Лена Волгушева видела такие лица в валютных барах гостиниц, где теперь проводила свои вечера. Лена знала, как и все граждане советской страны, откуда эти люди. Спорить было бесполезно, а Павел Ильич был прожжённый комедиант, возгордившийся тем, что всё-таки не вписал ей статью в трудовую книжку, но отстоял перед людьми её якобы собственное желание! Лена Волгушева, отлично обтёртая за годы пребывания на карнавале универмага и отполированная валютными барами за последнее время, закрыла свой накрашенный чувственный ротик и молча ушла домой. Пропасть разверзлась под её ногами на улице — она взяла до дома такси. Водитель посоветовал ей выпить водки с перцем — она соврала, что её тошнит после рыбных консервов. Вероятно, она была смертельно бледна. На что теперь она будет существовать? И вдруг дома её ждут те же люди, просто в штатском, и у подъезда поджидает Лену Волгушеву легендарная машина «чёрный воронок»? Ох, как она струсила тогда, Лена Волгушева! Даже вышла из такси, не доехав до дома, и всмотрелась издали — где он, «чёрный воронок»? Но ничего такого не было, и Лена поднялась на лифте в квартиру и зашла к себе домой.

Никто её, ясно, не ждал, Лену Волгушеву, кроме соседки тёти Маши. Несмотря на поздний час, та спросила, не пустит ли Лена жить к себе в комнату сына её младшего, Лёшу, который должен зубрить свои учебники в тишине. Лёша учился в Менделеевском химическом институте, и тётя Маша запросто спросила Лену: не пустит ли? Можно за бесплатно, по-соседски, а можно и за плату сдать студенту угол в комнате! Тётя Маша явно протягивала Лене руку помощи. Понятно, не без выгоды для себя, но всё-таки протягивала! Не забылось добро — Лена не раз доставала для Маши нужные ей вещи в универмаге. Шубу ей достала из стриженной овчинки, недорогую и за настоящую цену, без переплаты сверху. Курточку достала для Лёши, свитер, ещё кое-что. И Лена ответила Маше, что подумает. Лена заперлась в своей комнате на три дня, сказавшись больной. Маша её не беспокоила, и Лена поняла, что Маша посвящена в её «собственное желание»! Никто Лене не звонил. И хотя директор, Павел Ильич, подмигивал Лене при увольнении, скорее всего, потому что был уверен в возможностях Гриши Семёнова — дескать, сильный он, твой партнёр Гриша Семёнов, и тебя пристроит, — но Гриша Семёнов тоже не звонил Лене. И вдруг она поняла: надо срочно убираться из Москвы! Ей не зайти больше ни в один валютный бар — она засветилась, её незаметно сфотографировали, скорее всего, и проследили, чем именно она занимается с иностранцами! Прослушали, ясно, её блядство и выпрашивание денег в гостиничных номерах. И вот теперь она, Лена Волгушева, — московская шлюха, простая проститутка, а не смазливая и сметливая продавщица за прилавком, как прежде! И Лена заплакала — позор, какой позор! Надо немедленно уехать куда-нибудь, хотя бы на время, вроде как в отпуск. Иначе как бы её не выслали из Москвы вообще! Куда высылают девиц лёгкого поведения? Она рискует потерять навсегда свою единственную ценность — московскую комнату! Жильё! Это ужас!..

Сжав голову обеими руками, Лена думала за недопитой чашкой хорошего импортного кофе, куда уехать. У неё не было ни братьев, ни сестёр. Просить сейчас Гришу пристроить её на другую работу — опасно для Гриши. Он и так был по уши запутан в валютных спекуляциях. Правда, он был умён и делился с теми, с кем надо было делиться зелёными. Но не стоило именно сейчас осложнять его дела своим позором и провалом. Нужно было выждать время; Гриша, конечно, поможет. Недаром Павел Ильич упорно и бесстрашно подмигивал ей при людях в штатском!.. Как жаль, что у своих престарелых родителей Волгушевых она, Лена, была только одна дочь. Вернее, она единственная из детей Волгушевых осталась в живых. Были у них два мальчика-близнеца, но не выдержали они трудного голодного послевоенного времени. Сыновья умерли, унаследовав от матери сахарный диабет. Но возможно, что болезнь развилась у них слишком быстро именно из-за нехватки хороших продуктов в послевоенное жестокое сталинское время. А Лена родилась намного позже, когда не стало Сталина, когда исчез Берия Лаврентий Палыч, а Никита Хрущёв начал вытаскивать людей из трущоб, переселяя их в хрущёбы. Но Волгушевы оставались жить в центре Москвы — по санитарным нормам столицы, их семье, пусть отдалённая и неудобная, но всё-таки отдельная хрущёба не грозила!..

На третий день размышлений, собрав мужество, Лена Волгушева позвонила обаятельному бельгийцу Луи, который пока, как иностранец, московских властей особенно не боялся. Обаятельный и предприимчивый бельгиец постарался вникнуть в убогое положение Лены. Сам он тоже был из очень бедной европейской страны — бельгийские марки стоили центы на валютном подпольном московском рынке. Луи посоветовался со своими небогатыми друзьями, имевшими, однако, хорошие деловые связи. Это Луи и его компания уговорили Лену попробовать купить билет до Нью-Йорка. И начали сразу незамедлительно помогать ей в покупке авиационного билета на самолёт в Америку, прикрывая её перед столичной властью тем, что русская девушка хочет попасть в Нью-Йорк вполне официально, по контракту с бельгийским агентством, занимавшимся наймом рабочей силы. Девушка поедет в Америку работать няней, убирать гостиницы или ухаживать за стариками. Почему бы ей не заработать немного денег? Она ещё молодая и работоспособная — Лена даже засмеялась — в свои тридцать шесть лет она всё ещё была девушка! Нет, она никогда не выходила из своей роли продавщицы на карнавале универмага, она не хотела её снимать со своего накрашенного лица — вечную маску улыбчивой продавщицы. Недаром сердобольные бельгийцы, в поисках денег и нехитрого благополучия перебравшие целый ряд стран мира, уверенно рекомендовали Лену Волгушеву своему бельгийскому агентству на работу в обслугу. Лена сумеет продержаться на этой работе и не подведёт европейское агентство, которое тоже зарабатывает зелёные тяжким трудом. Не подведёт хотя бы первое время!..

Соседка Маша дала Лене триста долларов. Взаймы дала. И сын её, Лёша, вселился в комнату Волгушевых, клятвенно пообещав Лене, что будет за комнатой следить и поддерживать в ней чистоту. Лена Волгушева ни в коем случае не продавала Маше, соседке, свою солнечную тёплую комнату! Она со всеми людьми, ей близкими в этот трудный период её жизни, хорошо рассталась, Лена Волгушева. И с Машей, и с Луи, обаяшкой, и с его компанией, и с агентом из Бельгии по найму рабочей силы. И Грише Семёнову тоже через бельгийцев передала привет! На всякий пожарный случай. Кто знает и может предсказать своё будущее? Гриша Семёнов ещё пригодится!..

Наконец, и в итоге рассказанного здесь и всего произошедшего с милой мне Леной Волгушевой, она вышла из самолёта на американскую землю. Вот уже два года, как она поселилась в Нью-Йорке, открыв неизвестную главу в её эмигрантской жизни, словно в незнакомой, ещё не прочитанной книге. Теперь в этой её новой и довольно шаткой жизни появился затёртый, нелюдимый, немодный, хотя и положительный Дима в своей вечной серенькой клетчатой рубашке, в старых джинсах, в помятом пиджаке. Она никогда бы не пошла с таким мужчиной в Москве! Но Лена Волгушева утешала себя тайной мыслью: Дима у неё был не один. У неё в большом городе Нью-Йорке жил глубоко любимый ею человек. Его звали Вальтер. Он был немец по своей несчастной национальности.

* * *

Невозможно отрицать — возникает тень позорной фашистской свастики при слове «немец» у каждого русского, бывшего советского человека!..

Лена Волгушева, однако, всегда старалась прогнать от себя эту тень. Ей пришлось иметь дело с немцами, согласно своему былому мелкому бизнесу в барах Москвы. Да и к тому же правилом её жизни было не впадать в крайности и не распускаться, и держаться на плаву изо всех сил! Сильной чертой своего характера она считала именно эту черту — не показывать зрителям своих слабостей. Возможно, продавщице хочется заплакать, но надо улыбаться покупателям. Ты на работе! Это было в ней уже профессиональное, выработанное за годы у прилавка, — лучше принять таблетку от головной боли, чем возвращаться с карнавала домой раньше времени и утыкаться носом в унылый одинокий быт надоевшей комнаты с ветхими обоями в голубых незабудках, насквозь пропахших мамиными лекарствами и лёгким папиросным дымком от соседей. Нет, универмаг ещё не закрылся, ещё не вечер, ещё не тушат в люстрах свет, и блестят ещё освещённые, разукрашенные витрины, и отливают серебром банты праздничных лент на упакованных коробочках с новогодними подарками. И мелькают золотые, красные и синие шары на ёлках с гирляндами, и в центральном зале универмага, по распоряжению директора Павла Ильича, щедро сыпанули на пол разноцветные конфетти, прикрывая снежную кашу в лужицах, оставленных следами толпы покупателей. Ещё не звенит звонок к закрытию магазина. Дружный коллектив заметной торговой точки столицы в общей цепи славных московских торговых точек выполняет и даже перевыполняет квартальный план! Жизнь хороша, жить надо хорошо и уж, пожалуй, можно — конечно, можно, ещё как! — надеяться на премию в их бригаде коммунистического труда!..

Лена Волгушева никогда не падала духом, быстро ориентируясь в окружающей обстановке. Спекулятивная рука бельгийца Луи оказалась если не надёжной, то во всяком случае отнюдь не обманчивой. Адрес дешёвого отеля в Нью-Йорке, который дали Лене бельгийцы, оказался на поверку не выдуманным. Правда, отель оказался простой ночлежкой, где можно было за пять долларов в сутки найти временное пристанище в грязной комнатушке отдельного номера с подозрительно измятым, но ведь всё-таки существующим постельным бельём.

В Нью-Йорке стояла ранняя весна. Холодный беспощадный ветер часто налетал на прохожих, отгоняя их своими резкими порывами с авеню и стритов поближе к стенам небоскрёбов. Пустые коробки из-под каких-то товаров, довольно объёмистые, использовались иными жителями необъятного города, названного европейцами столицей мира, в качестве спальных мешков — у бездомных не было средств, чтобы уплатить даже в дешёвой ночлежке. Да и кто бы пустил их туда, грязных, оборванных, потерявших человеческий облик гуманоидов? Они даже милостыню не пытались выпрашивать у прохожих, удачно устроившись на ступеньках иных больших церквей. Просить милости надлежало им, вероятно, только у богов, раз люди и власти города им уже отказались помогать, судя по всему!..

Лена от увиденного заспешила — встала утром рано-рано, едва светать начало. Не так уж много у неё было с собой денег. Едва дождалась восьми тридцати утра — начала звонить по телефонам, добытым для неё обаянием бельгийца Луи. Это были телефоны двух польских агентств по трудоустройству. Одно из спасительных агентств ответило в восемь часов утра, другое — в девять, и Лена мысленно воззвала к милости божьей по отношению к Луи! Оставив две свои небольшие спортивные сумки с пожитками в отеле, Лена помчалась в агентства, благо польские граждане все как один отлично понимали и говорили по-русски и дорогу ей разъяснили. Здесь впервые именно через них, поляков, пронырливых и ловких, Лена стала осваивать свою заграничную американскую жизнь — медленно, но верно, шаг за шагом. Для начала поляки устроили её жить на квартиру вместе с двумя своими же полячками, Стеллой и Вандой. Полячки были немолодые, снимали комнату в двухкомнатной квартире вдвоём, но удачно поставив раскладушку в ней для Лены Волгушевой, скостили себе плату за комнату — теперь они намеревались раскинуть плату на троих! Это было удобно, на троих поменьше оказывалась с каждой из них сумма оплаты жилья, и грядущий день казался легче. Стелла и Ванда, разумеется, имели детей, обе были в разводе со своими мужьями и героически существовали в своём каждодневном примитивном быте, экономя даже на пакетиках сахара, которые они утаскивали в сумочках то от своих хозяев, у которых служили домработницами, то из кафе с фаст-фудом, где наскоро выпивали свой стаканчик кофе, удачно и довольно нахально прихватив к нему как можно больше пакетиков сахара, благо те пакетики никто из менеджеров «МакДональдса» или «Бургер-Кинга» сроду не считал! Бывалые полячки твёрдо сказали Лене Волгушевой, что в Америке жить гораздо проще и легче, чем в других, особенно европейских, странах, и Лене оставалось только наблюдать, как эти женщины изо всех своих сил старались одолеть свою национальную роковую бедность. Они усердно посещали костёл, хвалили папу римского Иоанна, который открыл своим соотечественникам двери всех богатых стран мира, они были ревностными и честными католичками! А Лена Волгушева?..

Она считала себя христианкой, но не католичкой, а в церковь не ходила. Кто посещал церкви в советские времена в Москве? Никто. Даже её больная мать церковь не посещала. Но Лена не влезала в церковные споры с полячками и старалась с ними подружиться, с этими хозяйственными женщинами, и даже почерпнуть от них что-нибудь для себя. Лена старалась запомнить до мелочей их скаредную бытовуху. Полячки аккуратно прополаскивали уже однажды использованные листы небольших бумажных полотенец, которые в Америке продаются в рулонах, стараясь обсушить их и применить для протирания кухонного стола ещё два-три раза. Полячки заваривали трижды один пакетик чая, отрезали от лимона тоненький-претоненький ломтик, варили постные супы с овощами и перловкой, и считали, бережливо считали медные центы, посылая деньги в Польшу своим детям и матерям, и копили, копили, копили!..

Потом оказалось, что условия жизни в квартире довольно трудные — в двухкомнатной квартире проживало семеро женщин: четверо в одной комнате и трое теперь вместе с Леной — в другой. Четыре женщины работали по уходу за престарелыми, две из них — с проживанием в американских семьях, Ванда нанялась в бебиситтеры, а Стелла работала горничной в гостинице. В выходные дни — то есть на уик-энд, говоря по-американски, — в квартиру набивалось множество народа. Приходили посудачить и почаевничать, а то и пропустить пару рюмочек спиртного не только приятельницы, но и сожители женщин, поляки, чехи, венгры или югославы. Словом, вокруг Лены сложился хорошенький лагерь братских социалистических стран, который, однако, чашки чая лишней русской девке пока не наливал. Лена купила свой чай, свои пакетики сахара, свою коробочку соли, всё своё! Социалистический лагерь своего славянского и политического братства никак не выражал, даже наоборот, упрёки кидались в сторону бывших военных славных заслуг Страны Советов.

— Тако, если бы не Иосиф Сталин, пили бы мы по сию дни славный немецкий кофе, сидели бы себе то в нашей Европе, а до чужих стран бы тако не скиталися! То немцы были себе с Гитлером не таки плохи, то русски их фашистами назвали! То моя мать немцам служила, убирала хорошо себе немецкую комендатуру, зато паёк хороший те фашисты ей за то давали. Тако кофе, сосиски хороши, копчены. Не, таки немцы не фашисты! Тако русски советы на немцев наврали, с нашими поляками их ссорили. А поляки наши завсегда со всяким народом хорошо, а с немцами извечно были мы дружные! Тако русски советски во всех польских бедностях виновны. И чехам, и венграм они, русски советы, по всей стране тако тоже нагадили. Тако чехов и венгров танками давили, кишки славянски на те колёса танкови намотавши! Знаем мы все те русски кровави ужаси по Европе. Тако не надо было русским выигрывать ту велику войну! То надо было с Гитлером мирные договоры держать. Тако мы были богаты бы, да попивали бы хороший немецкий кофе по сию дни! То немцы чистый народ, аккуратны, ни пылинки, ни соринки, нигде нема!..

Лена Волгушева старалась пропустить мимо ушей эти рассуждения и упрёки. Зачем ссориться с теми, кто хоть и со скрипом, но всё-таки помогает в делах? Польское агентство помогало ей в заполнении документов для получения права на работу, для получения соушел секьюрити, чтобы в дальнейшем она смогла бы работать на чеки. Внимая советам агентства, Лена пошла работать бебиситтером в американскую семью к трехлетнему ребёнку, страдавшему эпилепсией, но через две недели агентство прислало туда другую женщину, и Лена работу потеряла. Агентство брало комиссионные с работницы — недельную зарплату. Улыбчивые поляки успокоили огорчённую Лену и тут же дали ей другую американскую семью, с двумя близнецами — мальчиком и девочкой. Это была большая американская семья, и в обязанности Лены входила уборка всего дома каждый день, помимо заботы о шестимесячных близнецах. Были ещё старшие дети семьи — два студента колледжа и один учащийся хай-скул. Эти трое американских подростков были неряхами, по русскому мнению Лены Волгушевой. Они небрежно бросали на пол в разных углах огромного трехэтажного дома свои джинсы и кроссовки, швыряли расчёски прямо в ванную, а сумки и портфели вместе с их содержимым бывало нередко скатывались по лестницам дома, и Лена собирала со ступенек ручки, карандаши, записные книжки, учебники... Особенно старшая дочь отличалась, Джессика. Она имела привычку развешивать свои грязные бикини и лифчики на перилах лестницы, ведущей в бейсмент, где стояли спортивные снаряды. «И ведь братья у неё уже взрослые, и не стесняется она их совсем, бросает трусики где попало, — осуждающе думала Лена и удивлялась мысленно: — Почему этих детей мать не ругает? Ох, меня бы мать за такое не похвалила! Как не стыдно быть такой неряхой? Ладно ещё братья, они в конце концов мальчишки. Но вот девочке как не стыдно? Да нет, девушке! Ведь Джессика уже в колледже учится!»

Через пять недель этой службы Лена просто-напросто надорвалась — убирать каждый день пять ванных комнат, ухаживать за близнецами и пылесосить шесть спален слишком тяжело! К тому же готовить ужин не входило в привычку хозяев — члены семьи питались в разных кафе и ресторанах, и только в воскресенье отправлялись все вместе кататься на машине и заодно ужинать, конечно, не считая близнецов и Лены! Русская няня, накормив близнецов смесью из бутылочек, могла питаться, как обычно, бутербродами. В холодильнике хлеба, сыра и листьев салата было много. Хватало и нарезанной варёной колбасы. Лена могла бы сварганить и яичницу, пока близнецы спали. Но работа, в целом, в такой семье была слишком тяжела!..

Когда агентство, по просьбе Лены, прислало туда другую женщину, с виду покрепче и постарше, она с радостью ушла из этого неуютного американского большого дома. По просьбе хозяев, Лена отработала свои пять недель почти без выходных дней и, вернувшись в свой польский район, зашла в польскую столовую и взяла себе украинский борщ со сметаной, благо социалистический лагерь питал симпатию не только к немецкому кофе, а всё подбирал, что годится, вот, например, украинский борщ поляки весьма любили и вкусно варили. Лена съела тарелку борща и облизнулась — хороший был борщ!

Потом были три-четыре унылые, однообразные работёнки, в основном по уборке домов. Потом снова были сборища граждан соцлагеря на квартире, речи о возвращении Польши к богатой довоенной жизни, изломанной русскими советскими войсками, экономный быт и прочее, прочая чепуха! Но было и рациональное зерно в этой осточертевшей ей убогой жизни — скопив деньги, Лена Волгушева бесстрашно пошла в русские районы Брайтона, как и советовали ей поляки. Русские, по мнению славянских собратьев, жили на Брайтоне очень богато, снимали хорошие квартиры, да без денег к ним соваться было не к чему — то были русские евреи, то есть евреи, приехавшие из России. В Америке они стали все называться русскими, но католики-поляки помнили про них — они ходили в разные храмы. А у русских христиан здесь были свои небольшие церкви...

Но Лена всё равно решила снять подходящую по цене небольшую комнатку где-нибудь у своих, у бывших советских. Надоел ей славянский говорок, надоели эти польские работницы-крохоборки, охотницы за американскими зелёными долларами. Пошли они вместе со своим агентством! Пока! До свидания, ребята!..

Конечно, у Лены Волгушевой позади была её родная Москва, столица огромной страны, власти которой легко вытолкнули Лену Волгушеву за кордон, когда её собственный быт, как и быт всей этой непобедимой страны социализма, вдруг дал резкий крен и пошатнулся. Лена вспоминала и бельгийца Луи. Лена начала вдруг понимать, что этот ушлый проныра был профессиональным охотником за зелёными — валюта его страны была просто на нуле! Бельгийские марки обменивались в Нью-Йорке не на доллары, а на центы. Лена припоминала, с какой лёгкой улыбкой пренебрежения осматривал Луи хрусталь семьи Волгушевых, которым так гордилась её покойная мать! Несчастный бельгиец был не прочь заработать у русских разинь, купив хрусталь на марки своей страны и перепродав вещи где-нибудь в Вене на доллары или шиллинги. Он бы неплохо заработал на них и в Италии, куда возили бельгийцы хороший русский крепдешин — в жаркой Италии он пользовался спросом, натуральный русский шёлк! Разумеется, Луи был не прочь заработать и на Лене Волгушевой, этот сметливый, битый-перебитый экономикой своей страны жизнеустойчивый бельгиец. По русской пословице — за одного битого двух небитых дают! Но Лена Волгушева и сама была изрядно битая карнавальной жизнью московского универмага, и беда в том, что бельгийцу Луи совершенно нечего было покупать у Лены. Какие у неё были ценности? Единственная богемская ваза оказалась со сколом на донышке — наверное, покойному отцу потому и удалось купить её удешевлённую по причине дефекта. Но кто же на международном рынке продаёт или покупает битое стекло? Это было, вероятно, возможно только в бывшей Стране Советов! Но Лена Волгушева там родилась и выросла, и работала там, веселясь на пёстром карнавальном празднике кипевшего жизнью универмага. И для Лены Волгушевой это была всё равно её родная страна!..

Постепенно осматриваясь в Нью-Йорке, помня, что это столица мира, а не столица одной страны, как её родная Москва, Лена Волгушева профессиональным взглядом продавщицы оценивала витрины в районе центральных улиц Манхэттена. Она никогда не видела таких сумок и сумочек, таких мехов, таких наручных часов, таких ожерелий! Она не встречала подобного даже в легендарной «Берёзке», куда её пару раз приглашал не без хвастовства Гриша Семёнов. Лену победили роскошь магазина «Тиффани» и огромный выбор товаров в универмаге «Сакса» на Пятой авеню. Лена бродила по магазинам, смотрела, любовалась! И Лене невольно припоминалась мамина шубка из чёрного котика, которую она берегла для Лены, и эти два сервиза: белый, обеденный, с зелёными листьями и жёлтыми цветами подсолнухов, и розовый сервиз, чайный, в мелких красных рябинках. Её бедным родителям, преодолевшим тяжёлый московский послевоенный быт, эта посуда казалась просто королевской! Как любят в России посуду! Она означает в русском застолье незыблемую респектабельность хозяев. А здесь, в Америке, можно было запросто есть из бумажных тарелок пластмассовыми вилками. Хозяева домов, где работала Лена, накрывали столы для гостей и родственников бумажными скатертями, ставили бумажные стаканчики для питья, подбирая изделия по цвету, а после застолья всё сворачивали и выбрасывали в мусор. Почему бы и нет, раз это удобно? Не надо мучиться, мыть большое количество посуды, не надо переживать, если дорогостоящий фужер разбивается, не надо мочить лишний раз в мыльной воде свои сверкающие перламутровые ногти! Американцы предпочитали также пользоваться посудомоечной машинкой, если она имелась на кухне, и выполнять даже малейшую работу в резиновых перчатках. Американские женщины почти все носили длинные приклеенные ногти. Такой маникюр в салонах красоты стоил немалых денег, и руки свои уже потому женщины предпочитали беречь. Это вызывало некоторое уважение у Лены Волгушевой. А сервизы, как у семьи Волгушевой, можно было запросто купить, например, в турецком магазине. Ничего в Америке не надо было доставать. Надо было просто купить, пойти в подходящий магазин, выбрать вещь и заплатить за неё цену. Нормальную цену, которая тебя устраивала, без переплаты сверху! И Лене даже стало жарко при мысли, что обыкновенные продавщицы здесь могут вполне существовать на обыкновенную зарплату! И никому из них не надо рисковать, продавая вещи из-под прилавка!..

Привычные ценности привычного жизненного уклада подвергались постепенно в глазах Лены Волгушевой переоценке. И она подумала вдруг как-то рассеянно: «А что, если бы ту великую войну, допустим, выиграли бы немцы? И Россия была бы иной страной, с другим, богатым, как здесь, например, укладом жизни?..»

Лена Волгушева то работала, то не работала, с успехом проживая деньги, скопленные ею на подённых тяжёлых работах. Но она не кляла себя и не раскаивалась. Отдохнуть не мешает! Американцы не такие плохие или опасные люди, какими описывали их русские журналисты в многотиражной советской печати. Даже неряха Джессика с радостью совала русской няне Лене Волгушевой — Хелен, как звали её здесь, — жевательную резинку при встречах в доме, помогала ей сделать нехитрый шопинг (покупки в супермаркете), лихо вела машину под опасливые вздохи Лены и даже с огромным энтузиазмом подарила ей крохотную записную книжечку-брелок, куда можно было записывать телефоны бойфрендов, как Джессика объяснила, цепляя ту книжечку куда угодно — на сумку или на карманы джинсов, причём на задницу тоже, чтобы все желающие могли бы убедиться, что такие телефоны и бойфренды у девицы, уважающей себя, уже имеются! Она даже рассказала Хелен, закусив губы и сдерживая слёзы обиды, что её факен бойфренд имел секс с другой девушкой из колледжа, и она, гордая Джессика, прогнала его именно потому, что он не кто иной, как факен! Но Джессика ждала его звонка по телефону, ждала объяснений! Лена поняла это и вспомнила Толика Лихачёва и Кирюшку Смирнова. Стоит ли объясняться, действительно, с факенами?..

Теперь Лена Волгушева точно знала — работа ей в Америке найдётся, тяжёлая или грязная, которую готов был выполнять социалистический лагерь обедневших стран. И снова Лена Волгушева из обнищавшей России опустится в ад проживания в чужом доме. Но зато потом она будет возвращаться только к себе домой! Ей удалось снять, наконец, по объявлению в русской газете, которую она купила на Брайтоне, маленькую студию в частном доме у американцев. Свой тихий уголок! Студия напоминала вытянутый носок, вход был прямо с улицы, под лестницей. Это называлось вок-ин. И Лена радостно ныряла под лестницу, мгновенно открывая дверь ключом — крохотулька-прихожая, потом кухонная плита и столик для еды. На этом пятка воображаемого носка закруглялась, и дальше вытягивалась его стопа: то есть узкая комнатка, скорее похожая на широкий коридор коммунальной квартиры, но это была всё-таки комнатка, а не коридор, и причём ещё отдельная комнатка и в отдельной, а не коммунальной квартире! Здесь не нужно было бесшумно двигаться, чтобы вокруг не разбудить кого-то из спящих соседских семей — в московской квартире вместе с семьёй Волгушевых проживало ещё целых три семьи! Здесь Лена могла посмотреть телевизор, включив его негромко, по привычке из боязни нарваться на замечания хозяев, супружеской пары средних лет, которые пока, правда, не делали Лене никаких замечаний и, кажется, делать их вообще не собирались, а при встрече награждали Лену радостными улыбками. Лена, русская девушка, держала свою комнатку в идеальном порядке, в чистоте. Она давно вычистила и ванную, и холодильник, и мебель протёрла — ведь всё это было хозяйское! Есть чему радоваться! У хозяев, конечно, имелся свой ключ от жилья, которое они сдавали, и был свой вход в это жильё. И они оценили по заслугам эту русскую чистюлю Лену. Бедноватая, да устроится со временем, платит за жильё пока вовремя. Пусть себе живёт!..

А Лена думала, что теперь может в своей отдельной квартирке принимать душ в любое время суток, о чём невозможно было даже мечтать в московской коммуналке, сидеть в туалете, читая журналы, и главное — у неё теперь был в полном распоряжении целый холодильник, а не только полка в общем для всех соседей холодильнике! Лена отлично помнила, как рад был папа, когда ему удалось достать маленький холодильник «Саратов», который они с мамой поставили прямо в комнате, отдав, к радости соседей, свою нижнюю полку в холодильнике на коммунальной кухне!..

Но радость так же, как и печаль, постепенно проходит и даже забывается. И Лене Волгушевой стало скучно. Как-то одним тёплым августовским вечером она оделась получше, наложила на лицо привычный густой макияж и отправилась на трейне на Таймс-сквер. Лена Волгушева всегда садилась в нью-йоркский, не блиставший чистотой, трейн, подавляя в себе глубокий вздох. Подземные дворцы московского метро вспоминались ей ярко и долго — станции ВДНХ, Новослободская, Белорусский вокзал и другие, другие!.. Не дай бог уронить в московском метро на мраморный выметенный пол фантик от конфетки — сразу над ухом послышится чей-нибудь убийственный издевательский шепоток, а то и властный голосок:

— Вы из какого-растакого медвежьего угла к нам в Москву приехали? Ну-ка, поднимите то, что вы на пол бросили! Вы у себя дома в деревне на пол мусор бросайте, а здесь вам — Москва, столица, граждане!..

Постепенно Лена привыкла к трейну — поезд идёт быстро, не хуже московской пригородной электрички, что намного быстрее, чем московское метро!..

Итак, в тот августовский тёплый вечер Лена быстро доехала до знаменитого Таймс-сквера и побрела по шумному Бродвею, слегка осматриваясь, аккуратно и очень осторожно поворачивая голову по сторонам. Начиналась привычная вечерняя охота в большом городе. Лена видела приодетых девиц вокруг себя — они косились на Лену так же осторожно и тоже аккуратно осматривались по сторонам. Девушки шли с тем же намерением, что и Лена Волгушева. А Лена брела здесь с намерением познакомиться с мужчиной и, по возможности, не отказаться от денежного вознаграждения, если страстный и нетерпеливый кавалер сразу решит пригласить её в номер гостиницы. И Лена не ошиблась — её тихонько и просто пригласил к себе негр из Марокко, упитанный, приятный, надушённый, с седыми височками на вьющихся волосах, сверкающий белозубой улыбкой хорошо устроенного человека! Лена следовала за ним, стараясь не потерять его из виду на небольшом расстоянии — её вполне устраивала цена, которую он ей назвал. Негр жил в отличной гостинице, правда, довольно высоко — на тридцать шестом этаже. Лифт мягко остановился, и Лена вышла — негр нетерпеливо ждал её у самой двери лифта, словно боялся, что русская девушка заблудится, чего доброго, хотя он и назвал ей номер своей комнаты. Негр дал Лене три бумажки по пятьдесят долларов и в шутку отпустил комплимент самому себе — кожа у негров чёрная, но деньги зелёные, как у всех остальных мужчин! И хотя Лену чуть не стошнило от приторного запаха его масляных, сладких духов, она нашла в себе силы улыбнуться его шутке и, оказав необходимые услуги своему любовнику-на-час, быстро покинула отель, не забыв нацепить на нос тёмные очки. Дело было сделано! Удача шла в руки, и Лена была довольна. Она неплохо заработала за часок! Можно было гордиться таким успехом — в свои под сорок она ещё котировалась не хуже других на уличном маркете! А ведь все подступы к Таймс-скверу в этот прекрасный тёплый вечер были просто забиты молодыми красивыми девицами!..

Волгушева стала выходить на улицу каждый вечер, благо стояли хорошие вечера, и погода располагала желающих слегка согрешить к романтическим любовным порывам. Лена старалась, когда стемнеет, проскользнуть мимо хозяев дома мгновенно, торопливо, словно кто-то ждёт её неподалёку в машине, лишь бы хозяева не заподозрили её в чём-то! Супруги-хозяева вечерами восседали на крыльце дома, дыша свежим воздухом с океана. Но они, кажется, совсем не интересовались жизнью Лены, и она исчезала, утешая себя мысленно: «Пусть они думают, что я выхожу из дома такая принаряженная, потому что я встречаюсь с кем-то, хочу выйти замуж — словом, устраиваю свою личную жизнь!» Волгушева бродила по ночному городу, выискивая, словно хитрая лисица, удачные места охоты. Она старалась держаться в районах скопления солидных гостиниц и дорогих ресторанов. Мужчины улыбались ей, делая определённые, ей понятные знаки, и Лене то везло, то совсем не везло. Мужчины умели обманывать! Один, с виду состоятельный дядя в костюме и ковбойской шляпе, задержал её в своей машине всего на десять минут, дал ей мизерные деньги и укатил. Волгушева зареклась отныне идти с клиентами в машины — с хамами лучше не связываться! Настрадавшись в ночах от унижений, Волгушева тихо плакала дома, наслаждаясь врачующим одиночеством в своей комнатке-носке. И в один из вечеров судьба вдруг сжалилась над Леной и послала ей эту неожиданную любовь — немца Вальтера, совсем молодого парня, почти мальчишку! И это было горячее и роковое чувство, потому что Вальтер был молод, а Лена Волгушева совсем не молода! Но она старалась, в силу своего характера, сориентироваться в обстановке и не отчаиваться.

В последнее время в её блудливой московской жизни немцы встречались. Волгушева не отягощала свои отношения с немцами разговорами о войне, хотя они сами частенько пытались что-нибудь высказать на эту тему, чаще всего с сознанием своей национальной вины. Они охотно выкладывали русским девушкам свои немецкие двести марок — сумма для немцев немалая, если учесть, что немцы преодолевали в себе врождённую германскую скупость, извиняясь за грехи своих дедов и отцов, побывавших в России в войну в военной форме со свастикой. Молодой немец, Вальтер, неслышно подкрался к Лене в полутёмном баре в шумной гостинице на Таймс-сквер, где Волгушева, сидя за стойкой, медленно приканчивала свой стаканчик тоника — деньги тратятся, а доходов нет! Ей не везло уже несколько вечеров — юные красотки из разных концов света штурмовали столицу мира — летний город Нью-Йорк! Волгушева переходила аккуратно из одного бара гостиницы в другой, стараясь особенно не мелькать в глазах барменов и разных прочих служителей гостиничного сервиса. В этой гостинице, причём довольно захудалой, по сравнению с остальными, многоэтажными и модерновыми, Лена была впервые. Чёрный атласный пиджак с вышивками и чеканными крупными пуговицами подчёркивал её заметно похудевшую, пухленькую фигурку, и Лена старалась смотреться моложе, как можно моложе, в полутьме старомодного бара, со своей розовой наивной помадой на полных губах и со своим неизбежным перламутровым лаком на ноготках коротеньких пальцев. Но Вальтер объяснился с ней тихо, понятно и просто, выражаясь по-английски примитивными предложениями, чтобы не было сомнений в их доступном каждой женщине смысле. В русском переводе, в памяти Лены, потом возникал примерно такой диалог:

— Я согласен, потому что ты очень красивая. Пойдём к тебе в номер. Скажи, я запомню. Можешь написать мне здесь, на салфетке. Вот ручка. Итак, сколько ты мне дашь?..

— Я не понимаю?..

— Послушай, не будь дешёвой. Я хотел бы триста долларов. Я знаю себе цену и цены в Нью-Йорке. Уверяю тебя, я не беру больше, чем другие парни. Я — как все! Значит, ты согласна? Какой у тебя номер? Ты живёшь одна? Меня зовут Вальтер. Я немец, как ты поняла по моему имени. Я очень аккуратный и чистоплотный, как все мы, немцы. Это наша лучшая природная черта. Идём к тебе? Можно я поцелую твоё очень красивое ушко?..

— Послушай, я не понимаю. Я не живу в этой гостинице!

— Если ты остановилась в другой, скажи, где это. Это прекрасно, что ты не останавливаешься в таких забегаловках, как наш отель! Я тобой просто горжусь, наверное, ты богата! Да, я рад за тебя. Я приду, как только освобожусь. Я здесь, представь себе, работаю. Вот в этом убогом баре, я — и вдруг здесь, да? Но что делать — надо где-то пристраиваться. Я помогаю барменам убирать посуду. Не слишком грязно, и мне за это неплохо платят. Плюс мой личный доход от женщин, которые меня хотят! Ведь я неплохой мальчик, как ты считаешь? Поверь мне, ты тоже не разочаруешься во мне!..

— Ты работаешь здесь? В самом деле, неплохо. И сколько тебе платят за вечер?

— Пару долларов платят, но это, ясно, не заработок для такого парня, как я. Вот у тебя я заработаю, я уверен! Ты увидишь, на что я способен! Я — самый сексуальный парень на свете. Все женщины, которые были у меня, остались мной очень довольны. Нет, скажи, ты мне веришь?

— Конечно, верю. Но мне нужны сейчас деньги. Я русская, совсем не богатая. Я — из России, понимаешь?

— Ты — русская, это я понял. Как тебя зовут, ты не сказала? Из какого ты города?

— Меня зовут Лена. Я из Москвы.

— Москва, это, кажется, столица России? Неплохо! Послушай, я ещё ни разу не имел дело с русскими девушками. Я больше имел дело с итальянками, но многие немцы говорили, что русские женщины самые красивые в мире! Наши немцы Россию знают, ты помнишь? Мы вели в России войну! Впрочем, итальянками я доволен. Они платят мне хорошо. Я — их любимый бамбино, я — их медовый мальчик! Ты веришь мне, Лена?

— Конечно, верю!..

— Они в восторге от меня! Они покрывают меня поцелуями с головы до пяток. Ты мне веришь, Лена? Они меня просто готовы съесть, такой я сладкий!

— Ты, наверное, страстный, Вальтер?..

— Ещё бы! Да, я очень страстный. Увидишь. Короче, сейчас иди к себе и жди меня. Давай свой адрес. Какой у тебя отель?

— Я не в отеле живу. Я квартиру снимаю.

— Далеко?

— Далеко. В Бенсонхерсте.

— Это и вправду далеко. Но мне это всё равно, раз ты мне нравишься. Однако мне придётся заплатить за такси. На какую сумму я могу рассчитывать? Ведь я потрачу деньги, которые ты мне дашь, за такси туда и обратно. А я хочу заработать у тебя никак не меньше трёхсот долларов! Ладно, я не дешёвый парень. Но могу я всё-таки надеяться, что ты подаришь мне хотя бы двести пятьдесят зелёных?..

— Я?! Тебе?! Двести пятьдесят долларов?! За что?!

— За любовь! За мою любовь к тебе на этот вечер. На ночь я не смогу остаться, да и за целую ночь всё-таки платят больше. А у тебя, ты говоришь, денег немного. Я не удивляюсь. Ты из России. Мы в одинаковом положении, хотя твои русские победили нас. Да, мы оба с тобой представители разорённых войной наций! Мы теперь равные, немцы и русские, в этом холодном мире!..

— Разве равные? Слушай, отойди от меня. Я, наконец, тебя поняла. Но ты всё-таки парень, а я — девушка. Тебе всё равно легче тут работать. Как думаешь, почему я здесь сижу? Пора тебе отойти от меня. Ты мне мешаешь работать!..

— Извини, Лена. Я, конечно, сейчас отойду. Во-первых, мне нужно убирать посуду. А во-вторых, чтобы ты меня простила за то, что отнял у тебя твоё драгоценное время работы, я принесу тебе второй бесплатный дринк. И сиди, пожалуйста, работай. У нас бар старомодный, но работать тут можно свободнее, чем в других местах. Я это по себе знаю! Я тоже постараюсь наверстать своё время. Как тебя зовут на работе? Знаешь, имя лучше заменить. Русское имя слишком заметно. Можно называть тебя Лолой?

— Да, Лола — красивое имя. Насчёт имени я как-то не подумала. Ты прав. Пусть будет Лола.

— Прекрасно, Лола! Ты выглядишь — просто блеск! Сейчас я принесу тебе дринк. Ликёр пьёшь? Очень вкусно. Русские любят амаретто. Тебе со льдом?..

Вальтер принёс ей амаретто со льдом в массивном широком стакане. Волгушева Лола пригубила стакан, осторожно разглядывая издали Вальтера. Он выглядел очень эффектно в этом тёмном баре. Удачно выигрывала его чистая белая рубашка с расстёгнутым воротником, из-под которого вытягивалась стройная шея с тоненьким острым кадыком. Худощавый и высокий блондин, в полутьме он казался ещё моложе своих лет. Глубокая чёткая ямочка разрезала на две части его довольно широкий упрямый подбородок, и явно короткий для его высокой фигурки чёрный бархатный жилет открывал чересчур гибкую для парня талию. Вальтер был одет в чёрные брюки, в чёрные туфли — костюм бармена или официанта. Служитель бара. Но ещё кто?..

Волгушева задумалась. Она слышала в Москве от Гриши Семёнова, что есть такое в мире — мужской эскорт-сервис. Но до сих пор она ни разу не встречалась ни с кем из его представителей. Хотя, возможно, она просто не догадывалась о роде занятий иных мужчин, сидящих в баре. И вот такая встреча с этим немцем! Волгушева думала: «Значит, не только мы, девушки, продаёмся, но и мужики тоже. Гриша сказал правду — парни продаются, да ещё подороже, чем девчонки. Вальтер попросил триста долларов! Неслабо. Хотя парням заниматься сексом с каждой дурой, готовой заплатить, наверное, гораздо труднее, чем нам — полежать часок с идиотом!» Волгушева даже поёжилась, как будто снова ощутив на своём лице сладкое дыхание чёрного марокканца. Иногда и часок покажется вечностью! Между тем Вальтер энергично сновал между высокими стойками бара, собирая пустые бокалы на круглый поднос. Потом он унёс поднос куда-то в глубины выхода из бара, вероятно, на кухню. Но перед тем, как исчезнуть, он ловко выхватил с подноса наполовину недопитый бокал со светлым вином и пристроил его на одном из пустых столиков. Потом он вернулся в бар, быстро подхватил прибережённый бокал вина и, поигрывая ножкой бокала, покачал его между пальцами полусогнутой правой руки. Левой рукой он проворно выпустил из-под жилета золотую довольно длинную цепочку, и она заструилась игривой линией по чёрному бархату. За столиком в углу, у синей шёлковой шторы, раздался одобрительный нетрезвый смешок. Полная женщина, едва уместившая голые плечи в узкие зелёные лямки сверкавшего платья, громко крикнула:

— Чао, бамбино!..

«У него здесь, кажется, уже своя фирменная клиентура, — невольно сообразила Лена. — Наверное, итальянки передают своего бамбино из рук в руки».

Вальтер присел за столик к итальянке. Волгушева отвернулась. Потом обвела глазами бар. Клиентов явно не было. И даже не намечалось — сидели почему-то одни питейные компании. Или русской Лоле так показалось, или она была не в рабочем настроении сегодня, и её обычная, рассеянная, но ласковая улыбка слетела с накрашенных губ. Волгушева решительно встала и пошла на выход. Но на выходе она не удержалась и оглянулась — Вальтер сидел с итальянкой в зелёном платье и смеялся вместе с ней над чем-то. Безудержно смеялся! Толстуха тоже ржала во всю глотку, но Лена вдруг поймала на миг горячий, мрачный взгляд Вальтера. Волгушева выскользнула из бара, и мороз пробежал по её спине.

«Это ужасно! — хотелось крикнуть ей на всю улицу. — Эта дура не соображает, с кем она имеет дело! Ведь он ещё мальчишка! А она — старая толстая ведьма! Каракатица несчастная! Болотная жаба! Подумаешь! У неё есть деньги! Она, может быть, английская королева? Да куда ей со свиным рылом в калашный ряд! У нас в Москве ребята из органов взяли бы её под белы ручки да туда бы, в „чёрный воронок"!..»

Волгушева быстро шла по улице, ещё дышавшей остывающим жаром позднего летнего вечера. Внезапно чьи-то холодные пальцы сжали её ладонь.

— Это, конечно, я и только я, — сказал Вальтер. — Мы сейчас поедем ко мне. На сегодня я свободен!

— Но итальянка?..

— Она слишком много выпила. Я не имею дела с такими пьяными женщинами.

— Послушай, Вальтер. У меня нет денег. Ты напрасно рассчитываешь на меня!..

— Нет, я не рассчитываю больше на тебя. Ты сегодня просто будешь моей девушкой, ты мне веришь? Я тебя люблю — это так по-русски? Видишь, я сказал. Теперь — ты со мной. Сейчас — ахтунг! Внимание! Эй, такси! Я живу недалеко, но мы оба устали, и лучше нам вообще сейчас быть незаметными и скрыться в такси! Эй, такси! Нам повезло, вот машина! Садись!..

— Но я слишком старая для твоей любимой девушки, — грустно сказала Волгушева ему в такси.

— Я тоже старый. Мне тридцать три — возраст Иисуса Христа! Я думаю, ты старше меня на один-два года...

Он безусловно врал — ему не было больше двадцати семи. Лена Волгушева со своим намётанным глазом продавщицы редко ошибалась в предполагаемом возрасте человека. Но она не стала продолжать этот разговор — пусть Вальтер думает, что она моложе своих лет. Каждой женщине это приятно — быть всё ещё молодой!..

— Ты должна позабыть обо всех своих проблемах и подарить мне этот вечер целиком и полностью. И думать только обо мне, только обо мне единственном! Ты согласна на такой вечер любви, Лена?

— Пусть будет по-твоему, Вальтер, — отвечала Волгушева.

Она любила его уже тогда! Она втюрилась в него просто по уши.

И он понял это.

— Я живу очень близко, всего шесть кварталов отсюда. Ты не успеешь соскучиться, — сказал Вальтер, приникнув к её губам в жарком поцелуе...

* * *

Вальтер жил недалеко, в небольшом четырёхэтажном здании, затерявшемся в неухоженной, безлюдной, перепутанной паутине пыльных коротких улочек. Вход в здание без лифта, где Вальтер снимал квартиру на третьем этаже, был со двора.

— Какая крутая лестница! Я даже задохнулась, пока поднялась! — сказала Лена.

— Жаль, что лифта нет, — согласился Вальтер. — Но здание маленькое. Здесь с лифтом квартиры были бы дороже. Я плачу за свою квартиру совсем немного.

— Интересно, сколько?

— Четыреста долларов. Включая свет и газ. За телефон я, правда, плачу отдельно. Но гнёздышко у меня замечательное — вот увидишь! Входи!..

Лена робко перешагнула порог квартиры, а Вальтер пошёл дальше, быстро щёлкая выключателями. Лена замерла в прихожей. Куда она попала? В артистическую уборную, за кулисы театра или прямо на сцену? Или снова в мастерскую художников, как в Москве, где она бывала со своим незабвенным Кирюшкой Смирновым, имевшим приятелей в самых разных кругах московских жителей?..

Так или иначе, но богемная обстановка начиналась в этой квартире с прихожей, совсем как театру надлежит начинаться с вешалки, как говорил о том Константин Сергеевич Станиславский, утверждая высокий момент истины в искусстве и в существовании живучей, неунывающей богемы. Над головой Лены свисали с потолка прихожей ажурные алюминиевые цепи, окружавшие причудливый фонарь, напоминающий о дореволюционном русском Петербурге или о вечно прекрасной Венеции, к счастью, отнюдь не разрушенной пролетарской революцией рабочих и крестьянских масс. Там же, под потолком, но в осязаемой зоне зрителя, висел ощутимых размеров деревянный парусный корабль. Кругом на стенах разместились африканские маски, на полках устойчивой резной этажерки стояли причудливые бутылки из-под вина с прихотливыми наклейками. В пузатых фляжках, оплетённых соломой, и в широких стеклянных зеленоватых пробирках торчали там и сям страусиные перья. На кухне, оказавшейся проходной в комнату, над плитой растянулся «Весёлый Роджер» — чёрный пиратский флаг. В квадрате освещённой комнаты красиво разместился изрядно потёртый кожаный тёмный диван, придававший обстановке ещё более старинный, полузагадочный вид. Было и плюшевое коричневое кресло, и жёлтое одеяло с мексиканским рисунком — всё в пальмах и разноцветных сомбреро, рваное, но зато с длинной бахромой. Одеяло было небрежно наброшено на небольшой тёмного дерева топчан. На журнальном столике в пивной кружке, впаянная в воск на дне, сияла яркая пышная шёлковая роза. И кругом висели и стояли какие-то медные чеканки, картины, изображающие лошадей и всадников на них. Особенно выделялась крупными размерами висевшая над креслом фотография чёрного пуделя с милыми преданными собачьими глазами. Рыжий обшарпанный крашеный пол был удачно прикрыт мягким ковром, тоже бывалого, изрядно вытертого вида, и золотой напольной вазой в углу, высокой, с крупными бутонами цветущей японской вишни из накрахмаленного тугого коттона. И снова с потолка в комнату низко свешивался сероватый круглый японский светильник — настоящий, расписанный иероглифами, бумажный абажур. И снова книги — на столиках, перед зеркалом, на полках, у телефона, всюду книги, журналы, книги!..

— Это восхитительно, — сказала Лена, — это просто по-настоящему здорово! Это очень красиво!..

— Но это очень микс, хотя и красиво, — сказал Вальтер. — Это коктейль из разных стилей. Но в общем неплохо. Тем более что я здесь живу!..

— Эти вещи — обстановка, это всё твоё? — уточнила Лена.

— О, нет, ты слишком переоцениваешь мои материальные возможности. Это вещи дизайнерские. Это квартира американской художницы, довольно состоятельной персоны. Она и сдала мне пока, на время своего отъезда, эту комнату. Здесь жил также её сын, который тоже метил куда-то дизайнером в Голливуд. Этот сумасшедший сейчас умотался из Америки крутить свой дизайнерский манки-бизнес, допустим, на Карибские острова. Так, по крайней мере, думает его мать. Она тоже совсем сумасшедшая, ищет его по всему миру! Муж её был пожарным и погиб незадолго до выхода на пенсию. Она рехнулась сразу на этой почве. Но город пожалел её и платит в этой квартире-студии за свет и газ, предоставив льготную программу вдове. Но вдова не бедная! Она путешествует, носится за своим сыном-бродяжкой и пьяницей и пока сдала квартиру мне. Я сумел ей понравиться, и она пожалела меня. Надо уметь нравиться людям — я умею! Потому я здесь живу.

— А если она найдёт сына?

— Пусть попробует найти! Впрочем, тогда они вернутся сюда, пожалуй, вместе, а я подыщу себе подходящее жильё и перееду куда-нибудь отсюда!

— Когда же они могут вернуться, Вальтер? Здесь так хорошо!

— Они могут вернуться в любой момент, как только найдут друг друга. Но зачем об этом нам с тобой думать? Тебе, значит, нравится у меня?

— Да, очень! Безумно нравится! Здесь — как в театре!

— Я тоже очень рад, что тебе здесь нравится. Сейчас я угощу тебя холодным кофе. Здесь немного жарко, но можно включить кондиционер. Пива хочешь? У меня, разумеется, есть наше отличное немецкое пиво.

— Лучше холодный кофе. Он так бодрит!

Вальтер послушно принёс две баночки холодного кофе, себе и Лене.

— А теперь, моя дорогая Лола, — сказал Вальтер с улыбкой, глотнув кофе, — мы приступим с тобой к нашему профессиональному делу! Не так ли?..

Кожаный диван оказался раскладным. Лена ушла от Вальтера только к обеду следующего дня — она крепко заснула на рассвете. Она покинула квартиру, захлопнув дверь, по просьбе Вальтера, и оставив ему записку со своим телефоном. Он оставил выбор за ней, за Леной, — он не спрашивал заранее её номера. Вальтер ушёл раньше по своим делам, и Лена сделала свой выбор. Она будет встречаться с ним. В его записке, оставленной для неё, он сообщил ей целых два номера его телефонов — домашний, этой богемной квартиры, и номер личного селфона.

Так началась их любовь — между ними всё было хорошо. Они встречались и звонили друг другу. Вальтер оказался опытным мужчиной. И Лена Волгушева очень привязалась к нему. Как говорится, и душой, и телом!..

* * *

Но положа руку на сердце — что это значит для русской девушки из бывшего СССР, привязаться довольно крепко хотя бы и к культурному, чистому, вежливому иностранцу? Всё равно образуется ощутимая брешь — не с кем послушать славных песен Владимира Высоцкого, некому рассказать многогранный закидистый анекдот про Василия Ивановича Чапаева, Петьку и Анку, а уж про чукчу иностранцы вообще бывших советских анекдотов не поймут! Например, как чукча поступал учиться в Литературный институт имени Горького в Москве. Все не-иностранцы, простые бывшие советские люди это понимают, как он поступал.

— Чукча, вы хотите быть нашим студентом? А вы Пушкина читали?

— Нет, чукча Пушкина не читал!

— Ну, а Лермонтова вы хотя бы в руках держали?

— Нет, чукча Лермонтова за руку не держал!

— Ну тогда хоть Льва Толстого вы читали? Конечно, читали?

— Нет, Льва ни толстого, ни худого у чукчи нет. У чукчи только олень! И чукча не читал! Чукча ничего не читал! Зачем такой трудный вопрос чукчу спрашивать? Чукча — вовсе не читатель. Чукча — писатель!..

И ведь как не хватает иногда в русской речи этого крепкого русского словца, которым восхищался ещё Николай Васильевич Гоголь! И потому, наверное, так далеко от других стран улетела специфическая быстрая русская тройка, по такой заковыристой дороге ускакала, что только и найдёт, куда она умчалась, именно и только он, советский наш сообразительный и дружный народ, бывший строитель социализма и коммунизма! Вот потому, наверное, в русском районе Брайтона оно слышно часто, это беспутное, но точное до боли:

— Эй, бля! Да ведь это Димка, дружок мой, кореш! Ох, бля, Димыч! Это же сколько мы с тобой годов не виделись? А ведь ты не изменился ни капли! И седых волос не много! Да нет, ему ещё только двадцать лет, как на первом курсе! Глянь на него, Аркаша! Я тебя с ним сейчас познакомлю — это Димыч из нашего политеха! Это, брат, Аркаша, свой, до гроба свой в доску парень! Его хоть под пытку подведи, хоть к стенке поставь — из него лишнего слова не выдавишь! Он сроду друга не выдаст, не продаст! Только вот женщины, его, пожалуй, не понимают. Но и женщин я сейчас организую — они его оценят и поймут! Хотя бы здесь, наконец, в Америке! Эй, девушка! Подойдите, пожалуйста, к нам. Перед вами стоит золотой, по-настоящему золотой парень! Я вам правду говорю. Посмотрите, это — Димыч! Уникальный инженер из уникального Т...го политеха! Не уходите от нас — я вас не отпущу!..

— Но что вам от меня нужно?

— Вообще, Димыч, ты не находишь, что это странный вопрос? Ребята! Что нам вообще бывает нужно от женщин? Ну, немного ласки, немного внимания! Вот и всё! Димыч! Что тебе ещё нужно от такой приятной и красивой, даже очень красивой девушки? Как вас зовут, кстати?

— Меня зовут Лена. Ох, отстаньте от меня!

— Да не отстанем! С нами Димыч! Сейчас вы идёте с нами, девушка, Леночка. Потом вы идёте с ним! Идёт! Он помогал нам учиться, Димыч. Объяснял трудные вопросы, которые мы не рубили. Хотя я учился на простой автоматике, а он, Димыч, на номерной...

Так он и попал к ней, этот положительный Димыч! Не стоит ломать русскую компанию, если она возникает даже спонтанно — нет, не стоит! А Лена Волгушева стосковалась по русской компании. Они пошли в этот вечер в вареничную, ели русские вареники с творогом, вишнями и картошкой, кутнули. Выпили. Он казался в компании разговорчивее, этот положительный Димыч, обыкновенный, в потёртых джинсах, худощавый, за сорок лет, сероглазый мужчина. В конце вечера два его приятеля ушли, а Дима остался с Леной Волгушевой. Вдвоём они продолжили этот маленький кутёж в молчаливом согласии, пили кофе в кафе «Арбат», ели пирожные. Потом Дима сказал:

— Похоже, Лена, придётся нам податься к тебе. Завтра у меня выходной день, но я тебя никуда, в отель или к себе, например, пригласить не могу. Я снимаю угол в комнате у одного знакомого. Устал я после работы. Мою встречу с тобой вроде бы судьба рассчитала — я на Брайтон случайно забрёл. У меня с собой хорошая кассета Володи Высоцкого есть. Хочешь, послушаем? Здорово он поёт «Охоту на волков»! «Sony» у меня с собой тоже всегда, в сумке. Давай карсервис брать. Я заплачу, естественно...

Дима возил за собой небольшой чемоданчик на колёсиках. И они взяли карсервис до американского дома, где Лена Волгушева снимала квартиру. Было ещё не поздно, хотя и стемнело порядочно. Хозяева удобного жилища Лены, её тихой спасительной обители, как всегда, сидели на крыльце. Но Лена Волгушева ничуть не смутилась. Наоборот! Они с Димой говорили по-русски, с шофёром машины тоже шутили по-русски, расплачивались, громко считали деньги, смеялись и приглашали не в гости, а сразу на свадьбу. И американские хозяева вдруг спустились со своего крыльца и подошли прямо к Диме. Хозяин протянул ему руку:

— Хелло! — сказал он приветливо. — Хелло!

Дима спокойно пожал ему руку и представился:

— Май нейм из Дмитри. Ай эм рашен.

Хозяйка заулыбалась — супружеская пара переглянулась между собой. И они тут же удалились к себе в дом со своего насиженного крыльца. Удалились с явным облегчением для их подозрительных, хотя и скрытных американских душ! Вероятно, они пришли к выводу, что русская жиличка гуляет со своим, русским, и это очень правильное решение с её стороны. Вполне серьёзный мужчина из её же страны! С таким бойфрендом, пожалуй, осложнений у неё не будет. Он удержит её при себе! Она не будет теперь исчезать по вечерам на долгое время! Над женщиной всё-таки нужна мужская твёрдая рука.

«Как хорошо, что я привела его сюда! — радостно думала Лена. — Как мне повезло! Теперь хозяева ни в коем случае не заподозрят меня в моих вечерних занятиях! Ведь я исчезаю из дома не днём, а каждый вечер. Они понимают, что я не работаю! Спрашивается, на какие средства я существую и плачу за квартиру? Теперь они решат, что это, конечно, Дима мне подкидывает деньги на жизнь. Вот кто прикроет меня, пока я снова пойду куда-нибудь мучиться в бебиситтеры».

Оно и вправду так угодно было судьбе, встретиться с Димой, одетым, кажется, навечно в клетчатую рубаху. Правда и то, что Лена Волгушева встречалась с Кирюшкой Смирновым, простым рабочим парнем, и правда то, что он был хотя и обыкновенного роста, но зато пижон, носил модные курточки и узкие джинсы в обтяжку. У себя на работе, на заводе, он выглядел совсем по-другому, этот Кирюшка, и это тоже законченная пролетарская правда! Лена вспоминала, как однажды она взяла отгул в универмаге вместе со своей тогдашней подружкой Наташей Солнцевой (она тоже работала в то время в универмаге), и они поехали на трамвае к Кирюшке Смирнову, прямо на завод, по адресу, который Кирюшка однажды дал Лене. Лена решила познакомить Наташу с Виктором, другом Кирюшки, тот работал с ним в одном цехе. На самом же деле можно было позвонить, условиться о встрече, но Лене вдруг захотелось увидеть Кирюшку именно на работе (мама видела в каждом парне проходимца, и в сердце Лены брызнул кровью фонтанчик сомнения — что если Кирюшка просто вор или, например, главарь воровской банды, или ещё страшнее — вор в законе — отсюда и деньги!). В общем, долго они с Наташей Солнцевой ехали на трамвае на этот знаменитый московский завод. Пересели на метро, потом ещё на троллейбусе катили, наконец доехали. А потом стояли на проходной завода как дуры, хихикали, причёсывались, красили губы — словом, ждали парней, которых попросили вызвать из цеха по срочному делу. И парни вышли, перепачканные машинным маслом, в рабочих спецовках. Нет, мама была не права! Лена даже не сразу узнала всегда весёлого Кирюшку в этом серьёзном рабочем, с каким-то инструментом в кармане спецовки. Парни смотрели на девок с недоумением — ополоумели они совсем, что ли, в своём магазине? Да ведь завод — это не ушлый карнавал универмага! На завод каждого не пускают! И кто, спрашивается, просил сюда приходить? Да и проходная завода — это тоже не парикмахерская! Завод — это настоящая серьёзная работа, девчонки!..

Потом Кирюшка улыбнулся как-то виновато — мы, мол, заняты, сейчас не до вас! Хотя, конечно, жаль! И друг его, Виктор, тоже улыбнулся. Условились вечером все прийти на Красную площадь к кинотеатру «Зарядье». Постояли минут пять, и парни ушли, скрылись в недрах завода. Не побежишь за ними.

— Что здесь за шалавы приходят к нашим парням? — вдруг прозвучал на проходной женский голос. — У нас девушки свои есть на заводе. Серьёзные!

И тогда они убежали поскорее с этой проходной, Лена с Наташей. До самой троллейбусной остановки бежали, как будто гнался за ними кто-то с проклятой проходной, как из преисподней, стараясь оглушить их по голове, словно тяжёлой кувалдой, своей рабочей гордой доблестью. Парни не пришли в тот вечер к кинотеатру «Зарядье». Лена и Наташа напрасно ждали их до окончания самого последнего сеанса. Кирюшка позвонил Лене на следующий день и объяснил, что их с Виктором оставили работать в ночную смену. Потом они заявились вместе, Виктор с Кирюшкой, в универмаг, сводили девчонок в кино. Какой был хороший вечер тогда! У Наташи с Витей всё вышло хорошо — они поженились. А у Лены с Кирюшкой так ничего и не получилось. Возможно, мама была на этот раз права — он выписал свою жену с сынишкой из Саратова, этот Кирюшка Смирнов, как только получил, наконец, московскую прописку от завода и встал на очередь на квартиру в микрорайоне. Но долго ещё мерещилась Лене та заводская проходная, которая, может быть, и вывела Кирюшку в люди, как поётся о том в песне, но вряд ли сделала его счастливым, своего передовика производства! И долго снился Лене тяжёлый сон, и этот дурной оклик о «шалавах», и Кирюшка в этом сне гнался за кем-то с кувалдой, бил кого-то на своей заводской проходной! Лена просыпалась — никого не было рядом. Иногда Наташа Солнцева звонила ей. Она сменила фамилию после замужества — из Солнцевой стала Блохиной. Но это не смущало Наташку — счастье в виде Виктора Блохина, который оказался преданным и внимательным мужем, согревало её в своих лучах.

Но так угодно было судьбе! Лена Волгушева, бывало, здесь, в эмиграции напевала популярную песню, собираясь вечером в бар:

…ту заводску-у-ю-ю проходну-у-ю,
что в люди в-ы-ве-ела меня!..

Подводя итоги, Лена радовалась, что в трудных обстоятельствах её эмигрантского жития-бытия возник этот очень полезный ей человек — Дима из легендарного политеха. И Лена старалась сделать его беседы с ней интересными.

— Дима, что ты молчишь?..
— Я слушаю!
— Дима, рассказал бы ты что-нибудь замечательное. Любопытное! Чтобы мне стало интересно!
— Что, Лена, такое тебе рассказать, чтобы тебе стало интересно? Не представляю себе…
— Вот расскажи мне, Дима, про свою работу. Ты ведь любишь свою работу, да?
— Про какую работу, Лена? Про свою инженерную — не могу. Это секреты государства. Про такси — уже рассказал. А про нынешнюю работу что рассказывать? Ну, ремонтируем дома.
— Вот, расскажи. Как ремонтируете?
— Как ремонтируем? Да просто, Лена. Ломаем, красим. Вставляем окна. Двери навешиваем. Пыль, грязь. Вот и вся печаль.
— Дима, тебе надо идти на такси!
— Лена, зачем мне сейчас на такси? Я здесь пока что в покое. Никакой мужик мне под колёса не свалится! Стройка — она и есть стройка!
— Да ведь на стройке никогда и никому сроду не нравилось!
— Лена, разве я сказал тебе, что мне сроду на стройке не нравилось? Нет, вот в стройбате нашего политеха мне очень даже нравилось!

— Почему тебе там нравилось?

— Потому, что там друзья все мои были, то есть вся наша общага в стройбате работала! Все наши парни, с которыми я вместе учился и вместе жил в общаге!

— Вот Дима, расскажи, как ты жил в общаге!

— Да всё рассказывать — надо язык без костей иметь, Лена! Общага и жизнь в ней — это целая эпоха! Это, можно сказать, почти то же самое, что лицей в жизни Пушкина. Такой была жизнь в общаге для многих наших парней. И для меня.

— Но ты вспоминай и рассказывай, Дима!..

Из воспоминаний Димы о жизни в общаге политеха

...У нас в общаге было три этажа — здание было вытянутое, большое, но всего лишь трёхэтажное. Комнату, в которой я жил, мы назвали «двойная шестая», потому что на самом деле это была шестьдесят шестая комната. Поселилось нас в ней пять человек, как и было то комендантом общаги рассчитано. Лишних коек не было, но мой друг Сеня Вайсман, который жил у себя дома и к нам в общагу обычно приходил к вечеру, иногда оставался у нас ночевать, особенно в сильном подпитии. Он не хотел показываться на глаза своим родителям в эдаком виде, и мы ставили для него раскладушку посредине комнаты. Надо сказать, что у нас было довольно тепло, особенно холодной комната наша не считалась, как это было у других ребят. На нашем третьем этаже поселилась почти вся наша номерная группа. Только двое парней из нашей группы стали жить отдельно на втором этаже в маленькой комнатке всего на двоих, которая была расположена в небольшом закутке коридора и выходила окнами во двор. Ох, и тихо было у них по этой причине! Запросто можно было выспаться утром, никакого шума троллейбуса или сирен «скорой помощи» прямо под окнами! Эти два парня были украинцы с очень смешными фамилиями — Остап Подопригора и Глеб Поросёнок. Мы прозвали их «наши хохлы». Глеб был обрусевший украинец и по-русски говорил чисто, хотя по-украински здорово понимал и, бывало, запросто шпарил по-ихнему с Остапом! Подопригора был чистокровный украинец, то есть поступивший учиться в наш легендарный политех парень с Украины, выбравший себе нашу специальность. Он говорил на адской смеси украинского и русского языка, вступительное сочинение в политех написал по-украински, но блестяще выдержал экзамены по математике и физике и был зачислен в студенты. Когда Остап Подопригора начинал говорить на своей смеси двух славянских языков, слушателя рано или поздно разбирал неизбежный смех. Мне кажется сейчас, что Остап Подопригора великолепно знал это и нарочно, с некоторой хитростью, подчёркивал свой акцент. Со временем Остап Подопригора стал заведующим кафедрой гражданской обороны в одном хорошем институте на своей родной Украине, хотя по своей номерной специальности на работу так и не попал. Но личное обаяние, вызывавшее всеобщие симпатии, всё-таки вытолкнуло его из толпы вперёд. Уметь надо!..

Словом, наши хохлы очень быстро стали в общаге прекрасным объектом самых разных дурацких шуток из-за своих нелепых украинских фамилий. Позже мы поняли, что таковым было решение деканата — поселить ребят вместе и хотя бы немного подальше от общей группы. Им доставалось! Чтобы не было смеха на лекциях, наши преподаватели стали через какое-то короткое время называть Остапа просто Горой, изменив таким образом в устной речи его фамилию. Что касается Глеба, тот не растерялся сам и, по-видимому привычно, а не впервые в жизни, начал поправлять преподавателей, силившихся прочитать его фамилию вслух:

— По-ро... — начинал было преподаватель, выясняя посещаемость группы.

Глеб немедленно вскакивал со своего места и быстро говорил:

— Моя фамилия — По-ро-се-нóк Глеб! Запомните, пожалуйста — Поросенок. Совсем нетрудная фамилия!.. С ударением на последний слог!..

Но уже в первые недели занятий нам в группу принесли на подпись какие-то анкеты из деканата, и кто-то из парней, раздавая нам листы анкет, случайно увидел в анкете правильную фамилию Глеба — кажется, это был Серёга Бубликов. Он учился не в нашей номерной группе, а на общем курсе автоматики, но в первые месяцы очень суетился в деканате, выказывая свою готовность помогать в бумажных делах. Позже, когда выяснилась его плохая успеваемость, ему уже заказана была дорога в деканат! Итак, Серёга глянул в анкету и отлично разглядел две круглые, ясные, старательно поставленные точки над русской буквой Ё, и это означало, что фамилия Глеба была Поросёнок! И сразу покатились по всей общаге дурацкие шутки. Даже Серёгу Бубликова, которого тоже успели наградить прозвищем, данным по фамилии, Бубликом, парни словно начисто забыли! Да ведь это просто анекдот — двое в одной комнате, из которых один — Подопригора, а другой — Поросёнок! Да ещё и оба — хохлы!.. Вскоре любимой шуткой в общаге стало следующее: надо было ворваться к хохлам в комнату, которую они никогда не закрывали на ключ, даже на ночь, если были дома, утром в воскресенье, этак часов в десять, когда Остап, который был не дурак всхрапнуть, уже успел проснуться, но был ещё сонный, а Глеб потягивал себе припасённый втихаря стаканчик пива, опохмеляясь после вчерашней субботней нагрузки, — и вдруг заорать что есть мочи, пугая, в основном, довольно заводного Глеба:

— Это у вас на хуторе решили подпирать забором гору и откармливать хлебом жирного-прежирного поросёнка? Признавайтесь, так вашу мать!!!

— Щас убью всех! — едва проговаривал Глеб, ещё не преодолевший окончательно вчерашнее горячительное. — И пусть-ка меня потом судят! Разэтак вас всех!..

Но Остап Подопригора был добродушный парень. Черноволосый и коренастый украинец, он мгновенно садился на своей койке, если ещё лежал, или быстро подходил к шутнику, если уже был одет, и отвечал вразумительным своим обычным густым баритоном, ничуть не повышая голоса:

— Та тикайтэ вы, хлопцы, до сэбэ, то прямо в той номерни этаж, та прямо в тэ номерни червони тры русских буковки! Зато як схлопочешь по шеям в тим украинським в хутори, то свою ридну мову забудэшь, а буде тож по украинський наший мови шпарыты!.. Эх, людыно ты, людыно моя, башковита, як моя задниця!..

У нас на третьем этаже, в туалете, каким-то неизвестным обитателем общежития, отстрадавшим здесь своё до нашего поселения, было старательно и ровно выведено красной краской очень известное то самое русское словцо из трёх букв!..

Глеб Поросёнок был довольно щуплым и невысоким парнем, хотя в шутках его внешность варьировалась: поросёнок на хуторе был то розовый, то жирнющий, то во какой! — при этом шутники показывали размеры воображаемого животного как угодно! Но симпатии к Остапу на Глеба распространялись тоже, хотя Глеб не выносил критических замечаний по поводу своего поэтического таланта. Глеб писал какие-то стихи, бойко бренчал на гитаре разные песни. Гитара у него была хорошая, он привязал большой голубой бант на её грифе. Возможно, Глеб был когда-то гомосексуалист, когда-то случилось с ним такое! А может, просто так — любил голубой цвет и потому привязал голубой бант на гриф гитары и ходил зимой с голубым шарфом на шее. Во всяком случае, Глеба любили не без повода — он был артистичный парень, с большими серыми глазами при тёмных волосах. Однако его непомерная тяга к спиртному и явно завышенное самомнение о собственной персоне толкало нас к ещё более лихим шуткам.

Бывало, что кто-нибудь из шутников спускался утром в воскресенье на второй этаж и, прежде чем войти к хохлам в комнату, делал вид, что с кем-то разговаривает, отыгрывая разными голосами, вроде: «А вы уверены, что это он? Неужели наш Глеб? Вот это да! Он, конечно, приедет на этот конкурс! Обязательно! Он у нас вообще огромнейший талант! Я сейчас ему всё сообщу и вам позвоню! Ой, вы торопитесь! Нет, зайдите сами в комнату! Да, я позвоню!..»

На этом шутник вбегал в комнату.

— Глеб! Глебушка! — возбуждённо выговаривал он. — Ты слышал, нет? Объявили конкурс на радио на лучшее исполнение бардовской песни! О тебе слышали, ты понимаешь? Приходили, приглашают принять участие! Нет, ты уже протрезвел? Я серьёзно! Конкурс объявили!..

— Какого чёрта? Какой конкурс? — не выдерживал, наконец, Глеб.

— Ну я не знаю!.. Просто такой вот, понимаешь! Конкурс!.. — тянул шутник.

— И что я должен сделать? — вдруг решительно спрашивал Глеб. — Ну, допустим, они обо мне слышали наконец, в чём я никогда не сомневался! Ну, услышали! И что теперь?..

— Ты должен спеть песню! — заявлял шутник.

— Яку писню?! — не выдерживал Остап. — Он спивает яку хочешь писню, то украинську, то руську. Яку же писню такую?

— Да песню известную! «Не было пича-али, купила-а баба по-ро-ся!!!»

На этом шутник прыскал смехом и проворно убегал за дверь. Подопригора выходил за шутником в коридор. Здесь он произносил снова вразумительно и спокойно, безошибочно зная, что шутник находится где-то недалеко и преотлично его слышит:

— То людыно моя, башковита! За ти шутковинки-то схлопочешь у мэнэ по шеям на тим конкурси! То побачишь у мэнэ скорэнько!..

Эта шутка про конкурс была немного замысловатой, но понятной для посвящённых в мужские тайны. В общежитии девушек жили две подружки, две Ольги, Ольга Баба и Оля Клубничкина, которую нередко называли Клубничкой. Ольга Баба, тоже с дурной фамилией, откровенно заглядывалась на Глеба. К тому же у неё был хороший голос, и она знала пару украинских песен. Она предлагала Глебу выступить дуэтом, например, где-нибудь на конкурсе. Для красоты и чтобы её не путали с подругой, она стала называть себя Алёна Баба, с проверенным, выручающим всех из фамильной нелепицы, ударением на последнем слоге. Ольге Клубничкиной повезло больше — она была и красивей своей довольно обычной по внешности русой подруги, и с фамилией нормальной. Клубничкина была эффектная девушка с отличной женской фигурой. Правда вот, училась она плоховато при отличнице-подруге Алёне.

Однажды наши подружки забрели в комнату к хохлам на чай. Дело было довольно позднее — девять часов вечера. Вышла из этого целая история, потому что верно сказано — каждый понимает всё в меру своей испорченности. И ревности — я бы добавил! Глупой ревности! Совершенно необъяснимого, хотя и очень мужского чувства!..

...Остап Гора был совсем беззлобный, и уже через пять минут совершенно забывал, кто именно шутил... Он охотно угощал нас салом, которое ему присылали с Украины, как правило, зимой. Он держал сало в сетке, подвешивая её снаружи к форточке — при зимних морозах сало сохранялось отлично. Однажды сетка с салом исчезла с форточки — Остап обнаружил это лишь на следующий день после её пропажи. Он огорчился и вышел во двор искать сетку, бормоча под нос, что на сало найдутся охотники, раз уж оно упало с окна. Но сетка лежала себе, где упала — под окном. Никто её не взял, точно зная, что это сало Остапово. Подопригора по этому поводу распечатал свою заначку и пошёл в ларёк за пивом для наших парней, прихватив нашу знаменитую трёхлитровую банку с жёлтой пластмассовой очень тугой крышкой. Уникальная у нас была банка с крышкой — ни капли пива попусту не проливалось дорогой из пивного ларька до общежития!..

В каждой стенгазете появлялись карикатуры на наших хохлов, вроде такой, например.

Нарисована гора, на вершине её развевается шевелюра из кудрявых волос. Гора, конечно, имеет улыбающуюся круглую физиономию, а под горой бегает симпатичный поросёночек с завитым хвостиком и красивым цветным бантиком на нём. (Глеб имел привычку цеплять на шею галстук-бабочку при случае. У него их было штук шесть — красных, синих, в горошек, в полосочку, словом, разноцветных! Это кроме гитары с бантом!) На карикатуре бантики были завязаны и на шейке поросёночка, и на всех четырёх косолапых ножках, и поперёк спинки, и под животиком. Стенгазету у нас рисовали обычно девочки, и потому бантики на поросёночке они разрисовали особенно тщательно. Под карикатурой обязательно была какая-нибудь надпись. Например: «Хутор Глебово-Остаповский. Украина. Ночь перед зачётом»...

Глеб Поросёнок учился очень неважно, но здорово бегал перед зачётами или экзаменами по всему нашему третьему этажу, выпрашивая конспекты и прося помощи в виде объяснений трудных вопросов. Остап учился лучше Глеба, конечно, и конспекты не просил, потому что знал — Глеб точно выпросит. Остап не любил признаваться в своих слабостях и только смущённо улыбался, чесал в затылке и вздыхал, встряхивая кудрявой шевелюрой.

Лучше всех у нас в группе учились двое — Алексей Конюшин и Семён Вайсман, мой друг. Но Сеня Вайсман только приходил в нашу «двойную шестую», а Лёша Конюшин жил с нами вместе, и именно на него падала эта нагрузка — помогать ребятам в сессию, объясняя трудные вопросы. Лёха Конюшин всегда точно отвечал, когда его спрашивали преподаватели на лекциях и семинарах. Ребята засекли его ответы и начали спрашивать и в общаге тоже. Конюшин объяснял не очень охотно, но коротко, ясно и очень понятно, логика у него была замечательная! Объяснения его хорошо запоминались, лучше, чем иных преподавателей. Голос у Конюшина был громкий, дикторский, а почерк круглый, крупный. Он писал формулы на листах белой нелинованной бумаги, которая была у него всегда с собой в портфеле в отдельной картонной папке. На таких листах писали в советские времена в каких-нибудь министерствах, бумага была дорогая, но Конюшин никогда не распространялся, откуда она у него…

Однажды вечером начались в нашей комнате обычные шутки про наших хохлов. Остап и Глеб сидели тут же, с нами. Глеб бренчал на гитаре, а Подопригора со смаком выскрёбывал остатки жареной картошки со сковороды. В нашей уникальной трёхлитровой банке с жёлтой крышкой было ещё пиво на донышке. Остап аккуратно разлил его на два стакана — по глотку себе и Глебу. Выпили. Тут кто-то и заметил:

— Глеб, ты можешь сменить себе фамилию. Женись и возьми себе фамилию жены. Например, женись на Алёнке Бабе. Был Поросёнок, а станешь Бабой!..

Конечно, раздался гогот. Но Глеб невозмутимо перебрал струны гитары, поправил голубой пышный бант на грифе её и ответил вполне серьёзно:

— Я лучше на Ольге Клубничкиной женюсь. Красивая девка! Фигура такая, талия, сиськи на месте! Аж забирает, когда она мимо меня проходит! Женюсь и буду Клубничкин!..

Все помолчали, но вдруг Остап произнёс:

— То стоит разве Алёнку Бабу забижать, Глиб! Та Алёнка тоби всэ свое сэрдце виддасть! А Клубничка — нэ твоя дивчина, она тоби нигдэ нэ шукае. Она до другого хлопца замирае, а та Алёнка еи по́друга, вот она всюды с нэю ходэ, як нитка за голкой! Куды Алёнка пидэ, туды Клубничка дуе! Вот и усё! То не до тэбэ она зитхае!..

— Это мы ещё посмотрим! — отвечал Глеб. — Если я захочу — она моя будет, никуда не денется!..

И он забренчал на гитаре, забренчал! И кажется — всё забылось!..

Но вскоре после этого Сеня Вайсман подошёл ко мне и говорит:

— Димыч? Что произошло? Глянь, Конюшин перестал с Глебом разговаривать. Прямо не замечает его!..

— Да вроде ничего между ними не произошло, — ответил я, — тебе кажется, Сеня!..

— Не кажется, — сказал он. — Вчера Конюшин даже толкнул Глеба. Вроде как нарочно, легонько так! Да Глеб не заметил. Но я заметил — у Лёхи аж лицо перекосило от ненависти! Что такое?

— Бывает такое с Конюшиным, — сказал я. — Не обращай внимания, Семён. С ним случаются приступы ненависти! Но, правда, и приступы великодушия тоже! Скоро сессия — всё забудется. Ему снова придётся помогать ребятам, и он придёт в равновесие...

Мы уже знали кое-что об Алексее Конюшине. Перед Новым годом пришли к нам в «двойную шестую» неожиданно высокие гости — генерал в форменной шинели и солидная дама в норковой шубе и белой пушистой шапочке.

— Лёшенька! Сыночек! — воскликнула она, бросаясь к сыну.

— Мать, я не звал вас в гости! Какого чёрта вы сюда явились? — возмутился в ответ Конюшин.

— Мы не можем туда идти без тебя, Алексей, — пояснил генерал. — Я тебе говорил это по телефону! Мы идём туда именно из-за тебя и твоего будущего!..

— Я не хочу туда идти, папа, — сказал Конюшин.

— Поздно что-то менять, — сказал генерал. — Машина ждёт нас внизу. Пожалуйста, собирайся!.. Нас отвезут прямо к самолёту! Лететь всего три часа! Очень удобно!..

— Надень вот этот новый свитер, сынок, — сказала мать, протягивая Лёше пакет.

Конюшин быстро натянул через голову свитер с белой большой снежинкой на груди. Лицо его резко изменилось — из узкого, вытянутого и желтоватого стало казаться каким-то аристократическим, чуть бледным. «Вот что значит хорошая одежда!» — подумалось мне.

— Это вам, мальчики. Ешьте на здоровье! — сказала мать Конюшина и положила на стол ещё один пакет.

На этом Лёша Конюшин мгновенно исчез с родителями на целых четыре дня. Я развернул бумажный пакет — там были мандарины, много, килограмма три. Сеня Вайсман сидел с нами тогда в комнате. Он взял один мандарин, очистил его и, обращаясь к мандарину, процитировал:

> Не тот ли вы, к кому меня ещё с пелён,
> Для замыслов каких-то непонятных,
> Дитёй водили на поклон?
> Тот Нестор негодяев знатных…

— Откуда это? — спросил я. — Что-то знакомое.
— Из Грибоедова. «Горе от ума», — ответил Сеня и стал есть мандарин, разломив его на дольки.
— Лучше бы она принесла кило колбасы, — сказал я.
— Я принёс колбасу и батон, — сказал Сеня. — Вон, на подоконнике лежит, питайтесь. Она права — в мандаринах витамины. И к тому же мандарины в магазинах не продаются свободно. Поди постой в очереди, если и наткнёшься на них где-нибудь!..

Нельзя, конечно, сказать, что мы голодали. Деньги уходили на спиртное, потому что пили мы, особенно после сессии, просто ужасно. Принимали по сто грамм каждый день, будто на фронте бойцы перед атакой. Один Конюшин не пил или пил совсем мало — один глоток. Правда, деньги давал на общую складчину…

Мы узнали о Конюшине и его семье от Серёги Бубликова, который учился на общем курсе автоматики. Это именно Бублик травил шутки про наших хохлов и вместе с девочками рисовал стенгазету. Серёгу Бублика любили за весёлую бесшабашность, которая скрадывала его плохую успеваемость — он учился хуже всех. Но он был близок к девочкам, в общежитие к которым он запросто заходил, и потому был своим парнем для нас тоже. Всё-таки не каждый мог запросто войти в общагу к девочкам в любое время! Девчонки нередко кормили Серёгу Бублика супом с вермишелью, яйцами и манной кашей. Но всё равно Бублик был голоден всегда, сколько я помню его в наши студенческие годы. Он очень нуждался материально, ходил в рваных ботинках, которые не мог позволить себе отнести в ремонт, и зимняя куртка на нём была очень ветхая. Родители Бублика были давно в разводе, и нам было понятно, что Серёга ходит от матери к отцу и от отца к матери, но ни от кого из них нет ни толку, ни помощи, тем более что на момент учёбы он жил с ними на расстоянии, в другом городе. Похоже было, что родители вообще забыли его — он не получал ни денег, ни посылок. От такой весёлой жизни Бублик много пил, сразу просаживая всю стипендию за несколько дней, пользуясь полнейшей родительской безнадзорностью. Мать даже не писала ему писем или открыток.

Серёга Бубликов учился с Алексеем Конюшиным в младших классах средней школы, они были из одного города, я уже не помню, откуда. Серёга ненавидел Конюшина, совершенно не скрывал этого и всегда изображал его втихую: вытягивал лицо и кривил рот налево — получалось похоже на Конюшина и потому смешно. Алексей Конюшин действительно был длинный парень с узким вытянутым лицом. Он смотрелся худощавым за счёт своего роста, но худым не был при его денежных родителях. Когда он волновался, его губы искривлялись в иронической улыбке. Алёна Баба заметила по этому поводу, что Конюшин похож на Исаака Ньютона.

Лёша Конюшин был страшно ревнив, страдал от собственного огромного самолюбия, и Серёга Бублик побаивался его, хотя и передразнивал при случае у него за спиной. Однажды в младшей школе они здорово подрались из-за какой-то пионерки-отличницы, которую Серёга Бублик имел несчастье уже тогда отбить у Конюшина, потому что догадался на последние свои десять копеек купить ей фруктовое мороженое. Потому, когда Алёша Конюшин купил ей дорогое мороженое-пломбир, пионерка-отличница не взяла его у Алёши, поедая фруктяшку. Конюшин обиделся и всыпал Бублику где-то в туалете после пионерского сбора и возвращения в школу. Их разняли учителя. Несправедливость этого давнего пионерского дела, по мнению Серёги, была в том, что Алёше Конюшину не попало, потому что он уже тогда считался мальчиком, который далеко пойдёт, а Серёга Бублик никем не считался, хотя учился в младшей школе по всем предметам хорошо. Попало, ясно,

Серёге, как мальчишке уличному. А Конюшин остался вроде бы в стороне, хотя это он затеял драку!..

Но нравилось это Конюшину или нет, а Серёга Бублик приходил всё равно в нашу «двойную шестую». Дружил Бублик в основном с Сашей Никифоровым. Саша Никифоров любил прифрантиться, у него были уже тогда модные импортные джинсы, которые он давал иногда поносить Серёге Бублику. Серёга дружил также с Сашей Максимовым, который тоже жил с нами в комнате и отлично фотографировал. Мы звали его Шуриком, чтобы не путать с Сашей Никифоровым, которого иногда звали Никифором. Моя койка стояла у окна рядом с койкой Мишки Иванцова. Мишка Иванцов варил нам лихой борщ с селёдкой в большой кастрюле, бросая туда очищенные кислые яблоки вместе с картошкой, капустой и свёклой. Он клялся, что это рецепт из монастыря, в котором до революции проводила своё время в молитвах его бабушка. На этот монастырский борщ он всегда звал Серёгу Бублика и старался зачерпнуть ему побольше картошки и селёдки. В общем, ничего был борщ, вкусный! Мы ели его с чёрным хлебом...

От Серёги Бублика за монастырским борщом мы узнали постепенно, что дед Лёхи Конюшина работал в былые легендарные времена под начальством Лаврентия Палыча Берии и после развенчания своего шефа пустил себе пулю в лоб. Серёга уверял нас, что отец у Лёхи Конюшина тоже такой. Жестокий и приказной. Это потому, что боялись именно Конюшина-отца, пионеру Алёше Конюшину не влетало от учителей за драку. Серёга утверждал также, что насчёт Конюшина-сынка мы можем быть спокойны — яблоко от яблони недалеко падает, и злой характер Лёхи ещё проявится! Серёга добавлял с горечью, что Алёша жил всегда припеваючи, катался как сыр в масле, сроду не голодал, не ходил в школу раздетым, и потому не надо его приглашать к общему столу на борщ и картошку. Но мы не соглашались с этим — на общую жратву мы скидывались в нашей комнате после получения стипендии. И Конюшин давал нам деньги на общий стол. Правда, ел он всегда мало, вроде бы как для приличия. Картошку обычно жарил я — на подсолнечном масле, конечно, а в конце добавлял чайную ложку сливочного масла. Тогда картошка пахла грибами, и я замечал, что она нравится Алёше Конюшину. Однажды он спросил меня:

— Ты где-то грибы добываешь и кладёшь туда, Димыч?

Но я сказал ему рецепт — он только улыбнулся. Конюшин здорово уставал, потому что очень внимательно слушал все лекции, хотя остальные ребята, случалось, позволяли себе вздремнуть в тени от нашей серьёзной профессуры. Я уважал Лёху Конюшина за его глубокие знания, а Серёга Бублик — он был всё-таки просто гостем в нашей комнате и группе...

Конюшин никогда не разговаривал с Серёгой Бубликом, хотя его не сторонился — он, наверное, привык к присутствию Серёги ещё с детства. Но при появлении Бублика в нашей «двойной шестой» Конюшин всегда посматривал в сторону и кривил губы в иронической усмешке. Сейчас, через годы, я понимаю, что Алексею Конюшину было очень нелегко жить с нами в комнате: он выделялся из всего курса своей дорогой, добротной и модной одеждой, мохеровыми шарфами, укороченным кожаным пальто. Неизвестно, правда, как бы именно поступил Алексей Конюшин, если бы кто-то из нас попросил у него, как у Саши Никифорова, дать поносить свитер или пальто. Но никто из нас ничего у Алексея никогда не просил из одежды, как будто все заранее были уверены, что он не даст. Да и на чёрта, спрашивается, была нам нужна такая дорогая одежда? Того и гляди посадишь масляное пятно на чужой свитер — оно нужно кому-то потом в химчистку бежать, сдавать вещь?

Да, одежду наши парни у Конюшина не просили — другое дело — помощь по предметам! Я думаю теперь, что родители могли бы снять Конюшину отдельную квартиру, но он, вероятно, сам от этого отказался. Он как будто сверял свои знания с общим уровнем нашей группы и хотел подняться выше этого уровня изо всех сил! Возможно и то, что мать побоялась оставлять Лёшу наедине с самим собой — отец и дед Конюшины были наследственные алкоголики, по словам Сергея Бублика. Может быть, мать правильно рассудила, что огромное самолюбие не даст Лёше упасть в глазах товарищей по комнате и наследственный порок не разовьётся в её сыне. Но Сергей Бублик уверял нас, что Алёша Конюшин к спиртному прикладывался со школьных пионерских лет так же, как и он сам, Серёга. Только снова не был Алёша Конюшин, отличник, в этом пороке уличён. За ним стояла вовсе не улица, как за спиной несчастного Сергея Бублика!..

...Надо сказать, что Алесей Конюшин тянул нас как мог: я, бывало, вдруг обнаруживал в коробке для овощей в нашей комнате в трудные минуты студенческого существования «под завязочку» пакеты с картошкой, которые ни я, ни кто другой из ребят не покупал и Сеня Вайсман тоже не приносил. Находились у нас в общем холодильнике общаги, стоявшем на кухне, и внезапно ниоткуда появившиеся, как с неба упавшие, сосиски с надписью на пакете «комната 66». Я начал понимать, что это делает Лёха Конюшин, подкидывает жратву, помогает в силу своих денежных возможностей. Я не стал афишировать это или благодарить Алексея, я просто принял это как должное и продолжал жарить картошку по своему методу. Конюшин хотел оставаться втайне со своими порывами великодушия — пусть будет так. Сам он, действительно, судя по всему, не голодал, он где-то на стороне и обедал, и ужинал. Когда он отказывался от жареной картошки — я не настаивал. Я знал, Серёга Бублик прав в одном: голод берёт своё, значит Алексей сыт. И опять-таки, по утверждению Серёги, Лёха Конюшин с малолетства бесстрашно заходил в любой буфет и кафе!..

Как бы то ни было, но без Алексея Конюшина и Сени Вайсмана сессию сдавать нашим ребятам было трудновато. Сеня Вайсман во время сессии приходил к нам в «двойную шестую» каждый вечер. Он приходил не столько, чтобы помочь ребятам, сколько помочь Лёхе Конюшину, который не мог отказаться объяснять трудные вопросы тоже каждый вечер. Днём мы учили наши трудные предметы в полнейшем молчании — нагрузка была огромной. Я чувствовал порой жар в голове — мне даже казалось, что сейчас у меня лопнут виски и мозг заструится белым маревом наружу! Потом наступал момент — и Шурик Максимов бросал учебник на стол.

— Всё, парни! — говорил Шурик Максимов. — Наступает час фотографии...

И он поворачивался к койке Конюшина, где Лёша сидел, обыкновенно, закрыв учебником лицо.

— Этот час уже наступил! — подтверждал Миша Иванцов. — Сейчас Шурик отснимет многосерийный фильм под названием: «Уроки Алексея Конюшина». Будущее светило советской науки, Алексей Конюшин, объясняет трудные вопросы автоматики своим друзьям по комнате!..

Конюшин усмехался и, отложив учебник в сторону, вставал с койки. Он подходил к столу со своими нелинованными листами белой бумаги в руках. Потом он усаживался за стол поудобнее, какое-то время поёрзав на стуле, и поднимал голову, приготовив аккуратную стопку бумаги перед собой.

— Ну, погнали коней, — говорил он уверенно своим дикторским голосом, — Конюшин перед вами. Итак, что непонятно, парни? Давайте вопросы!..

Ему кидали трудные вопросы — он легко отвечал на них, как орешки щёлкал. Всё больше и больше ребят набивалось в нашу комнату — уже знали про эти «уроки Конюшина». Скорее всего, в некоторых из ребят говорил страх — после первой сессии из нашей номерной группы почти с десяток студентов перевели на общий курс автоматики и телемеханики — спецпредметы нашей номерной специальности они не смогли освоить. Были и те, кого отчислили из института сразу — отсев был порядочный! Были несколько девушек, кого лишили стипендии до следующей сессии — свирепая профессура нашего института боролась за успеваемость и реальные знания студентов. Шёл естественный для технического института отбор. Но в каждом из нас была неуверенность в себе после такой расправы! Будто кошки на душе скребли — а вдруг именно я следующий? Потому они и возникли в нашей «двойной шестой» — эти значительные и необходимые «уроки Конюшина»!..

Обычно Лёша Конюшин объяснял часа два. Потом — будто было так условлено — появлялся Сеня Вайсман. При его появлении Лёша Конюшин вставал из-за стола и возвращался на свою койку.

— Теперь очередь Сени рассказывать, — говорил он. — Я устал, парни!..

Некоторый галдёж в комнате прекращался — Сеня говорил тихо и слегка заикаясь, он объяснял трудные вещи очень тщательно, но слушать его надо было изо всех сил. Нередко Сеня обращался ко мне:

— Ну-ка, Димыч, — говорил он. — Ты знаешь это тоже не хуже меня. Давай, помогай!..

Я приходил ему на помощь — мы разбивались на две группы...

В ту зимнюю сессию, на втором курсе, Глеб Поросёнок влетел в нашу комнату и вплотную шагнул прямо к койке Конюшина.

— Лёха! — воскликнул он. — Я потону завтра на зачёте, Лёха! Меня или лишат стипендии, или вообще отправят отсюда к чёртовой бабушке! Я ничего не рублю, а ты меня совсем игнорируешь! Скажи, что я тебе такого сделал?..

Но Конюшин молчал, не поднимая головы от учебника. Как будто и не было вовсе в комнате Глеба! Как будто никто и не обращался к нему, к Алексею Конюшину!

— Остап тоже не врубается, как и я, — сказал Глеб. — Помоги нам, Лёха! Ты слышишь?

— Нет, я не слышу, — громко сказал Конюшин. — И слышать, кстати, не хочу!

— Это ужасно, — сказал Глеб и сел верхом на стул напротив койки Конюшина.

Наступило молчание.

— Парни, я погиб! — воскликнул Глеб. — Посмотрите на него! Нет, что я сделал тебе, Лёха?..

Шурик Максимов с силой хлопнул учебником по столу.

— Час фотографии настаёт... — начал было он.

— Не будет вам ни часа, ни секунды фотографии, — спокойно, не вставая с койки отвечал Алексей Конюшин.

Мы молчали. Дверь открылась — и вошёл Остап Подопригора. Он как будто подслушал всё происходящее за дверью! Он молча сел на койку Конюшина рядом с Лёшей. К этому времени, за полтора года учёбы, Остап заслужил славу самого славного, самого отличного парня во всей общаге! Эта слава пришла к нему не без участия всё тех же шутников. По воскресеньям над хохлами практиковались с очередной шуткой, разработанной в деталях Серёгой Бубликом. Кто-нибудь входил в комнату к хохлам с озабоченным видом и начинал крутить мозги:

— Остап! Там, внизу, у вахтера, какие-то люди тебя, кажется, спрашивают. Да, тебя, точно!..

— Яки люды? — удивлялся Остап.

— Не знаю! Совсем простые люди! Говорят по-украински! Их никто не понимает! Иди, спустись вниз, к вахтеру, Остап!..

Подопригора тут же начинал быстро собираться — заправлял майку в свои обычные, вытянутые на коленках, спортивные синие штаны, а на майку натягивал свою незаменимую серую шерстяную вязаную безрукавку. Потом он оправлял постель и развешивал на спинке кровати вышитый красными вишнями рушник, дабы если вдруг придётся пригласить неизвестных земляков в свою комнату, так в комнате был бы порядок. Оставалось только идти вниз, к вахтеру общежития.

— Да, погоди, Остап, — останавливали его обычно шутники в последнюю минуту. — Кажется, мы поняли, что эти люди ищут!..

— Шо шукають? — допытывался Остап. — Они мэнэ шукають?

— Да, тебя! Они спрашивают, то правда ли, что на хуторе Подопри-Гора откормили чистым хлибом жирного поросёнка?!

На этом шутники прыскали смехом и убегали. Но Остап только головой крутил в ответ, приговаривая своё обычное:

— То людыно ты ж моя, людыно! Ой, башковита ты, як моя задница!..

На следующее воскресенье снова начинали крутить шутку о приезжих гостях с Украины, и снова Подопригора начинал собираться, вешал рушник на спинку кровати! Шутники надрывались от смеха, повторяя про поросёнка и хлиб на разные лады. Дело в том, что имя Глеба в устах Остапа звучало иногда, как «Хлиб», то есть «хлеб» по-украински. Но Остап был искренний парень. И всё твердил одно и то же, не повышая голоса и ничуть не обижаясь:

— То тикалы бы вы, хлопцы, до сэбэ, да на ти червлени тры буковки!..

Словом, в тот вечер Подопригора сел на койку Конюшина и произнёс:

— Лёха! Та Хлиб з тою дивчиною не гуляв вовсе, зовсим не гуляв!..

Конюшин молчал.

— То я тоби башкой своею клянуся, — сказал Остап. — Ни-ни! Нэ гуляв!..

— Но она заходила к вам в комнату чай пить, — угрожающе выдавил из себя Конюшин. — Вы всех девушек, разве, приглашаете к себе в комнату чай пить за полночь?

— Ни, нэ усих, — кротко отвечал Остап. — То тилькы Алёнка Баба со своею пóдругою заходыла до нас из Хлибом. И нэ вночи, а свитло було. Алёнка Баба до нас прыйдэ ти лэнински гроши до сэбэ шукать. То Клубничка тоже з нэю пидишла. З подругою, як нитка за голкою, то нэ одна! Та про ти гроши мэнэ дивчата пыталы. Я, кажу, ти гроши лэнински до Алёнки потрибниши, чим до тэбэ, Алёша. Потому тэбэ твий батько военный дае. А дивчатам гроши трэба завсегда билше, як хлопцам. То я сказав. А Хлиб — вин мовчав. То ему з Клубничкой разве говорить, як Алёнка до него глаз нэ зводить? Хлиб еи любить починав усим сэрцем, Алёша! Вона дивчина добра, Алёнка!..

Но Конюшин молчал.

— Скажи ему, Димыч! — сказал вдруг Глеб и голос его сорвался.

— На фиг мне сдалась эта Ольга Клубничкина? Она не для меня, и я не для неё! А на зачёте завтра мы с Остапом потонем, как в море корабли!..

— Нашлись корабли! — раздался издевательский голос Конюшина.

Остап сделал Глебу жест рукой — молчи, мол, положись на меня.

— Хай будэ нэ корабли, хай будэ шлюпки, Лёша, — сказал Остап. — Всэ одно утопнемо. Тому ты нам поможи! А утопнуть нэможна, бо стыпэндию уризаты зачнуть. Шо хавать тогда будэмо? Дэ гроши браты?..

Я понял, о чём речь шла. Ходили слухи, что после этой зимней сессии на наш курс кому-нибудь из отличных студентов назначат ленинскую стипендию — намного большую сумму денег, по сравнению с обычной студенческой стипендией. Кандидатами на такую стипендию, конечно, могли быть только трое: Алексей Конюшин, Семён Вайсман и Ольга Баба, которая ко всему занималась ещё и общественной работой, войдя в состав комсомольского бюро курса.

— Я думаю, что Сеня Вайсман не обидится, если стипендию назначат Ольге Бабе, — сказал я. — Ну а Лёше тоже не надо обижаться — он ведь общественной работой не занимается, как Ольга. Всё справедливо! Хорошо, если её дадут Ольге Бабе!

— И я сказал Алёне, — заявил Глеб. — У нас с ней всё хорошо, Димыч. Мы будем выступать с ней на объединённом концерте нашего политеха, а потом ещё я — отдельно на конкурсе с бардовской песней. Алёна сказала, что она звонила на радио, чтобы узнать условия конкурса. Алёна будет петь вместе с «Клуб...»! Вот чёрт!..

Глеб закашлялся.

— Вот видишь, ты сам и проговорился, — сказал Конюшин.

— Да то про писни, Алёша! — не сдавался Остап. — То Клубничка писню запивае з по́другою! То правду тоби кажу, клянуся всиею моею украиньською мовою!..

Конюшин встал с койки и поглядел на Остапа — лицо Подопригоры было насуплено. Тогда Конюшин присел за стол и привычно поёрзал на стуле.

— Ладно, — сказал он. — Поглядим дальше, что будет! А сейчас давайте вопросы, пока я добрый!..

Порыв великодушия охватил его — он начал объяснять. Я понял, что он в ударе! Он быстро и ловко выписывал на бумаге длинные формулы. Сашка Никифор, уразумев, что такой случай упускать нельзя, выскользнул незаметно из комнаты и вернулся мгновенно с Серёгой Бубликом, подтолкнув его как можно ближе к Конюшину, — ребята с общего курса автоматики сдавали некоторые параграфы этого материала первым экзаменом после нашего смертельного, каверзного зачёта всего через два дня! Через некоторое время Конюшин взглянул на Серёгу Бублика, и лицо его на мгновение вытянулось — он никогда не видел Бублика так близко рядом с собой, вероятно, с тех самых пионерских школьных лет. Серёга сидел с открытым ртом, поглощённый удивительной логикой своего бывшего одноклассника. Краска выступила на лице Конюшина, но Лёша уже не мог остановить в себе порыв горячего великодушия и продолжал объяснять с ещё большей яростью, выписывая на бумаге цепочки неоспоримых и тонких расчётов. Он объяснял так подробно, как будто отродясь был уверен, что Серёга Бублик был всё равно тупица и тупицей помрёт, и потому надо, чтобы он хоть что-нибудь понял и узнал! Много ребят набилось в комнату, и Сеня Вайсман был уже давно тут, а Конюшин всё писал и писал формулы на листах, передавая их из рук в руки. Наконец, он сказал:

— Теперь твоя очередь, товарищ Вайсман. Я своё закончил.

Он лёг на свою койку и сказал:

— Если мне позвонят, то разбудите меня, ребята. Обязательно! Мало ли кто позвонит!

Мы переглянулись с Сеней — Конюшину действительно иногда звонили мать и отец. Но мы поняли в ту минуту, что он ждёт другого звонка. После окончания института Алексей Конюшин женился на Ольге Клубничкиной...

Всем было ясно: Конюшин ревновал Ольгу Клубничкину к Глебу. Я начал объяснять Глебу кое-что ещё из материала ему, Глебу, неясное, но вдруг, через хороший час моих объяснений, Конюшин, не вставая со своей койки и не открывая глаз, перебил меня:

— Ты ошибся в этой формуле, Димыч, — сказал он. — Это не так будет!..

И он поправил меня, назвав другую формулировку — это был материал прошлого года. Сеня Вайсман не поверил ушам и глазам своим — перелистав справочник, он отыскал нужную формулировку. Оказалось, что Конюшин был прав — я действительно ошибся в этой маленькой, крохотной формуле, такой незначительной она мне показалась в прошлом году! Но Конюшин правильно запомнил её и с закрытыми глазами, лёжа на койке, слушал битый час меня и Вайсмана, сверяя в своей памяти наши формулировки.

— Ну и память у тебя, Лёша! — сказал Сеня Вайсман. — Ты просто колосс в науке, товарищ Конюшин!

— Нет, я ещё не колосс, а только колосок, — сказал Конюшин и тихо засмеялся...

...Бывало так, что Лёша Конюшин и Сеня Вайсман уединялись от всех из нашей «двойной шестой» куда-нибудь в красный уголок. И там что-то считали, считали, вычисляли, обсуждали! Позже, спустя годы, когда Алексей Конюшин станет признанным учёным, он напечатает свою статью в одном из видных научных журналов, где подробно опишет свой метод вычисления. Он назовёт это методом Вайсмана-Конюшина, а вовсе не наоборот. И объяснит в статье, что они начали считать вместе, и Сеня Вайсман получил нужный ответ, пользуясь новым методом вычисления, на целых двадцать минут раньше него, Алексея Конюшина. Естественно, что Алексей Конюшин не смог отвечать за весь учёный мир, который вскоре начал именовать этот способ решения методом Конюшина-Вайсмана, а потом уже просто методом Конюшина!..

Но это всё случится много позже. А в студенческие времена мы решили однажды сброситься деньгами и справить день рождения Серёги Бублика, купив ему в подарок новые ботинки. Денег было мало, но я взялся их собирать и решился спросить и Конюшина, объяснив, в чём дело. Он был недоволен — но я и не ждал ничего большего.

— Хочешь, дай трёху, как все наши парни, — сказал я. — Что ты, Лёша, в самом деле всё ещё носишь камень за пазухой насчёт Серёги Бублика? Пора позабыть! Мало ли что бывает в пионерском возрасте!

— Он много болтает о моём отце и дедушке, — сказал Конюшин. — Я тебе веско скажу, Димыч: разве сын и тем более внук отвечает за поступки отца и деда? Мы ведь не выбираем себе родителей, как известно!

— Но мы наследуем их пороки, это уж точно, — сказал я.

— Пороки, но не поступки, — поправил меня Конюшин. — К тому же сейчас иные времена. Люди больше не дрожат в смертельном страхе при одном лишь звуке имени Берии...

— Ладно, можешь не давать деньги на подарок Бублику, — сказал я. — У вас и вправду сложные отношения!..

— Нет, я дам деньги на этот подарок, — отвечал Конюшин. — Только если уж покупать ботинки, так купите хорошие, импортные, у спекулянтов. Около обувного магазина, я знаю, бывает, они продают приличную обувь. Да Бублику не говори, сколько я дал. Хорошо, Димыч? Знаю, ты не скажешь!..

И он протянул мне ДВАДЦАТЬ ПЯТЬ. У меня даже спина вспотела.

— Ох, спасибо, Лёша! — воскликнул я.

Мы купили с Сашкой Никифором отличные коричневые ботинки у фарцовщика. Бублик проходил в них до самого окончания нашего политеха. Но на вопрос Никифора, откуда у меня столько денег вдруг собралось, я сказал ему, откуда. И попросил его:

— Приструни немного Серёгу, Сашка. На фиг Конюшину глаза колоть семьёй? Одна глупость. Мне жаль, что дети находят не в капусте, ей-богу, жаль!..

...Мы с успехом сдали зимнюю сессию, потом летнюю и после второго курса в составе стройбата нашего политеха двинули на целинные и залежные земли строить кошары. Лёша

Конюшин поехал с нами. Я не удивился — ему не так нужны были деньги, как нам, но он старался ни в чём не отстать от нас, старался сравняться с нами, старался быть как все! Он даже отослал назад родителям несколько своих ярких свитеров, приняв решение не выделяться из общей массы студентов внешним видом. Ни в чём старался не отставать от нас и Сеня Вайсман. Он тоже, понятно, поехал на целину в составе нашей бригады стройбата политеха. Мы старались сформироваться в отдельную бригаду с нашей номерной группой, и ясно, что с нашими завсегдатаями известной «двойной шестой»! И мы сформировали эту бригаду уже точно зная, кто есть кто!..

* * *

— Лола, дорогая моя! Я люблю тебя! Я обожаю тебя!..
— Нет, неужели это всё ты говоришь мне вполне серьёзно, Вальтер?..
— Ты мне не веришь? Ты не веришь в мою любовь? Я скажу тебе это по-французски: же ву зем!..
— Это красиво звучит. Пожалуй, даже слишком красиво!
— Тогда я скажу тебе это на своём родном, немецком. Их либе дих!..
— Я тоже люблю тебя, мой дорогой Вальтер! Очень люблю!
Иногда так нужно бывает женщине послушать, поверить, что её всё-таки любят! Говорят, что женщины любят слухом, а мужчины взглядом...

* * *

— Дима!
— ....
— Дима! Расскажи, как вы работали в стройбате вашего политеха!
— Хорошо работали, Лена! Отличное время было тогда в моей рассеянной жизни!
— Рассказывай, Дима. Что там было главное, в этой стройбатной жизни?
— Главный был у нас Николай Шухов-Яблоков. Местный бригадир.
— Это фамилия у него такая была?

— Нет, фамилия его была просто Шухов. А мы прозвали его Яблоков. Он был молодой мужик тогда, тридцати с небольшим лет. Ну а нам он казался уже устаревшим. Нам было по двадцать! Шухов был местный, ходил в красной майке, небритый, налысо подстриженный. Конечно, когда мы в первый год приехали в этот посёлок, мы ничего не умели делать, едва молоток в руках держали. Ну и подходит к нам этот местный бригадир Николай Шухов и начинает нам объяснять, что да как, занудно, длинно. Нам казалось это просто — взял мастерок в руки да и размазываешь им штукатурку! Что тут трудного? Короче, Шухова мы слушать не стали. Наши ребята расчёт строительный в уме делали! А Шухов на бумаге считал десять плюс два! В общем, полдня он с нами провёл, видит, мы его передразнивать начали, вопросики каверзные задавать. Тогда он на следующий день своего деда к нам подослал, а сам не явился. Пришёл старик в пиджаке коричневом, старом, на рукаве — заплатка. Но зато на лацкане — медалька висит. Кажется, что-то такое — «За оборону Москвы». Представился он нам — дед Матвей Захарыч. Тоже начал нам растолковывать, как цемент месить, как доски пилить. Схитрил, значит, Николай Шухов — так мы поняли. Дед всё-таки старый, мы его, хоть и вполуха, да слушали и не передразнивали. Ещё и медаль висит на нём — всё-таки награда! Ох, хитрый он был мужик, наш Коля Шухов-Яблоков! Это он из нас сделал рабочую, настоящую дружную бригаду!..

— А почему вы прозвали его Яблоков?
— А тебе интересно меня слушать, Лена?
— Конечно, интересно, Дима! Расскажи!..
— Раз интересно, могу рассказать. Итак, приходит Николай Шухов утром, после дедовской лекции, начинает расчёт делать на бумаге — записывает, типа, десять плюс два. А тут Сеня Вайсман стоит с Конюшиным вместе — они логарифмы в уме считали! На том мы и пошли пилить доски — пилили себе, как рассчитали сами. А Николай Шухов смотрит и молчит. Потом ушёл. Подходит, значит, к нам часа через два и говорит: так и так, давайте замерять доски вместе. Всё вы неправильно распилили, потому что вы меня не слушали! Материал испорчен. Буду я, парни, с вас деньги снимать за испорченный материал. Из зарплаты, то есть, высчитывать. А ведь

мы за деньгами в стройотряд приехали! Тогда Сеня Вайсман слегка побледнел, вышел вперёд и начинает тоже дурочку валять, как и Николай Шухов. Вы, говорит, товарищ бригадир, нас на бога не берите и расчётами не запугивайте, мы считать до пяти уже умеем, в политехе научились. И я, говорит, следовал вашим личным правилам и вас слушал хорошо. Да как начинает ему сыпать цифрами и дробями! Вот, говорит, это не моя, а ваша ошибка, товарищ бригадир! Николай слушает и только головой мотает и на нас пристально посматривает, с лица на лицо взгляд свой переводит! Потом говорит: всё равно вы, ребята, неправильно замеряли доски! Берёт Сеньку за локоть, говорит: пошли заново замерять! Короче, объяснял замеры снова. Научил нас обращаться с деревом. Ну, мы слушали, соглашались. Устали все прямо до ужаса, едва домой дошли, до барака. На следующий день смотрим, идёт к нам не спеша наш Николай Шухов. Джинсовую куртку нацепил на себя для солидности, поверх красной майки. Куртку снял, повесил на дерево, а Сеньку Вайсмана в сторону отвёл — поговорить один на один. Сеня потом рассказал, о чём говорили. Серьёзно, очень даже! Шухов Сеньке такое толкнул: если ты, говорит, в расчётах строительных разбираешься, то будешь мне помогать, назначаю тебя своим помощником. Только если где ошибёмся — никому ни-ни! Бригадиру ошибаться нельзя! Так и запомни. Иначе, говорит, бригада работать не будет! Считай, говорит, что ты вместе со мной в руководстве! И нам с тобой надо авторитет свой держать, и научить людей деньги трудом своим зарабатывать и трудностей не бояться!.. Потом смотрим — дед Матвей Захарыч идёт, ведро тяжёлое тащит. Николай и говорит нам:

— Видите, ребята? Это мой дед вам яблоков из своего сада тащит. Добро пожаловать в наш посёлок! А яблоков у нас много, они кисло-сладкие, вкусные. Ешьте, не стесняйтесь!..

Тут Алёша Конюшин не выдержал и говорит:

— Товарищ бригадир! Вы неправильно выражаетесь. Надо говорить не «яблоков», а «яблок». Понимаете? Много яблок. Надо правильно по-русски говорить!..

Николай поглядел на Конюшина, на меня, на Сеню Вайсмана и на Серёгу Бублика, и на всю нашу бригаду серьёзно так, насупленно. И вдруг отвечает тоже твёрдо, решительно:

— В наших краях так не говорят — «яблок»! Или говорят, когда нету, например, ни сада, ни яблок. А если есть и сад, и яблоки, то и говорим мы так: у нас много их премного, яблоков! Понятно, нет? В каждом крае говорят по-своему!..

Ну что тут объяснять? Николай хорошо вышел из положения. Сеня подмигнул мне, а Николай заметил — и только улыбнулся. На том мы и прозвали его между собой — наш Коля Шухов-Яблоков!..

— Ну, и потом? Ты не молчи, ты рассказывай, Дима! Хочешь ещё пирожок с капустой? Я в Москве сама пекла пирожки. Это я в эмиграции разленилась — на Брайтоне кругом пирожки продают, какие угодно! С яйцами-луком и с картошкой, и с мясом, и с грибами. Но я всё равно больше люблю с капустой! А ты?

— Видишь, наши вкусы совпадают, Лена. Я тоже люблю наши русские пирожки с капустой. Кстати, в стройбате мы их, случалось, тоже ели. В посёлке женщины пирожки пекли, нам продавали!..

— А вообще где вас кормили?

— Кормили в столовой, неподалёку от барака. За питание снимали определённую сумму с нашего заработка. Но кормили плоховато. Щи, борщ, конечно, в основном давали, картошку, иногда творог. Сосиски, свинина. Хлеба, ясно, хватало, да чёрствый. Кирпичик и чёрный. Батон был за праздник! Каша манная и перловка. Да ещё суп гороховый, «музыкальный»!..

— И так всё время?

— И так всё время. Ничего не поделаешь! Работали! Сеня Вайсман газетку деду Матвею Захарычу дал, чтоб не мешал нам работать. Вы, говорит, Матвей Захарыч, нам лучше политические новости рассказывайте каждое утро, чтобы мы от жизни страны не отставали. Потому вы сидите себе под деревом в тени и читайте. А после нам расскажите, про что пишут в передовых статьях. Кого мы должны слушаться?..

— И что дед Матвей?

— Он очень серьёзно к этому отнёсся! Всё-таки сталинское время обязывало любого человека прислушиваться к политике партии! Дед Матвей начал объявлять нам в столовой в обеденный перерыв:

— Ребяты! Слухай сюды! Сегодня, значит, самая первая новость — такая-то. Потом вторая новость — такая-то, я ту новость вчерась по радио за полночь услыхал!..

Мы ему не возражали, посмеивались! С неделю, примерно, он нас так просвещал. Потом вдруг речь взял и толкнул про Никиту Хрущёва. С поста, мол, Никиту сняли, да вот люди на целинных землях, освоенных по его указанию, в своих новых городах и посёлках жить стали! Никита Хрущёв, получается, — всё равно что Пётр Первый. Тот заложил город на Неве, а Никита велел построить города на целине. А город, говорит, заложил Пётр назло надменному соседу, то есть разным заграницам! И Никита тоже назло всем построил нам, простым людям, новые города! И мы, говорит, потому всегда будем побеждать врага в любых войнах! Мы, говорит, уже однажды разгромили фашизм! Потому что русские люди идут всегда вместе, плечом к плечу. И вперёд! И только вперёд! Ура, ребяты!..

Потом он исчез, дед. Отсутствовал. Говорили в столовой поварихи — запил, мол, дед Матвей. В этом посёлке самогон гнали из картофеля. Но зато Николай Шухов принёс в столовую в отсутствие деда матюгальник и повесил его в углу под потолком.

— Какой матюгальник?..

— Репродуктор, значит. Обыкновенный! То есть Николай нам радио провёл. И мы стали слушать музыку, пока ели, песни, последние известия. Звучали в эфире и стихи. Что тут ещё сказать? Мы уставали. Эти передачи по радио поднимали наше настроение и дух. Трудно было работать физически с непривычки, целый день, но мы стояли насмерть, как на фронте. Невозможно было уже бросить эту стройку, отказаться вдруг, уехать! Незаметно для себя мы втянулись в эту каждодневную тяжёлую работу. Но вдруг она прекратилась сама собой — пошли дожди. Холодные, мрачные дожди. Размыло всю землю так, что невозможно было идти в столовую есть. Ботинки тонули в грязи. Кирзовые сапоги были только у Остапа Подопригоры. Что тут началось!..

— А что началось, Дима?..

— Холодно стало, Лена! Лилась вода с потолка. И мы запили, ясно, в своём бараке. Самогону было в посёлке до дуры, в каждом доме гнали — только спроси бутылку! Да у нас ещё и своя водка осталась — мы же не без газа на эти залежные земли наехали! Ну а Николая Шухова и деда его Матвея три дня нигде не слыхать не видать было. Четвёртый день дождь да дождь! Вот и говорит мне тогда Сеня Вайсман, помню: зря, говорит, Димыч, мы над Николаем Шуховым и его дедом Матвеем насмехались. Они простые люди, но хорошие! А вот если Николая Шухова нам возьмут и заменят, что тогда? И ведь не показывается он — на чёрта ему к нам идти в такой дождь? О чём ему с нами говорить?! А что мы заработаем, спрашивается, если дождь идёт? Работа стоит! Вот дед нам притащил целое ведро яблок. Кто мы, ему, спрашивается? Родственники? Нет, так, совсем чужие люди! А где ты видел такое, Димыч, в наше время, чтобы кто-то кому-то хоть что-нибудь отдавал бы задаром? Вот ведь и батон хлеба в магазине задаром не дадут — деньги заплатить надо! А у нас теперь длинный простой в работе! С кем будем договариваться, этот простой — и значит, наш заработок — восстанавливать? Эти дождливые дни надо отработать как-то, хотя бы часа по четыре взять по воскресеньям, когда закончатся эти проклятые дожди!..

— И дожди закончились, Дима, да?

— Нет, Лена, они не закончились. Так в кино только бывает: захотел режиссёр — и дожди закончились, и наступил сразу хеппи-энд! На целине у нас была жизнь трудная и вполне реальная, и случилось то, что должно было рано или поздно случиться. Под вечер четвёртого дня дождей случилось у нас происшествие — разодрались, просто в кровь, Лёха Конюшин с Серёгой Бубликом. Едва мы их в разные стороны растащили! Настоящее убийство происходило на наших глазах! Больше был виноват, конечно, Лёха Конюшин. Тут и вспомнилось мне про его наследственный алкоголизм — на трезвую голову, ясно, такое бы не случилось. И ведь Лёха знал, что Серёга Бублик намного слабее его! Но Бублик схватил нож — и несдобровать бы Конюшину! Я успел броситься на Лёху со спины и повалил его на кровать, а Глеб Поросёнок проявил настоящую смелость — он бросился на Серёгу с голыми руками и ловко ударил его по локтю — нож выпал из рук Серёги. Потом Глеб и Сеня Вайсман связали Серёге руки, а я и Остап Подопригора связывали Конюшина. Остап завязал ему ноги своим ремнём. Лёха был пьян, по-сумасшедшему пьян! Лицо его позеленело от пьяной злости. Пошла разборка — мат-перемат. Мне показалось, что деревянные стенки барака сейчас обрушатся от страшной, грубой брани Конюшина! А Серёга Бублик плакал. Он повторял вперемежку с матом, что он напишет куда-то в министерство обороны или даже в Кремль на всю семейку Конюшиных! Серёга проклинал всю нашу коммунистическую партию, которая прикрывала свои грехи красной корочкой партийного билета с самых времён революции, и требовал от нас вообще поставить к стенке всех этих коммунистов Конюшиных, потомственных сволочей и убийц! Потом Серёгу стало рвать, и вместе со рвотой выплёскивалась кровь из его разбитой губы. Глеб Поросёнок аккуратно подставил ему тазик, который мы подставляли под струйку воды, текущую с потолка. Теперь из разбитой губы Бублика текла кровь не хуже той струйки! Словом, картина была живописная, без комментариев!.. В этот момент в комнату барака вошёл наш бригадир, Николай Шухов. Мы не заметили его в общем шуме матерной разборки. Тогда он громко хлопнул дверью, и мы затихли. Выходит, он тайком наблюдал за нами. Сейчас, через время, размышляя о Николае Шухове, я понимаю эту ситуацию так: поварихи в столовой сказали ему, что наша бригада не пришла к обеду, и Николай рассчитал правильно — раз не вышли к обеду, значит пьяные, стыдно людям на глаза показаться! Тем более что уже пропахли перегаром, поварихи успели утром во время завтрака уловить наш запашок. Какой уж тут обед! Хвалёный политех спился у всего посёлка на глазах! И Николай Шухов пошагал к нам в барак, разбрызгивая лужи и вымешивая грязь своими кирзачами. И застал живописную картину в самом разгаре событий.

— Что здесь происходит? — спросил Николай, с ужасом глядя на струйку крови из губы Серёги Бублика.

Мы молчали.

— Семён Вайсман! Что случилось, отвечай! — сказал Николай. Но Сеня молчал, не находя ответа. Ответил только Остап Подопригора.

— То повязали мы хлопцев, — сказал Остап. — Горилки перепились воны! То бувае!..

Вот тогда Николай Шухов и выдал нам по полной программе! Он начал ходить по комнате взад и вперёд и говорить, что лишит нас квартальной премии, а про смертоубийство, которое мы тут устроили, напишет в наш политех. То есть в комитет комсомола бумагу пришлёт, и так далее, и тому подобное. А в заключение выдал, что если дождь окончится, то он к работе нашу бригаду не допустит за пьянство и дебош. Можем ехать восвояси отсюда, из посёлка!..

— К утру, — говорит, — приму я решение, уважаемый мой, образованный политех! Слышал я ваши матюги! Могу сказать, у нас в посёлке даже последние алкаши так не ругаются! Стыдно мне за вас, дорогие товарищи!..

— Жилищные условия у нас тяжёлые, Николай, — тихо сказал Сеня Вайсман. — С крыши течёт. Ребятам согреться хотелось. Ну и выпили немного!..

— Здесь не курорт, — сухо сказал Николай. — Здесь строительство. А самогонку закусывать надо! Пошли к ужину! Все до единого! Нужно питаться вовремя!!!

На этом хлопнул дверью и ушёл. Ох, хитрый он парень был, Николай Шухов! Хотел послать нас к чёрту, наверное, а послал к ужину!..

— И что потом было, Дима?..

— Мы, естественно, пошли ужинать. Дождь вроде бы поменьше стал. Бублик с нами не пошёл. Правда, он заснул. Кровь из губы перестала течь, Глеб прикладывал ему на губу сначала полотенце, смоченное холодной водой, а потом медный пятак. Вообще в этой ситуации Глеб Поросёнок проявил себя очень бывалым парнем в бытовых сражениях! Я и Остап развязали Конюшина и повели его в столовую. Он пошатывался, но шёл, Остап слегка подпирал его. Конюшин протрезвел и был красный как рак. На ужин нам дали рассольник, горячий, с солёными огурцами, с сердцем и почками, который остался от обеда — короче, Николай Шухов договорился с поварихами насчёт нас. Мы заели горечь самогонки этим жирным, наваристым супом с субпродуктами. Была ещё перловая каша с мясным фаршем и чай. Мы принесли Серёге Бублику рассольника в большой миске, которую нам дали поварихи. И Сеня туда же, в суп, положил Бублику перловку с фаршем. Но Бублик проснулся только к ночи. Я посидел с ним, покурил. Он больше пил воду, чем ел. Но всё-таки поел.

Бублик сказал мне:

— Я уеду, Димыч, утром. Я вообще и плохо учусь, и ненавижу Конюшина! Вообще брошу эту учёбу к чёрту!..

— Из-за чего пошёл сыр-бор? Я не понял, Серёга? — спросил я его. — Учёбу бросать не надо ни в коем случае! Надо как-то тянуть!..

Он надулся.

— Кажется, Лёха снова приревновал ко мне девку, повариху на раздаче, Танюшку! Видел её? В беленькой наколочке на голове! Да я так, пошутил с ней, анекдот ей рассказал! А ведь она положила глаз на Конюшина!..

— А ты, Серёга, выходит, этот глаз её решил перекинуть на себя, назло Конюшину и по старой памяти?..

— Он глупо ревнив, — сказал Серёга. — Не понимаю, за что его бабы любят, конягу этого?

— Бабам виднее, — сказал я. — Зачем ты, Серёга, так глупо играешь на его ревности?..

— Я его хочу отучить от этого, — сказал Бублик. — Мы живём не в лесу! Неужели нельзя поболтать с какой-то случайной девкой, которая ему приглянулась? Ведь это несерьёзно! Танюшка простая, совсем простая девка! Зачем она ему?..

— Ясно, тебе она подойдёт больше, — сказал Сеня Вайсман. — Я не сплю, вас слушаю! Бублик, помни, что Отелло задушил Дездемону. Тоже было просто, у Шекспира!.. И не ходи ты, Серёга, к завтраку! Танюшка будет завтра на раздаче! Не буди зверя в Конюшине! А манную кашу и какао я тебе принесу сюда, в барак!..

— Сенька у нас заместитель бригадира по учёной части, — сказал я. — Слушай его, Серёга! Не буди зверя!..

— И на утро дождь кончился, Дима? Вот здорово!..

— Здорово то, что дождь не кончился, но мы не опохмелялись в это утро. Мы ждали Николая Шухова, что он скажет нам? Ведь он обещал принять решение насчёт нашей дальнейшей работы. Но Николай Шухов приехал на вездеходе только перед обедом прямо к нашему бараку.

— А ну-ка, парни, подмогайте! — говорит. — Я вам гостинцев навёз! Выгру-жай! Наш строительный трест за всё это заплатил безвозмездно. Лопайте, сколько хотите! Новую жисть начи-най! Вот вам китайская тушёнка, свиная, двадцать банок я вам достал из военных запасов «Рот Фронта». Печенье «Привет», два кулька. Батоны хлеба прямо с хлебозавода, ещё тёплые. Абрикосового джема пять банок и карамель «подушечка»! И чтобы не было смертоубийства наяву, я вам кино привёз про боксёров и про любовь. Итальянское кино, «Рокко и его братья» называется!..

Короче, Николай Шухов прихватил с собой киноаппарат своего деда. Как оказалось, дед его, Матвей Захарыч, в войну киномехаником был. Киноаппаратура была старая, но мы её быстро починили. И начали крутить кино про Рокко и его братьев с Аленом Делоном в главной роли. Словом, начался у нас культурный отдых, чего и хотел Николай Шухов. Полтора дня мы кино крутили. Тут и дождь закончился. Классная была тушёнка китайская, во рту таяла! Мы её, конечно, мигом приговорили. Потом чай гоняли с абрикосовым джемом! Лёха Конюшин удалился в неизвестном направлении часа на три среди просмотра киноитальянщины, а потом оказалась у нас на столе кастрюлька с тёплой вермишелью и сардельками. Глеб Поросёнок только помахал мне рукой — ясно, мол, Димыч, откуда? Глеб, выходит, тоже не обошёл ту Танюшку своим вниманием. Она весёлая была девушка, да и прехорошенькая, как я помню!..

— Дима! Неужели она была лучше меня! Выходит, ты тоже её заметил, Дима!..

— Не ревнуй, Лена! Я её потом заметил, потому что она не исчезла с нашего горизонта совсем. После окончания нашего политеха Серёга Бублик вернулся в тот посёлок. Он женился на этой Тане и увёз её с собой, в город, где работал. Серёга Бублик после окончания нашего политеха не пошёл работать инженером, а подался в учителя физики в среднюю школу. У него, как оказалось, была двоюродная сестра, тоже учитель в школе, и она уговорила Серёгу ступить на ниву просвещения. Он решил, что в школе проще и лучше, чем в инженерах, и, действительно, пошёл далеко. Стал директором школы. Я встретил его перед моим отъездом в Америку в Москве с его учениками в доме-музее Сергея Королёва. Это был уже солидный, довольно упитанный человек, в очках, лысоватый и очень серьёзный. Я едва узнал его, клянусь! Учащиеся называли его Сергеем Аркадьевичем. Я чуть не прыснул от смеха, но удержался. Сергей Аркадьевич Бубликов, как оказалось, носил на лацкане пиджака значок «отличника просвещения»!..

— А Николай Шухов? Он лишил вас квартальной премии?
— Нет, что ты, Лена! Ни в коем случае! Как будто и не было ничего!
— А эти парни, Лёха Конюшин и Серёга Бублик, больше не дрались?
— Нет, больше не дрались, но друзьями, ясно, не стали. Да ещё дед этот, Матвей Захарыч, на нашего Конюшина повлиял. Только вышли мы на работу после дождей, как сразу же, к вечеру первого дня, появился дед Матвей. Под градусом, ясно. Идёт себе, пошатывается! А Леха Конюшин как раз цемент начал нагружать в вагонетку. Вот дед и подбредает прямиком к Лехе, одну руку лихо за голову заложил, а другой рукой подбоченился.
— Лёха! — кричит. — Слухай сюды! Я частушку знаю! Счас запою! Слухай, ребя!..

Меня милка разлюбила,
А я парень холостой!
Я пошёл с её подружкой,
Да Милка, блядь, бежит за мной!..
Эх, ма, да кутерьма!
Иэ-х! Да Милка ты моя!..

И пошёл себе приплясывать, да вприсядочку, вприсядочку!..
— Ни, Танюшка за Лёхой не бигае, — сказал мне Остап. — Нащо ей така дурна людына? То Лёхе Марына черноброва дала вермишели. Он на Марыну, выходыть, перекинувся! То ясно, Танюшке не стянуть зараз с кухни усю каструлю с вермишелью да сардельками. То Марына стянуть тилькы може — вона головный технолог у них у кухни!..

Лёха Конюшин между тем, не слушая деда Матвея, прикатил нам вагонетку с цементом на леса.
— Ну его к чёрту, этого деда, — сказал он глухим голосом. — Алкоголик он деревенский! Хотя он безусловно и бесспорно

прав! Интересно, за что он медаль получил? Он всё-таки человек неглупый!

Тут Сеня Вайсман говорит Конюшину:

— Ты, Лёша, оказывается, за его медаль переживаешь? Я думал, ты за другое за что переживаешь! Ну, медаль дед уже получил, — ничего не изменишь! А вот за что нормальную девчонку, Танюшку, вы своей дракой с Бубликом в грязь вкатали? Она теперь ответ должна за ваши дрязги держать? Её теперь блядью всем посёлком прозовут...

— Что я могу сделать? — говорит Конюшин невозмутимо. — Я ей не судья! Она сама выбрала!..

— Пойди извинись перед Серёгой, Алексей! — сказал Сеня. — И в обнимку с ним, как с другом, на глазах у всей столовой ходи! Чтоб Танюшку бабы в бляди не закрутили! Мало ли из-за чего вы, парни, разодрались!

— Да и вовсе драки не было никакой, — сказал Глеб Поросёнок. — Серёга Бублик просто упал по пьянке и ударился. Вот и всё! Ударился об косяк! Верно, Димыч?!

— Тогда и извиняться не надо, раз он ударился, — сказал Конюшин.

— Извинись перед Бубликом, Лёша! — крикнул Сеня Вайсман. — Иначе — лично я тебе больше не друг в науке и в жизни!

— Извинись, Лёша, — сказал я. — Зачем ты накинулся на Бублика? Сам его жалел, деньги ему дал на ботинки! Извинись. Чего тебе стоит?..

— А насчёт деда мы сами разберёмся с Бубликом, — сказал Глеб Поросёнок. — Мы с Серёгой к деду в баньку идём в субботу. Как раз и объясним ему, что к чему. Чтобы не кричал на весь свет! Нашёл для Лёши слова утешения!..

— Ладно, извинюсь, — пробурчал Конюшин. — Ради чести женщины. Но не более того!..

— Вообще, старик забавный, — сказал я. — Хороший, в целом, дед у нашего бригадира Николая Шухова-Яблокова. И Николай — он внук деда своего! Отличный, понимающий мужик!..

— И потом вы работали в этом посёлке и уехали навсегда? Или вы ещё встречались с этим Николаем Шуховым и его дедом, Дима?

— Мы, Лена, ещё приехали в этот посёлок на второе лето тоже. На второе лето мы строили в этом посёлке кинотеатр. Николай Шухов встретил нас с плакатом: «Даёшь политех!». Прикрепил белый лист бумаги с красными буквами на свой вездеход. Был в голубых джинсах и оранжевой рубахе, и в кепке на голове. Волосы у него отросли, он перестал стричься под ноль и носил на голове ёжик. Мы к Яблокову привыкли! И парням из стройбата, которые видели его впервые, тоже объяснили, что Николая надо уважать. Мы здорово работали и на второе лето.

— А дед Матвей приходил?..

— Видели его пару раз. Он дал ключ Серёге Бублику от своего дома, когда лёг в районную больницу подлечиться. Дед Матвей жил бедно, в избушке на курьих ножках. Как оказалось, по словам Бублика, особых военных заслуг у деда Матвея не было. Он всю войну крутил кино бойцам, а сын его, отец Николая Шухова, пропал без вести на фронте. Похоже было, что на этой почве деда Матвея и самого Николая Шухова сильно прижимали местные власти. Неизвестность — это тоже клеймо! Пропал без вести — а вдруг в плен взял да и сдался? Маленького Колю мать бросила на руки деду Матвею, вышла замуж и укатила. Её новый муж Колю не захотел воспитывать, он так и остался с дедом и с бабкой жить. Потом бабка померла, и дед Матвей носился с Николаем, как нянька. Мне жаль, что я не встречусь больше никогда с Николаем Шуховым-Яблоковым и его дедом. Сейчас я бы выпил с ним коньяку, привёз бы из Америки русской чёрной и красной икорочки да солёной рыбки. Поговорил бы я с ними за жизнь! А для Серёги Бублика в то лето началась счастливая жизнь с Танюшкой в дедовской избушке на курьих ножках!..

— А где жил Николай Шухов-Яблоков?

— Он был женат и жил у жены в доме. Её тоже Леной звали, как и тебя. У них в тот год сыну Егорке исполнялось пять лет. Николай нас пригласил к сыну на день рождения. Мы сбросились деньгами и подарили Егорке двухколёсный детский велосипед. Пришли на этот день рождения и сосед Николая казах Жолдас Боранбаев со своим сыном первоклассником Ермеком и женой Сауле. Очень благодарил наш стройбат Жолдас, исполнил на домбре и спел о нас хвалебную песню. Он был совсем молодой парень, этот Жолдас, но уже поэт, акын. Он считал, что мы совершили великое дело — построили для грядущих поколений новую школу в посёлке, да ещё и в короткий срок! Теперь не надо будет возить на мотоцикле рано утром в непогоду за несколько километров от дома Ермека-первоклассника в старую школу. Теперь есть новенькая, красивая, чистенькая школа рядом с домом. Жена Жолдаса, Сауле, нажарила много маленьких вкусных пончиков, они называются у казахов баурсаками. Они очень понравились Лёхе Конюшину, помню...

Конечно, еды было много — и холодца наварили, и пирожков нажарили, и кулебяк с грибами. Подавали вареники с вишнями! Мы наелись от пуза, пили домашнее яблочное вино. Но я дал себе слово следить за Лёхой Конюшиным и вовремя убирал от него стакан с самогонкой. Да к тому же было ещё кому за ним следить! Та Марина, технолог, присушила себе нашего Лёху Конюшина в это лето!..

— Это Марина чернобровая, про которую Остап заметил?
— Она самая! Прекрасная, видная женщина была. Я долго не понимал, почему Конюшин на ней так и не женился. Только когда встретил Сергея Аркадьевича Бубликова в Москве, в доме-музее Сергея Королёва, его тёзки, он объяснил мне, почему. Оказывается, Конюшину не понравилось, что у неё была дочка от первого брака. Конюшин хотел, чтобы в его биографии большого учёного всё было гладко, никаких посторонних лиц. Он хотел быть в самом центре больших государственных секретов! А у этой девочки был какой-то отец. И Лёша Конюшин выбрал себе в спутницы жизни Ольгу Клубничкину. А ведь она сразу после смерти Лёши Конюшина вышла замуж за какого-то военного!

— Ужасно! Отчего Конюшин умер?
— Серёга Бублик — нет, Сергей Аркадьевич Бубликов — сказал мне, что Алексей Конюшин умер у себя в лаборатории, мгновенно скончался от кровоизлияния в мозг. Конюшин был очень утомлён и пил, наверное, тоже. Его обвиняли в каких-то неполадках по работе. К тому же играли, вероятнее всего, из зависти к его таланту и знаниям учёного, на его мужской ревности — надо сказать, что его ревность в отношении Ольги Клубничкиной не была лишена оснований. Она вышла замуж вторично, не успев похоронить Лёшу! Как говорится, не успе-

ли у него ноги остыть!.. Сергей Аркадьевич сказал мне, что имя Алексея Конюшина скоро будет расшифровано, и многие его научные статьи будут опубликованы. Несмотря на тяжёлый характер, Алексей Конюшин пошёл дальше всех нас. Он попал после окончания нашего политеха в «почтовый ящик» под условным названием «скворечник», о котором каждый из нас мог только мечтать. Сергей Аркадьевич велел повесить в своей школе, в кабинете физики, портрет Алексея Конюшина в юности — с фотографиями Конюшина у него затруднений, ясно, не было! Бубликов собирался написать свои воспоминания о Конюшине...

— Неужели ты напишешь воспоминания о Конюшине, Сергей? — удивился я.

— Если напишу, то, понятно, только хорошие и вместе с Глебом Поросенко́вым, — сказал Сергей Аркадьевич, делая значительное ударение на изменении фамилии Глеба. — Кстати, Глеб навещал меня недавно в моей школе. У него так и не устроилась личная жизнь, Димыч! Алёнка Баба за него замуж не пошла, её закрутили ребята из горкома партии, и она, кстати, сделала себе в горкоме недурную карьеру. А Глеба тянул-тянул Остап Подопригора, помогал ему устроиться на приличную работу в военно-морских училищах, но так и не вытянул его толком. Глеба всегда очень сбивали с дороги женщины. Он женился три раза, у него трое детей от трёх жён! И вот у меня в школе он появился на вечере Восьмого марта и, представь, сбил с толку моего завуча, Клавдию Михайловну! Он стал с возрастом просто фантастически красив, наш Глеб: военная выправка, морская форма да ещё и гитара с вечным голубым бантом! Запудрил моей Клаве мозги! А ведь она прекрасный завуч! Что я буду делать без неё?

— Ты возьмёшь себе другого завуча, Сергей Аркадьевич! — сказал я.

— Нет, — отвечал Бублик. — Лучше я возьму к себе Глеба работать военруком в моей школе, если у него с Клавой получится серьёзно. Глебу пора успокоиться и остепениться! К тому же он будет вести у меня музыкальный кружок и организует курсы бардовской песни! Он ведь всегда об этих конкурсах мечтал! Пусть работают оба в моей школе под моим педагогическим оком!..

— Растут же люди! — сказал я. — Ой, растут!..

Сергей Аркадьевич записал мне свои телефоны — домашний и рабочий, и адреса, конечно. На том мы расстались с ним в жаркой бурной летней Москве!..

— А что стало с твоим другом Сеней Вайсманом?

— Сеня Вайсман тоже умер. Он погиб перед самой защитой диплома, очень глупо. Мы крепко выпили тогда в общаге. Я не знал, что Сеня не спал несколько ночей и отчаянно занимался. Он, как и Конюшин, хотел попасть в тот «почтовый ящик», «скворечник». Он приложил к своей дипломной работе проект создания рабочего робота для запуска на поверхность Марса. Сергей Аркадьевич сказал мне, что Конюшин потом доработал этот проект и не забыл нигде имя Сени Вайсмана! И в том методе вычисления тоже не забыл — методе Вайсмана-Конюшина. Алексей Конюшин всё-таки был честным учёным!..

— А ты, Дима?!

— Да что я, Лена? Я не попал в «скворечник», Лена! У меня не было таких связей, как у Алексея Конюшина, да и таких мозгов, как у Сени Вайсмана. Для меня это было ужасное горе — смерть Сени. Мы здорово выпили, помню, в общаге, в нашей «двойной шестой». Сеня говорит мне: «Димыч, здесь что-то душно. Выйди со мной в красный уголок, посидим! У меня голова идёт кругом!» Я помню — мы вышли. В комнате красного уголка было всегда открыто окно, прохладно. Я посадил Сеню на стул, а сам побежал в туалет — проблевался. Мы пили какую-то гадость. Потом я вернулся, смотрю — у Сени пена на губах. Я стал кричать, звать на помощь. Приехали врачи на «скорой». Да было поздно, у Сени было больное сердце, и никто из нас об этом не знал. Он старался ни в чём не отстать от нас, Сеня Вайсман, пил с нами и работал в стройбате. А ему надо было беречь себя и ни в коем случае не пить. Но он пил, потому что пили все!..

— И зачем вы пили, Дима?

— Не знаю, Лена... Трудно сказать, почему все пьют в России. Пьют от усталости, от несправедливости, от нищеты и обиды!..

— И Конюшин не помог тебе, Дима, попасть в этот самый «скворечник»? Вот ведь ваш Остап Подопригора помогал своему другу Глебу Поросёнку с работой!

— Но то был Остап Подопригора, а вовсе не Алексей Конюшин! И хотя сам Остап стал заведующим кафедрой, и ему тоже, можно сказать, в жизни повезло, как и Алексею Конюшину, люди они были разные. Хотя надо отдать должное Алексею — в науке он сделал многое. Этого никто не отнимет!..

— А как ты решился приехать в Америку, Дима?

— Через сестру Сени Вайсмана, Лена. Я считал себя ответственным в какой-то мере за смерть Сени. Потому я не оставлял без внимания семью Сени, я писал им письма, посылал открытки к празднику. Сестра Сени нашла меня, когда я вышел из тюрьмы, и сообщила мне свой адрес в Америке. Вот через семью Сени я и попал сюда. И встретился с тобой, Лена! Кстати, Сергей Аркадьевич сказал мне, что Николай Шухов привёл нам тушёнку, печенье и джем в те дожди вовсе не из средств строительного треста, а из своих собственных средств. И вытянул нас из поножовщины и пьянки своей простой человечностью!..

* * *

«...Может быть, Дима любит сестру этого своего покойного друга, эту Соню Вайсман, — думала Лена. — Она врач, нашла его, когда он вышел из тюрьмы. Они все очень образованные люди! А я — простая девушка. Нигде я не училась, никаким наукам. Разве только жизни выучилась на нашем скотском, развесёлом и бесшабашном карнавале универмага...»

Стояла уже середина октября. Лена Волгушева работала снова, теперь вполне официально, если такой можно назвать работу за наличные, то есть за кеш. Она ждала и надеялась, что, возможно, получит документы, ведь она заплатила за них в польском агентстве, и поляки обещали ей достать право на работу и номер соушел секьюрити. «Я больше бы заработала на чеки. А эта моя зарплата совсем маленькая. Правда, работа не пыльная, как и обещал Дима. Этот положительный Дима...»

Но она скучала по Вальтеру. Лена Волгушева забирала домой из школы американскую девочку-первоклассницу. Девочка училась во французской частной школе, а другая девочка, её старшая сестра, возвращалась из обычной городской школы самостоятельно. В обязанности Лены входило накормить девочек чем-нибудь, например, салатом или маленькими бутербродами с сыром, дать им выпить по стаканчику сока, а потом смахнуть пыль с полок, подмести пол и смотреть, чтобы девочки начинали делать домашнее задание, пока Лена готовила ужин для семьи. Семья состояла из них и их бабушки.

Первоклассницу — милое существо с густыми чёрными прямыми волосами — звали Коринной, а её сестру, полноватую пятиклассницу в очках, — Сарой. В обязанности Лены входило, конечно, присматривать в основном за Коринной, а вот Саре надо было повторять и напоминать, чтобы она помогала младшей сестре. Сара училась очень хорошо и казалась серьёзной девочкой не по возрасту.

— Наша мама умерла от сахарного диабета, — сказала Лене Сара. — Коринка не помнит её, она только-только родилась. Я сама вызывала маме машину неотложной помощи из госпиталя. Мы жили втроём в Нью-Мексико. Когда маму убил её сахар, бабушка забрала нас жить к себе. Но пока мама была жива, они с бабушкой не разговаривали. Бабушка её обижала всю жизнь, потому что мама была толстая. Неужели только за это можно обзывать собственную дочь? Потому я бабушку совсем не люблю, а вот маму мне жалко. Мама всё равно была хорошая, добрая и красивая, хотя и толстая! Я мало ем, потому что дала слово маме следить за своим весом! А Коринка одни сладости жрёт! Не давайте ей сладкого, а то её тоже убьёт сахар!..

— Твоя бабушка профессор, Сара, — объяснила Лена. — Она строго следит за вашей диетой. И она очень любила твою маму, поверь мне. Она мне так и сказала. И ты люби бабушку. Они просто немного поссорились, твоя мама и бабушка, а вот если бы твоя мама не умерла, то они бы помирились обязательно! Так всегда бывает, мать и дочь всегда понимают друг друга в конце концов. Они же родные. Вот, например, яблоко и его семечки!..

Бабушка, миссис Фанштейн, была доктором психологии.

— Моя дочь совершила великолепный и смелый поступок, — сказала она Лене. — Она родила мне двух замечательных внучек! Моя дочь, к сожалению, была глубоко несчастным человеком. Ребёнком она была всегда толстушкой, а потом стала безобразным огромным чудовищем! Она виновата в том, что не смогла вовремя остановиться и сесть на строгую диету. Никто из мужчин, естественно, не захотел жениться на ней, хотя наша семья была состоятельна — её отец, то есть мой покойный муж, положил на её счёт значительный капитал. Потеряв надежду выйти замуж, она уехала жить в Нью-Мексико, где её никто не знал. И там она начала пользоваться услугами мужского эскорт-сервиса. Вы понимаете, о чём я говорю? Но она хитрила — она хотела от мужчин не удовольствия, а ребёнка! Она хотела стать матерью, причём так, чтобы никто никогда не узнал, кто именно отец ребёнка. Ведь мужчины могли отобрать у неё часть денег! Но она набралась смелости и родила вот этих двух девочек, моих внучек, от разных отцов. Коринна родилась от итальянца, а Сара — от мексиканца. Но они всё равно мои внучки и носят мою фамилию — они обе Фанштейн, и у них есть деньги, чтобы выучиться в колледже. За Сару я не боюсь — она умница. Покойная дочь написала мне в письме перед смертью, что Сарин биологический мексиканский отец был уже в возрасте, когда попал в эскорт-сервис, а в молодости он работал учителем математики в школе. Я верю, что Саре достались недурные гены. Другое дело — Коринна! Дочь писала мне, что её отец — итальянский жиголо, проходимец и аферист, которого даже из эскорт-сервиса выставили за кражу у клиентки. Чтобы скрыться от него навсегда, моя покойная дочь дважды меняла квартиру, переезжая с места на место и запутывая свои следы! Впрочем, она зря паниковала — этот итальянец её даже не искал. Кому нужна такая больная женщина, как моя дочь? Хотя я считаю, что не от каждого мужчины нужно рожать ребёнка! Что толку, если он был красавец? Да ведь проходимец и вор! Вот какие гены достались Коринне по наследству! Хотя Италия — страна талантливых людей. Коринка хорошенькая, но неизвестно, куда приведёт её генетика! Только бы не на дорогу преступлений... Потому я очень боюсь за Коринку и заставляю Сару влиять на сестру! Вся надежда на воспитание!..

Миссис Фанштейн вздохнула.

— Я вам рассказываю всё это, дорогая Леночка, потому что вижу, что вы любите моих внучек. Ах, не осуждайте мою дочь! Двадцатый век на планете, и все люди с большими запросами, и нет работы для настоящих мужчин! Что уж говорить о нас, о женщинах! Но всё равно надо беречь своё здоровье и стараться жить среди них, этих очень непростых мужчин, невзирая на их запросы!..

Лена готовила ужин — каждый день куриный бульон.

— Только бы мои девочки не унаследовали сахар от своей матери! — повторяла миссис Фанштейн. — Я надеюсь, что кровь их сильных и здоровых отцов всё-таки победит этот смертельный сахар. Нет, не каждый мужчина в конце концов способен зарабатывать деньги в эскорт-сервисе. Обедневший век! Убогая политика! На какой планете, в какой вселенной искать достойную работу для мужчин?..

Лена ужинала вместе с внучками и бабушкой. Эту непыльную работу за двести долларов в неделю и ужин достал ей Дима. Представитель уникального политеха однажды спросил осторожно:

— Интересно, Лена, почему ты не работаешь? А ведь деньги у тебя водятся! Откуда? Я вижу, ты сумочку себе новую купила!..

— Я скопила деньги на работе, где работала до нашей встречи с тобой, — соврала Лена.

— Почему ты не хочешь снова пойти поработать у старушки, Лена?

— Нет! — сказала она резко. — Хватит с меня собственной матери! Я не выдержу ещё одну идиотку!..

— К сожалению, Лена, надо выдерживать любые перегрузки. Иначе в жизни пропадёшь! — грустно ответил ей Дима.

И он молчал. Молчал почти весь вечер...

— Понимаешь, Дима, везде свои тусовки. В Москве была своя тусовка, здесь — своя, — заметила Лена.

— Нет никаких тусовок, Лена, — сказал он твёрдо. — Есть реальность: тебе надо платить за это жильё, а мне помогать сыну и дочке в Совке. Ты хочешь непыльную работу, Лена. Вот и всё. Я постараюсь тебе её достать, непыльную. Но именно — работу!..

«Неужели он о чём-то догадался? — думала Лена. — Ну и чёрт с ним! Мне ближе откровенность с Вальтером! Мы не скрываем друг от друга наших рабочих возможностей! Вальтер — красив! А Дима?»

И вот он взял и нашёл ей эту работу, Дима. То ли через поляка, с которым работал на ремонте домов, то ли через сестру своего покойного друга Сени Вайсмана — он не сказал. Он молчал. И она стала забирать Коринку из школы. Отказаться было невозможно. Но Лена теперь приходила вечерами домой, смотрела телевизор, звонила Вальтеру и больше никуда не выходила из дома. Она вдруг стала бояться, что кто-нибудь из знакомых миссис Фанштейн увидит её в баре гостиницы. И вообще, мало ли кто! Нет, лучше дома посидеть. Всё-таки она не умирает от голода!..

Но с некоторым раздражением она думала, что Дима поймал её с этой новой бебиситтерской работой. Он по-прежнему приходил к ней в ночь с субботы на воскресенье и уходил утром в понедельник. Он уходил к своему приятелю, с которым жил вместе в квартире, платя за эту крышу над головой с ним пополам. Он не собирался, кажется, переезжать к ней, к Лене. Да и она едва ли этого хотела...

Дима молчал. Дима выпивал пару рюмок водки. Дима отсыпался у неё. Дима приносил с собой пельмени, кексы и колбасы. Они слушали Высоцкого и ели пельмени. Потом они слушали Аркашу Северного и ели кексы. Они говорили о политике и ели колбасу. И Лена по-прежнему не спрашивала у Димы ни его фамилии, ни отчества. Он был для неё всё ещё просто случайным знакомым из политеха, учебного заведения, которое научило своих уникальных студентов выдерживать в жизни любые перегрузки. И Лена ждала звонка Вальтера. Но Вальтер никогда не звонил ей в ночь с субботы на воскресенье. Она понимала, что он работает. И в воскресенье Вальтер тоже не звонил.

С одной стороны, это было даже удобно. При ней был всё-таки этот положительный Дима в его вечной клетчатой рубашке. «И зачем мне знать его фамилию? — думала Лена. — Я же не собираюсь замуж за него! Не всё ли равно — Семёнов он, Иванов или какой-нибудь Козлов? Может, он даже Дмитрий Северный или Южный! И к тому же старый он, чтобы, например, взять да и родить от него ребёночка! Другое дело Вальтер. Но дочь миссис Фанштейн была богата. А я? На какие средства я буду жить вместе с ребёнком?»

Теперь она вспоминала вечерами своего Толика Лихачёва. Толик Лихачёв тоже уехал из Москвы куда-то на Север после окончания института. Не так уж позарез нужна ему была

Москва! Толик просто хотел уюта, хотел получать неплохую зарплату и жить. Просто жить! Смотреть кино, слушать музыку, книги читать. Толик не был сложным парнем. Лена родила бы ему ребёнка, ведь они были совсем молодые, мальчик и девочка! И он любил её, Лену. И она любила Толика Лихачёва, студента Московского института. Она даже достала ему модный, хотя и дешёвый свитер через свой универмаг. И она любила внезапно появляться в его студенческом общежитии — такая молоденькая москвичка, в коротенькой клетчатой юбочке, каких ещё не было у других девчонок!..

Но её родная мама бессовестно кромсала и калечила её жизнь, играя на её дочерней любви! Мама просто-напросто боролась за свой уют и покой больного человека. А им с Толиком некуда было идти, негде снимать квартиру в Москве. И платить за неё было бы чудовищно дорого. Но вот уехать на Север с Толиком Лена бы не смогла всё равно. Как бросить больную мать? Ведь это мать! И Толик не предложил ей уехать на Север, например, забрав и мать с собой. Он всё понял правильно, Толик Лихачёв. Бывают безвыходные ситуации для двоих людей. Но для одного человека всегда есть выход из положения. Ведь он один, и свободен, и нет на нём бренной тяжести другого, неподходящего для него, спутника жизни!..

Однажды рано утром в субботу Вальтер вдруг позвонил Лене. Он попросил её немедленно прийти. Она разволновалась и взяла такси в Манхеттен. Она помчалась к Вальтеру, словно ненормальная. Он, Вальтер, нашёл, вероятно, выход из положения для них, для двоих! И Лена пойдёт за ним на край света!..

У Вальтера на всю громкость крутилась кассета с испанской музыкой. Вальтер танцевал танго, обнимая невидимую партнёршу, и подпевал на испанском языке.

— Ты знаешь по-испански? — удивилась Лена. — Ты же немец! Когда ты успел выучить так здорово испанский?..

Вальтер выключил музыку и объяснил:

— Но я немец из Аргентины, Лола! Я учился в школе на испанском и с детства говорил по-испански! Я родился и вырос в Аргентине! У нас все танцуют танго! Это наш национальный аргентинский танец! Вот уж что мне пригодилось в моей сумасшедшей работе со старыми итальянскими дурами, так это наше романтическое аргентинское танго! Мне жаль, что я не знаменитый танцор Рудольф Валентино! Перед ним женщины раздевались прямо на улицах! Нет, я только Вальтер. Я не такой счастливец, как он!..

— Но ведь твои родители — немцы. Как же они оказались в Аргентине, Вальтер?

Лена пристально смотрела на него. Вот на кого он походил — на Алена Делона, красавца-актёра из франко-итальянского фильма «Рокко и его братья». Вальтер подкрасил свои волосы в тёмно-каштановый цвет — вероятно, так ему нужно было для работы, — и сходство с молодым Аленом Делоном стало явным. И Лена страстно любила его в эту минуту!..

— Ты меня удивляешь, Лола! Неужели ты не знаешь, как именно мы, немцы, попали в Аргентину?..

Вальтер был спокоен. Её волнение ничуть не передалось ему. Он всегда называл её Лолой при встречах. Это поднимало её в собственных глазах значительно выше над бедным, убогим уровнем её русского эмигрантского быта.

— Я не знаю ничего, Вальтер, про Аргентину. Скажи! Выходит, вы там были эмигрантами, немцы? Вы уехали от фашистов, да? Я понимаю, вы эмигрировали из фашистской Германии...

Он отвернулся от неё.

— Надо найти какую-нибудь музыку. Что здесь есть приличное? Ну, вот какие-то французы о любви! Надо какой-то фон для такого серьёзного разговора...

Он поставил музыку и отрегулировал её — теперь в комнате звучал приятный, лепечущий о любви, подкупающий и уравновешенный французский голосок.

— Хочешь гамбургеров, Лола? У меня их до чёрта! Только погреть надо в макровее — и можно есть! Смотри, полный холодильник!..

Вальтер нырнул на кухню и открыл дверцу холодильника. Завёрнутых в белую бумагу, каждый отдельно, гамбургеров было штук двадцать.

— И правда много! — воскликнула Лена. — Где ты их взял?
— Набрал вчера в баре. Давай нагреем. Кофе есть. И пиво в баночках. Наше, отличное, немецкое. Вообще, честно говоря, в Америке удаётся недурно пожрать!..

Они жевали тёплые гамбургеры, запивая их охлаждённым немецким пивом. С фотографии на стене на Лену преданными глазами смотрела чья-то умная и проницательная собака.

— Ты забыл ответить на мой вопрос, Вальтер. Как ты, вернее, твои родители, попали в Аргентину? — сказала, наконец, Лена.

Вальтер вздохнул.

— Это даже не мои родители туда попали. Это мой дед попал, отец моего отца. Мой дед служил в войну в войсках гестапо. Согласно приговору этого идиотского Нюренбергского процесса, солдатам и офицерам этих войск — СС и гестапо — в Европе проживать было запрещено. Так мы все и оказались в этой несчастной Аргентине. Эта испанская примитивная, довольно грязная и убогая страна нас приняла. Наши немцы подняли её из грязи — научили цивилизации и аккуратности!..

Лена отложила недоеденный гамбургер на журнальный столик. Там по-прежнему, навечно впаянная в воск пивной кружки, пылала красная шёлковая роза.

— Что он там делал, в гестапо, твой дедушка? — прошептала Лена. — Он там мучил людей? Это всем известно, всему миру, по фильмам и книгам — в гестапо мучили и пытали людей! Значит, твой дедушка...

— Ой, Лола, перестань! Мы с тобой, кажется, не стесняемся друг перед другом из-за наших профессий! Ну гестапо, подумаешь! Пару раз, конечно, и дед дал кому-то по морде — не без этого! Но мой дед был простым мужиком, не офицером! Он работал в гестапо уборщиком. То есть мыл полы, отмывал, ясно, кровь со стен, работа не из приятных! Но кто-то должен был делать и её. Ещё слава богу, что мой дед всё это выдержал. И кстати, он вовсе не спятил от этих сумасшедших еврейских криков! У моего деда был свой небольшой доход на этой работе. Он мыл полы, но в лужицах еврейской крови он подбирал золотые коронки. Золото — оно и есть золото. Лучше, чем ничего!..

— Выходит, — шептала Лена, — это всё, всё правда! В этом гестапо и правда выбивали людям зубы! Ужас какой!..

— Ну, действительно, нехорошо, — согласился Вальтер. — Но ты не переживай. В гестапо в основном били евреев. Разве это люди? Ну и коммунистов тоже. Но сейчас этой твоей коммунистической страны — Советского Союза — больше не существует. И что она дала тебе для жизни, эта страна? Ты — русская, очень бедная девушка из бара! Ты существуешь на подачки от мужчин! Вот и всё...

Лена поёжилась. Она русская, бедная девушка. Это правда. И давно нет войны. И давным-давно шёл этот фильм — Нюренбергский процесс. Да и сам Вальтер разве отвечает за поступки своего деда? Вальтер золотые коронки в пыточных гестаповских камерах не выскрёбывал из кровавых луж на полу!..

Лена глотнула пива. Хорошее немецкое пиво. Холодное и очень вкусное.

— Интересно, что твой дедушка потом сделал с этими золотыми коронками? — спросила Лена. — Много он коронок набрал?

— Целый мешочек! Немало! Представь себе, Лола, эти коронки потом спасли нашу семью от нищеты, ведь в Аргентине надо было как-то существовать! Мой дед начал постепенно их продавать. На вырученные деньги мы смогли жить в довольно чистом, пусть и убогом домике. То есть мой отец, моя мать и дед, а потом и я, когда родился в этом домике. Но я всё равно уеду к себе на родину, в свою родную великую Германию! Она теперь одна — единая немецкая страна!

— Да, она объединилась, Германия, — сказала Лена. — Но ты неплохо здесь, в Америке, живёшь, Вальтер. Тебе просто надо стать легальным эмигрантом, получить документы. Потом можно учиться в колледже или пойти на нормальную работу на чеки!.. Ты просто найди себе нормальную работу! Посмотри, какое у тебя прекрасное жильё! Ты живёшь в настоящей сказке! Какая у тебя обстановка необыкновенная!..

И Лена обвела взглядом его богемную комнату. Нельзя было не улыбнуться. Здесь прошло немало её счастливых минут с Вальтером.

Потом она услышала его злой голос:

— Из этой квартиры меня могут выставить в любую минуту! Хозяйка этой квартиры повсюду гоняется за своим сыном. Как только она найдёт его, она вернётся сюда, а меня выгонит на улицу. У нас с немцами такое уже случалось в Аргентине.

— Вальтер! Что ты говоришь? Почему на улицу? Ты просто найдёшь другую квартиру! А возможно, хозяйка оставит тебя здесь и поедет с сыном куда-то в другое место. Переговори с хозяйкой, Вальтер! И к тому же она не нашла ещё своего сына. Почему вдруг ты паникуешь?

— Эта тупица давным-давно нашла бы своего дурака-сына, если бы я не хитрил до сих пор! Я тоже отстаивал свой интерес и не раскаиваюсь в своих делах, как и мой дед, например! Этот парень смылся от своей мамаши, которая его допекала, в неизвестном направлении. Но потом раскаялся, именно потому что дурак и даже смыться как следует не умеет. Он написал ей сюда, на этот адрес, письмо и сообщил, конечно, свои координаты. Он живёт сейчас в Лос-Анжелесе и что-то там ловит в Голливуде, снимает какие-то идиотские документальные фильмы. У этого дурака не хватает ума найти себе любовницу в Голливуде, которая протащит его вперёд к успеху! Нет, он честно трудится! А мамаша ищет его во Флориде, в Диснейленде. Но я ей ничего о её слабоумном сыночке не сообщил. Вернутся сюда и будут квартиру продавать! Сынку нужны деньги! Он просит их у мамаши — сам зарабатывать не умеет. Ну а я умею. И зачем мне эти хозяйкины дела?..

— Но ты живёшь в их квартире, Вальтер! Ты с ума сошёл! Она ведь мать его, понимаешь? Она его ищет! А вдруг он, например, погиб? Или спился? Или попал в тюрьму? Немедленно ей сообщи о нём! Иначе она изойдёт слезами от горя! Сколько времени прошло, как она начала искать сына?

— Уже целый год. Вот дура-то!..

— И ты не сказал ей правду, где её сын?

— Да я же не дурак! Я живу здесь себе и живу. У меня нет проблем. Мне зачем их проблемы? Да и пусть она себе хоть и сдохнет от слёз. Мне её не жалко. Она звонила мне сегодня на рассвете, ужасно накричала на меня. И кто? Она — простая испанка, у которой сын — цветной. Он — негритёнок. Плохо то, что ей кто-то сообщил о её сыне. То есть то, что он звонил мне сюда и писал письма, а я это скрыл!

— Это и есть очень плохо, Вальтер. Значит, эта простая испанка так здорово обставила квартиру вместе со своим сыном-негром, который к тому же ещё и отважился заявить о себе в Голливуде? Надо талант иметь, чтобы податься в Голливуд! И эти люди жалели тебя и сдали тебе квартиру совсем дёшево, чтобы ты мог стать на ноги, накопить деньги и тоже куда-нибудь пристроиться. Они, верно, приняли и тебя за талантливого человека! Ведь каждый судит других по себе! Они — талантливые люди и пожалели тебя. А ты их, выходит, не пожалел? Так?..

— Лола! Ты очень наивна! К тебе разве не прилипает грязь улицы?.. Неужели ты думаешь, что я, искупавшись в говне американских грязных баров, буду жалеть этих богачей? Американцы — жители обеспеченной и совершенно незыблемой страны! У них — доллары, зелёная постоянная валюта! А что есть у меня? Подумать только, у меня, европейца, немца, представителя сильнейшей нации, покорившей полмира, нет ничего. А вот у этих грязных цветных — моей хозяйки и её сына — есть эта квартира! Это гнёздышко, в котором мне было так хорошо!..

— Возможно, Вальтер, они бы продали эту квартиру именно тебе и никому больше. Зачем было их обманывать? Они и без этого несчастны! Ведь отец этого негритёнка, муж хозяйки, сгорел на пожаре. Пожарный — опасная профессия, для смелых людей. Помнишь, ты мне сам об этом рассказал?

— Да буду я его ещё жалеть! Разве мы, немцы, не сгорели в пожаре войны из-за этих проклятых богатых американцев? Зачем они открыли второй фронт? Твои голодные русские никогда бы не выиграли у нас войну! Адольф Гитлер был умнейший человек. Мы поставили на колени половину Европы! Мы — великая Германия!..

— Нет, не поставили. Нет! Твой Адольф Гитлер привёл твою великую Германию к катастрофе! Вы подавились моей Россией! Это мы поставили вас на колени в битве под Москвой в первый раз. Потом ещё был Сталинград. Посмотрели вы, как умеют драться голодные русские? Да и потом — почему голодные? У нас, кроме американской тушёнки, свой, русский военный запас тоже был. У нас ещё китайская свиная тушёнка была. Знаешь, какая вкусная? Ты сроду такой не ел! Во рту таяла! Её потом на стройках нашим ребятам давали подкормиться! Студентам, которые города на целине строили. Из военных запасов «Рот Фронта» осталась. Так что продуктов у нас было чёрт знает сколько! Из всех стран мира! Никто фашистов не любил и не хотел. Их разгромили. Вот и весь сказ!..

Лена завернула надкушенный гамбургер в бумагу, нырнула в кухню и швырнула гамбургер в мусорное ведро. Туда же пошла и баночка с немецким пивом.

— Мне пора домой! Я ухожу! — крикнула Лена из кухни.

Он мгновенно вырос на пороге кухни и стал у плиты под «Весёлый Роджер» — пиратский флаг.

— Как хочешь! Я вижу, ты обиделась на политику. Но на политику у каждого из нас свой личный взгляд, Лола. Женщины не должны рассуждать о политике!

— Пусть так. Я тороплюсь, Вальтер!

— Но Лола! Не предавай меня! Я на тебя рассчитывал! Рассчитывал на тебя, и только на тебя в одном деле!..

— В каком деле, Вальтер?

— Я рассчитывал, что смогу пожить у тебя какое-то время. Может быть даже, я помог бы тебе найти клиентов. У нас с тобой не было тайн друг от друга! Жизнь слишком сложная вещь. И я рассчитывал именно на тебя.

— Я ничего не обещала тебе, Вальтер! А ты хотел быть моим сутенёром?..

— Я хотел быть твоим другом и товарищем по нашей работе! А ты предала меня!

— Нет, Вальтер. Тебя и меня предали наши собственные страны, когда начали драться друг с другом и воевать. И вот теперь нам платить за эти их военные грехи!

— Значит, я могу всё-таки позвонить тебе, Лола, если меня выгонят отсюда? Я могу рассчитывать на тебя?

— Нет, не звони мне, Вальтер! Знаешь, я не одна! У меня есть серьёзный мужчина. Наш, русский. Я рассчитываю теперь на него. А ты рассчитывай лучше на своих старых итальянок. Их Муссолини всегда был заодно с твоим Гитлером. И они, наверное, поэтому любят тебя больше, чем я. Прощай, Вальтер!.. Чао, бамбино!..

Лена сбежала по лестнице вниз. Она слышала, как Вальтер кричал за дверью в истерическом припадке американские ругательства. Пусть кричит! Теперь ей это было совершенно безразлично.

На второй лестничной площадке Лене вдруг преградила путь молодая девушка, соседка-мексиканка, которая иногда встречалась Лене и раньше.

— Здравствуй, русская, — сказала она. — Я не знаю, как тебя зовут. А я Триша!

— Меня зовут Лена, — ответила Лена просто. — Откуда ты знаешь, Триша, что я — русская?

Мексиканка, вся увешенная дешёвыми разноцветными бусами и браслетами, только улыбалась. За её цветастую широкую юбку держался мальчик лет четырёх.

— Это мой сынок Хосе, — сказала Триша. — Ты приходишь сюда к Вальтеру, я знаю. Он сказал мне, что ты — русская. Значит, твоё имя — Лена?

— Ну да, я — Лена. А что? Русская, Лена.

— Лена! Зачем ты приходишь к этому Вальтеру? Ты не представляешь себе, какой он плохой парень! Он всё время старался ударить по голове моего Хосе. Что ему сделал мой ребёнок? Ничего! А он каждый раз при встрече на лестнице повторял мне, что у меня сын урод, идиот, дурачок недоразвитый, аутист! И я ходила с моим Хосе к врачу. Мой сын — совершенно нормальный мальчик, только очень испуганный и неразговорчивый. У него до сих пор не было никаких игрушек. Вместо игрушек я вырезала Хосе картинки из детских журналов, которые находила на улице! Его отец меня бросил. Но я осталась жить в Америке и теперь вот выхлопотала себе пособие. Я получаю деньги на жильё и фудстемпы на продукты. Я нашла себе бойфренда. Его тоже зовут Хосе. И он купил моему сыну его первую игрушку — машину! Хосе! Покажи русской тёте свою машину!

— Ой, какая красивая машина! Красная!..

Триша подошла вплотную к Лене и зашептала быстро:

— Лена, не ходи к Вальтеру! Я отомстила ему и больше его не боюсь! Мой бойфренд Хосе вот-вот переедет к нам жить. Он работает в овощной лавке рядом и приносит нам овощи. Вальтер оскорбил моего ребёнка, но я больше его не боюсь. Мой Хосе сумеет защитить нас от Вальтера. Вальтера сегодня вечером выгонит его хозяйка миссис Томпсон. Я сообщила ей, что Вальтер её обманул! Миссис Томпсон ищет во Флориде своего сына, а он живёт в Лос-Анжелесе и давным-давно сообщил свой адрес Вальтеру, чтобы тот передал адрес его матери. Но Вальтер ей наврал, что ничего о её сыне не знает. Я вытащила то письмо из мешка с мусором, который Вальтер выбросил на помойку. И хоть он письмо порвал в клочья, я его склеила скотчем и переслала брату миссис Томпсон, адрес которого она мне оставила перед отъездом, чтобы я сообщила ему, если мне вдруг станет что-то известно о её сыне или о ней самой, если она вдруг умрёт от горя! Понимаешь? Она очень любит своего сына. Он мечтал стать художником и говорил, что его мать — отсталый человек, что она его допекает. Да ведь она тоже художница! Она кормила его, когда он был маленький, как вот мой Хосе, хотя тогда она была бедная. Она мне рассказывала о себе! Словом, я ей рассказала, как Вальтер издевался тут над всеми нами! И всё врал! Миссис Томпсон позвонила мне сегодня ночью. Она уже в самолёте и летит сюда. Ты, Лена, не жалей Вальтера. Он — немец, а ты — русская. Его страна вела войну с твоей страной. Зачем он тебе, если он пришёл в твою жизнь от твоих врагов?..

— Нет, я не приду сюда больше, Триша. Вальтер и правда скверный парень! Выходит, это ты сообщила всё хозяйке? Он, наверное, подумал на меня. Он тоже позвонил мне рано утром на рассвете и попросил немедленно приехать.

— Он хочет, наверное, перейти к тебе жить? У тебя есть квартира?

— Нет, Триша, я его к себе не возьму. Но в любом случае — Вальтер не пропадёт. Он может запросто снять себе жильё, а на ближайшее время уйти жить в гостиницу. Деньги у него есть. Его работа хорошо оплачивалась.

Мексиканка улыбнулась:

— Ты прости меня, Лена, что я такое Вальтеру устроила! Но мне жаль миссис Томпсон. Она добрая женщина, и мать, как и я. У тебя есть дети, Лена? Подожди, я дам тебе авокадо. Мой Хосе принёс мне вчера несколько штук. Мы больше не будем голодать! В Америке нет голодных людей!..

Она вытянула из закромов юбки два авокадо и протянула Лене.

— Возьми, ешь и детям своим дай! Если что-то будет тебе нужно из овощей — приходи. Я продам тебе подешевле. Всё-таки у меня теперь серьёзный бойфренд и работает в большой овощной лавке! А это много для нас с сыном!..

Лена положила карточку с номером телефона Триши к себе в сумочку и пошла к сабвею. Возможно, Вальтер уедет в Германию, к себе на родину, и не останется в Америке. Значит, она больше никогда не увидит его! И пусть он уходит из её жизни навсегда! Нет, не от каждого мужчины нужно рожать детей, чтобы вдруг не подкачала, не предала ребёнка генетика! Это ведь не переехать в другую страну, в которой можно изменить политику и наладить жизнь!..

Потом Лена взглянула на часы. Как? Уже половина пятого? Да ведь скоро придёт к ней этот положительный Дима! Надо, наверное, сделать котлеты. Можно и борщ сварить завтра, а сегодня сообразить грибной суп на скорую руку. Дима придёт с работы усталый и голодный. Пельмени он принесёт, конечно, но они ужасно надоели. Надо поторопиться, чтобы Дима, не дай бог, не заподозрил её в неверности к нему! Да разве она ему не верна? Нет, она ему верна!..

И как можно не любить этого положительного Диму, если за спиной этого Димы до сих пор стоит непобедимым фронтом весь, как он есть, в полном своём составе, вместе со своим бригадиром Николаем Шуховым-Яблоковым этот легендарный стройбат уникального русского политеха?..

Нью-Йорк, апрель-май, 2007

О ВРЕМЕНИ И О СЕБЕ

Дорогие читатели! Наверное, самой трудной задачей для писателя является рассказать о себе как о личности. Разумеется, сюда входит какой-нибудь занимательный рассказ о своём собственном писательском, творческом пути в большую литературу. Но давайте спросим себя: разве обязательно называть литературу именно большой? Насколько я понимаю, литература есть и маленькая, но весьма интересная. Чаще всего это дерзкая заявка о себе молодого автора, ещё не закончившего среднюю школу, но явившего себя миру со всей серьёзностью вполне компетентного и достаточно начитанного человека. Именно с такой серьёзной амбициозностью много лет назад заявил о себе ученик московской школы Толя Фоменко, чья фантастическая повесть «Тайна Млечного пути» была опубликована в многочисленных номерах газеты «Пионерская правда». Не знаю, как на других, а на меня лично эта повесть произвела сильное впечатление. Не столько содержанием, вовсе нет! Но смелостью полёта фантастической мысли простого мальчишки, обыкновенного школьника. С тех пор Анатолий Фоменко стал достаточно известным человеком, но — увы! — не стал большим писателем. Анатолий Тимофеевич Фоменко ныне учёный, Академик РАН, математик с целой массой научных степеней. В девятом классе средней школы, набравшись храбрости от созерцания столь уверенного юношеского шага на литературном пути, я решилась тоже писать именно прозу, а не стихи, которые писали многие юные девушки, мои подруги и одноклассницы. И все мы, конечно, были в кого-нибудь обязательно влюблены и поверяли друг другу свои тайны.

Но сначала я хочу рассказать о городе, в котором я родилась и выросла, культурная атмосфера которого сформировала и упорядочила мои взгляды, так сказать, на жизнь, на людей и на искусство. Это город Алма-Ата, бывшая столица Казахстана. Назван город, в переводе с казахского языка, «Яблоко-отец», в честь больших и сладких яблок, которые и прославили сады города этим своим сортом «апорт». До революции здесь была скромная пограничная крепость, окружённая высокими горами Тянь-Шаня и носившая название — город Верный. Но вместе с новой страной СССР, выраставшей в ходе трудовых пятилеток, поднимался и город Верный, на долю которого, словно на одного живого человека, выпало немало страданий и бед. Вместе с установлением Советской власти народы азиатских республик живо заинтересовались русской культурой. Город Алма-Ата оказался не только спаянным с русской культурой, кажется, навеки, но и стал свидетелем горьких ошибок со стороны правительственных кругов страны, безнаказанно наносивших жестокие удары по деятелям советской литературы и искусства. Как известно, первым человеком, сосланным в Алма-Ату по распоряжению товарища Сталина, стал Лев Троцкий. И следом за ним последовало ещё великое множество людей. Сюда ссылались люди не только нежелательного дворянского сословия, но и философы, не попавшие на знаменитый «Философский пароход», врачи, учителя и артисты. И здесь, в нашем городе, с ними произошло, пожалуй, настоящее чудо, поскольку их не только не преследовали местные власти, но даже предоставили ссыльным интеллигентам полную возможность работать по специальности. Почему это было именно так, я размышляю до сих пор.

Казахский народ, проживавший в горной местности, из века в век был кочевым, занимался в основном выращиванием лошадей и овец и кочевал с табунами этих животных по крутым горным пастбищам. Исторически жизнь этого народа сложилась так, что людей здесь ценили за их индивидуальные человеческие качества, такие, например, как смелость, отвага, честность, самостоятельность суждений и бесстрашное высказывание вслух своих задуманных и принятых решений для их дальнейшего коллективного всенародного обсуждения. Казахский народ отличался издревле гостеприимством. Если заблудившийся путник пришёл к твоей юрте в снежный буран или попросился на ночлег в грозовую ночь, — не спрашивай, кто он, не задавай лишних вопросов пострадавшему человеку, но обогрей его, накорми, угости крепким горячим чаем. Издревле среди казахов ценилась удаль, ценились джигиты — люди, укрощавшие диких коней, лихие наездники, храбрые воины! Ошибки бывают у всех, оно понятно и простительно. Всё равно вместе жить легче, потому что, как скажет в будущем великий Эрнест Хемингуэй, «человек один не может ни черта!» Потому, должно быть, ссыльная интеллигенция здесь не подвергалась оскорблениям. Политика — это одно, а человек — совсем другое! Этих ссыльных политических встречали ровно, приветливо и сочувственно. Среди них было много врачей, которых сразу пристроили работать по их специальности в медицинские учреждения и больницы. И если до смерти вождя народов их зарплата была небольшая, то в период хрущёвской оттепели им были возвращены все их научные звания и выплачены большие денежные компенсации. Люди, оказавшиеся без имени, здесь, в Алма-Ате, становились настоящими звёздами. Так, например, Лев Игнатьевич Варшавский, бывший секретарь Радека, фактически перестроил работу в неплохой студии «Казахфильм», где Андрей Кончаловский начал снимать свои первые фильмы; Александр Лазаревич Жовтис, профессор, поэт и переводчик, блестящий лектор и знаток литературы, много лет преподавал в Казахском государственном университете. Давно открыт в Алма-Ате дом-музей писателя Мухтара Ауэзова, тоже попавшего в своё время под подозрения со стороны работников московских органов госбезопасности. Но Ауэзову удалось избежать ареста. Этого казахского писателя, создавшего эпопею о жизни своего народа, часто сравнивают с русским Львом Толстым.

Были в Алма-Ате и опытные хирурги, выдержавшие каждодневную борьбу за жизнь раненых у операционного стола на фронтах жестокой войны, с коими приезжал посоветоваться тот самый легендарный Амосов, который первым в мире начал делать операции на сердце. Был в Алма-Ате и весьма комфортабельный и большой Оперный театр, где проходили бенефисы замечательных певцов, например Ермека Серкебаева, Куляш Байсеитовой и Бибигуль Тулегеновой. Казахи — народ поющий, наделённый музыкальными талантами. Жил здесь композитор Мукан Тулебаев, создавший национальную казахскую оперу, заезжали сюда и славные гости из музыкантов, в число которых вошёл Мстислав Ростропович, горячо встреченный в трудные минуты судьбы алма-атинской многострадальной интеллигенцией. Выступал с закрытыми, так сказать, «домашними» концертами Александр Галич, приехал однажды летом на гастроли «Театр на Таганке», и много времени провели в нашем тёплом городе его артисты...

На город Алма-Ату в разное время накатывали волны жестокого времени перемен — здесь оказалось много людей и предприятий в годы эвакуации, в годы освоения целинных и залежных земель, в годы секретной космонавтики и испытания нового ядерного оружия. Но город, как и вся республика, по-прежнему судил и почитал людей не по одёжке, а по душе и по уму! И во времена физиков и лириков, то есть во времена хрущёвской оттепели, здесь шли острые споры между молодым поколением о нужной, высокой правде, которую необходимо знать каждому человеку, если он хочет вырасти не простым потребителем, но борцом и личностью! Летними вечерами, когда спадала дневная жара, в прохладных парках и аллеях Алма-Аты читались стихи, звучали бардовские песни, продолжались прения о культе личности Сталина до самого утра. Утром и в полдень по радио читал свою поэму «Земля, поклонись человеку!» поэт Олжас Сулейменов, с сестрой которого, по имени Жибек, я училась в одном классе все одиннадцать моих школьных лет. А в День Победы, 9 мая, в доме моих родителей шли горячие обсуждения цены победы, и боевые товарищи и сослуживцы моего отца, Александра Алексеевича Хайленко, заостряли внимание на вопросе непростительного отступления в первые месяцы войны. Впрочем, имя Сталина было для них, как и для многих фронтовиков, священным.

Именно в этой среде формировались и мои собственные духовные ценности. Я рано начала писать маленькие рассказы под одобрение моей бабушки, Марии Фёдоровны Кашкарёвой, по мужу Очаповской, матери моей мамы, Надежды Владимировны Очаповской, по мужу Хайленко, которая работала зубным врачом в одном из больших госпиталей нашего города. Появление в печати повести Толи Фоменко навело меня на мысль о возможности опубликовать что-нибудь из моих рассказов. В десятом классе средней школы я уже была автором рассказа «Первый снег» о мальчике-музыканте, исполнившем концерт собственного сочинения для своей девушки, с которой он оказался на короткое время в ссоре. В этом рассказе я пыталась передать музыку словами, и хотя мой рассказ стал известным среди моих ровесников, я не решилась отнести его в редакцию, понимая, что я пыталась просто-напросто подражать известному рассказу Куприна «Гранатовый браслет». Но примерно через четыре месяца я написала ещё один рассказ, довольно серьёзный и лишённый малейшего подражательства хотя бы кому-то из классиков. Это был рассказ о студенте-физике, который для того, чтобы пробиться в большую науку, женился на дочери человека со связями, совершенно отказавшись от встреч со своей прежней девушкой, преданно любившей его много лет. Этот рассказ назывался «Мало ли, что бывает» и был опубликован в журнале «Простор», № 3, в мартовском номере 1965 года, под моим собственным именем, то есть Тамара Хайленко, хотя в редакции мне советовали найти литературный псевдоним. Вот тогда и началось! Это был незабываемый опыт вступления в литературу! Мне звонили анонимно какие-то люди и говорили гадости. Называли имена каких-то учёных, о которых я и понятия не имела! Людишки, звонившие мне по телефону, рьяно искали прототипов моих литературных героев. А я удивлялась тому, что, оказывается, на свете много реальных людей, столь похожих на моего литературного героя, ради карьеры способных на всё.

Этот мой горький опыт поставил меня перед выбором: или литература, или наука. Надо было поступать в университет и учиться дальше. Я полностью охладела к литературе и людям, спекулирующим на любви к книгам. Я перестала писать. И я выбрала между физикой и лирикой именно физику.

Закончилось это плохо. После первого месяца занятий я поняла, что этот факультет не для меня. Я сделала ошибку. Родители расстроятся, мне от них влетит. Да и самой мне снова придётся сдавать вступительные экзамены снова на первый курс. Хотя и филологического факультета, но ведь снова на первый курс! А мои ровесники уже пойдут на второй. Пусть у меня серебряная медаль, пусть я сдаю только два экзамена — литературу устную и сочинение, которое я напишу одной левой! — но ведь это снова первый курс. И кого винить в этом? Себя, и только себя!..

Я нашла в себе мужество протащить проклятую физику до первой зимней сессии, а потом поставила своих родителей перед фактом: сессию я завалила. Конечно, я её особо и не старалась сдать. И меня отчислили, что было мной воспринято с огромной радостью. Я пошла работать в Дом моделей настильщицей тканей, и в сентябре поступила на филологический факультет нашего Казахского университета имени С. М. Кирова. Я закончила его и улетела в город на Неве, который тогда назывался Ленинградом. Училась я на русской филологии отлично, получала повышенную стипендию, хотя не ленинскую, конечно, и хотела в ближайшее время поступить в аспирантуру на общих основаниях. Но аспирантуры сделались вдруг только целевыми, и хотя мне удалось в Ленинграде сдать кандидатский минимум, а также стать соискателем на кафедре русской литературы в Педагогическом институте, я снова поняла, что иду не по тому пути. Я хотела стать писателем! Работая среди простых людей в Доме моделей, я по сути преисполнилась глубоким уважением к мастерам швейного дела, которые искали возможности одеть советского человека модно, красиво и нарядно. Чтобы писать хорошую прозу, нужно было иметь свободное время и, разумеется, понимать именно людей и их психологию, характеры и поступки. Я поняла, что задачей писателя является создание такой ситуации в романе или повести и даже в рассказе, когда литературный герой оказывается перед выбором и, вступая в борьбу с обстоятельствами своей жизни, становится носителем правды, какой бы горькой она ни была.

В Ленинграде я написала свой первый роман «Вычисление личности», темой которого практически стала прописка в столичном городе СССР. С этим романом я появилась в журнале «Нева» в 1973 году. Я выбрала псевдоним Марина Маркова. Это было звучно, и мне нравилось. Однако двери редакции журнала «Нева» закрыли на ключ, когда я явилась в редакцию за отзывом на мою рукопись. Некоторые члены редакции мне высказали ряд резких соображений, из которых следовало, что меня ждёт тюрьма или психушка, поскольку в романе слишком опасная правда! Но в те годы ещё был жив Всеволод Александрович Рождественский, один из самых талантливых русских поэтов. В его лице судьба благословила меня на дальнейший творческий путь. Рождественский высоко оценил роман, слегка пожурил за излишнюю смелость критики, несколько неоправданной для молодой девушки, но посоветовал мне отправиться немедленно в Москву, поскольку в столице больше возможностей опубликовать именно правдивый роман. И я двинулась в Москву штурмовать её, родную нашу столицу…

В Москве мне удалось познакомиться с Владимиром Яковлевичем Лакшиным, известным критиком журнала «Новый мир». Владимир Яковлевич дал высокую оценку моему роману. Поскольку я вернулась жить в родной город, он написал мне в Алма-Ату похвальное письмо-рецензию, но объяснил, что роман с таким опасным уровнем правды опубликовать пока невозможно. Пока надо работать дальше, не сворачивая с выбранного творческого пути. Лакшин верил, что когда-нибудь, через год-другой, роман мой будет напечатан. Владимир Яковлевич оказался прав. Мой роман «Вычисление личности» опубликован в журнале «Север» (г. Петрозаводск, Карелия), в 2003 году. Роман пролежал в моём столе целых 30 лет!

Все эти годы я писала в стол. Я вышла замуж за ленинградского экскурсовода Юрия Остерфельда, родила двоих сыновей, работала учительницей литературы в старших классах средней школы, принимала государственные экзамены и, урывая свободные минуты, писала свою прозу — повести и романы. До замужества короткое время я работала в ленинградском Архиве литературы и искусства, где разбирала стенограммы заседаний Союза композиторов за весь сталинский период правления нашей страной. Работа в Архиве приобщила меня к точности фактов и описанию событий в жизни моих литературных героев, происходивших неизбежно, согласно логике их появления и развития, а также к более чёткому представлению о времени, в которое эти герои жили. На основе архивных документов я написала роман «Художники», который считаю лучшим своим произведением. Мне удалось воссоздать в нём правдивую атмосферу несправедливого отношения власти к деятелям советского искусства.

Я покинула страну СССР в 1989 году вместе со своей семьёй. В Америке моя семейная жизнь закончилась очень быстро, всего через год. Последовал развод, на котором настоял мой супруг. Я осталась одна, без денег, без работы, без крыши над головой. Но в моей сумке лежали мои незаконченные рукописи, со мной были мои литературные герои, были живые люди, созданные моим воображением, интеллектом и мечтами. Мои литературные герои меня не предали, остались со мной, и потому я выдержала Америку. Я постаралась устроить свой быт и снова начала работать над своими рукописями.

Мне часто думается, что Лев Толстой был неоспоримо, неистово прав, утверждая, что «Искусство есть одно из средств единения людей». Я соединилась в моих мыслях со своими литературными персонажами, анализируя их поступки и поведение и отдавая их характеры на суд читателей. Темы моих произведений разнообразны. Но о чём бы я ни писала — об «интердевочках» и учителях, о музыкантах и работниках торговли, — в центре моего авторского внимания всегда оказывается выбор человека, поскольку только сам он, человек, хозяин своей судьбы. Небольшая повесть «Пара гнедых» рассказывает о трудном пути джазовых музыкантов нашей бывшей страны. А роман «Командировочные», затронув время войны, переносит читателя в современность, где процветает коррупция. В повести «На фоне Кормильца» показан мир исторического заповедника, где проживал Великий человек (почему бы и не А. С. Пушкин?) и где живут деревенские, простые люди со своими радостями и горестями, просто живут веками в этих знаменитых местах.

Я не удержалась, признаюсь, от некоторой фантастики, создав роман с фэнтези, конечно, не научный, но скорее социальный, под названием «Принцы и короли», на страницах которого я сравниваю погибшую страну древнего мира Атлантиду с рухнувшей в одночасье Советской державой. В сборнике прозы с заглавием «Принцы и короли» есть мой рассказ о физиках, «Внук деда своего», который написан мной по личным впечатлениям о тех людях, кто встретился мне в пору моего пребывания студенткой на трудном физическом факультете Казахского государственного университета.

В последние годы моё внимание как автора привлекла история России. Я опубликовала роман о революционном движении в России, которое довольно бурно расцвело ещё до создания Лениным партии большевиков. В основу романа я включила неизвестные, но вполне допустимые по логике произошедших событий факты из жизни английской писательницы Этель Лилиан Войнич, которая прожила долгую — больше 90 лет — жизнь на этой земле и, без сомнения, принимала участие в революционном движении России, поскольку свободно владела русским языком и была тесно связана с русским политическим деятелем и писателем Сергеем Степняком-Кравчинским. Книга называется «Ещё идут старинные часы», у неё яркая красочная обложка, она пользуется успехом у покупателей. Да и все мои книги имеют красивое оформление.

Большинство моих романов по своей композиции близки к роману Михаила Булгакова «Мастер и Маргарита». Я сравниваю на страницах моих произведений век нынешний и век минувший, стараясь сохранить в легко ранимых душах особо пессимистических читателей самое главное — ВЕРУ В ЧЕЛОВЕКА. По моему мнению, это единственная ценность, которая не даёт нам, людям, потерять себя в самые трудные моменты нашей жизни.

Мой псевдоним, Наталья Асенкова, дал мне в Америке редактор журнала New Review Юрий Данилович Кашкаров. Он оказался родственником отца моей бабушки, Фёдора Кашкарова. Юрий Данилович поручил мне напомнить читателям и возродить вновь имя Варвары Асенковой, русской актрисы, ушедшей из жизни совсем юной девушкой. Писатель и редактор Юрий Кашкаров доказал, работая над созданием истории рода Кашкаровых, известного с XII века, что Варвара Асенкова является внебрачной дочерью одного из князей Кашкаровых.

И потому — моей родственницей тоже. Я согласилась на этот псевдоним, оставив фамилию Асенковой. Но имя Варвары я не взяла и назвалась Натальей в память матери моего отца, то есть второй моей бабушки. Она была простая крестьянка из далёкого сибирского села Омской области, трудилась в поле, родила много детей, из которых двое сыновей, старший и младший, ушли на фронт, но с войны вернулся только старший, мой отец, Александр Алексеевич Хайленко. Младший, Володя, пойдя добровольцем, остался лежать в братской могиле. Поэтому мой псевдоним очень мне дорог и помогает своей энергетикой в моём нелёгком пути эмигрантки и писателя-прозаика. Читайте, пожалуйста, мои книги! Я отдаю их на ваш справедливый суд и верю, что литературные герои, созданные мной, помогут вам жить и легче преодолевать неизбежные трудности нашей простой и вполне человеческой жизни.

Наталья Асенкова
Нью-Йорк, декабрь, 2021

www.ingramcontent.com/pod-product-compliance
Lightning Source LLC
LaVergne TN
LVHW021730140426
836326LV00040B/558